Por
lugares
devastados

Obras de John Boyne publicadas pela Companhia das Letras

A casa assombrada
A coisa terrível que aconteceu com Barnaby Brocket
Dia de folga (e-book)
Fique onde está e então corra
As fúrias invisíveis do coração
O garoto no convés
Uma história de solidão
O ladrão do tempo
O menino do pijama listrado
O menino do pijama listrado (edição comemorativa, com ilustrações de Oliver Jeffers)
O menino no alto da montanha
Noah foge de casa
O pacifista
O Palácio de Inverno
Por lugares devastados
Tormento

JOHN BOYNE

Por lugares devastados

Tradução
LUIZ A. DE ARAÚJO

COMPANHIA DAS LETRAS

Copyright © 2022 by John Boyne

Todos os direitos mundiais reservado ao proprietário.

Grafia atualizada segundo o Acordo Ortográfico da Língua Portuguesa de 1990, que entrou em vigor no Brasil em 2009.

Título original
All the Broken Places

Capa
Marianne Issa El-Khoury / TW

Imagens de capa
Shutterstock

Preparação
Isabel Cury

Revisão
Marise Leal
Aminah Haman

Dados Internacionais de Catalogação na Publicação (CIP)
(Câmara Brasileira do Livro, SP, Brasil)

Boyne, John
    Por lugares devastados / John Boyne ; tradução Luiz A. de Araújo. — 1ª ed. — São Paulo : Companhia das Letras, 2023.

    Título original: All the Broken Places.
    ISBN 978-65-5921-512-6

    1. Ficção de suspense irlandesa I. Título.

22-140083   CDD-823

Índice para catálogo sistemático:
1. Ficção : Literatura irlandesa 823
Henrique Ribeiro Soares – Bibliotecário – CRB-8/9314

Todos os direitos desta edição reservados à
EDITORA SCHWARCZ S.A.
Rua Bandeira Paulista, 702, cj. 32
04532-002 — São Paulo — SP
Telefone: (11) 3707-3500
www.companhiadasletras.com.br
www.blogdacompanhia.com.br
facebook.com/companhiadasletras
instagram.com/companhiadasletras
twitter.com/cialetras

Para Markus Zusak

Sumário

PARTE I, 9
A filha do diabo
Londres 2022 / Paris 1946

INTERLÚDIO, 141
A cerca
Londres 1970

PARTE II, 151
Belas cicatrizes
Londres 2022 / Sydney 1952

INTERLÚDIO, 295
O menino
Polônia 1943

PARTE III, 311
A solução final
Londres 2022 / Londres 1953

Epílogo, 421

Nota do autor, 431

PARTE I
A filha do diabo

LONDRES 2022 / PARIS 1946

1

Se todo homem for culpado por todo bem que ele não fez, como sugeriu Voltaire, eu passei a vida inteira convencendo-me de que sou inocente de todo mal. Foi um modo conveniente de suportar décadas de autoexílio do passado, para me ver como uma vítima da amnésia histórica, absolvida da cumplicidade e exonerada de culpa. A minha história final começa e termina, porém, com algo tão trivial quanto um estilete. O meu quebrou dias atrás e, achando-o uma ferramenta útil para guardar em uma gaveta da cozinha, fiz uma visita à loja de ferragens do bairro para comprar um novo. Ao voltar para casa, dei com uma carta de um corretor de imóveis à minha espera, igual à enviada a todos os moradores do Winterville Court, informando educadamente que o apartamento abaixo do meu está à venda. O morador anterior, o sr. Richardson, viveu uns trinta anos no apartamento 1, mas faleceu pouco antes do Natal, deixando a residência vazia. Sua filha, uma fonoaudióloga, morava em Nova York e, pelo que me consta, não tinha planos de voltar para Londres, de modo que só me restou fazer as pazes com o fato de que não demoraria para eu ser obrigada a interagir com uma pessoa estranha no saguão, talvez até tendo de me fingir interessada pela sua vida ou ser levada a revelar pequenos detalhes da minha.

O sr. Richardson e eu tínhamos uma relação de vizinhança perfeita, já que não trocávamos uma palavra desde 2008. Nos primeiros anos da sua residência, nós nos dávamos bem e, ocasionalmente, ele subia para jogar xadrez com meu falecido marido, Edgar, mas, não sei por quê, ele e eu nunca fomos além das formalidades. Ele sempre se dirigia a mim como "sra. Fernsby", e eu o chamava de "sr. Richardson". A última vez que pisei no seu apartamento foi quatro meses depois da morte de Edgar, quando ele me convidou para jantar e, tendo aceitado o convite, acabei às voltas com uma investida amorosa, a qual rechacei. Ele não engoliu a rejeição e nós nos tornamos tão estranhos um para o outro quanto podem ser duas pessoas que vivem no mesmo prédio.

Minha residência de Mayfair está registrada como um apartamento, mas isso é mais ou menos como descrever o castelo de Windsor como o refúgio de fim de semana da rainha. Cada apartamento do nosso prédio — são cinco ao todo, um no térreo, dois em ambos os andares acima — se espalha por quatrocentos e sessenta metros quadrados de um imóvel nobre de Londres, cada qual com três quartos, dois banheiros e meio e uma vista do Hyde Park que os valoriza, e eu estou informada com segurança de que cada um deles vale algo entre dois milhões e três milhões de libras.

Edgar ganhou uma quantidade substancial de dinheiro alguns anos depois que nos casamos, uma herança inesperada de uma tia solteirona, e, embora ele preferisse se mudar para uma região mais tranquila fora do centro de Londres, eu tinha pesquisado um pouco por conta própria e estava determinada não só a morar em Mayfair como também a residir neste prédio específico, caso fosse possível. Financeiramente, isso parecia improvável, mas eis que um belo dia, como um deus *ex machina*, tia Belinda faleceu e tudo mudou. Sempre tive planos de explicar a Edgar o motivo pelo qual eu estava tão desesperada para morar aqui, mas não sei por que nunca o fiz, e agora me arrependo disso. Meu marido gostava muito de crianças, mas eu concordei com apenas uma, tendo dado à luz nosso filho Caden, em 1961. Nos últimos anos, com a valorização da propriedade, Caden me incentivou a vendê-la e a comprar algo menor em uma parte menos cara da cidade, mas desconfio que é porque ele teme que eu viva até os cem anos e está ansioso por uma parte da sua herança enquanto ainda é jovem o suficiente para aproveitá-la. Ele já se casou três vezes e agora está noivo pela quarta vez; eu desisti de me familiarizar com as mulheres da sua vida. Acho que, assim que as conhecemos, elas são despachadas, um novo modelo é instalado, e é preciso ter tempo para aprender suas idiossincrasias, como se faz com uma máquina de lavar nova ou com um televisor. Quando menino, Caden tratava os amigos com uma crueldade parecida. Nós conversamos regularmente pelo telefone e ele vem jantar comigo de quinze em quinze dias, mas temos uma relação complicada, prejudicada pela minha ausência de sua vida durante um ano quando ele tinha nove anos. A verdade é que eu simplesmente não me sinto bem com crianças e acho os meninos pequenos particularmente difíceis.

Minha preocupação com meu vizinho novo não era que ele fizesse barulho desnecessário — estes apartamentos são muito bem isolados, e, mesmo com alguns pontos fracos aqui e ali, eu me acostumei ao longo dos anos com os vários ruídos peculiares que surgiam através do teto do sr. Richardson —, mas me ressentia do fato de que o meu mundo ordenado fosse perturbado. Esperava uma pessoa que não tivesse interesse em saber nada a respeito da mulher que morava acima dela. Um idoso inválido talvez, que raramente saísse de casa e recebesse todas as manhãs a visita de uma empregada doméstica. Uma jovem profissional que desaparecesse nas tardes de sexta-feira em sua casa de fim de semana e voltasse tarde aos domingos, passando o resto do tempo no escritório ou na academia. Um boato se espalhou no prédio de que um conhecido músico, cuja carreira chegou ao auge na década de 1980, havia olhado para ele como um potencial lar de aposentado, mas, felizmente, nada aconteceu.

Minhas cortinas tremiam toda vez que o corretor imobiliário parava lá fora, escoltando um cliente para inspecionar o apartamento, e eu fazia anotações sobre cada vizinho potencial. Apareceu um casal muito promissor, de setenta e poucos anos, fala mansa, que andava de mãos dadas e perguntou se o prédio permitia bichos de estimação — eu estava ouvindo na escada — e os dois ficaram decepcionados quando lhes disseram que não. Um casal homossexual na casa dos trinta anos que, a julgar pelo estado deplorável da sua roupa e o seu ar de desleixo geral, devia ser fabulosamente rico, mas que declarou que o "espaço" era provavelmente um pouco pequeno para eles, e os dois não conseguiam se relacionar com a "narrativa" dele. Uma moça de feições simples que não deu nenhuma pista de suas intenções, além de comentar que um sujeito chamado Steven ia adorar o pé-direito alto. Naturalmente, eu preferia os gays — costumam ser bons vizinhos e têm pouca chance de procriar —, mas eles se revelaram os menos interessados.

E então, passadas algumas semanas, o corretor não trouxe mais ninguém para visitar o apartamento, o anúncio sumiu da internet e eu imaginei que alguém tivesse fechado negócio. Quisesse ou não, um dia eu ia acordar e dar com um caminhão de mudança estacionado lá fora e alguém, ou vários alguéns, enfiaria uma chave na porta da frente e passaria a residir embaixo de mim.

Ah, como eu temia isso!

2

Minha mãe e eu fugimos da Alemanha no começo de 1946, não mais que alguns meses depois do fim da guerra, viajando de trem do que restava de Berlim para o que restava de Paris. Com quinze anos de idade e sabendo pouco da vida, eu ainda estava tentando aceitar o fato de que o Eixo havia sido derrotado. Meu pai falava com tanta confiança na superioridade genética da nossa raça e na incomparável habilidade do *Führer* como estrategista militar que a vitória sempre pareceu garantida. E, no entanto, sei lá como, nós tínhamos perdido.

A viagem de quase mil e cem quilômetros pelo continente pouco fez para estimular o otimismo em relação ao futuro. As cidades pelas quais passamos estavam marcadas pela destruição dos últimos anos, enquanto o rosto das pessoas que vi nas estações e nos vagões não mostrava alegria com o fim da guerra, e sim horror pelos seus efeitos. Em toda parte, havia uma sensação de exaustão, uma percepção crescente de que a Europa não poderia voltar a ser o que era em 1938, mas precisava ser inteiramente reconstruída, assim como o espírito de seus habitantes.

Agora, a cidade em que nasci estava quase totalmente

reduzida a escombros, suas ruínas divididas entre quatro dos nossos conquistadores. Para nossa proteção, permanecemos escondidos nos porões dos poucos que ainda acreditavam e cujas casas ainda estavam de pé, até que pudéssemos receber os documentos falsos que garantiriam nossa saída segura da Alemanha. Nossos passaportes agora traziam o sobrenome Guéymard, cuja pronúncia eu praticava repetidamente a fim de garantir que soasse o mais autêntico possível, mas, embora minha mãe agora se chamasse Nathalie — o nome da minha avó —, eu continuei me chamando Gretel.

Todo dia surgiam novos pormenores do que havia acontecido nos campos, e o nome do meu pai estava se tornando sinônimo de criminalidade do tipo mais hediondo. Embora ninguém sugerisse que nós fôssemos tão culpadas quanto ele, minha mãe acreditava que seria um desastre para nós nos revelarmos às autoridades. Eu concordava porque, tal como ela, estava assustada, por mais que me chocasse pensar que alguém podia me considerar cúmplice das atrocidades. É verdade que, desde meu décimo aniversário, eu era membro do *Jungmädelbund*, assim como todas as outras meninas da Alemanha. Afinal, era obrigatório, como também era, para os meninos de dez anos, participar do *Deutsches Jungvolk*. Mas eu estava muito menos interessada em estudar a ideologia do partido do que em participar das atividades esportivas com minhas amigas. E, quando nós chegamos àquele outro lugar, eu mal havia ultrapassado a cerca, naquele único dia em que meu pai me levou ao campo para ver onde ele trabalhava. Tentei dizer cá comigo que tinha sido uma espectadora, nada mais, e que minha consciência estava limpa, mas já estava começando a questionar meu envolvimento nos fatos que testemunhara.

Quando nosso trem entrou na França, porém, receei

que nosso sotaque nos denunciasse. Por certo, concluí, os recém-libertados cidadãos de Paris, envergonhados com sua rápida capitulação em 1940, reagiriam agressivamente com qualquer um que falasse como nós. Minha preocupação revelou-se correta quando, apesar de demonstrar que nós tínhamos dinheiro mais que suficiente para uma longa permanência, nos recusaram quartos em cinco pensões diferentes; só mesmo quando uma mulher, na Place Vendôme, teve pena de nós e deu o endereço de um alojamento próximo dali, no qual, disse ela, a proprietária não fazia perguntas, foi que encontramos um lugar para morar. Não fosse por ela, nós acabaríamos transformadas nas indigentes mais ricas das ruas.

O quarto que alugamos ficava na parte oriental da Île de la Cité, e, naqueles primeiros dias, eu preferi ficar perto de casa, indo e voltando pelo curto percurso entre a Pont de Sully e a Pont Neuf, com medo de me aventurar a atravessar pontes em terreno desconhecido. Às vezes, pensava no meu irmão, que queria muito ser um explorador, e em quanto ele teria gostado de decifrar aquelas ruas desconhecidas, mas nesses momentos eu sempre me apressava a descartar as lembranças dele.

Fazia dois meses que nós morávamos na Île quando eu reuni coragem para ir ao Jardin du Luxembourg, no qual a abundância de vegetação me fez sentir que tinha tropeçado no paraíso. Que contraste, pensei, com nossa chegada àquele outro lugar, quando fomos atingidos por sua natureza estéril e desolada. Aqui a gente inalava o perfume da vida; lá, engasgava com o fedor da morte. Vaguei como se estivesse atordoada do Palais até a fonte dos Médici, e de lá à piscina, só me afastando quando vi um grupo de meninos colocando barcos de madeira na água, a brisa leve levando suas embarcações aos amiguinhos do outro lado. O riso e a conversa animada deles proporcionavam uma música perturbadora depois da silenciosa angústia com a qual eu me familiarizara, e me esforcei para entender como um único continente podia abrigar tais extremos de beleza e feiura.

Uma tarde, protegendo-me do sol em um banco próximo do *boulodrome*, eu me vi consumida tanto pela dor como pela culpa, com lágrimas escorrendo pelo rosto. Um garoto bonito, talvez dois anos mais velho que eu, aproximou-se com uma expressão preocupada para perguntar qual era o meu problema. Ergui os olhos e senti um súbito desejo, desejo de que ele me envolvesse nos braços ou me deixasse descansar a cabeça em seu ombro, mas quando eu falei caí em velhos padrões de fala, meu sotaque alemão a dominar meu francês, e ele recuou um passo, olhando para mim com indisfarçável desprezo e, reunindo toda a raiva que sentia pela minha espécie, cuspiu violentamente em meu rosto e se afastou. Por estranho que pareça, seu ato não diminuiu minha fome do seu contato; pelo contrário, aumentou-a. Enxugando as bochechas, corri atrás dele, agarrei-lhe o braço e o convidei a me levar ao bosque, dizendo-lhe que podia fazer comigo o que quisesse naquele espaço isolado.

"Pode me machucar se quiser", sussurrei, fechando os olhos, pensando que ele podia me dar uma forte bofetada, um soco no estômago, quebrar meu nariz.

"Por que você quer isso?", perguntou ele, seu tom denunciando uma inocência que desmentia sua beleza.

"Assim eu vou saber que estou viva."

Parecendo ao mesmo tempo excitado e com repulsa, ele examinou o entorno para ver se alguém estava nos vendo e então olhou para o bosque que eu havia indicado. Lambendo os lábios, ele observou o volume dos meus seios, mas, quando eu lhe segurei a mão, esse contato o enojou e ele se afastou, chamando-me de puta, *une putain*, disparou a correr e desapareceu na Rue Guynemer.

Quando o tempo estava bom, eu perambulava pelas ruas desde cedo e só voltava para nossos aposentos quando minha mãe já estava muito bêbada para perguntar como eu havia passado o dia. Agora, a elegância que definira sua vida anterior estava começando a desaparecer, mas ela ainda era uma mulher bonita e eu me perguntava se ela poderia procurar um marido novo, um que cuidasse de nós, mas nada indicava que quisesse companhia ou amor, preferindo ficar sozinha com seus pensamentos enquanto ia de bar em bar. Ela era uma bêbada tranquila. Sentava-se em cantos escuros bebendo garrafas de vinho, arranhando marcas invisíveis nos tampos de madeira ao mesmo tempo que tratando de jamais causar uma cena que a levasse a ser expulsa. Certa vez, nossos caminhos se cruzaram quando o sol desaparecia no Bois de Boulogne e ela se aproximou de mim, cambaleante, segurou-me o braço e me perguntou as horas. Parecia não ter percebido que estava falando com sua filha. Quando eu respondi, ela sorriu com alívio — estava escurecendo, mas os bares ainda ficariam abertos durante horas — e seguiu caminho em direção às luzes fortes e sedutoras que pontuavam a Île. Se eu desaparecesse totalmente, eu me perguntava, ela esqueceria minha existência?

Nós dormíamos na mesma cama e eu detestava acordar ao seu lado, inalando o fedor de bebida com infusão de sono que lhe envenenava o hálito. Ao abrir os olhos, ela se sentava em um momento de confusão, mas as lembranças retornavam e ela fechava os olhos enquanto tentava voltar ao esquecimento. Quando finalmente aceitava a indecência da luz do dia e se arrastava para fora dos lençóis, mal e mal se lavava na pia antes de pôr o vestido e sair, feliz por repetir cada momento do dia anterior, e do anterior a este, e do dia anterior àquele.

    Ela guardava o nosso dinheiro e os objetos de valor em uma bolsa velha no fundo do guarda-roupa, e eu percebi quando nossa pequena fortuna começou a diminuir. Falando em termos relativos, nós estávamos bem acomodadas — os que ainda acreditavam haviam providenciado isso —, mas minha mãe se recusava a investir mais na nossa acomodação e balançava a cabeça sempre que eu propunha que alugássemos um apartamento pequeno em um dos bairros mais baratos da cidade. Parecia agora ter um plano simples para sua vida: beber os pesadelos, e, contanto que ela tivesse uma cama para dormir e uma garrafa para esvaziar, nada mais importava. Como isso estava longe da mulher em cujos braços eu passei meus primeiros anos, a glamorosa dama da alta sociedade que agia como uma estrela do cinema, ostentando os penteados mais modernos e os melhores vestidos.

    Aquelas duas mulheres não podiam ser mais diferentes, e uma teria desprezo pela outra.

3

Toda terça-feira de manhã, eu atravesso o corredor para visitar minha vizinha, Heidi Hargrave, a moradora do apartamento 3. Heidi completará sessenta e nove anos em dezembro, seu aniversário cai na Festa da Imaculada Conceição, uma data bastante irônica, pois ela não conheceu os pais biológicos e foi adotada assim que nasceu. Heidi é a única residente do Winterville Court que passou a vida inteira aqui, tendo sido trazida para Mayfair diretamente da maternidade e crescido com o Hyde Park como seu playground. Ela engravidou quando era adolescente e nunca se casou, herdando a propriedade de seus pais adotivos quando eles faleceram.

Apesar de ser quase vinte e três anos mais nova que eu, ela é muito menos ágil, tanto no corpo como na mente. Durante três décadas, participou da Maratona de Londres, mas foi obrigada a parar de correr quando desenvolveu um caso grave de fascite plantar no calcanhar esquerdo, uma doença que a obriga a usar talas noturnas e a tomar injeções regulares de esteroides no pé. Foi um golpe terrível para uma mulher tão ativa, e eu me pergunto se isso contribuiu para o declínio gradual de suas faculdades mentais, pois ela já foi uma pessoa de grande vitalidade, uma oftalmologista muito respeitada, mas agora tende a divagar na conversa. Seu estado não é tão grave quanto a demência ou a doença de Alzheimer, felizmente; é mais porque ela fica um pouco confusa de vez em quando, perdendo a noção do que estamos falando, misturando nomes e lugares ou mudando de assunto tão abruptamente que a gente sofre para acompanhar.

Nessa manhã específica, dei com ela estudando uns antigos álbuns de fotografias e torci para não ser obrigada a também folheá-los. Eu mesma não mantenho tais álbuns e nunca vi sentido em abarrotar o apartamento com retratos de parentes. Na verdade, tenho apenas dois à mostra, uma imagem minha e de Edgar com moldura prateada no dia de nosso casamento e uma foto de Caden quando se formou na universidade. Não as exibo por motivos sentimentais, devo acrescentar, e sim porque é o que esperam de mim.

Dito isso, em uma prateleira do meu guarda-roupa, escondido na parte de trás, há um antigo porta-joias Seugnot que comprei em uma banca de feira em Montparnasse em 1946, feito com madeira de árvores frutíferas, guarnecido de latão polido, com um escudo montado na frente e uma chave. Dentro, guardo uma única fotografia e, embora não tenha ousado olhar para ela há mais de setenta e cinco anos, creio que consigo recordar seu conteúdo. Estou com doze anos, meus olhos estão voltados para o fotógrafo, e estou fazendo o possível para parecer coquete, pois é Kurt que está de pé atrás das lentes, o dedo no obturador, o olhar inteiramente focado em mim, enquanto eu tento não deixar transparecer minha paixão por ele. Seu corpo está aprumado no uniforme, o corpo magro e musculoso, o cabelo loiro e os olhos azul-claros que me fascinam. Sinto seu cauteloso interesse e estou desesperada para me deitar em cima dele. "Está vendo este homem, Gretel?", perguntou Heidi, apontando para a fotografia de um sujeito com ar inteligente postado em uma praia com as mãos nos quadris e um cachimbo de madeira na boca. "O nome dele era Billy Sprat. Um dançarino e espião russo."

"É mesmo?", perguntei, servindo o chá e me perguntando se essa história não era uma de suas fantasias — talvez ela tivesse assistido a um filme de James Bond na noite anterior e sua mente estivesse repleta de espionagem —, apesar de, a julgar pela época da fotografia, ser possível que estivesse dizendo a verdade. Parece que, naquela época, havia muitos espiões russos à espreita na Inglaterra.

"Billy era amigo do meu pai e foi pego vendendo segredos para a KGB", acrescentou ela, sem fôlego. "Os serviços de segurança estavam prestes a prendê-lo, mas ele soube que seu disfarce havia sido descoberto e fugiu para Moscou. Terrivelmente emocionante, não acha?"

"Ah, sim", concordei. "Muito."

"Deviam ter insistido para que ele voltasse para enfrentar os tribunais. Não há nada que provoque mais a Justiça do que um culpado em fuga."

Eu não disse nada, olhando para o relógio de mesa na cornija da sua lareira e para as estatuetas de porcelana ao lado dele que ela contava entre os seus tesouros.

"Você já teve simpatia pelos russos?", perguntou ela, tomando um gole da sua xícara. "Durante a década de 1960, eu pensava que eles podiam ter descoberto alguma coisa e que iriam compartilhar semelhante filosofia. Mas, quando eles começaram a apontar bombas nucleares para nós, perdi o interesse. Ninguém precisa de mais uma guerra, precisa?"

"Eu não me meto com política", respondi, passando manteiga em dois bolinhos quentes e entregando um para ela. "Vi muito bem o que ela faz com as pessoas."
"Mas é claro que você estava viva naquela época, não é?", perguntou ela.
"Nos anos 1960?", perguntei. "Estava. Mas você também, Heidi."
"Não, eu me referi a antes disso. À guerra. À... que nome você dá a ela?"
"A Segunda Guerra Mundial."
"Isso mesmo."
"Sim", eu lhe disse. Nós já tínhamos tido esta conversa muitas vezes, mas eu raramente entrava em maiores detalhes sobre meu passado e, quando entrei, foi principalmente matéria de ficção. "Mas eu era uma menina na época."
Heidi largou o álbum antes de se virar para mim com um brilho malicioso nos olhos.
"Alguma notícia do andar de baixo?", perguntou, e eu fiz que não. Esse foi um dos momentos em que me alegrei por ela gostar de deixar um assunto de lado para falar de outro.
"Ainda não", respondi, passando o guardanapo na boca para limpar as migalhas. "Nada de novo na frente meridional."
"Você não acha que vai ser uma negrada, acha?", perguntou ela, e eu franzi a testa. Um dos aspectos mais angustiantes da mente cada vez mais confusa de Heidi era sua tendência a empregar frases que, com toda a razão, já não eram consideradas adequadas e que ela nunca teria usado no apogeu de sua vida. Imagino que seja a linguagem da sua juventude disputando as partes do seu cérebro que estão se dissolvendo vagarosamente. É estranho; ela pode me contar histórias exaustivas da sua infância, mas basta lhe

perguntar o que aconteceu quarta-feira passada entre seis e nove horas para que a neblina tome conta de sua mente.
"Pode ser qualquer um, presumo", respondi. "Só vamos saber quando eles aparecerem."
"Houve um sujeito adorável que morou lá durante muitos anos", disse ela, agora com o rosto se iluminando. "Um historiador. Dava aula na Universidade de Londres."
"Não, Heidi, esse era o Edgar, meu marido", expliquei. "Ele morava comigo do outro lado do corredor."
"É verdade", disse ela, piscando para mim como se nós compartilhássemos um segredo. "Você sabe. Edgar era um perfeito cavalheiro. Sempre se apresentava tão bem. Acho que nunca o vi sem gravata."
Sorri. Era verdade que Edgar cuidava muito de sua aparência e, mesmo nos feriados, não gostava de "se vestir de qualquer jeito", como dizem. Tinha um bigodinho bem aparado e havia quem dissesse que se parecia um pouco com Ronald Colman. A comparação fazia sentido.
"Uma vez eu tentei beijá-lo, sabe?", prosseguiu ela, olhando para a janela e, pelo modo como disse isso, eu percebi que havia esquecido com quem estava falando. "Ele era anos mais velho que eu, mas isso não me importava. No entanto, ele não se interessou e me mandou passear. Disse que era dedicado à sua esposa."
"É mesmo?", disse eu calmamente, tentando imaginar a cena. Não me surpreendeu Edgar nunca ter se dado ao trabalho de me revelar esse escandalozinho.
"Ele me deu o fora com muita delicadeza, coisa que me deixou agradecida. Foi um comportamento descarado da minha parte."
"O Oberon veio visitar você esta semana?", perguntei. Agora era minha vez de mudar de assunto. Oberon é o neto de Heidi, uns trinta anos, bonitão, mas amaldiçoado com

um nome ridículo. (A filha de Heidi, que há alguns anos faleceu tragicamente de câncer, tinha paixão por Shakespeare.) Ele trabalha aqui perto — tem um alto cargo na Selfridges, creio —, é muito gentil com a avó, embora eu o ache um bocado irritante porque, quando estamos juntos, ele se dirige a mim aos berros, escandindo cada sílaba, como se presumisse que sou surda. E eu não sou surda. Na verdade, não há quase nada de errado comigo, o que é surpreendente e inquietante, considerando minha idade avançada.
"Ele ficou de telefonar amanhã à noite", respondeu ela.
"Com a namorada. Parece que tem novidades."
"Vai ver que eles vão se casar", sugeri, e ela assentiu.
"Talvez", concordou. "Espero que sim. Está na hora de ele se estabelecer, como o seu Caden."
Eu fiz uma careta. Caden tem se estabelecido com tanta frequência que deve figurar entre os homens mais tranquilos da Inglaterra, mas prefiro não incomodá-la com a relação bastante descuidada do meu filho com compromissos.
"Quando souber, você me avisa, não?", perguntou ela, inclinando-se para a frente, e procurei recuar na nossa conversa, tentando descobrir onde ela acaso havia montado um acampamento temporário.
"Quando eu souber do quê, querida?", perguntei.
"Dos vizinhos novos. A gente podia dar uma festa para eles."
"Duvido que eles gostem disso."
"Ou pelo menos fazer um bolo para eles."
"É possível que seja mais adequado."
"E os judeus?", perguntou ela depois de uma demorada pausa. "Houve uma época em que prédios como este não aceitavam judeus. Não ligo, não eu. Estou aberta para tudo. Sempre os achei uma gente muito simpática, para ser

sincera. Surpreendentemente alegres, levando em conta tudo que eles passaram."

Eu não disse nada e, quando ela fechou os olhos pouco depois, tirei a xícara das suas mãos, lavei a louça suja na pia e fui embora, dando-lhe um beijinho na testa antes de fechar a porta atrás de mim. No corredor, olhei para a escada que descia para o apartamento de baixo. Por ora, permanecia tão silencioso quanto um túmulo.

4

O nome do homem era Rémy Toussaint e ele usava uma venda ornada com a Tricolor no olho direito, tendo perdido esse órgão específico quando a bomba que estava instalando explodiu antes da hora. Apesar da desfiguração, era bonito, de um modo cruel, com cabelos pretos e grossos e um esgar disfarçado de sorriso. Era uns oito anos mais moço que minha mãe e podia escolher as mulheres que quisesse, mas a preferiu e, pela primeira vez desde a morte de meu irmão, ela se mostrou aberta às possibilidades da vida, reduzindo a bebida e cuidando da sua aparência. Sentava-se junto ao espelho granular do nosso quarto, escovando o cabelo, e uma vez sugeriu que esse novo romance era o modo de Deus lhe mostrar que não a considerava responsável por nenhum dos crimes cometidos naquele outro lugar. Eu, contudo, estava menos convencida disso.

"O que você precisa entender a respeito de m. Toussaint", disse-me minha mãe, pronunciando seu sobrenome com tanta precisão que ela poderia estar sendo entrevistada para entrar na Académie Française, "é que ele é uma pessoa refinadíssima. Sua linhagem está repleta de viscondes e marqueses, embora, é claro, sendo um *égalitariste* comprometido, ele despreze esses títulos. Toca piano e canta, leu a maioria das obras importantes da literatura e, no verão passado, expôs algumas de suas pinturas em Montmartre."

"Então, o que ele quer de você?", perguntei.

"Não 'quer' nada, Gretel", respondeu ela, irritada com meu tom de voz. "Ele se apaixonou por mim. É tão difícil para você acreditar? Os homens franceses sempre preferiram mulheres de certa idade a imaturas ingênuas. Eles têm o bom senso de valorizar a experiência e a sabedoria. Não precisa ficar com inveja; daqui a vinte anos, você ficará agradecida por estar na mesma situação."

Virou-se novamente para o espelho e, da minha perspectiva na cama, eu me perguntei se isso era verdade. Os homens, na minha opinião, valorizavam a atratividade acima de todas as outras coisas. E, embora sempre tivesse sido muito bonita, minha mãe havia perdido boa parte de sua vitalidade desde o fim da guerra. Seu cabelo estava menos lustroso do que antes, com lampejos de grisalho a aparecerem entre os fios pretos como hóspedes indesejados; também começaram a aparecer pequenas veias nas suas bochechas como sardas, resultado de sua devoção ao vinho. Seus olhos, porém, continuavam sendo atraentes, um tom marcante de azul que cativava qualquer um que se sentasse à sua frente. Não era impossível que um homem ainda pudesse se apaixonar por ela, admiti. Ela tinha razão, no entanto: eu estava com inveja. Se fosse acontecer um caso de amor, então eu queria estar no centro disso.

"Ele é rico?", perguntei.

"Veste-se bem", respondeu ela. "E come em bons restaurantes. Usa uma bengala Fayet com o brasão da família. Portanto, sim, eu presumo que seja um homem bem de vida."

"E o que ele fez durante a guerra?"

Ela não respondeu — foi como se eu não tivesse dito uma palavra — e foi até o guarda-roupa, do qual tirou um vestido de seda vermelho que meu pai lhe deu de presente na noite em que nos contou que íamos sair da Alemanha. Vestiu-o e, onde outrora ele lhe agarrava o corpo, acentuando cada curva, já não era tão bonito.

"Preciso de um cinto", disse ela, examinando-se no espelho. Procurou nas gavetas e encontrou um com uma cor que contrastava bem com o vermelho.

"E quando eu vou conhecê-lo?", perguntei, olhando pela janela para as pessoas que passavam na rua. Em frente à nossa pensão, havia um armarinho e lá trabalhava um rapaz, não muito mais velho que eu, que me chamava a atenção. Eu costumava observá-lo enquanto ele cuidava de seus negócios. Como Kurt, tinha cabelo loiro, mas o dele caía na testa e ele parecia sempre tropeçar nas coisas, como uma criança desajeitada, coisa que me despertava carinho. Não era dançarino, mas era lindo.

"Quando ele a convidar", disse minha mãe.

"Mas ele sabe que você tem uma filha?"

"Eu contei."

"Você lhe contou minha idade?"

Ela hesitou. "E por que isso teria importância para ele, Gretel?", perguntou, franzindo a testa. "Acontece que ele também tem uma filha. Muito mais jovem que você, é claro. Só quatro anos de idade. Mora com a mãe em Angoulême."

"Então ele é casado?"

"A menina é ilegítima. Mas, naturalmente, como um homem honrado, ele a sustenta."

"Bom, talvez eu vá com você uma noite dessas", propus enquanto ela borrifava um pouco de perfume no pescoço e nos pulsos. Esse último frasco de Guerlain Shalimar minha avó lhe havia dado uns sete anos antes, presente de aniversário, e agora estava perigosamente quase vazio. O aroma levou-me de volta à nossa festa de despedida em Berlim, quando a vitória parecia inevitável e o Reich, destinado a sobreviver mil anos. Vi meu irmão parado junto ao corrimão, observando os oficiais e suas esposas que estavam reunidos nas salas de recepção, nós dois hipnotizados pelas fardas e pelos vestidos que varriam o corredor em uma orgia de cores. Isso realmente tinha sido apenas quatro anos antes? Parecia que tinha sido muitas vidas atrás, e as duzentas semanas que separavam aquele momento deste estavam pegajosas de sangue.

"Acho que não", respondeu ela, examinando-se uma vez mais no espelho antes de sair do quarto, pronta para qualquer aventura que a noite pudesse trazer.

Olhei novamente pela janela e vi m. Vannier, o dono do armarinho, sair à calçada. Um carro parou e o motorista abriu o porta-malas enquanto o garoto de que eu gostava apareceu à porta carregando várias caixas, cada uma perigosamente empoleirada em cima da outra. Nem preciso dizer que ele escorregou quando ia pela calçada e uma das caixas caiu, seguida pelas outras. A sorte é que era uma noite seca, e não houve nenhum dano, mas m. Vannier o repreendeu mesmo assim, dando-lhe um tapa na cabeça, e o rapazinho levou a mão à orelha para aliviar a dor. Talvez sentindo que estava sendo observado, olhou para cima e me viu, então ficou vermelho, deu meia-volta rapidamente e tornou a entrar na loja bem quando minha mãe passou por cima de um dos embrulhos caídos e desapareceu em uma rua lateral.

5

Frequento muito a biblioteca Mayfair na South Audley Street, a dez minutos a pé do meu apartamento, da qual fui sócia durante muitos anos. Edgar era um leitor apaixonado e, embora muitos de seus livros ainda estejam nas prateleiras de seu antigo escritório, que agora é um quarto de hóspedes, seus gostos e os meus diferiam consideravelmente. Historiador durante o dia, meu marido preferia a ficção contemporânea nas horas de lazer, mas, em geral, prefiro a não ficção, e é a esses títulos que volto repetidamente quando perambulo entre as estantes. Evito tudo que se relacione ao período de minha infância, mas sou fascinada pelos gregos e romanos. Tenho interesse peculiar pelas autobiografias de astronautas — acho excêntricos e louváveis o desejo de fugir do planeta e a capacidade de ver além dele. Não sou uma leitora tão voraz quanto Edgar, mas é um traço de caráter que meu pai, um bibliófilo igualmente comprometido, incutiu em seus dois filhos.

Meu irmão, é claro, adorava ler livros sobre exploradores, teimando que, cedo ou tarde, ele mesmo seria um. Certa vez, eu o ouvi conversar com Pável, um de nossos empregados naquele outro lugar, a respeito de nossa casa em

Berlim, contando que ele e seus amigos podiam passar horas explorando o enorme sótão repleto de bugigangas de anos e anos antes, o escuro e labiríntico porão, assim como os andares projetados para aproveitar ao máximo a paixão do arquiteto pelos cantos e recantos inescrutáveis. Pável provavelmente não tinha o menor interesse por essas coisas, mas meu irmão seguiu divagando com seu descaso habitual.

"Você não pode fazer suas explorações aqui mesmo?", perguntou Pável em voz baixa, pois Kurt estava engraxando as botas lá fora, à luz do sol, e o proibira expressamente de falar com qualquer um de nós. *Você não conversaria com uma ratazana, não é?*, Kurt me havia perguntado, e eu, no meu desejo de lhe agradar, caí na gargalhada e elogiei seu senso de humor.

"Não me autorizam", respondeu com tristeza meu irmão.

"E você obedece a essa proibição?", Pável perguntou, com uma cansada resignação no tom de voz. "Vai ver que tem medo do que pode descobrir se olhar do outro lado da cerca."

"Eu não tenho medo de nada", retrucou meu irmão, empertigando-se com indignação.

"Pois devia ter."

Seguiu-se um prolongado silêncio, e eu observei meu irmão subir a escada rumo ao seu quarto, pensando no que acabava de ouvir. Desde a manhã de nossa chegada, mamãe e papai exigiram com rigor que ele ficasse perto de casa. Deviam ter adivinhado que meu irmão não lhes daria ouvidos. Os garotinhos raramente o fazem.

Ao voltar para casa nessa manhã específica, no entanto, com uma recém-publicada biografia de Maria Antonieta debaixo do braço, reparei em um carro desconhecido estacionado do lado de fora do Winterville Court e olhei para ele com inquietação. Há somente um punhado de vagas de estacionamento disponíveis na rua, todas tão caras que ninguém se interessa por elas. Os moradores têm licença de estacionamento em uma garagem próxima, e só um tolo, um milionário ou as duas coisas entrariam de carro em Londres atualmente. Uma vez no saguão, parei do lado de fora do apartamento 1 e encostei o ouvido na porta. Consegui ouvir o movimento lá dentro, mas nenhuma voz.

Bati de leve, naquele estranho conflito de querer ser ouvida, mas não querer incomodar, e, quando a porta se abriu, dei de cara com uma moça de no máximo uns trinta e cinco anos, vestindo uma roupa que se poderia chamar de eclética, com uma mecha rosada no cabelo platinado. Confesso que cheguei a admirar seu elã.

"Olá", disse ela com expressão receptiva, e eu a imitei, estendendo a mão.

"Gretel Fernsby. Sua vizinha do andar de cima. Vejo que você está se preparando para mudar para cá."

"Oh, não", respondeu ela, meneando a cabeça. "Sou apenas a designer de interiores. Vim só para medir o espaço."

Essa palavra outra vez. O "espaço". Será que já não podemos chamar as coisas daquilo que elas sempre foram? Parecia-me que a língua estava sendo destruída nos nossos dias, com as palavras mais básicas sendo descartadas como ofensivas. Talvez agora considerassem "apartamento" muito burguês. Ou muito proletário. Realmente, parecia que o mais seguro era não falar nada. Nesse caso, talvez o mundo não tivesse mudado tanto assim.

"Alison Small", acrescentou ela, apresentando-se. "Small Interiores."

"Prazer", disse eu, interrogando minhas emoções para

descobrir se estava decepcionada com isso ou não. Sou uma rápida juíza de caráter, ela parecia de um tipo bastante agradável e senti que eu ficaria satisfeitíssima se ela passasse a morar no apartamento abaixo do meu. Só suas roupas me manteriam entretida. "Presumo que esteja tirando medidas para as cortinas e os sofás e o que mais você tem."

"Isso mesmo", disse ela, recuando um passo e me conduzindo para dentro do apartamento. "Entre, se quiser."

Agradeci e entrei. Atrevo-me a dizer que ela não teria convidado qualquer uma, mas as pessoas confiam inerentemente nos idosos. Afinal, quão perigosa eu poderia ser? Mesmo assim, era esquisito estar na residência do sr. Richardson agora que todos os seus pertences tinham sido levados. Como era uma cópia exata do meu apartamento, no andar de cima, tive a visão inquietante de como seria o meu quando eu partisse e tudo quanto eu possuía, cada pequenino bem que acumulei ao longo dos anos como prova de minha existência, fosse relegado a uma caçamba ou a uma loja da Oxfam, desde o quadro a óleo que Edgar me deu de presente de casamento até a espátula de silicone que eu usava na frigideira. Caden, eu sabia, poria o apartamento à venda antes mesmo que o rigor mortis se instalasse.

"Faz tempo que você mora no andar de cima?", quis saber a srta. Small, e eu assenti, surpresa com o eco da nossa voz quando não havia estofados nem móveis que abafassem o volume.

"Há mais de sessenta anos", respondi.

"Que sorte a sua!", declarou ela. "Eu daria meu braço esquerdo para morar nesta parte de Londres."

"Posso perguntar...", interrompi-me um instante, sem saber se ela estava disposta a responder. "O seu cliente. Ou clientes. Vão mudar em breve?"

"Sim, muito em breve, me disseram", apontando um dispositivo eletrônico para uma das paredes. O aparelho projetou um ponto vermelho na pintura e ela olhou para a tela. Não tenho ideia do que o ponto vermelho significava ou de que informação revelava, mas, a julgar pelo modo como ela franziu a testa, parecia coisa importantíssima. "Então minha equipe e eu teremos de nos apressar. Felizmente, sei exatamente do que eles gostam. Já trabalhei com eles em outra ocasião."

'"Eles"', disse eu, agarrando-me à palavra como um homem se afogando agarraria uma boia. "Quer dizer então que se trata de um casal?"

A srta. Small hesitou. Seu batom, reparei, estava um tanto grosso. Chegou a quase estalar quando ela apertou os lábios.

"Eu provavelmente não deveria dizer, sra. Fernsby", disse ela. "Confidencialidade do cliente, essas coisas..."

"Ora, tenho certeza de que eles não se importariam", respondi, fazendo o possível para não soar como a abelhuda local. "Afinal, vão morar diretamente abaixo de mim."

"Mesmo assim. Sei quanto eles valorizam sua privacidade. Como disse, estarão aqui em breve e então a senhora terá oportunidade de conhecê-los."

Concordei com um gesto, desapontada.

"Sei que é estressante", prosseguiu ela, percebendo minha ansiedade. "Enfrentar vizinhos novos sendo que a senhora mora no prédio há tanto tempo. O morador anterior também passou muitos anos aqui?"

"Nem tanto", contei-lhe. "Ele só mudou para cá em 1992."

Ela riu; não entendi por quê.

"Ora, fique tranquila, a senhora não terá dificuldade com meus clientes. Eles são muito..." Ela se calou, procurando a palavra certa. "Como expressar isso? Eles são... Quer dizer então que a senhora se interessa pela Revolução Francesa?"

Eu a encarei, perplexa com o non sequitur. Minha expressão deve ter denunciado minha confusão, pois ela apontou para o livro que eu trazia comigo.

"Maria Antonieta", explicou.

"Ah, sim", disse eu, dando de ombros. "Os homens e as mulheres poderosos sempre me fascinaram. Tenho interesse pelo modo como eles exercem o poder, se o usam para o bem ou para o mal, e como isso os transforma quando o fazem."

A srta. Small se mostrou um pouco constrangida. Talvez minha resposta tenha sido mais minuciosa do que ela esperava. Erguendo uma vez mais sua engenhoca, ela apontou para a parede que dava para a rua e um novo ponto vermelho apareceu na moldura da janela, fazendo o que quer que aqueles pontos vermelhos fizessem. Cheguei a me perguntar se ela não apontaria o aparelho para mim caso eu permanecesse lá mais tempo que o devido.

"Bem, é melhor eu retomar o trabalho", disse ela, dispensando minha presença, e fiz que sim, virei-me e tomei o rumo da porta. Antes de sair, porém, tentei mais uma vez.

"Só uma última pergunta", disse, na esperança de que ela pudesse pelo menos me tranquilizar sobre esse assunto. "Os seus clientes, eles não têm filhos, têm?"

Ela pareceu incomodada. "Lamento, sra. Fernsby", e foi com dor no coração que me despedi com um aceno antes de me dirigir para o andar de cima. Só quando estava preparando um bule de chá, alguns minutos depois, eu me dei conta de que não tinha como saber ao certo o que sua resposta queria dizer. Acaso ela estava se sentindo mal por não ter conseguido responder à minha pergunta porque, sim, havia uma criança no horizonte, ou porque não havia criança nenhuma, e uma velhinha simpática como eu podia estar ansiosa por um pouco de energia juvenil no prédio? Era impossível saber.

6

Em uma manhã ensolarada, quando a luz do sol pontilhava as árvores frondosas da ilha, atravessei a Pont Marie rumo à Place des Vosges, onde às vezes me sentava com um livro para observar os parisienses mais ricos desfilarem a sua elegância. Eu admirava a descarada hipocrisia daquele bando de grandes de outrora, que professavam uma crença na *égalité*, mas usavam roupas e joias para expressar a sua *supériorité* inata.

A guerra tinha se revelado uma grande niveladora para os franceses, mas havia uma sensação de que as ordens inferiores tinham feito mais do que as superiores para sequestrar os esforços do governo de Vichy, e assim se iniciou um tempo de responsabilidade. Uma palavra — *colaborador* — incitava agora os mesmos níveis de terror na população que outra — *aristocrata* — instigara um século e meio antes. Vendo a ansiedade no rosto dos ricos, imaginei que fosse parecida com a expressão no rosto de seus ancestrais quando se convocaram os estados-gerais. É claro que agora era a *épuration légale* que levava aquelas pessoas ao banco dos réus, o que resultava em execuções ou na sentença menor de *dégradation nationale*.

Era em momentos como esse, a sós com meus pensamentos, que eu mais lutava com a natureza complicada da minha consciência. Fazia três anos que meu irmão falecera e seis meses que enforcaram meu pai, e eu sentia falta de ambos de maneiras diferentes. A perda de meu irmão era uma coisa que eu mal me permitia considerar, mas a de meu pai permanecia em minha mente todos os dias. Começava lentamente a entender do que ele havia participado — do que *nós* havíamos participado — e a desumanidade de seus atos contrastava tão intensamente com o homem que eu pensava conhecer que ele podia muito bem ter sido duas pessoas diferentes. Eu dizia a mim mesma que nada daquilo era culpa minha, que eu não passava de uma criança, mas havia aquela pequena parte do meu cérebro que me perguntava: se eu era totalmente inocente, afinal de contas, por que vivia com nome falso?

Enquanto eu observava aquela gente, um homem de compleição robusta veio do outro lado da fonte e, quando se aproximou, reconheci o amante de minha mãe, m. Toussaint. Virei o rosto para o outro lado, esperando que ele não parasse para falar comigo. Ainda não tínhamos sido apresentados — só o tinha visto pela janela dos bares em que ele e minha mãe bebiam — e não senti muita vontade de conhecê-lo. Mas eis que agora ele estava parando na minha frente e tirando o chapéu ao mesmo tempo que fazia uma graciosa reverência. Sua paspalhice me irritou. Acaso ele era vaidoso a ponto de se imaginar um mosqueteiro atual e eu, uma donzela angustiada a caminho de Versalhes?

"Tenho a honra de me dirigir a mlle. Gretel Guéymard?", perguntou, e eu ergui os olhos, as sílabas de nosso nome inventado ainda novas para meu ouvido.

"Tem", disse eu. "E o senhor é m. Toussaint, não?"

Ele sorriu e pude ver por que uma mulher podia cair tão

rapidamente em seus braços. Não tinha rugas no rosto tão liso, mas seu bigode fino dava-lhe um ar travesso, acentuando a espessura dos lábios anormalmente vermelhos. Seus olhos eram de um azul penetrante, e me perguntei se seria prazeroso ou enervante tê-los postos em mim. E, no entanto, apesar de estar em uma idade em que minha cabeça se voltava para as dezenas de belos rapazes que todos os dias passavam na rua, achei algo desconcertante no olhar de m. Toussaint. Por certo ele era bonito, mas, em uma inversão do mito, eu o vi como Medusa e a mim como Perseu, imaginando que, para mim, seria perigoso contemplar sua fisionomia durante muito tempo.

"Quer dizer que sua mãe falou de mim", disse ele.

"Uma ou duas vezes", admiti, lamentando ter mexido com seu narcisismo.

"Mme. Guéymard é uma bela dama e estou encantado por finalmente conhecer sua filha. Ela fala de você com frequência."

Eu me perguntei se ele estava mentindo, pois me parecia inconcebível que minha mãe se referisse a mim. Ter uma filha de quinze anos a envelheceria aos olhos de qualquer homem e eu não era a autora de uma série de façanhas de que ela pudesse se gabar.

"Duvido", disse eu, desafiando-o, e então vi algo em seus olhos, um brilho de interesse, uma pequena nota de surpresa porque eu simplesmente não sorria sob seus elogios. Acreditava que podia ter certa influência sobre ele recusando-me a me comportar como ele esperava e comecei a perceber que o poder que me foi negado desde a infância estava começando a florescer.

"Como o senhor soube quem eu sou?", perguntei, e ele deu de ombros como se eu fosse famosa em Paris.

"Você é parecida com ela", respondeu. "Além disso, eu

vi você nos espionando tarde da noite, preocupada com a possibilidade de ela sofrer algum mal nas ruas. Acho que você faz o papel de mãe dela, certificando-se de que volte para casa em segurança. Ou é a mim que você está vigiando?"
Não gostei do fato de ele ter me visto sem que eu percebesse.
"Não me pareço com ela em nada", retruquei, desconsiderando sua pergunta. "Eu me pareço com minha avó paterna quando era jovem. É o que todo mundo diz."
"Então ela deve ter sido uma mulher lindíssima", comentou ele, e eu revirei os olhos.
"Essas flechas atingem o alvo?", perguntei. "Você deve me achar terrivelmente ingênua."
Dessa vez, ele ficou inquieto, desabituado do ridículo, e eu, muito divertida, descobri que não podia parar.
"Posso perguntar se o senhor é escritor, m. Toussaint?"
"Não", respondeu ele, franzindo a testa. "De onde você tirou essa ideia?"
"É que o senhor fala como se fosse. Um escritor ruim, digo. Um escritor de romances baratos."
Eu me levantei decidida a ir embora, mas ele me agarrou o pulso, nem com ternura, nem com agressividade.
"Você, mlle. Gretel, é uma moça de grosseria incomum", declarou ele, mostrando-se bem satisfeito com a observação. "Não sente culpa?"
Olhei fixamente para ele. "Culpa?", perguntei. "Culpa do quê?"
"De sua crueldade."
O silêncio entre nós pareceu durar uma eternidade.
"Não sei o que o senhor quis dizer. Crueldade com quem?"
"Comigo. Por quê? A quem você achou que eu estava me referindo?"

Eu não disse nada. Queria correr para longe dele, tanto quanto possível.

"Você é diferente das outras garotas da sua idade", disse ele. "O que me faz pensar que seria muito bom conhecê-la na vida privada. Há uma grande diferença entre meninos e homens que eu gostaria muito de lhe mostrar." Ele estendeu a outra mão e roçou os dedos na minha bochecha com tanta delicadeza que senti os meus olhos se fecharem, como se ele estivesse me enfeitiçando. A experiência o tornara muito melhor nesse jogo do que eu.

Satisfeito por ter afirmado seu domínio sobre mim, soltou-me e se virou para ir embora, deixando-me a praguejar contra a facilidade com que eu tinha capitulado. Quando havia se afastado certa distância, olhou em volta e riu ao ver que eu continuava a observá-lo.

7

Caden apareceu inesperadamente no início da noite e, quando entrou no apartamento, notei que ele havia engordado. Nunca foi uma criança magra, mas, na idade adulta, quando começou a trabalhar na indústria da construção, seu esforço nos canteiros de obras ajudou-o a se manter em forma. Pouco depois do seu trigésimo aniversário, porém, ele abriu sua própria empresa com o dinheiro que Edgar e eu lhe demos e, quase de imediato, começou a relaxar, possivelmente porque passava a maior parte do tempo atrás de uma escrivaninha, deixando o trabalho braçal para os outros. Incomodou-me ver sua barriga apertando os botões da camisa com tanta virulência.

"Recebi um telefonema", disse ele, jogando-se em uma poltrona com um gemido e recusando a xícara de chá que lhe ofereci; preferiu um uísque Macallan.

"Um telefonema sobre o quê?", perguntei.

"Sobre o apartamento."

"Que apartamento?"

"O seu. Este apartamento." Olhou ao redor, abrindo muito os braços, como se fosse o rei de tudo que estava vendo, e não apenas o príncipe herdeiro. "Recebemos uma oferta."

Levei um instante para organizar meus pensamentos, não querendo que meu humor me vencesse.

"Como podemos ter recebido uma oferta pelo apartamento", perguntei, "se ele não está à venda?"

"Às vezes as pessoas fazem perguntas", respondeu ele despreocupadamente, sem me olhar nos olhos. "Há muita demanda de imóveis nesta parte de Londres. Ofereceram três vírgula um."

"Três vírgula um o quê?"

"Três milhões vírgula um."

"Acho que não", respondi, indo até o bar e servindo um uísque também para mim. Ia precisar de um drinque se fôssemos continuar com essa conversa.

"É muito mais do que eu esperava", disse ele. "Seria tolice pelo menos não discutir isso."

"Nós estamos discutindo isso", salientei. "Estamos discutindo isso neste momento."

"Dei uma olhada no que tem por aí", prosseguiu ele, como se não tivesse me ouvido. "Podemos encontrar algo muito adequado por cerca de um vírgula cinco, deixando-nos um vírgula seis para a gente investir."

"'A gente'?", perguntei. "E o que eu faria com um vírgula seis milhão de libras esterlinas? Apostaria num cavalo?"

"Você pode investir esse dinheiro. Conheço algumas pessoas muito boas que podem orientá-la."

"Eu tenho noventa e um anos, Caden", respondi. "Não é como se eu precisasse planejar uma aposentadoria confortável. Em todo caso, você sabe que sou feliz no Winterville Court."

"Não acha que está na hora de mudar?"

"Não, não acho."
Ele suspirou.
"O papai não gostava daqui", murmurou em voz baixa, mas alta o suficiente para que eu ouvisse.
Essa observação me surpreendeu, pois Edgar nunca expressou nenhuma insatisfação com nossa casa. Pelo menos não para mim.
"Não é verdade", disse-lhe eu.
"Bem, ele estava bastante acomodado, imagino", admitiu Caden, rejeitando meus protestos. "Mas nunca teve planos de envelhecer e morrer aqui. Queria encontrar um lugarzinho no campo, em uma cidadezinha com um pub aconchegante e uma sociedade histórica, mas você não deixou."
"Você me faz parecer uma carcereira. E seu pai, meu prisioneiro."
"Foi você que fez questão de comprar este apartamento quando ele recebeu a herança, não foi?"
"Sim, isso é verdade", admiti.
"Por quê?"
"Eu tinha meus motivos."
"E, pelo que eu sei, você se recusou a pensar em morar em qualquer outro lugar nos anos seguintes."
"Também é verdade."
"Por quê?"
"Repito: eu tinha meus motivos."
Ele suspirou. "Eu me preocupo com você na escada", disse sem entusiasmo.
"E eu me preocupo com você me empurrando escada abaixo", disse eu, coisa que o fez sorrir. "Olhe, Caden, a única coisa que quero, no tempo que me resta, é desfrutar da paz e da segurança de morar no lugar que chamo de lar há mais de sessenta anos. Isso é pedir demais?"

"É só que..." Agora ele pareceu incomodado e eu disse a mim mesma que, por mais que Caden me pressionasse, eu não cederia. "A verdade é que o negócio já teve dias melhores", disse enfim. "As coisas estão um pouco difíceis no momento."

"Difíceis quanto?"

"Dificílimas. Tive todos os tipos de problema. Primeiro teve o Brexit, e, bem quando achei que conseguiria dar a volta por cima, veio a pandemia. Contratei gente nova para cuidar de todas as questões alfandegárias com a Europa, mas tive de demitir todo mundo enquanto ainda tentava manter a empresa sem afundar. Não tenho mais de pagar pensão alimentícia a Amanda nem a Beatrice, mas Charlotte me suga o sangue todo mês."

Um dos pormenores mais insólitos da duvidosa história afetiva de meu filho é que ele parece escolher suas esposas em rigorosa ordem alfabética, tal como fez o assassino em Os crimes ABC. Assim, sua noiva atual se chama Eleanor, de modo que, ou ele está "misturando as coisas", como dizem, ou a velhice me fez esquecer uma possível Deirdre, Deborah ou Dawn.

"Como vai Amanda?", perguntei, pois sua primeira esposa era a única com quem eu realmente me dava bem, a ponto de ter ficado triste quando eles se separaram.

"Vai bem. Quer dizer, está com câncer, mas, fora isso, vai bem."

"O quê?", perguntei, erguendo o corpo na cadeira, em estado de choque. "O que você quer dizer com 'Ela está com câncer?'"

"Exatamente o que eu disse. No ovário, acho."

"E só agora você me conta isso?"

"Mamãe, Amanda e eu nos divorciamos há trinta anos. Não tenho nenhum motivo para manter você atualizada sobre as várias doenças dela. É mais do que estranho que *eu* ainda tenha de saber delas."

"Câncer não é uma doença", protestei, chocada com a insensibilidade de Caden. "É muito mais grave que isso."

"Tenho certeza de que ela vai ficar bem."

"O que lhe dá tanta certeza? Você é médico, por acaso?"

Caden não disse nada.

"Não entendo como você pode ser tão frio", disse-lhe eu, agora levantando a voz. "Seu casamento pode não ter dado certo, mas houve um tempo em sua vida em que você, presumivelmente, a amava. Você prometeu passar a vida com ela, afinal, antes de voltar atrás e de prometer passá-la com outra pessoa. E depois com outra. E agora com outra novamente."

Caden continuou em silêncio. Detestava ser recriminado, fosse no que fosse, coisa que explicava por que ele nunca gostou de discutir suas ex-mulheres comigo. Meses antes, pelo menos teve a decência de se mostrar sem jeito quando me informou sobre suas próximas núpcias. E, para ser sincera, eu estava pensando em pular de vez esse casamento e esperar até o outro.

"Você pensaria em uma casa de repouso?", perguntou ele enfim, levando a conversa de volta ao ponto de partida. "Hoje em dia, há alguns lugares maravilhosos por aí. Comunidades inteiras de idosos vivendo felizes lado a lado. Há bailes, passeios e..."

"Enterros toda segunda e quinta com um bom almoço depois, eu sei. Posso ser velha, mas isso não significa que tenha de viver como velha. Estou com a saúde excelente para uma pessoa da minha idade e, se eu fosse morar em um asilo..."

"Casa de repouso."

"Garanto que morreria dentro de um ano."

"Ah, não, mãe", objetou ele como se pudesse pensar em desfechos piores. "Você vai sobreviver a todos nós."

"Bem, se eu ficar em Winterville Court, posso ter uma chance de lutar."

Olhei para seu copo, que estava quase vazio; eu esperava que ele não pedisse outro. Estava cansada e queria relaxar assistindo a um filme. Terminei o meu, esperando que ele entendesse a dica.

"O andar de baixo foi por três mesmo", disse ele enfim, e fiz uma careta. "O apartamento do sr. Richardson", esclareceu. "Três milhões de libras."

"Como você sabe disso?"

"Sou do ramo da construção, mamãe. Tenho minhas fontes."

"Você sabe quem o comprou?", perguntei. Para minha decepção, ele fez que não.

"Não sei o nome dele."

"Um homem, então?"

"Não, não, eu simplesmente presumi..."

"Por que você presumiria isso?"

Ele revirou os olhos.

"Está bem. Não sei o nome nem o sexo do comprador. Mas, seja quem for, deve estar muito bem de vida para poder pagar nada menos que três."

"Você poderia descobrir?"

"Descobrir o quê?"

"Quem são eles."

"Posso tentar", disse ele. "Ora essa, as fofoqueiras do bairro se aposentaram? Não há mais nenhuma que cuide dessas coisas?"

"Eu gostaria de saber, só isso", respondi. "Dias atrás, havia uma designer de interiores no apartamento e agora os pintores entram e saem o tempo todo. Quero saber o que me espera. Isso não é absurdo, é?"

"Você não perguntou aos comerciantes?"

"Perguntei."

"E?"

"Eles não sabem nada. Ou, se sabem, não contaram."

"Tentou lhes oferecer dinheiro?"

"Claro que sim. Mas eles são incorruptíveis."

"Tudo bem."

"Então veja o que você consegue descobrir, sim?", pedi.

Então me levantei e ele entendeu a dica, bebendo o resto do uísque e se levantando antes de pôr a mão na base da sua coluna e soltar um gemido. Era estranho ter um filho que mostrava sinais de velhice. O pai dele teve muita saúde a vida toda e manteve uma figura esbelta até a morte. Acompanhei Caden até a porta e ele me deu um beijo no rosto ao sair.

"Pense bem, é a única coisa que peço", disse, voltando-se para mim. "Três vírgula um é..."

"Muito dinheiro. Eu sei. Você já disse."

A porta do outro lado do corredor se abriu e Heidi Hargrave olhou para fora. Pelo estado de seu cabelo, percebi que ela não estava em um de seus melhores dias.

"Você engordou", disse, apontando para a barriga de Caden. "Engordou como um louco."

E, com isso, voltou a entrar, deixando meu filho e a mim olhando um para o outro. Realmente, não havia mais nada a dizer.

8

O armarinho abria todos os dias, às dez horas da manhã, mas eu esperei até o meio-dia, quando m. Vannier desaparecia para seu habitual almoço de duas horas. Só então desci e atravessei a rua.

Pela vitrine, que alojava dois manequins vestidos de tweed desgastado de antes da guerra, vi que a loja estava silenciosa para aquela hora do dia. O garoto se achava atrás do balcão embrulhando uma camisa para um homem corpulento de meia-idade, que o olhava de maneira lasciva. Quando o rapazinho terminou a tarefa, o homem tirou um cartão do bolso e o entregou. O garoto passou algum tempo olhando para aquilo, sem saber o que o homem lhe estava pedindo, até que este se inclinou para a frente, pressionando a barriga na madeira, e sussurrou no seu ouvido, coisa que o fez enrugar a testa e balançar a cabeça. Acaso era um convite para um encontro?, eu me perguntei. Nesse caso, a expressão do garoto deixou claro que ele não estava inclinado a aceitar. O homem, de modo cínico e despreocupado, simplesmente deu de ombros, colocou a compra debaixo do braço e saiu da loja.

Aguardei algum tempo antes de entrar. Era a minha

primeira vez no estabelecimento dos Vannier e eu senti um cheiro agradável no ar, uma fresca mistura de sândalo e lima. Imaginei o garoto borrifando a fragrância em toda parte pela manhã, antes de abrir as portas.

Ele ergueu a vista ao ouvir meus passos no piso de madeira e pareceu surpreso ao ver uma garota da minha idade no local, mas não desviou o olhar. Na verdade, contemplou-me mais tempo que o necessário.

"Em que posso ajudá-la, mademoiselle?", perguntou, e eu me aproximei dele, assumindo um ar de confiança.

"Botões", respondi, em voz mais alta do que pretendia. "Preciso de alguns botões. Estou no lugar certo?"

Ele fez que sim e, estendendo as duas mãos por baixo do balcão, pegou uma enorme caixa de madeira que colocou entre nós. Quando ele ergueu a tampa, deixei escapar um grito de prazer. Devia haver mil botões lá dentro, de todas as formas, tamanhos e cores, a coleção a brilhar enquanto a luz das lâmpadas se refletia nas suas bordas vítreas.

"Encontrar os que combinam, esse é o problema", disse ele. "Mas, se você achar um de que gosta, é só dizer e eu a ajudo a encontrar outros mais."

Mergulhei profundamente as mãos na caixa. A sensação foi maravilhosa, os botões frios e duros em contato com a minha pele. Conforme eu movia os dedos, eles também se moviam, como pequeninas criaturas marinhas que meu toque trazia à vida.

"Eu também faço isso às vezes", admitiu o rapaz, sorrindo. "É gostoso, não é?"

"É."

"Acho relaxante. Às vezes, quando estou irritado ou chateado, eu..." Ele se interrompeu, mostrando-se um pouco envergonhado.

"Não, é relaxante, sim", concordei. "Entendo por que

você faz isso. Sou Gretel, aliás, Gretel Guéymard." Ele corou inexplicavelmente quando lhe disse meu nome, a cor das suas bochechas a contrastar muito com a dourada desordem do seu cabelo.

"Émile Vannier", disse ele.

"*Emil e os detetives*", disse eu, a capa do livro infantil surgindo na minha mente, pois era o favorito do meu irmão quando nós morávamos naquele outro lugar.

"Mas Émile com *E*", esclareceu ele. "No fim, digo. Bom, no começo também. Nas duas pontas." Ele estava ficando confuso.

"Então você conhece o livro?"

"Li quando era mais novo. Antes que meu pai o jogasse fora."

"Por que ele fez isso?", perguntei, surpresa.

"Não consegue adivinhar?"

"Porque ele não admitia livros de autores alemães em casa", disse eu e, quando ele fez que sim, comecei a ficar ansiosa. Eu me esforçava muito para disfarçar meu sotaque desde a chegada a Paris e, embora estivesse indo muito bem, inflexões do meu passado irrompiam ocasionalmente para ameaçar minha segurança, como havia acontecido com o rapaz do Jardin du Luxembourg. A língua em si, porém, eu aprendi com muita facilidade. Minha mãe, convencida de que essa era a língua dos sofisticados, fez questão de que o meu irmão e eu a aprendêssemos desde pequenos, e as aulas com Herr Liszt continuaram até que partíssemos daquele outro lugar.

"A guerra acabou. A gente precisa entender que isso é coisa do passado", disse eu, esperando que ele concordasse. Não que eu realmente sentisse que era verdade. Para mim, a guerra perdurava, meu sentimento de culpa pelas coisas que aconteceram não me saía da mente. A sua gravata estava um pouco torta e, sob o tecido, o segundo botão da camisa estava desabotoado. Cheguei a ver um tico de pele por baixo, e algum lugar no fundo do meu corpo me fez suspirar. Eu queria tocá-lo. Nunca havia tocado um garoto de modo sensual.

"Com o tempo, talvez", disse ele. "Mas acho que ainda não. Os culpados precisam ser punidos."

O rapaz se aproximou de um mostruário de suspensórios masculinos e se pôs a reorganizá-lo com cuidado, enquanto eu continuava a pescar entre os botões, sem saber o que fazer para que ele mostrasse mais interesse por mim. Esse era um jogo novo para mim e eu ainda não estava treinada. As minhas únicas tentativas anteriores de sedução — com Kurt, quando eu não passava de uma menina, e as de flertar com m. Toussaint — terminaram mal.

"Eu vi você, sabe?", disse eu finalmente, aproximando-me do rapaz, e ele ergueu os olhos para mim.

"Me viu?"

"Da minha janela." Apontei para a rua, depois apontei para a janela do andar superior da nossa pensão. Aquele é o meu quarto, lá em cima. Reparei em você indo e vindo. Você cai muito."

"O meu pai me chama de desastrado. A minha falta de jeito o incomoda. Mas eu não nasci para trabalhar em uma loja."

"Nasceu para fazer o quê?"

Ele encolheu os ombros. Era óbvio que não tinha pensado tão longe. "Ainda não sei", disse. "Só tenho dezesseis anos."

"Eu vou fazer dezesseis em breve", contei-lhe. "Na verdade, dentro de algumas semanas."

Dessa vez ele olhou para mim com mais interesse, a ponta da língua saindo para pressionar o lábio superior. Eu me perguntei se ele já tinha beijado uma garota e achei que não. Havia uma inocência nele, mas imaginei que, como um cachorro acorrentado, ele desejava ser solto.

"Talvez a gente possa fazer alguma coisa junto", prossegui depois de um silêncio doloroso. "Faz pouco tempo que estou em Paris e não conheço muita gente. Ninguém da minha idade, em todo caso."

"E onde você morava antes de vir para cá?", quis saber ele.

"Em Nantes", respondi, sem saber por que ele estava me perguntando isso, já que minha mãe certamente lhe havia dito.

"Então vai conhecer a mme. Aubertin", disse ele. "A costureira, que era amiga da minha mãe e tinha uma loja lá antes de eu nascer."

Hesitei, pois não conhecia nem a mulher nem a cidade e receei que aquilo fosse algum tipo de teste.

"Infelizmente, nossas finanças não me permitiram visitar nenhuma costureira nos últimos anos", disse eu, evitando uma resposta definitiva. "Mas há lugares que você frequenta, Émile? Quando não está trabalhando, digo."

"Há um café de que gosto. Costumo ir lá para ler."

"Para ler autores alemães? Ou você é muito obediente ao seu pai?"

"Às vezes eu os levo escondidos", admitiu ele, e então respirou fundo, enquanto eu aguardava o convite. "Posso mostrá-lo um dia, se você quiser", disse, e pareceu ter se esforçado muito para fazer a oferta. "O café, digo. Não fica longe daqui. E também vende bolos deliciosos."

"Disso eu gostaria", prossegui. "Que tal amanhã à noite?"

"Tudo bem." Ele fez que sim. "Saio às quatro horas."

"Eu me encontro com você na porta da frente."

Audaciosa, arriscando tudo, inclinei-me para a frente e pus os lábios na sua bochecha. Sua pele era macia e seu corpo tinha um cheiro inebriante de menino. Quando recuei um passo e o observei, ele parecia surpreso com minha ousadia, mas também satisfeito. Havia uma fome inconfundível nos seus olhos.

Dei meia-volta sorrindo, e então ergui a mão acima da cabeça para acenar enquanto me dirigia à porta. Certa vez, tinha visto Marlene Dietrich fazer assim em um filme e admirei o gesto.

"Até amanhã então", gritei.

"Mas, Gretel", gritou ele atrás de mim. "E os seus botões?"

"Não seja bobo", respondi, rindo um pouco. "Você não acha que vim aqui por causa de botões, acha?"

9

Então Madelyn apareceu, finalmente.

Era uma manhã de terça-feira, talvez uma semana depois da visita de Caden, e, no dia anterior, os técnicos e decoradores terminaram o trabalho antes da hora do almoço, e o Winterville Court finalmente retornou ao seu habitual estado de calma. Quando acordei, um ruído incomum no ar sugeriu que, no andar inferior, havia pelo menos uma pessoa que era nova no nosso meio. Ao morar no mesmo lugar durante tanto tempo, a gente fica sintonizada até mesmo com a mais leve variação na atmosfera.

Algumas horas depois, instalada na sala de estar, tentei me concentrar em Maria Antonieta, mas percebi que minha atenção estava voltada para o que podia estar acontecendo seis metros abaixo de mim. Esperava o ruído de móveis sendo um pouco empurrados para um lado ou para o outro, ou o eco fraco de música tocando enquanto guardavam xícaras, copos e louça. Portas abrindo e fechando enquanto os novos ocupantes reorganizavam os cômodos a seu gosto.

Finalmente, com a minha curiosidade a ponto de explodir, admiti que não conseguiria relaxar enquanto não visse o rosto deles e, assim, escovando o cabelo e passando um pouco de perfume nos pulsos e no pescoço, pus em um prato alguns bolinhos que eu havia assado naquela manhã, desci a escada e bati na porta do apartamento 1. Passaram--se alguns momentos em silêncio, seguiu-se o barulho de pés descalços pisando no assoalho.

"Boa tarde", disse eu, sorrindo para a mulher diante de mim. "Sou Gretel Fernsby, a sua vizinha de cima. Queria me apresentar. E lhe trazer isto."

Ofereci-lhe o prato com as duas mãos, como uma oferenda religiosa, e a mulher olhou para ele com expressão intrigada. Senti, como se pudesse ler seus pensamentos, que ela sabia que devia aceitar os bolinhos, mas, não tendo ideia da sua origem, que ingredientes e quantas calorias continham, só lhe restava jogá-los fora mais tarde sem comer nenhum.

Minha nova vizinha tinha trinta e poucos anos, imaginei, era bem alta, com feições marcantes, e trazia o espesso cabelo loiro em uma espécie de colmeia de Dusty Springfield, que parecia simultaneamente fora de sintonia com os tempos e peculiarmente na moda. Tinha olhos azul-claros, o esquerdo com um toque de verde, dedos longos que um pianista invejaria e o tipo de figura esbelta e juvenil que os homens parecem valorizar hoje em dia. Ela podia ser modelo, pensei. Talvez fosse modelo. Mesmo naquele dia, mudando-se para a nova moradia, estava vestida como se esperasse ser fotografada de vários ângulos diferentes.

"Ah", disse ela enfim, pegando o prato e olhando atrás de mim como se esperasse que houvesse um cuidador escondido em algum lugar, pronto para me arrastar de volta para cima e me acomodar em uma cadeira na frente de um televisor diurno. "Quanta gentileza sua."

"Não foi nada, realmente."

Nós nos entreolhamos. Decidi esperá-la.

"Quer entrar?", perguntou ela enfim, fazendo uma concessão às boas maneiras.

"Obrigada", disse eu — já estava praticamente na soleira —, "não quero incomodar, tenho certeza de que a senhora está ocupadíssima. Só queria dizer olá."

Ela fechou a porta atrás de mim e olhei à minha volta, absorvendo tudo. Alison Small tinha feito um bom trabalho ao transformar o apartamento bastante gasto do sr. Richardson em algo que parecia valer cada centavo dos, como diria Caden, três vírgula um. Os móveis pareciam extremamente desconfortáveis, mas eu sabia que esse era o estilo contemporâneo, e eram emblemáticos à sua maneira. Aquilo não parecia tanto um lar no qual a gente poderia morar quanto um apartamento que podia aparecer em revistas ou suplementos dominicais, dando às pessoas expectativas despropositadas sobre quanto elas poderiam pagar se simplesmente se esforçassem e trabalhassem mais. Eu bem que gostaria de passar meia hora percorrendo-o para ver que outros tesouros estariam em exibição, mas presumia que não iria além da sala de estar.

"Sra. Fernsby, não é?", disse a mulher de pé atrás de mim, e eu me virei para lhe apertar a mão enquanto ela colocava os bolinhos em uma mesa lateral fora de vista.

"Gretel, por favor", pedi. "E você é?"

"Madelyn. Madelyn Darcy-Witt."

Eu fiz que sim, mas me senti inexplicavelmente irritada com a sua resposta. Não sendo inglesa, tenho um curioso antagonismo com os nomes que soam como saídos, plenamente formados, das páginas da Debrett. Ela me convidou para sentar e eu aceitei, prometendo uma vez mais que não ficaria muito tempo, e, para minha surpresa, o sofá, que parecia feito de granito, revelou-se confortável.

"Excelente, não acha?", disse ela, sentando-se na poltrona em frente. Vendo-a sentar-se, presumi que não me ofereceria chá. "O sofá é de Signorini e Coco. Esta poltrona é de Dom Edizioni."

"A minha é de John Lewis", disse eu, esperando que isso a fizesse sorrir, mas não fez. Mesmo porque não era de John Lewis; Edgar, que gostava de coisas bonitas, havia encomendado os nossos móveis, ao longo dos anos, de uma empresa em Brighton, e isso nunca nos pareceu ruim.

"É claro", disse ela, e eu sabia exatamente o que queria dizer com isso.

"Parecia desconfortável", disse eu, acariciando o sofá como se fosse um gato capaz de ronronar sob o meu contato. "E, no entanto, não é nem um pouco."

"É enganador", disse Madelyn em um tom um tanto malicioso, como se ela e o sofá tivessem se desentendido e só estivessem provisoriamente reconciliados.

"De fato", respondi. Olhando à minha volta, observei os pequenos *objets d'art* que ela devia estar arrumando nas prateleiras quando cheguei. Havia algumas fotos emolduradas viradas para baixo em uma mesa modular; desejei ver as imagens que continham. "Você recebe muita luz aqui a esta hora do dia", acrescentei, pois o sol entrava pelas janelas salientes da frente, iluminando a sala com um tom dourado. Olhei para o teto. Estava habituada a eles, é claro, mas não se podia pôr defeito no pé-direito extraordinário dos apartamentos no Winterville Court. Um lustre novo pendurado no teto piscou para mim como se tivesse acordado naquele instante. Embora não houvesse brisa, pois nenhuma janela estava aberta, um ou dois prismas e correntes de cristal se agitaram como fogo-fátuo, talvez para me avisar que eu não devia estar lá.

"A luz é tão importante para mim", respondeu Madelyn sonhadoramente. "Foi a primeira coisa que eu mencionei ao corretor de imóveis. Luz e altura. Quando eu era menina, minha mãe mantinha as cortinas fechadas o dia todo para não descolorir os móveis e isso me deixava maluca. Meus amigos vinham me visitar e diziam: 'Madelyn, por que é tão escuro aqui? Por que está sempre tão *escuro*?'. E não demorou para que parassem de ir lá em casa. Minha mãe era uma pessoa muito boa, tenho de dizer. Só que nunca viveu à altura do seu verdadeiro potencial e se preocupava demais com a opinião dos outros." Calou-se um instante, como se estivesse perdida em uma lembrança vergonhosa. "O meu pai não a tratava bem, sabe? E o pai dele tampouco tratava bem a esposa. E assim por diante. É geracional, não acha?"

"Não sei", disse eu, um pouco constrangida por ela ter revelado tanta coisa apenas minutos depois de nos termos conhecido. "Muita gente cresce e se torna totalmente diferente dos seus pais."

"Todo mundo gosta de pensar isso", respondeu ela com segurança, meneando a cabeça. "Mas, no fundo, somos todos imitações pálidas."

Fiquei calada. Pensei nos meus próprios pais. Eu não era como eles, de modo algum, disse cá comigo. Jamais faria o que eles fizeram. Aquela mulher, aquela desconhecida, estava dizendo um absurdo extremo. Talvez estivesse louca, pensei.

"Você mora aqui há muito tempo?", perguntou Madelyn. Fiz que sim.

"Desde 1960."

Ela começou a rir e eu a encarei.

"Ah, desculpe", ela se apressou a dizer, levando a mão à boca. "Pensei que você estivesse brincando."

"Não faz *tanto* tempo assim no grande esquema das coisas."

"Você terá de me perdoar", pediu ela. "Eu tenho o hábito de rir em momentos inadequados. Ainda na semana passada uma amiga minha me contou que o cachorro dela foi atropelado por um caminhão articulado, e eu rolei no chão de tanto rir."

Eu me perguntei se não convinha chamar um médico e fazer com que a internassem.

"Desculpe", repetiu ela, franzindo a testa e olhando para os próprios pés, como se percebesse que havia cometido uma transgressão social. "Não sei por que eu..."

"Meu falecido marido comprou nosso apartamento uns seis anos depois do nosso casamento", prossegui, como se ninguém tivesse dito algo indesejável. "Ele morreu... hum, há quase catorze anos."

"Você mora sozinha desde então?"

"Sim."

"Sessenta e dois anos", disse ela, batendo no lábio inferior com o dedo indicador. "É muito tempo para ficar em um lugar."

"Não se você tiver um bom motivo para estar lá", disse eu.

"E você tem?", perguntou ela. "Um bom motivo?"

"Tenho", respondi e a encarei, desafiando-a a me perguntar qual era. Naturalmente, eu nunca lhe contaria, mas gostei da natureza inquietante do momento. Não tinha gostado do modo como ela disse que era "muito tempo para ficar em um lugar", como se me julgasse sem ambição ou sem curiosidade. Isso seria injusto. Edgar e eu viajamos muito durante nosso casamento, visitamos todos os continentes, com exceção da África, mas estava na nossa lista antes de ele falecer.

"Bem, fico feliz em ouvir isso", disse ela. "Mas duvido que eu fique tanto tempo aqui."

"Possivelmente não, mas você estará aqui depois que eu partir, tenho certeza", disse eu, rindo um pouco, e ela balançou a cabeça, inclinou-se para a frente e pegou a minha mão, comentando que eu não devia dizer tal coisa, que nunca devo dizer isso.

"Mas tenho sido feliz aqui", contei-lhe, soltando a minha mão da dela. "Este prédio é maravilhoso. Cada morador cuida principalmente de si mesmo, mas também há consideração. Se você tiver uma dificuldade, por exemplo, pode bater em qualquer porta."

"A quietude é importante para mim", disse ela, e notei que engoliu em seco nervosamente ao dizer isso, olhando ao redor como se esperasse que um estrondo perturbasse a sua serenidade. "Sinceramente, Gretel, a minha preferência era me mudar para o campo, com muito espaço aberto e unicamente o mugido das vacas como companhia. Mas Alex insistiu. Ele tem de estar na cidade para trabalhar, entende? Eu não trabalho. Já trabalhei uma vez, é claro. Mas parei. Gostaria de voltar a trabalhar um dia, talvez."

Ela deu a impressão de estar justificando uma posição que eu não lhe pedi que defendesse. Claro que o nome não me passou desapercebido.

"Alex", disse. "E ele é...?"

"O meu marido."

Certo. Havia um marido. Ela não era sozinha.

10

Esperei até ver Émile sair do armarinho antes de descer a escada e ir para a rua. Ao me ver, ele fez uma reverência desajeitada e seu cabelo grosso e escuro, que tinha sido escovado para longe da testa e preso no lugar com pomada, caiu nos olhos. Ele o empurrou com os dedos e sorriu.

"Você está lindo", disse eu, pois ele estava mesmo e corou um pouco, então repetiu as minhas palavras antes de se corrigir.

"Linda, quero dizer", disse. "Você está muito bonita."

Pela vitrine, avistei o olhar hostil de m. Vannier, que combinava uma inquietante mistura de preocupação e desprezo. Protegia de tal modo o filho, eu me perguntei, que não suportava vê-lo namorando uma garota? Nossos olhos se encontraram, eu esperava que o homem virasse o rosto, mas não, ele manteve o olhar pregado no meu e, só quando aquilo se tornou pesado para sustentar, admiti a derrota. Naquele outro lugar em que eu morava, nenhum homem ousaria sequer olhar na minha direção, muito menos com semelhante atitude de escárnio.

Uma vez dentro do café, foi fácil ver por que Émile se sentia tão à vontade ali. A maioria das casas de chá parisienses mantinha um ar de tensa austeridade desde o fim da guerra, mas essa transmitia uma sensação de boemia, como se estivesse voltando deliberadamente à atmosfera anterior ao início das hostilidades. Pelo menos a metade das mesas estava cheia de jovens bonitos lendo livros, fumando ou flertando com garotas igualmente bonitas. Sentamos no canto perto da janela, pedimos café e pastéis e, reconhecendo a timidez de Émile, tomei a iniciativa na conversa, perguntando se ele gostava de trabalhar na loja do pai.

"Nunca pensei muito no assunto", disse ele. "Mas será minha um dia, de modo que preciso aprender o negócio. Do contrário, ela irá à falência, e eu também."

"Você não pretende trabalhar lá para sempre, certo?", perguntei.

"Espero que sim."

Eu refleti sobre isso. Acaso queria passar meus dias vivendo acima de um armarinho? Pensei que não.

"Mas você ainda é muito jovem para fazer planos tão irrevogáveis", disse-lhe eu. "Você não gostaria de viajar? De ver o mundo? Há vida além dessas ruas, você sabe."

"Eu não poderia decepcionar o meu pai, nunca", disse ele.

"Por que não? Eles nos decepcionam o tempo todo."

"A verdade é", continuou ele, "que a loja ficaria para o Louis. Ele era quatro anos mais velho que eu e meu pai sempre quis que ele fosse o herdeiro."

"Você tem um irmão então?"

"Tive. Mas não mais. Ele morreu. Na guerra, é claro."

Eu devia ter esperado essa resposta. Olhei pela janela e tomei o meu café, permitindo que um silêncio respeitoso marcasse a memória do menino. As pontadas da dor pelo meu próprio irmão perdido fervilhavam dentro de mim.

Fechei os olhos um instante, empurrando-as para um lugar onde não pudessem me machucar.

"Ele combateu com a *Résistance*", disse Émile, endireitando o corpo na cadeira, como para garantir que não mostrasse o menor desrespeito por aquela organização sagrada. "Matou o seu primeiro alemão no dia em que os tanques nazistas entraram em Paris. Depois ajudou a organizar uma seção aqui no *quatrième* e foi capturado e torturado duas vezes antes de fugir. No entanto, permaneceu leal até o fim. Nunca revelou nomes, não importando o que fizessem com ele."

"E o que fizeram com ele?", perguntei, mas ele balançou a cabeça, incapaz de dizer. Seus olhos se encheram de lágrimas e ele as enxugou com um lenço.

"Coisas terríveis", disse enfim, as palavras presas na garganta. "Depois de atirarem nele, jogaram o seu corpo na rua para que os cachorros o disputassem. Soldados armados montaram guarda para que não interviéssemos. Demorou uma semana para que nos deixassem pegar o que restava dele e dar-lhe um enterro decente. Eu queria ser mais velho. Então também poderia lutar. Teria matado todos eles. Teria enfiado a minha faca no pescoço de cada alemão e a moveria lentamente de um lado ao outro."

"Não sei se vale a pena dar a vida por alguma causa", disse eu, perturbada com a brutalidade das suas palavras.

"Claro que vale a pena", afirmou ele.

Ficamos alguns momentos em silêncio.

Por fim, estendi o braço e pousei a mão na dele.

"Que bom que você está vivo", disse.

"Às vezes eu não tenho certeza de que estou."

"Está", insisti, apertando-lhe os dedos. "Eu posso sentir você. E já acabou. A guerra, quero dizer. Não vale a pena ficar pensando nela."

"Não acabou", contrapôs ele. "Ainda vai durar muitos anos. Os artigos de jornal são chocantes. Você os leu? As coisas que eles dizem?"

"Evito ler jornais", respondi. "Recuso-me a viver no passado."

"Não pode ser verdade, eu duvido", prosseguiu Émile, enrugando a testa, o rosto perdido no desespero. "O que dizem sobre aqueles campos, sobre as coisas que aconteciam lá." Calou-se; parecia sem palavras. "Não pode ser verdade", repetiu. "Quem poderia imaginar essas coisas? Quem poderia criar lugares assim? Dirigi-los, trabalhar neles, matar tanta gente? Como pode haver essa falta de consciência coletiva?"

Empurrei minha cadeira para trás, o metal a arranhar o ladrilho, pedi licença e fui indo para o banheiro, evitando o olhar dos rapazes que me mediam da cabeça aos pés. Em segurança lá dentro, tranquei a porta, coloquei as duas mãos na pia de mármore e olhei para o meu reflexo no espelho. Lutando para respirar, afrouxei o cinto e a gola do vestido.

Examinando o meu rosto, dei com a sombra do meu pai, sua expressão antipática, sua determinação de permanecer fiel às coisas em que acreditou durante a vida adulta. Veio-me uma lembrança. Eu estava do lado de fora do escritório dele, escutando a conversa que ele estava tendo com o meu irmão, que queria saber quem eram aquelas pessoas que nós víamos todos os dias pelas janelas. As que ficavam do outro lado da cerca.

"Essas pessoas", disse meu pai, parecendo quase divertido com a pergunta, "ora, elas não são gente."

Meu irmão ficou insatisfeito com essa resposta e, mais tarde, fez a pergunta para mim. Eu lhe disse que aquilo era uma fazenda. Disse que era um lugar em que os animais ficavam.

Fechei os olhos e molhei um pouco o rosto, enxugando-o com uma toalha suja. Esperava continuar com a minha sedução, mas a conversa havia tomado um rumo de que não estava gostando. Pela primeira vez, eu me dei conta de que teria de mentir sobre tudo todos os dias, o resto da minha vida, se quisesse sobreviver.

Quando voltei para a mesa, Émile decidira falar de assuntos mais alegres, contando histórias sobre alguns dos personagens mais excêntricos que frequentavam a loja. Fez-me rir, inventei coisas para entretê-lo também, pessoas esquisitas que encontrei na rua, um cachorro andando nas patas traseiras, um casal de gêmeos que terminavam as frases um do outro. Eu era de Nantes, menti. Meu pai morreu quando eu era pequena. Minha mãe tinha sido costureira na cidade, menti. Nós tínhamos vindo para Paris porque ela se sentia muito jovem para passar a vida no lugar em que nasceu, menti. Deixei lá três amigas íntimas, Suzanne, Adèle e Arlette, mas elas me escreviam regularmente, menti. Tinha deixado a minha gata Lucille aos cuidados de Arlette, e ela suspirava por mim desde a minha partida, menti.

Agora foi a vez dele de estender o braço e pressionar os dedos em cada um dos meus. Esse contato me excitou.

"Quando você me beijou outro dia", começou ele, olhando para a mesa, com o rosto levemente corado.

"Foi atrevimento da minha parte, eu sei", disse eu.

"Mas eu fiquei contente com isso."

Émile olhou à sua volta para se certificar de que não estávamos sendo observados, então se inclinou sobre a mesa e me beijou. Desta vez, nos lábios. Quando nos separamos, ele parecia perdido em pensamentos.

"Sem-vergonha", disse, e eu esperei que ele risse, mas

não, olhou para mim sem nenhum afeto. Foi quase como se me insultasse. Acaso era isso que os meninos sentiam pelas meninas que eles beijavam?, perguntei a mim mesma. Nos queriam, mas no exato momento em que o desejo era correspondido nos desprezavam?

"E você não tem irmãos ou irmãs?", quis saber Émile um pouco mais tarde, quando estávamos voltando para casa ao longo do Quai Voltaire, olhando do outro lado das pontes para o lugar em que ficava o Jardin.

"Não", respondi.

"Então você tem sorte", disse ele. "Perder um dos pais, bem, essa é a natureza da vida. Nós dois já vivemos isso e sobrevivemos. Mas perder um irmão? Essa é uma coisa que vai me assombrar para sempre. Você tem sorte de não ter sofrido tal perda."

Em nossa direção vinha um mímico que parecia haver terminado o seu trabalho do dia, pois, embora ainda estivesse com a tradicional camisa de listras pretas e brancas, a boina escura, os suspensórios e o rosto coberto de maquiagem branca, fumava um cigarro e parecia furioso com o seu lugar inferior no mundo. Ao passar por mim, jogou o cigarro de modo que aterrissasse diante dos meus pés e me endereçou um olhar de extremo desprezo, como se ele pudesse ficar em silêncio para o mundo, mas soubesse exatamente quantas mentiras eu havia contado naquele dia.

11

"Você tem marido", disse eu, mais para ouvir as palavras ditas em voz alta do que por qualquer outro motivo. "Que bom. E faz tempo que se casou?"

"Onze anos", respondeu Madelyn, que, não sei por quê, pressionou a língua na bochecha ao dizê-lo e mudou de expressão, como se ela própria mal pudesse acreditar que fazia tanto tempo. "Pois é", prosseguiu depois de um instante. "Há onze anos agora."

"Santo Deus! Mas você é tão jovem!"

"Ah, não, sou velha", respondeu ela. "Vou fazer trinta e dois anos no mês que vem. Claro que me casei muito jovem", admitiu. "Alex estava pronto para se estabelecer — é dez anos mais velho — e diz que eu era a garota de sorte que ele estava namorando na época." Começou a rir como se aquilo tivesse graça. "Não acha isso engraçado?", perguntou.

"Não muito. Ele diz isso como uma piada?"

"Ah, não", respondeu ela franzindo a testa. "Não, o meu marido não brinca."

"E você se importa se eu perguntar o que ele faz?"

"É produtor de cinema", disse ela.

"Oh, que emocionante!"

"Imagino que sim. Bom, em todo caso, as pessoas geralmente pensam que é."

"Que tipo de filmes ele faz?"

"Todo tipo." Ela listou meia dúzia e, embora eu raramente vá ao cinema hoje em dia, já tinha ouvido falar em alguns deles. Eram o tipo de filme que atraía grandes estrelas e ganhava prêmios. Procurei o nome dele no meu cérebro. Alex Darcy-Witt. Acaso já o tinha ouvido? Achei que não. Mas então, como a maioria dos diretores é anônima para o público, dificilmente hão de procurar o nome dos produtores.

"Eu sou muito grosseira", disse eu depois de algum tempo. "Perguntar o que seu marido faz e não perguntar primeiro sobre sua vida. Você diz que já trabalhou. O que fazia?"

"Eu era atriz", respondeu Madelyn. "Foi assim que conheci meu marido. Trabalhei em um dos seus filmes. Desde o começo, ele deixou claro que estava interessado em mim, e achei difícil resistir. Era terrivelmente inocente na época, devo acrescentar. Muito ingênua. Você acredita que eu era virgem? Bom, não propriamente, mas bem perto disso."

Eu não sabia ao certo como responder a uma revelação tão íntima.

"Mesmo assim, onze anos", disse eu, fugindo da sua pergunta, que eu esperava que fosse retórica. "É muito tempo para os padrões atuais. Claramente."

Ela franziu a testa e em seguida baixou a cabeça.

"Preciso ir embora", prossegui, colocando as mãos nos joelhos e me preparando para me levantar, mas, para minha surpresa, ela meneou a cabeça.

"Não, não vá ainda", pediu. "Se você for embora, eu

vou ter de continuar abrindo caixas e guardando coisas e, sinceramente, estou sem energia."

"Tudo bem", disse eu, satisfeita por ficar um pouco mais. Esperava que ela me oferecesse um chá, mas a hospitalidade parecia estar indisponível.

"Você não é inglesa, é", perguntou ela, e eu senti o corpo enrijecer um pouco. Fazia muitas décadas que ninguém perguntava isso. Tinha morado tanto tempo em Londres que imaginava que já não falasse de modo diferente.

"Como você soube?", perguntei.

"Quando eu atuava", disse ela. "Quando estava na escola de atuação, trabalhei muito com sotaques. Meus professores diziam que eu tinha um dom para isso. Agora acho que sou capaz de identificar algo por trás da voz das pessoas, algo que revela o seu passado. Há um indício da Europa Central no seu discurso. Se eu tivesse de adivinhar, diria alemão."

Eu abri um sorriso. Ela me intrigava. "Tem razão", disse-lhe. "Na verdade, nasci em Berlim."

"Eu adoro Berlim", disse ela com entusiasmo. "Uma vez representei Sally Bowles lá. A cidade perfeita para isso."

"De fato."

"As pessoas diziam que eu era muito boa", acrescentou, e, pela primeira vez, eu me perguntei se acaso Madelyn não andava tomando algum tipo de medicamento. Era como se ela se distanciasse com os seus pensamentos e se tornasse introspectiva, esquecendo que tinha companhia.

"O meu falecido marido e eu íamos muito ao teatro", disse eu, e Madelyn se assustou na poltrona. "Mais do que íamos ao cinema. Eu prefiro o teatro, e você?"

"Não diga isso ao meu marido. Ele mandaria fuzilá-la."

"Acho que as pessoas se comportam melhor no teatro. Não chegam carregadas de comida e bebida como se houvesse a possibilidade de morrer de fome ou de desidratação antes de a cortina fechar."

"Eu gostaria de ter continuado trabalhando no teatro", respondeu ela. "Mas meu marido fez questão de que eu me concentrasse no cinema. Não que isso tenha me levado a algum lugar a longo prazo."

"Então você parou de atuar?", perguntei.

"Algo assim", disse ela, uma resposta que não era uma resposta.

"Você gostaria de voltar ao teatro?"

Ela olhou para mim como se estivesse surpresa até mesmo com a minha presença ali. "Não seria possível", disse. "É tarde demais. Sou muito velha."

Desatei a rir. "Você tem trinta e um anos", disse. "É uma criança! Hoje em dia, as pessoas parecem não tomar decisão nenhuma antes de estar à beira dos quarenta."

"Não", disse ela. "Não seria possível. Como ele morreu? O seu marido."

Eu a encarei. Foi uma mudança de assunto extraordinária, digna de Heidi Hargrave.

"Ele sofria de asma severa", respondi. "Por isso foi hospitalizado várias vezes. Depois, em 2008, durante a estação da rinite alérgica, nós voltamos de um passeio no Hyde Park e ele se sentou para ler, mas, assim que pegou o livro, começou a espirrar. Continuou espirrando e, no início, eu até fiz uma piada, mas então ficou óbvio que estava com dificuldade para respirar. Fui buscar o inalador dele, mas não adiantou. Ele começou a engasgar. Seus pulmões ficaram cheios de líquido, entende? Chamei uma ambulância, eles chegaram em questão de minutos, mas não conseguiram reanimá-lo. Edgar morreu na sala. Entre a nossa chegada do parque e a ambulância levar embora o corpo, não devem ter passado mais de vinte minutos. Mas, nesse período, a minha vida inteira mudou." Calei-me e olhei para o chão. "Foi isso", prossegui. "Assim é a vida. Assim é a morte."

"Lamento", disse ela, e foi isso que quis dizer. Estava olhando fixamente para mim, como a examinar minhas feições em busca de algum vestígio de mentira. Eu me perguntei se tinha aprendido isso na escola de atuação. "Você o amava?"

"Claro que amava", retruquei, chocada com a grosseria da pergunta. Eu já estava lá havia tempo suficiente. Queria ir embora. "Claro", repeti, erguendo a voz, irritada com qualquer insinuação em contrário. "Ele era o meu marido."

"Desculpe, eu não quis dizer nada com isso."

Tratei de me controlar. Ela parecia esgotada, a pobre criatura.

"Não, eu é que peço desculpas", falei. "Em todo caso, tenho certeza de que você tem o que fazer. Não quer ouvir mais nenhuma das minhas histórias."

Levantei-me, decidida a ir embora dessa vez, mesmo que ela implorasse que eu ficasse, mas ela parecia satisfeita com a minha partida. Acompanhou-me até a porta.

"E o seu marido", disse. "Vem ficar com você hoje à noite?"

"Não, ele está em Los Angeles", respondeu ela. "Só volta daqui a uma semana."

"Então você está sozinha", respondi. "Bem, isso lhe dá uma chance de se instalar. Pode ser uma coisa boa em si."

Esperei, sabendo que finalmente teria uma resposta. Na verdade, eu soube no momento em que ela balançou a cabeça.

"Não estou sozinha", disse ela. "O meu filho vai chegar mais tarde."

"O seu filho", repeti em voz baixa.

"Sim. Henry. Acabou de começar na escola nova hoje."

Madelyn consultou o relógio. "Vai chegar mais ou menos às três e meia."

Eu fiz que sim. Um menino. "Quantos anos ele tem?", perguntei enquanto ela segurava a porta aberta e eu saía no corredor.

"Nove", respondeu ela. "Foi muito bom conhecê-la, Gretel. Espero que fiquemos amigas."

"Também espero", disse eu enquanto ela fechava a porta, mas então percebi que não, não tinha dito isso, só pensara. Não consegui pôr as palavras para fora. Eu me perguntei se foi assim que Edgar se sentiu, naqueles momentos finais da vida, sabendo que precisava respirar para viver, mas descobrindo que não conseguia deixar o ar entrar nos seus pulmões. O pânico. O pavor. O medo do que estava por acontecer.

12

Quando minha mãe anunciou que m. Toussaint havia proposto um passeio de barco à tarde ao longo do Sena, fiquei surpresa por ter sido incluída no convite.

"Tem certeza de que ele se referiu a nós duas?", perguntei.

"Tenho", disse ela, sentando-se diante do espelho e aplicando pó no rosto antes de escovar o cabelo. Minha mãe sempre sustentou que o cabelo era a característica mais importante da mulher; mais do que um mero acessório, na verdade, a primeira indicação da sua feminilidade. "Ele está ansioso por conhecê-la. Diz que me ouviu falar de você com tanta frequência que é como se já a conhecesse."

Naturalmente, essa observação me surpreendeu. Percebi que m. Toussaint não havia revelado que tínhamos nos conhecido, isto é, que nossos caminhos haviam se cruzado na Place des Vosges algumas semanas antes. Eu também não.

"Acho que está muito frio para andar de barco", disse eu, levantando-me e abrindo a cortina, pois senti instintivamente que não queria participar desse passeio. Olhei para a rua e para o armarinho de m. Vannier e fiquei surpresa ao dar com Émile olhando para mim, como se estivesse esperando que eu aparecesse. Acenei, mas ele se virou e desapareceu nas sombras da loja. Será que não notou que eu estava ali?

"Que bobagem", disse minha mãe. "Tem sol. Está um pouco frio, sim, mas nós vamos nos agasalhar. Venha, Gretel, tome um banho e se vista. Não quero deixar Rémy esperando."

Enquanto me lavava, eu me perguntei qual era o propósito desse passeio. Seria possível que m. Toussaint quisesse me conhecer para decidir se convinha propor casamento à minha mãe? Afinal, uma coisa era acolhê-la na sua casa, mas outra muito diferente era acolher a filha que ainda dependia dela.

Mais tarde, quando estava me vestindo, perguntei a minha mãe quais eram as intenções que ela achava que m. Toussaint tinha para com ela, e seu rosto se iluminou de esperança, lembrando momentaneamente a mulher que ela havia sido. A mãe de Berlim, a mãe que eu amava, a mãe que cuidava de mim e de meu irmão e prometia que nenhum mal aconteceria com nenhum de nós.

"Acho", começou ela, então fechou os olhos um instante e se corrigiu. "*Espero* que ele queira se casar comigo."

"Ele falou nisso?"

"Não com tantas palavras, não. Mas acredito que nós estamos nos entendendo. Temos tantos interesses em comum e..." Ela hesitou. "Bem, você já é grande o suficiente para compreender que nós somos amantes. E sinto que temos a mente e o temperamento compatíveis."

Corei um pouco, virando-me enquanto amarrava meus sapatos, tentando não deixar transparecer minha inocência. Sentindo meu constrangimento, minha mãe se levantou e veio até a cama, sentando-se ao meu lado. Era como se eu tivesse voltado a ser criança e precisasse de consolo.

"Você precisa entender, Gretel", disse ela baixinho. "Nunca houve outro homem na minha vida além do seu pai. Nenhum antes e nenhum depois. Isto é, até agora. Não quero que você pense mal de mim. Posso ter cometido erros no passado, mas a minha virtude nunca foi questionada."

Eu me voltei para olhar para ela e reconheci a humildade no seu rosto, porém, mesmo assim, fiquei surpresa com o fato de, com todas as coisas que nós passamos, ela pensar que a questão de ter tido amantes seria o que destruiria a minha fé nela.

"Quando nós estávamos lá", disse eu. "Naquele outro lugar."

"Sim?"

"O tenente Kotler?"

Agora quem corou foi ela. Desviou o olhar, incapaz de enfrentar o meu.

"Kurt não passava de um menino", disse. "Bonito, é claro, mas apenas um menino."

"Então não houve flerte?"

Meu irmão suspeitara que sim, cochichou no meu ouvido sobre isso, e, quando ele suspeitou, eu quis magoá-lo por sugerir tal coisa. Queria puni-lo. E o *puni*.

"Como eu disse", respondeu ela. "Kurt não passava de um menino."

Fiquei em silêncio. Isso não era uma resposta.

"Eu amava muito o seu pai", prosseguiu minha mãe. "Não queria que ele aceitasse aquele cargo. Na verdade, implorei que não o aceitasse."

"Não, você ficou animada", protestei. "A festa que demos. Antes de sairmos de Berlim. Você estava..."

"Não passou de uma boa representação. Lembre-se de quem estava lá. Tantas figuras importantes. Eu não podia ter revelado minhas dúvidas. Seria desastroso para todos nós, especialmente para o seu pai."

"Mesmo assim", disse eu, levantando-me e me aproximando do espelho, no qual me examinei da cabeça aos pés. Eu estava bem, mas me faltava um brilho no rosto, pois estava apreensiva com o que ia acontecer. "Você concordou com aquilo. E nos levou para lá. A mim e ao..."

"Não", disse ela em voz baixa, entrecortada de dor. "Não, Gretel", implorou. "Não diga o nome dele."

Voltei a me sentar ao seu lado.

"Desculpe", disse, segurando-lhe a mão.

"Não posso ouvir o nome dele."

"Eu sei."

"Estou com medo, sabe?", disse ela, virando-se para mim agora, e havia lágrimas nos seus olhos. "Tenho medo por mim, por você, pelo nosso futuro. Sim, nós temos algum dinheiro, mas quanto tempo vai durar? Mais um ano no máximo. E depois? O que será de nós?"

"Poderíamos arranjar um emprego", disse eu, como se fosse a coisa mais óbvia do mundo.

"Eu não fui criada para trabalhar", disse ela, balançando a cabeça. "Não tenho habilidades, essa é a verdade. Não, se eu quiser sobreviver, terei de me casar novamente. Rémy é rico, tem uma boa posição. Ele vai cuidar de nós."

"Nós mesmas poderíamos cuidar de nós", sugeri. "Eu poderia me formar, encontrar uma carreira, ganhar meu próprio dinheiro."

"Não, você também vai precisar se casar", disse ela com determinação na voz. "Não agora, é claro. Mas dentro de alguns anos, quando tiver dezenove ou vinte anos, nós encontraremos um bom par para você. Com o apoio de m. Toussaint, os rapazes vão se apinhar ao seu redor." Pegou a minha mão e a apertou com força. "Uma amiga me contou que viu você com o garoto que trabalha na loja do outro lado da rua", disse. "Espero que ela tenha se enganado."

"Ele não trabalha lá simplesmente", protestei. É filho do dono. A loja será dele um dia."

"Ele não é adequado", respondeu ela, levantando-se e pegando a chave da porta da frente na mesa lateral. "Tem aparência agradável, eu reconheço, mas não imagino o seu futuro como lojista. Flerte com ele se quiser — eu sei que os dias aqui podem ser tediosos e você vive desocupada e sem amigos —, mas não mais do que isso. Entendeu? Você não pode deixar que sua reputação fique comprometida. E faça o possível para impressionar hoje", prosseguiu ela, segurando-me os dois ombros e olhando-me diretamente nos olhos. "Seja divertida e conversadora, mas não exagere. Ria das piadas dele e elogie sua habilidade com o remo. Não faça perguntas pessoais, mas esteja aberta se ele lhe fizer alguma."

"Aberta até que ponto?", perguntei. "O que ele sabe, afinal?"

"Sabe o que eu lhe contei."

"Que nós somos de Nantes."

"Exatamente."

"E, se vocês casarem, nós teremos de manter essa ficção o resto da vida?"

Ela virou o rosto. "Não é mais uma ficção, Gretel. Uma história contada muitas vezes passa a ser a verdade."

Seu sotaque escorregou um pouco quando ela falou, o francês dando lugar ao alemão, e ela percebeu, prosseguindo com mais convicção.

"Não se trata só de dinheiro, será que você entende isso?", perguntou.

"Do que se trata, então?", perguntei, pois não sendo isso eu não entendia qual era o sentido de toda essa conversa.

"Trata-se de permanecermos vivas", disse ela. "Um deslize, só um pequeno deslize, pode ser o nosso fim, Gretel, pode ser o fim de nós duas. Lembre-se disso. Essa gente é implacável."

"Isso a surpreende?"

"O quê?", replicou ela, franzindo a testa.

Eu ri com amargura. "Quero dizer: você acredita sinceramente que alguma de nós merece perdão?"

Minha mãe me encarou. Eu não sabia como funcionava sua mente e me perguntei se ela sentia tanta culpa quanto eu. Sei que compartilhava a dor. Quando voltou a falar, foi em tom baixo e insistente.

"Mereço a felicidade", disse. "Não fiz nada errado. E você também não."

Descemos a escada e observei a nossa senhoria sentada na sua poltrona. Tinha nas mãos um exemplar do novo jornal, *Le Monde*. Ela virou as páginas e vi, momentaneamente, uma palavra em fonte grande impressa na primeira página. Já tinha ouvido meu pai usar essa palavra com Kurt em várias ocasiões e me lembrava dele visitando o lugar pelo menos duas vezes.

Sobibór.

E disse a mim mesma ao sair à rua: agora estão escrevendo sobre todos os campos de extermínio, grandes e pequenos. Que mundo nós havíamos criado, as famílias como a minha.

13

Eu estava prestes a tomar um táxi em frente à Fortnum & Mason quando ouvi gritarem o meu nome. Surpresa, olhei para trás, mas a Piccadilly estava movimentadíssima e não consegui ver nenhum conhecido até que reparei em um homem que se aproximava com muita pressa. Fiquei paralisada, perguntando-me se ia ser assaltada em plena luz do dia. Ou, pior, se tinha sido reconhecida. Tal coisa nunca acontecera em mais de sete décadas, mas a ideia me assombrava. O medo de passar por um idoso na rua e vê-lo olhar horrorizado antes de apontar o dedo e me denunciar.

"Sra. Fernsby!"

O homem diminuiu a velocidade ao se aproximar, curvando-se um pouco com as mãos nos quadris para recuperar o fôlego, e me dei conta de que, de fato, o conhecia.

"Oberon", eu disse, pois era o neto de Heidi e tinha nome shakespeariano. "Que susto! De onde você veio?"

"Estava indo visitar a vovó", explicou ele, "então a vi saindo da loja. Posso ajudá-la com as sacolas?"

"Eu estava procurando um táxi", disse-lhe eu. "Mas, se você estiver disposto a carregá-las, nós podemos ir a pé."

"Claro que estou."

Entreguei minhas compras agradecendo e seguimos juntos. Fazia alguns meses que a gente não se via, mas eu sempre me alegrava ao encontrá-lo. Ele tinha o que creio chamarem de "boa aparência de astro do cinema", e não lhe faltava charme para rivalizar com todos eles.

"Como vai você?", perguntei enquanto percorríamos as ruas laterais.

"Muito bem", respondeu Oberon. "Ocupadíssimo. A vovó lhe contou as minhas novidades?"

Recordei a conversa que tinha tido com Heidi, quando especulamos que ele ia se casar. Mas, desde então, não me ocorreu perguntar a ela se estávamos certas.

"E que novidades são essas?", perguntei.

"Vou mudar para a Austrália."

Respirei fundo antes de dizer alguma coisa. Eu mesma estivera uma vez nesse continente e, se nunca tivesse pisado em certo pub no Circular Quay de Sydney, podia ter passado a vida lá. Mas a minha estada terminara mal e, nas décadas entre aquela época e agora, sempre que via a cidade australiana na televisão, mudava de canal imediatamente. Não queria me lembrar de lá. Nem dele. O mais provável era que ele já tivesse morrido àquela altura, mesmo assim...

"Verdade?", perguntei. "E qual é o motivo?"

"Sempre gostei da Austrália, para ser franco", explicou. "Passei lá o meu ano sabático e, desde então, voltei algumas vezes. Gosto das pessoas, do clima, das praias. Apareceu um emprego, aliás um emprego muito bom: subgerente da maior loja de departamentos do país. Eu me candidatei e, bem, consegui."

"Parabéns", disse eu. "Você deve estar animadíssimo. Sua avó vai sentir falta, no entanto. Ela gosta muito de você."

Ele passou uns instantes calado, como se estivesse perdido em pensamentos e trocou as minhas sacolas de mãos.

"O que você tem achado dela ultimamente?", perguntou.

"Razoavelmente alerta", disse eu. "É impressão minha ou parece haver mais dias bons do que ruins no momento? Eu me pergunto se a doença dela... qual é a palavra... estagnou? Talvez não se torne tão debilitante quanto temíamos."

"Ainda assim", disse ele. "Melhorar ela não vai, não é? Vai continuar a mesma ou declinar."

"Sim, suponho que seja verdade", disse eu, decepcionada com o seu pessimismo. "Você vai poder vir visitá-la com frequência? A Austrália fica tão longe."

"Bem, essa é uma das coisas sobre as quais eu queria conversar com você."

Olhei para ele, perguntando-me se o nosso encontro tinha sido casual, como eu presumira, ou se ele estava à minha espera. Afinal, minha rotina era bastante regular.

"Acontece", disse ele, "que eu gostaria muito de levar a vovó comigo."

"Para a Austrália?"

"Sim."

Eu comecei a rir. A ideia de Heidi subindo a ponte da Baía de Sydney ou passeando nas praias de Manly me pareceu absurda. Afinal, ela tinha quase setenta anos e mudar-se para um país estrangeiro do outro lado do mundo, onde até o dinheiro lhe seria estranho, agravaria a sua confusão.

"Eu estou falando sério", disse Oberon, sorrindo.

"Mas essa é uma boa ideia? Afinal tudo quanto ela conhece está aqui. Heidi nunca viajou para longe."

"Mais um motivo para ela ver um pouco do mundo, não acha?"

"Se ela fosse vinte anos mais moça, talvez", disse eu com ceticismo.

"A questão é", prosseguiu ele, "que eu esperava que você falasse com ela por mim."

"Falar com ela sobre o quê?"

"O que eu gostaria de fazer, sabe, é vender o apartamento..."

"Que apartamento? O seu?"

"Não, o dela."

"Entendo."

"E que ela vá comigo quando eu partir. Vá conosco, quero dizer. A minha namorada também vai. Ela está farta daqui também. Primeiro o Brexit, depois a pandemia..."

"Você sabe que a sua vó morou a vida inteira no apartamento 3, não sabe? Seus pais adotivos a levaram para lá ainda bebê. Que ela nunca morou em outro lugar?"

"É claro. Então agora ela deve estar cansada disso, certo?", perguntou ele, sorrindo.

Mas eu levei a piada em consideração. Vi exatamente para onde essa conversa estava indo e fiquei irritada. Todos esses homens ficaram esperando sentados o momento em que poderiam monetizar a morte dos pais ou dos avós?

"Esses apartamentos valem uma fortuna", prosseguiu ele. "Ora, você sabe disso, é claro. O Caden deve ter lhe contado."

"O Caden...", comecei a dizer, mas não sabia como concluir o pensamento. Acaso Caden e Oberon andavam falando pelas minhas costas? Trocando impressões sobre como seria lucrativo se Heidi e eu estivéssemos fora do caminho?

"Eu estou pensando em comprar em Mosman, que é bem caro", disse ele. "Fica no litoral norte de Sydney, perto de..."

"Eu sei onde fica Mosman", disse eu.

"Sabe?"

"Morei em Sydney", contei-lhe. "Há muito tempo. Mas conheço o lugar."

"Você é uma incógnita."

"Mais do que você imagina. Mas, veja, eu não consigo imaginar Heidi morando em uma casa tão distante."

"Ah, não, você me entendeu mal", disse ele. "Eu não tenho planos de que ela passe a morar com Lizzie e comigo. Não, fiz algumas pesquisas e encontrei a casa de repouso mais fantástica das proximidades. Ela faria muitos amigos, há muitas atividades e, claro, o clima é..."

"O clima, o clima, o clima", disse eu, agitando a mão no ar com desdém. Sempre fiquei irritada com a determinação dos ingleses de levar todas as conversas a esse tema chatíssimo. "Não é a coisa mais importante na vida, você sabe."

"Não, mas..."

"E o que a sua avó acha desse grande plano?"

"Ela não está animada", admitiu ele.

"Eu duvidaria que estivesse."

"E é por isso que eu esperava poder contar com você."

"Para quê?", perguntei. "Espera que eu a convença?"

"Você certamente enxerga que isso faz sentido. Se eu vou estar a dez mil milhas de distância..."

"Não me venha com milhas", disse-lhe eu. "Quanto é isso na realidade?"

Ele fez o cálculo. "Talvez dezessete mil quilômetros?"

"Ótimo. Continue."

"Se eu vou morar a dezessete mil quilômetros de distância, então faz sentido levá-la comigo. Afinal, sou o único parente que ela tem."

"Coisa que também pode ser vista como um bom motivo para você ficar."

"Não posso, sra. Fernsby", disse ele, balançando a cabeça. "É uma grande oportunidade para mim. Preciso de uma nova aventura. Sou demasiado jovem para me estabelecer na Selfridges e simplesmente jogar fora todo dia, semana após semana, ano após ano, até me aposentar."

Isso era plausível, e eu fiz que sim, cedendo um pouco. Estávamos nos aproximando do Winterville Court e paramos nos degraus que davam para a porta da frente.

"Eu não estou tentando enganá-la em nada, se é isso que a preocupa", disse Oberon. "Não é que eu queira vender o apartamento e embolsar o dinheiro. Embora eu não pretenda fingir que não seria útil ter um pouco da minha herança agora, quando mais preciso. Eu nunca abandonaria a minha avó. Mas não quero desperdiçar uma chance como essa por causa dela. Estou tentando descobrir um jeito de fazer com que isso dê certo para todos nós."

"Quando você conversou com Caden?", perguntei.

"Perdão?"

"Quando você conversou com Caden?", repeti.

Ele tinha me ouvido perfeitamente bem na primeira vez e estava apenas tentando ganhar tempo.

"Nós *conversamos*", admitiu ele. "Porém mais por acaso do que por qualquer outra coisa. Os dois assuntos não estão relacionados."

"Que dois assuntos?"

"Os meus planos e…" Ele teve a graça de parecer um pouco envergonhado. "Os dele, quero dizer, os seus planos para, sabe, o seu apartamento."

Desviei a vista e olhei para a janela saliente que dava para a rua e atrás da qual, presumivelmente estava Madelyn Darcy-Witt. Uma pequena sombra apareceu, escurecendo a cortina. O rosto de uma criança. De um menino. Então ele estava em casa. Eu ainda não o vira pessoalmente, mas tinha ouvido sua voz quando ele e a mãe saíam ou entravam no prédio. Ele parecia ser um tipo quieto, e eu não sabia ao certo se isso era uma coisa boa ou ruim.

"Então, você vai falar com ela?", perguntou Oberon, e eu peguei minhas compras das suas mãos, a mente em outro lugar.

"Vou", respondi. "Mas só para descobrir o que ela quer fazer e onde prefere morar. Não vou tentar convencê-la de jeito nenhum. Esse não é o meu papel. Mas me alegro por você, Oberon, de verdade. Tem razão, parece uma ótima oportunidade e é bom você incluir a sua avó nos seus planos."

Ele se mostrou satisfeito com isso, e tratei de entrar no prédio, fechando a porta atrás de mim. Fiquei alguns momentos em silêncio no saguão, esperando barulho no apartamento 1, mas tudo estava em silêncio. E, no entanto, por uma razão inexplicável, tive certeza de que o garoto estava do outro lado da porta, com o ouvido colado à madeira. Ou, talvez, de pé em uma cadeira a me observar pelo olho mágico.

Só quando subi a escada foi que me ocorreu que Oberon não tinha parado para visitar a avó. Simplesmente me arrastara para os seus planos e então seguiu o seu caminho.

14

M. Toussaint foi nos buscar em um ostentoso carro vermelho que chamava a atenção de todos os transeuntes. Eu não tinha a menor ideia da origem da sua riqueza, mas presumi que fosse dinheiro antigo, cuidadosamente escondido durante a guerra mas, agora, com o advento da libertação, novamente livre para dar as caras. Apesar da minha desconfiança dele, achei empolgante entrar em semelhante veículo. No outro lado da rua, Émile saiu do armarinho com um olhar invejoso.

"Você não vai embora, vai?", perguntou, inclinando-se sobre a carroceria e examinando os bancos de couro e o interior polido. Minha mãe lhe dirigiu um olhar ao entrar, irritada por nos ver conversando.

"Só por hoje", respondi. "Um passeio de barco, me disseram." Revirei os olhos para fingir desinteresse, embora agora estivesse ansiosa pela aventura. "Não foi ideia minha."

"Se as suas mãos sujas emporcalharem a minha pintura, Émile, você é que vai lavá-la depois", disse m. Toussaint, sentando-se ao volante. Émile fez um verdadeiro show limpando a porta com o lenço, curvou-se educadamente e voltou a entrar na loja. Quando o automóvel arrancou, olhei ao redor na esperança de que ele continuasse assistindo até que sumíssemos de vista, mas não, para minha decepção, Émile tinha entrado.

M. Toussaint manteve a capota do carro abaixada e foi delicioso sentir o vento no rosto durante a viagem. Fazia muito tempo que não me levavam a lugar nenhum. Naturalmente, quando morávamos naquele outro lugar, meu pai tinha um carro, e Kurt, na maior parte das vezes, era designado como seu motorista. Na verdade, eu experimentava emoções de desejo pelo jovem tenente sentada atrás dele, hipnotizada pelo seu espesso cabelo loiro e pelo modo como o pente deixava linhas nele, como um campo recém-arado. Ainda podia vê-lo parado ao lado do veículo do meu pai, vestindo acima da calça um colete branco que chamava a atenção para os seus braços bronzeados e musculosos. Eu estava flertando com ele à minha maneira infantil quando meu irmão nos interrompeu, exigindo que, como eu tinha só doze anos, parasse de fingir ser mais adulta do que realmente era. Kurt se afastou de mim então, e me perguntei se ele tinha ficado mais ansioso por causa da minha meninice ou pelo medo de contrariar meu pai. Fiquei com muita raiva do meu irmão naquele momento. Foi a primeira vez que desejei de verdade o seu mal.

"Aonde estamos indo?", perguntei agora, mas nem m. Toussaint nem minha mãe responderam. Estavam muito ocupados em rir e conversar entre si. Falando mais alto, tentei outra vez. "M. Toussaint?", chamei, a minha voz lutando contra o vento para chegar a ele. "Aonde o senhor está nos levando?"

"A um lugar chamando Saint-Ouen", disse ele sem se virar, mas mantendo os olhos na rua à frente. Notei que sua mão esquerda repousava no colo de minha mãe. "Não é longe, talvez meia hora de viagem. Lá perto tem um parque onde podemos almoçar e, depois, vamos passear de barco no rio."

"Não tem perigo?", perguntei.

"Ah, Gretel", disse minha mãe, rindo de um modo inteiramente falso. "Rémy dificilmente nos levaria a um lugar perigoso, não é, querido?"

"Eu preferiria sacrificar um membro", declarou ele, e optei por encerrar a conversa e ficar a sós com meus pensamentos. Meu cabelo ficou preso atrás de mim, abri os dois primeiros botões do vestido para que a minha pele tomasse ar e fechei os olhos, inclinando a cabeça para trás. Quando voltei a abri-los, vi m. Toussaint me observando pelo retrovisor e nossos olhos se encontraram. Eu queria desviar a vista, mas não consegui. Minha mãe se virou, viu que estávamos nos observando e pôs delicadamente a mão no seu braço. Ele olhou para ela e sorriu, antes de voltar a segurar o volante com as duas mãos.

M. Toussaint trouxera consigo um cesto de piquenique, e nós nos sentamos na grama seca do Grand Parc des Docks e comemos *ficelle*, carnes curadas, queijo Tomme de Savoie e um bolo que eu nunca havia provado, recheado com tomates secos e azeitonas, tudo isso regado a vinho. O parque não estava muito movimentado, mas havia alguns casais jovens passeando, trocando olhares carinhosos, assim como algumas famílias com crianças pequenas e cães menores ainda. Eu me perguntei que tipo de cena teria se ocorrido ali um ou dois anos antes. O parque estaria cheio de soldados ou as pessoas prosseguiriam com sua vida cotidiana como antes da invasão?

"O senhor se veste com muita elegância, m. Toussaint", disse eu, e minha mãe se virou e franziu a testa para mim, de modo um tanto inexplicável, pois ela me tinha dito para ser educada com ele, e o que era um elogio senão o cúmulo da cortesia?

"Obrigado, Gretel", respondeu ele. "É gentil da sua parte dizê-lo."

"Imagino que o senhor tenha um alfaiate pessoal."

"Sim, por acaso", admitiu ele.

"É m. Vannier?"

Ele vacilou alguns instantes. "E quem é m. Vannier?", perguntou.

"É o dono de um armarinho em frente à nossa casa. Achei que talvez o senhor fizesse compras lá."

"Não. O meu alfaiate fica no Faubourg Saint-Germain."

"Então o senhor nunca entrou na loja de m. Vannier?"

"Lamento que não", disse ele, balançando a cabeça. "Você o recomendaria?"

"Eu temo que Gretel esteja apaixonada pelo rapazinho que trabalha lá", disse minha mãe, seu tom cada vez mais desagradável à medida que o álcool fazia efeito. "Ele é inadequado, obviamente."

"Como assim, inadequado?"

"Bem, ele está no comércio. Um mero balconista."

"Ele é bonito?", quis saber m. Toussaint.

"Mas o senhor o conhece, com certeza", perguntei.

"Eu não", disse ele, mostrando-se totalmente inocente. "Como eu disse, nunca entrei nessa loja."

Decidi não prosseguir com isso. Eu o tinha ouvido mal antes? Não, eu me lembrava perfeitamente das suas palavras: *Se as suas mãos sujas emporcalharem a minha pintura, Émile, você é que vai lavá-la depois.* Se ele não conhecia a loja nem os seus donos, como podia saber o nome de Émile?

"E agora acho que já comemos e bebemos o suficiente", disse ele, levantando-se e limpando a roupa com as mãos. "Hora de alugarmos um desses barcos, você não concorda?"

"Ah, sim!", exclamou minha mãe enquanto recolhia os pratos de piquenique e os talheres, devolvendo-os ao cesto. "Vamos, Gretel, ajude-me com essas coisas."

Dobrei os tapetes ao meio novamente e juntei as garrafas de vinho vazias.

"Você gosta de ler, Gretel?", perguntou-me m. Toussaint quando voltamos para o carro para guardar o cesto. Minha mãe tinha ido procurar um banheiro público, e agora estávamos os dois a sós.

"Sim, adoro livros", admiti.

"Já leu *Thérèse Raquin*?"

Fiz que não com a cabeça. Tinha ouvido falar em Zola, é claro, mas ainda me faltava conhecê-lo nas páginas.

"Uma história interessante", disse ele. "Os três personagens centrais do romance vêm a este mesmo lugar, a Saint-Ouen, para um dia de passeio de barco. A própria Thérèse, o seu marido doente, Camille, e o seu amante, Laurent, que é o melhor amigo de Camille. Sem que o jovem doente saiba, os amantes planejam empurrá-lo do barco para o rio. Querem que ele se afogue para poderem se casar."

"Que cruel", disse eu, perguntando-me por que ele estava me contando aquilo. "E o plano dá certo?"

"Dá", respondeu ele. "Mas o final feliz deles é frustrado. Camille volta todas as noites em seus sonhos para assombrá-los. A alma dele não pode descansar em paz sabendo dos seus crimes vis e decide fazê-los pagar."

"E como a história deles termina?"

"Não quero estragar tudo para você", disse ele, sorrindo, mostrando-me os dentes brancos e afiados. "Mas vamos dizer somente que a justiça é feita."

"Você acredita nisso?", perguntei. "Que a alma das

pessoas que prejudicamos fica de olho em nós, esperando um momento de vingança?"

"Tanto quanto acredito que o mundo é redondo e que o dia segue a noite", disse ele. "Mas você não precisa se preocupar com nada, não é, Gretel? Uma garota da sua idade não pode ter ofendido ninguém. Sua consciência está limpa, certo?"

"O que vocês dois estão fofocando?", perguntou minha mãe, aproximando-se de nós e olhando de um para o outro com um ar bem desconfiado.

"Assassinato", respondeu m. Toussaint, ainda me olhando diretamente nos olhos. "Engano. Vingança."

"Um assunto muito filosófico para um dia como hoje", disse ela, estremecendo um pouco. "Venha, Rémy", acrescentou, dando-lhe o braço. "Vamos procurar um barco. Não vai demorar para o sol começar a se esconder atrás daquelas nuvens."

Eles seguiram em direção ao cais, mas eu permaneci um momento junto ao carro. Só quando minha mãe se virou e gritou o meu nome é que eu fui atrás deles.

15

Claro, era apenas uma questão de tempo para que eu conhecesse Henry.

Nos fundos do Winterville Court há um grande jardim, cerca de quinze metros por nove, cercado de árvores, um enclave idílico com um par de bancos de madeira de frente um para o outro nos lados leste e oeste e, no canto mais distante, uma mesa de piquenique. Edgar e eu costumávamos ficar lá fora nos meses de verão, lendo em tranquilidade ou simplesmente aproveitando o sol, e, quando era menino, Caden corria como louco por ali com os amigos. No entanto, à medida que eu ia envelhecendo, passei a ficar menos tempo lá e, no dia em que os nossos caminhos se cruzaram, devia fazer uns quatro meses que eu não punha os pés no jardim.

Era uma manhã quente e eu havia aberto todas as janelas para arejar o apartamento, mas estava me sentindo um pouco claustrofóbica, então tirei os óculos de sol da gaveta e desci com Maria Antonieta, montei acampamento em um dos bancos com uma garrafa de água ao meu lado. A sombra das árvores me protegia do sol, e continuei de onde havia parado, com a jovem aventureira tornando-se *dauphine* da França ao se casar com Louis-Auguste, uma farsa elegante, considerando que o noivo não teve a cortesia de sequer comparecer à cerimônia.

Fazia menos de vinte minutos que eu estava lendo quando comecei a sentir que estava sendo observada. Ergui a vista e olhei à minha volta, mas tudo estava em silêncio, então voltei ao meu livro. Mas eis que, enfim, a porta dos fundos, que dava para o jardim, se abriu e uma cabecinha apareceu. Eu me preparei, reconhecendo a inevitabilidade do momento, e me dispus a conhecer o menino.

O meu grande medo quando Caden nasceu era que ele me lembrasse o meu irmão — esse era um dos motivos pelos quais eu esperava uma menina —, mas, para meu alívio, meu filho não tinha nenhuma semelhança com ele, tendo puxado mais à família do seu pai. Tudo em Henry, entretanto, fez-me retroceder oitenta anos e tive de estender a mão para segurar o braço do banco de madeira a fim de me equilibrar.

Tal como meu irmão, o menino era pequeno para a sua idade, com uma cabeleira castanho-escura e um rosto limpo e sem manchas. Estava com um calção de cores vivas e uma camisa polo e, mesmo à distância, pude ver que seus olhos eram azuis. Enquanto cada um de nós observava o outro, ficamos congelados em nossas posições separadas. Para mim, foi como se um fantasma tivesse ressurgido das cinzas para me confrontar. Por fim, com muita cautela, ele começou a vir em minha direção.

"Oi", ele disse quando estávamos próximos.

"Oi", respondi.

Seu braço esquerdo, do pulso ao cotovelo, estava envolto em um invólucro de fibra de vidro e o próprio braço repousava em uma tipoia. Ao vê-lo olhar para o alto das árvores, eu me perguntei se ele gostava de subir e se algum acidente na sua casa anterior o havia ferido.

"O meu nome é Henry", disse o menino.

"Eu sou Gretel."

Ele pareceu surpreso com isso, então riu um pouco.

"Eu não posso chamá-la assim", disse.

"Por que não?"

"Porque tenho de chamá-la de senhora. Seja qual for o seu nome. São as boas maneiras."

"Ora, nesse caso, pode me chamar de sra. Fernsby", disse-lhe eu. "Mas não me importo se quiser me chamar de Gretel. É o que eu prefiro, aliás. Não sou de muita cerimônia."

"Como *Hänsel e Gretel*?",* perguntou ele.

"Acho que sim. Você conhece essa história?"

Ele fez que sim. "Eles são capturados e presos por uma bruxa velha e horrível. Depois ela os engorda e tenta assá-los no forno."

"Tenta", concordei. "Mas não consegue."

"A senhora tem um irmão chamado Hänsel?"

"Não", disse eu.

"A senhora não tem irmão ou não tem um chamado Hänsel?"

Não respondi. Talvez essa conversa sobre histórias tenha feito Henry olhar para o livro no meu colo e apontar para ele.

"O que a senhora está lendo?"

"É uma biografia de Maria Antonieta", expliquei, erguendo o livro para lhe mostrar a capa.

"Quem é ela?"

---

* "Hänsel und Gretel", conto infantil coletado pelos irmãos Grimm e conhecido no Brasil como "João e Maria". (N. T.)

"Quem *era* ela", respondi, corrigindo-o. "Era rainha da França, mas isso deve ter sido há mais de duzentos anos."
"E o que lhe aconteceu?"
"Cortaram a cabeça dela."
O menino arregalou os olhos e fez um O com a boca. Eu torci para não tê-lo assustado.
"Por quê?", indagou ele ansiosamente.
"O povo se revoltou", expliquei. "Quer dizer, os cidadãos. Eles achavam que o rei e a rainha não os tratavam muito bem, por isso fizeram uma revolução."
Agora Henry me ouvia com atenção, e algo me disse que ele provavelmente era um bom aluno na escola, que se interessava pelo mundo ao seu redor, pelas coisas que aconteceram no passado e pelas que estavam por acontecer.
"Como cortaram a cabeça dela?", perguntou ele, e eu sorri. Os meninos gostavam tanto de ouvir os pormenores mais horrendos.
"Havia uma máquina chamada guilhotina", disse-lhe eu. "Já ouviu falar?"
Henry fez que não com a cabeça.
"Era muito alta, feita de madeira, com uma lâmina angulada pendurada no topo. Os revolucionários faziam os seus inimigos se deitarem dentro dela e a lâmina caía lá de cima. Cortava-lhes o pescoço, e a cabeça caía em um cesto. Parece que as mulheres se sentavam na primeira fila e faziam tricô enquanto assistiam. Não sei se é verdade ou se é uma coisa inventada por Hollywood."
"Isso é horrível", disse ele, mas eu tinha certeza de que uma parte dele estava emocionada com a hediondez da história.
"É", concordei. "Mas diziam que era indolor. Era para ser uma máquina humanitária."
Ele franziu a testa. "O que isso significa?", perguntou.

"Significa ser legal com as pessoas", respondi.

Henry refletiu sobre o que acabava de ouvir, então se virou, arrastando os tênis na grama, como um touro se preparando para atacar. Inesperadamente, correu para um canto do jardim — com cuidado, para não machucar o braço ferido —, depois correu de volta como se tivesse experimentado uma súbita necessidade de queimar um pouco de energia. Quando tornou a falar, foi como se nada disso tivesse acontecido.

"A senhora também mora aqui?", perguntou, e eu fiz que sim, apontando para a janela do primeiro andar.

"Moro bem acima de você", contei-lhe. "No apartamento 2."

"Eu moro no apartamento 1."

"Eu sei. E está gostando daqui?"

Henry deu de ombros, como se, para ele, um lugar fosse a mesma coisa que qualquer outro.

"Você tem um quarto bonito?", perguntei.

"Tenho um pôster de Harry Potter na parede", contou ele. "E tenho todos os livros dele e onze bonecos de ação."

"Você os leu?"

"Duas vezes", disse ele. "Mas agora estou lendo este."

Até aquele momento eu não tinha reparado que Henry também estava com um livro debaixo do braço bom, mas agora ele o havia estendido na minha direção.

"A mamãe diz que eu tenho de ler alguma coisa diferente antes de poder voltar a ler *Harry Potter*."

Foi como se tivessem me esbofeteado. Quando Caden era pequeno, eu não permiti que ele pegasse emprestado da biblioteca o livro que Henry segurava, mesmo que o título o intrigasse. Ele podia escolher o livro que quisesse, eu lhe disse, para qualquer faixa etária, menos aquele.

"O que há de errado?", perguntou Henry.

"Nada."

"Seu rosto ficou todo engraçado."

"É que eu sou velha", expliquei.

"Quantos anos você tem?"

"Tenho cento e vinte e seis anos", disse eu, e ele pareceu aceitar as minhas palavras como uma resposta perfeitamente razoável.

"Eu tenho só nove", disse.

Do outro lado do jardim, a porta se abriu e Madelyn saiu, aparentando muita preocupação. Quando nos viu conversando, ou melhor, quando viu que Henry estava vivo e bem, levou a mão ao peito, como se os horrores que a ausência dele inspirara na sua imaginação tivessem se amenizado.

"Aí está você!", gritou ela, e o garoto se virou.

"Essa é a minha mãe", disse, e eu assenti.

"Sim, eu sei", expliquei. "Eu a conheci."

"Henry, pare de incomodar a sra. Fernsby!", gritou ela. "Volte para dentro."

Ele obedeceu sem reclamar e eu fiquei impressionada com a sua docilidade.

"Tchau, Gretel", disse, afastando-se.

"Tchau, Henry", respondi, e então, antes que ele estivesse longe a ponto de não me ouvir, eu o chamei. "Ah, Henry!", gritei.

Ele se virou e olhou para mim com expressão intrigada. A porta ainda estava aberta, porém Madelyn havia desaparecido, provavelmente a caminho do seu apartamento.

"O que aconteceu com o seu braço?", perguntei.

Ele olhou para mim, a seguir para o membro em questão. Eu o vi tentar formular uma resposta e franzir os olhos como se não conseguisse se lembrar do que dizer. Então, sem pronunciar uma palavra, deu meia-volta e correu para dentro, batendo a porta atrás de si.

    Foi só então que eu me dei conta de que ele havia deixado no banco o seu exemplar de *A ilha do tesouro*.

16

Alguns dias depois do passeio de barco, fui à loja de m. Vannier à procura de Émile, mas fui recebida por seu pai, que me cumprimentou sem muita cortesia. Foi a primeira vez que conversamos e, a julgar pela sua expressão, ele não gostava da minha presença na vida do filho.

"Ele devia estar de volta aqui às duas horas", disse o homem, tirando um relógio de bolso do colete e batendo no vidro. Suas unhas eram compridas demais para um homem, e eu olhei para elas com certa repugnância. "E veja, já está dez minutos atrasado. Ele não é um menino confiável."

"Mas ele trabalha tanto", retorqui, defendendo-o.

"Ele é tão dedicado ao trabalho quanto a você."

M. Vannier resmungou algo incompreensível em voz baixa. Parecia não estar com humor para ser apaziguado.

"É Gretel, não?", perguntou enfim, e eu fiz que sim.

"Sim, Gretel Guéymard."

"Guéymard", repetiu ele devagar, olhando fixamente para mim. Desviei a vista, receando que a minha expressão revelasse o fato de que fazia pouco tempo que esse nome era meu.

"E diga-me, o que é que a senhora quer com o meu filho, mlle. Guéymard?"

"A amizade dele, nada mais", respondi, surpresa com a indagação.

"Um rapaz e uma moça da sua idade não podem ser só amigos. Sempre há a intromissão de certos sentimentos. A senhora tem planos para ele, creio eu."

Balancei a cabeça, irritada com o fato de ele se atrever a se dirigir a mim com tanta superioridade, como minha mãe talvez falasse com nossa empregada, Maria, quando morávamos em Berlim ou naquele outro lugar. Eu ainda era arrogante o bastante para acreditar que devia ser tratada com um respeito especial. "Nós estamos nos conhecendo, só isso."

"Não quero que ele se distraia do seu trabalho", disse m. Vannier.

"Todo mundo precisa de uma distração de vez em quando", retruquei, começando a sentir mais coragem. M. Vannier abriu a boca para argumentar, mas, antes que tivesse tempo para dizer alguma coisa, a campainha da porta tocou e nós nos voltamos para ver Émile entrar. Ele afastou o cabelo da testa e parou no centro da loja, olhando ora para mim, ora para o seu pai, perturbado por nos ver conversando.

"Papai", disse ele, acenando para m. Vannier. "Gretel."

"Você está atrasado", resmungou o homem, pondo-se atrás do balcão, onde tirou um casaco de um cabide.

"Eu demorei. Desculpe."

Sem dizer mais nada a nenhum de nós, seu pai saiu da loja para almoçar. Émile se voltou para mim com um sorriso envergonhado.

"Lamento muito isso", disse. "Ele fica mal-humorado quando está com fome."

"Tudo bem", disse eu. "Mas acho que ele não gosta muito de mim."

"É só o jeito dele. Meu pai se preocupa muito comigo."

"Ele acha que estou enganando você."

"Não, não é isso."

Fiz uma careta, esperando que ele explicasse, mas, em vez disso, aproximou-se de mim e nós nos beijamos desajeitadamente.

"Você não me visita desde domingo", disse eu. "Quando m. Toussaint levou minha mãe e a mim a Saint-Ouen."

"Desculpe", respondeu ele. "Estive muito ocupado aqui. Vocês tiveram um bom dia?"

"Nem tanto. Ele agiu como se fosse um especialista em barcos, mas, sinceramente, quase nos derrubou mais de uma vez. Talvez por ter bebido muito vinho. Minha mãe gritou e todos, no rio, se viraram para olhar para nós. Eu fiquei envergonhada."

Émile riu. "Eu queria ter visto isso", disse.

"Eu gostaria que você estivesse lá. Acho..." Eu me calei e ele se aproximou mais de mim. Olhei para o chão, esperando que isso o animasse a pôr os dedos sob o meu queixo. Quando ele o fez, ergui a vista e o fitei diretamente nos olhos.

"Você acha o quê?"

"Que m. Toussaint pode estar se apaixonando por mim."

Foi impossível não notar a sua expressão divertida. Coisa tão ofensiva quanto irritante.

"Você acha que eu estou brincando?"

"Ele é um velho", protestou Émile. "Tem pelo menos trinta e cinco anos. E você não passa de uma menina."

"Os velhos como ele gostam de garotas da minha idade", respondi. "Eles apreciam a nossa inocência."

"Não sei se essa é a palavra que eu usaria para descrever você", disse ele.

"Por que não?", perguntei, surpresa com seu tom de voz, que parecia hostil, mas ele ficou calado. Eu o encarei. Acaso tinha sido muito atrevida nos meus avanços?

"Você não está sendo gentil."

"Só estou brincando", disse ele, segurando delicadamente o meu antebraço. "Não precisa ser tão sensível."

Ele se aproximou de uma caixa ao lado do balcão, ergueu-a, colocou-a na superfície de trabalho e passou uma lâmina afiada no selo. A caixa se abriu, revelando uma enorme variedade de meias em um arco-íris de cores. Achei difícil imaginar um homem calçando algo tão extravagante e fiquei irritada porque Émile havia retomado o seu trabalho enquanto eu ainda estava lá. Queria a sua atenção. Toda a sua atenção. Eu a exigia como se fosse um direito meu.

"Então", disse eu enfim. "Quando voltaremos a nos ver?"

"Nós estamos nos vendo agora", respondeu ele.

"Você sabe o que eu quero dizer", disse eu. "Você poderia me levar novamente àquele café, talvez. Ou podemos dar uma volta. Ou, quem sabe, uma noite dessas a gente pudesse..." Parei de falar e ele ergueu os olhos, reconhecendo o meu tom sugestivo.

"A gente pudesse o quê?", perguntou.

"Ora, o seu pai não fica em casa dia e noite, fica? Nós podíamos passar algum tempo juntos. Lá em cima." Olhei para a porta nos fundos da loja, que, presumivelmente, levava a uma escada que, por sua vez, levava às acomodações e ao quarto dele. Émile acompanhou o meu olhar e, quando se virou para mim, eu vi o desejo estampado no seu rosto. Era muito fácil, percebi, recuperar a atenção de um garoto.

"Sério?", perguntou ele, a voz falhando um pouco.

"Sério", disse eu, oferecendo-lhe um leve sorriso. Pouco me importava se isso me aviltava aos seus olhos. O que me importava era manter seu interesse e, fosse como fosse, queria viver com ele esse rito de passagem. Eu quis isso desde o instante em que o vi pela primeira vez.

Émile voltou para junto de mim e me beijou mais apaixonadamente. Quando pressionou o corpo no meu, senti o seu calor e pus a mão no seu peito.

"Eu não quis dizer agora", avisei.

"Quando, então?"

"Em outro momento. Na semana que vem. Quando seria melhor?"

Ele pensou um pouco.

"Quinta-feira", disse. "O meu pai visita uma amiga dele toda quinta à noite. E ele fica fora por horas."

"Que tipo de amiga?"

"Namorada", respondeu Émile, mostrando-se envergonhado e indignado com a ideia. "Os dois têm um acordo. Ele sai daqui cheirando a colônia, mas volta fedendo a perfume."

"Então ele não pode nos culpar, não é?", perguntei. "Você...", eu hesitei, sem saber até que ponto podia me intrometer no seu passado quando eu era tão reservada com o meu. "Você já esteve com uma garota?"

Ele fez que sim. "Só uma vez", disse. "Na noite em que a guerra acabou. Era mais velha que eu, não sei se ela ficou satisfeita. E você com um garoto?"

Fiz que não. Émile pareceu surpreso e pôs a mão na minha bochecha, o polegar traçando nela um caminho suave. Minha vontade foi de arrastá-lo para cima naquele momento, mas eu sabia que não devia fazer tal coisa. Queria dormir com ele, sim, mas queria mais do que isso. Precisava que ele se apaixonasse por mim, que se casasse comigo, que me afastasse de minha mãe e me ajudasse a construir uma vida nova que apagasse meu passado. Eu me perguntei se não era um erro prometer-me a ele tão cedo, quando a melhor maneira de alcançar meus objetivos era fazê-lo esperar. Mas tinha concordado com a quinta-feira e não voltaria atrás. Eu era muitas coisas, mas não uma provocadora.

A gente se beijou um pouco mais e, quando eu finalmente estava saindo da loja, me veio um pensamento.

"Então você pensa que eu estou errada quanto a m. Toussaint?", perguntei. "Que ele está se apaixonando por mim?"

Émile deu de ombros. "Ele se apaixona por todas as mulheres que conhece", disse. "Velha ou moça. Dizem que ele tem um desejo insaciável por elas."

"Você o conhece bem então?"

"Conheço-o desde que eu era menino. Embora fosse mais velho, era muito amigo do meu irmão. O Louis o admirava. Ele era um herói aos seus olhos. O Louis só ingressou na Résistance por causa do Rémy."

Pensei nisso quando saí para a calçada, onde o vento frio soprou no meu rosto, agora áspero e quebradiço. Então ele o conhecia afinal. Ou melhor, eles se conheciam. Por que, eu me perguntei, m. Toussaint tinha mentido para mim?

17

Heidi Hargrave estava tendo uma das suas manhãs boas.

Estávamos tomando café no seu apartamento enquanto um técnico consertava o forno. Ela me telefonou quando o homem chegou porque não gostava de ficar sozinha com desconhecidos. Uns dez anos antes, ocorreu um incidente quando um homem que se dizia da companhia de gás conseguiu entrar na sua sala de estar e roubou-lhe duzentas libras, e ela nunca mais recuperou a confiança.

"Você conheceu os vizinhos novos?", perguntou-me ela em tom confidencial, e eu fiz que sim.

"Conheci a esposa", contei-lhe. "E o garotinho. Ainda não conheci o marido. Parece que é produtor de cinema."

"Eu o conheci ontem à noite", disse ela. Eu não sabia que o sr. Darcy-Witt retornara de Los Angeles e não tinha visto nem ouvido nada que indicasse sua presença no Winterville Court. "Eu o conheci", repetiu ela, notando o meu ceticismo. "Não estou inventando. Espere até você vê-lo."

"Por quê?", perguntei.

Ela sorriu e pôs a mão no peito, balançando os cílios de

modo tão feminino que não pude deixar de rir. "Você conhece Richard Gere?", perguntou.

"O ator? Sim."

"Pois ele é parecido", disse ela. "Só que mais bonito. Eu estava lá embaixo, pegando a minha correspondência, e ele saiu para verificar a sua caixa. Nós tivemos uma conversa muito agradável."

"Sobre o quê?"

"Sobre o Winterville Court. Sobre cinema. Ele cheira como se o tivessem mergulhado em sândalo. Eu não sabia que um homem podia ser tão cheiroso. E os dentes dele! Gretel, não sei se são naturais ou não, mas são brancos como neve."

"Branqueados, imagino."

"Não é o tipo de dentes que a gente vê em um inglês comum, com certeza. Você saberia se ele trabalhou em filmes. Oh, se eu fosse vinte anos mais moça!"

"E o menino?", perguntei. "Você falou com ele?"

"Não, mas eu o vi brincando lá fora." Heidi fez um gesto em direção à janela, que, como a minha, dava para o jardim. "Não tenho interesse em meninos", acrescentou com indiferença.

"Senhora", disse o técnico, agora entrando na sala e empunhando uma chave de fenda grande de modo um tanto ameaçador. "Preciso substituir não só a parte superior do fogão como também a tomada e a fiação. A senhora concorda?"

"Sim, claro", disse ela, agitando a mão no ar. "Contanto que eu consiga cozinhar um ovo. É a única coisa que interessa."

O homem fez que sim e se foi. Eu fiquei vendo-o se afastar.

"De onde ele é?", perguntei, baixando a voz para que o técnico não me ouvisse.

"Não sei, não perguntei. De algum lugar da Europa, imagino. Por quê?"

"Por nada. Então você gostou dele? Ele foi simpático?"

"Quem? O homem que está consertando o forno?"

"Não, o sr. Darcy-Witt. Do andar de baixo."

"Ah, sim. O nome dele é Alex."

"Eu sei, ela me contou."

"Alexander, presumo."

"Provavelmente."

"Como é a mulher dele?"

Eu pensei um pouco antes de responder. "Difícil de dizer", disse eu. "Ela me pareceu um pouco perdida. Um tanto distraída. Ou sobrecarregada pelo drama de se mudar para um apartamento novo."

"Estava feliz?"

"Nem tanto, não. Ela não trabalha. Deu a entender que o marido não deixa. Era atriz, inicialmente. Foi assim que eles se conheceram."

"Ela é bonita", disse Heidi. "Vou lhe dar isto."

"Pensei que você não a tivesse conhecido."

"Ainda não. Mas eu a vi. Sempre olho pela janela da frente quando ouço abrirem a porta do andar de baixo. Gosto de acompanhar as idas e vindas."

Eu fiz uma careta, perguntando-me se ela anotava os movimentos de todos em um caderno. Talvez tivesse começado a fazer isso depois de ter sido roubada.

"Ela é um pouco jovem para ficar aí sem ter o que fazer, não acha?", perguntei. "Uma moça como ela devia estar no mundo, ganhando a vida. Não dependendo do marido."

"Ela tem o que fazer, sim", protestou Heidi, que gostava da vida de dona de casa bem mais do que eu e não dava ouvidos a quem criticasse esse tipo de atividade. "Tem um filho de quem cuidar, para começar."

"Ele tem nove anos", contrapus. "Deve ficar a maior parte do tempo na escola. Talvez ela seja uma dessas que passam a manhã na academia, depois encontram os amigos para almoçar e tomam coquetel na hora do chá." Isso foi cruel da minha parte, mas eu estava nesse estado de espírito.

"Não conheço o menino", repetiu ela.

Tomei o meu café e não disse nada. Achei curioso que Heidi pudesse entrar e sair de uma conversa como aquela, tão lúcida num momento e depois, logo depois, como uma fotografia tirada um milissegundo depois que o seu objeto se moveu. Não totalmente fora de foco, mas apenas um pouco desfocada.

"Agora", disse eu, mudando de assunto e partindo para o que realmente me interessava. "Por que eu tenho ouvido falar tanto na Austrália?"

"Como assim?", perguntou ela, franzindo a testa. "O que está acontecendo na Austrália?"

"Bem, eu encontrei o Oberon", disse eu. "Ele me contou que planeja se mudar para lá e levar você com ele."

Ela olhou fixamente para mim, como se eu tivesse enlouquecido.

"Contou o quê?", perguntou Heidi, inclinando o corpo para a frente.

"Foi o que ele disse", respondi, dando de ombros. "Não é verdade então?"

"Ele me falou na oferta de emprego que recebeu, sim", concordou ela. "E mencionou a possibilidade de eu também ir, mas eu disse em termos inequívocos que só sairia daqui dentro de um caixão. Eu na Austrália! Você pode imaginar?"

"Ah, bom", respondi, sentindo um grande alívio. "Eu estava com medo de perder você."

"Gretel, eu tenho quase setenta anos", disse ela, agora rindo. "Você realmente me imagina lá, na Nova Zelândia, brincando com cangurus e *wallabies* e sei lá mais o quê?"

"Na Austrália", esclareci.

"A ideia é ridícula."

Antes que pudesse dizer outra palavra, eu ouvi o ruído de uma porta se abrindo abaixo de nós e as duas fomos olhar pela janela. Henry havia saído para o jardim e estava a caminho do banco. Sentou-se, abriu o seu livro — eu deixara *A ilha do tesouro* na porta do apartamento 1, esperando que ele o encontrasse — e começou a ler. Talvez sentindo que estava sendo observado, olhou na nossa direção e nós duas nos viramos como se tivéssemos sido pegas fazendo algo que não devíamos.

"O Oberon parecia interessado em que você fosse com ele", prossegui então, escolhendo as palavras com cuidado. Não queria aborrecê-la nem causar discórdia entre avó e neto, mas também não queria que se aproveitassem dela. "Acho que ele sente que seria financeiramente útil se você fosse."

"Ele está atrás do meu dinheiro, você quer dizer."

"Bem, não exatamente. Ele é um bom rapaz, eu sei. Sempre foi muito solícito. Imagino que ache que, com a sua ajuda, poderia começar em melhores condições do que sem ela."

"Ele que se vire", disse Heidi com desdém. "Gosto muito do Oberon, muito, e vou ficar tristíssima se ele se mudar, mas a resposta é não. Se eu fosse para a Austrália, morreria em um mês. Não entenderia as pessoas, o dinheiro, a língua…"

"Lá eles falam inglês, Heidi."

"Falam mesmo, Gretel?", perguntou ela com uma careta. "Falam?"

"Sim, falam."

"Mesmo assim seria como mudar para Marte. Não, eu vou ficar exatamente onde estou. O Oberon vai herdar este apartamento um dia e isso lhe fará bem, mas só daqui a alguns anos, espero."

O meu mau humor evaporou instantaneamente. Não havia confusão ali; ela não podia ter sido mais clara no que estava dizendo. O técnico reapareceu e a informou que concluíra o conserto, o forno estava funcionando, ela podia cozinhar, fritar ou assar os ovos, e lhe deu um papel para assinar. Heidi agradeceu e se levantou para acompanhá-lo até a porta. Quando voltou, eu também estava de pé e lhe disse que nos veríamos em breve. Não nos beijamos; não fazemos isso. Não somos francesas.

Quando saí para o corredor entre os nossos apartamentos, o técnico ainda estava lá, encostado na escada, estudando alguma coisa no celular. Olhou para mim, meneou a cabeça e então voltou a prestar atenção na tela.

"O senhor se importa se eu perguntar de onde o senhor é?", disse eu, parada à minha porta, já com a chave na mão. "O seu sotaque me pareceu familiar, mas eu não consegui identificá-lo."

"De Holborn", disse ele.

"Sim, mas antes disso."

Ele hesitou. Eu me perguntei se ele achava que eu ia fazer um comentário maldoso sobre os imigrantes.

"Da Polônia", respondeu ele.

"Onde na Polônia?"

"Uma cidade chamada Mikołów, no sul. Perto de Katowice. A senhora conhece a Polônia?"

Eu balancei a cabeça. Não estava disposta a revelar que

tinha morado lá quando menina. Ele olhou para o meu braço, mas eu estava com uma blusa de manga comprida. Instintivamente, cobri com a mão esquerda o lugar em que teriam me tatuado.

"A minha avó", ele começou a dizer, mas eu sacudi a cabeça rapidamente, interrompendo-o.

"Não, não, isso não", disse, arrependida de haver iniciado aquela conversa. Foi vergonhoso da minha parte tê-lo levado a pensar que eu fora prisioneira, por mais que não fosse essa a minha intenção. "Não, o senhor me entendeu mal."

Enfiei a chave na fechadura e praticamente me joguei lá dentro, respirando com dificuldade, sentindo-me claustrofóbica. Fui até as janelas salientes e abri as duas, inalando pesadamente a brisa que entrava. Lá embaixo, Henry ergueu os olhos do livro e olhou para mim.

Em seguida, para minha perplexidade, levantou lentamente o braço direito e apontou o indicador para mim. Não moveu os lábios, mas manteve o dedo apontado até que eu, assustada, me virasse.

18

Tomei um banho demorado na noite de quinta-feira, usando tanta água quente que a nossa senhoria bateu na porta e gritou que, se ouvisse a torneira se abrir mais uma vez, jogaria nós duas na rua. Mas eu queria estar limpa para Émile, sentir-me tão pura quanto possível.

Mais tarde, sentada em frente à penteadeira, apliquei alguns unguentos e perfumes de minha mãe antes de escovar o cabelo e olhar o meu reflexo no espelho. Eu sabia que era bonita — atraía mais do que a minha cota de olhares de aprovação na rua —, mas sentia como se toda a vida tivesse desaparecido dos meus olhos. Uma vez, quando era menina em Berlim, minha avó me disse que eles eram a minha melhor característica, que os homens se apaixonariam por mim graças a eles. Na minha vaidade, eu ansiava pelo dia em que ela se revelaria coberta de razão. Agora eles tinham cor de arame farpado, de forno enferrujado, de fumaça e cinza.

Eu passara dias preocupada com a possibilidade de ter me oferecido a Émile cedo demais. Minha mãe me avisara que os homens não queriam o que ela chamava de "mercadoria estragada", que o marido esperava que sua esposa chegasse virgem à noite de núpcias, embora dele não se exigisse nada disso, é claro. Desde o momento em que pus os olhos nele, fiz de Émile um peão no meu plano de obter certa independência em relação ao que restava da minha família, mas, se eu o deixasse fazer amor comigo, ele me descartaria depois em troca de alguém que lhe parecesse mais impoluta?

No entanto, era tarde demais para mudar de ideia. Eu não seria o tipo de garota que se prometesse a um rapaz e depois o decepcionasse.

Pus o meu melhor vestido, a única boa peça de roupa que trouxera comigo daquele outro lugar, depois coloquei a mão na barriga, tentando acalmar os nervos. Senti-me doente de tanta ansiedade, mas também tive um formigamento de excitação. Observando a rua, esperei que m. Vannier saísse para seu compromisso regular e então desci a escada, atravessei a rua e bati na porta do armarinho.

"Você veio", disse Émile, que estava perambulando entre os manequins na expectativa da minha chegada. Parecia estar um pouco trêmulo quando deslocou o trinco para abrir a porta. Precisou de várias tentativas para trancá-la atrás de mim, a chave instável na sua mão.

"Eu disse que viria", respondi, tentando bancar a sofisticada.

Eu diria que Émile estava satisfeito, embora sua expressão me fizesse recuar um passo. Era impossível dizer se queria me beijar ou me matar.

"Vamos subir?", perguntei, e ele fez que sim e se adiantou para percorrer a loja, apagando as luzes à medida que avançava. Segurou minha mão quando subimos a escada rumo ao pequeno apartamento que ele dividia com o pai e eu olhei à minha volta, fascinada com o modo como os dois homens cuidavam da casa. Tudo estava perfeitamente organizado, tão arrumado quanto a loja no andar inferior, coisa que não me surpreendeu. Tomei m. Vannier por um homem meticuloso que se incomodava com qualquer desordem.

Em uma mesa improvisada, havia um retrato emoldurado dos pais de Émile — presumi que a mulher fosse a mãe — no dia do casamento. Eles pareciam extremamente miseráveis.

"É terrível, não é?", disse Émile, rindo um pouco e olhando para mim. "Parece que eles vão a um enterro."

"Eles eram infelizes juntos?", perguntei, voltando-me para ele.

"De jeito nenhum", respondeu Émile defensivamente. "Eles se amavam muito."

"Talvez só estivessem nervosos", sugeri.

"Ou tiveram uma premonição do que o futuro lhes reservava. O meu pai lutou na Primeira Guerra, é claro. E depois teve um filho que morreu na Segunda."

Desviei o olhar. Detestava falar da guerra.

"Você me dá alguns minutos, Gretel?", pediu depois de um desconfortável silêncio. "Eu trabalhei o dia todo e é provável que precise de um banho."

"Claro", disse eu, uma parte de mim desejando que ele ficasse como estava, com o cheiro do dia de trabalho a lhe impregnar a pele. Émile entrou em outro cômodo e eu ouvi o barulho da água do banho, seguido do ruído de roupas caindo no chão. Excitou-me imaginá-lo nu, lavando-se, enquanto se preparava para ficar comigo.

Havia algumas outras fotografias espalhadas na sala e eu examinei uma por uma. A primeira era de Émile ainda menino, sorrindo para a câmera. A seguir, a de um garoto mais velho, que presumi ser o seu irmão Louis. Era surpreendentemente bonito, de cabelo escuro, olhos determinados, e um queixo que ele projetava para a frente para afirmar sua masculinidade. Usava um boné de operário, não do tipo que se podia comprar no armarinho de m. Vannier, mas do tipo que um operário usa para cumprir suas tarefas. Fazia alguns dias que não se barbeava e a barba por fazer lhe reforçava o magnetismo. Ali estava um homem forte. Ali estava um homem que defenderia seu país até a morte. Recolocando a fotografia no lugar, imaginei-o diante do pelotão de fuzilamento, de pé, o braço erguido, mesmo quando as balas rasgaram seu corpo jovem.

Ouvi o barulho da água do banho descendo pelo ralo e saí da sala, avançando rapidamente pelo corredor. Havia dois quartos, um com cama de casal e outro com duas camas de solteiro, e foi nesse que eu entrei. Uma das camas tinha sido esvaziada de tudo; até o colchão desaparecera. Só restava uma armação de ferro e as molas esticadas pelos trilhos de suporte. A outra tinha sido cuidadosamente arrumada. Eu me perguntei se Émile cuidava tão bem dela todos os dias ou se a tinha preparado especialmente para mim. Entre as duas camas havia espaço suficiente só para um armário estreito, sobre o qual havia outra fotografia, esta dos irmãos juntos. Cada qual enlaçava o ombro do outro com o braço, mas, enquanto Louis ria diretamente para a lente da câmera, Émile olhava para o irmão com uma expressão muito próxima da devoção. Havia tanta reverência ali que eu me perguntei como ele aguentava sobreviver sem o irmão. Eu também amava o meu irmão, é claro, mas o perdi quando éramos apenas crianças. Se ele não tivesse morrido, arrisco dizer que nossa relação teria crescido com o tempo e nós também teríamos nos tornado próximos. Mas isso jamais aconteceria. Ele se foi. Louis se foi. Milhões se foram.

Um ruído atrás de mim me assustou e eu me virei e dei

com Émile parado na porta, nu, a não ser pela toalha enrolada na cintura. Fiquei surpresa ao vê-lo nesse estado e me ruborizei. O seu peito era magro e sem pelos, os músculos bem definidos. Eu ansiava por saber como a sua pele se sentiria sob os meus dedos. Percebendo isso, ele sorriu e se aproximou de mim. Nós nos beijamos e eu senti a sua excitação aumentar.

"Antes de começar", disse ele, afastando-se momentaneamente, e a umidade da sua pele, o seu aroma, fez-me fechar os olhos enquanto respirava o seu almíscar. Nunca me senti tão fraca nas mãos de alguém. Naquele instante ele poderia ter me pedido qualquer coisa, pular pela janela, pôr fogo em mim mesma, e eu teria obedecido. "Antes de começar", repetiu Émile, "eu preciso lhe pedir uma coisa."

"Sim?", disse eu, encarando-o.

"Domingo que vem. Daqui a três dias. Você se encontra comigo à noite?"

"Claro", respondi, aproximando-me para beijá-lo outra vez, mas ele me segurou.

"Preciso que você prometa", disse ele. "Domingo às seis horas. Aconteça o que acontecer entre agora e a noite de domingo, promete não me decepcionar?"

Franzi a testa, sem compreender sua insistência em algo tão trivial em um momento como aquele. "Prometo", respondi. "Domingo às seis horas. Eu o encontro em frente à loja. Por quê? Aonde você vai me levar?"

Ele sorriu e balançou a cabeça.

"É uma surpresa", contou. "Você tem de confiar em mim, só isso."

"Confio em você para o que der e vier."

Émile se mostrou satisfeito com a minha resposta e começou a desabotoar a parte superior do meu vestido, enquanto eu, com mãos trêmulas, afrouxava o nó da sua toalha. Ele fechou a porta com o pé descalço e, mais confiante do que eu esperava, levou-me à sua cama estreita.

E, contudo, tendo-o já em cima de mim, o rosto mergulhado no meu pescoço, o corpo a penetrar o meu, descobri que o seu amor não me daria tanto prazer quanto eu esperava. A cama vazia ao lado parecia um julgamento do meu passado. Cheguei a ouvir a voz do seu irmão, ou do fantasma do seu irmão, incitando Émile, dizendo-lhe que não me poupasse, que tirasse o máximo de satisfação possível ao mesmo tempo que me negava a mínima que fosse.

Que me machucasse se tivesse vontade.

19

Eu percebi que algo estava errado no momento em que acordei.

Diferentemente de muita gente da minha idade, meu padrão de sono raramente é perturbado. Em geral, vou para a cama depois do noticiário das dez horas e, embora o meu despertador esteja ajustado para as sete, o meu cérebro fica tão sintonizado para se levantar a essa hora que eu abro os olhos minutos antes que ele dispare e aperto o botão para evitar que o seu alarme inaugure o meu dia.

Naquela noite específica, porém, quando voltei a acordar, o quarto ainda estava escuro. Acendi o abajur da mesa de cabeceira e consultei o relógio. Era pouco mais de uma da madrugada e eu suspirei, sem sono, temendo a ideia de passar horas acordada. Cogitei fazer um chá de camomila na esperança de que me nocauteasse, mas, antes que pudesse decidir, ouvi um barulho ecoando no prédio e saí da cama para me inteirar do que estava acontecendo. Era muito incomum algo que perturbasse a paz do Winterville Court àquela hora, mas o barulho tinha sido tão alto que imaginei não ter sido a única a ouvi-lo. Haviam batido uma porta com tanta ferocidade que quase a arrancaram das dobradiças. Vesti o roupão e fui para a sala de estar, levando a mão ao interruptor, mas logo desisti. Talvez fosse melhor não acender a luz, pensei.

Fiquei muito quieta, esperando para ouvir o que aconteceria a seguir, então ouvi gritos no apartamento abaixo do meu. Era Henry, tive certeza. Fui até a janela que dava para a rua e afastei um pouco a cortina. Lá fora, as luzes estavam acesas, banhando a rua com um pacífico brilho amarelado, mas, para minha surpresa, dei com a visão mais extraordinária.

Madelyn Darcy-Witt estava sentada no meio-fio, a cabeça enterrada nos joelhos, o cabelo comprido cobrindo-lhe as pernas. Vestia unicamente sutiã e calcinha, um conjunto que combinava. Pelo balanço do seu corpo para a frente e para trás, imaginei que estivesse chorando. Eu me virei e olhei para a minha sala como se nela pudesse encontrar uma explicação para o comportamento da vizinha.

Sem saber como reagir, voltei a abrir a cortina e olhei para fora. Agora Madelyn estava de pé, mantendo-se totalmente ereta, com os braços erguidos no ar, a perna esquerda também erguida da calçada, como se estivesse fazendo algum tipo de pose de ioga, as palmas das mãos tocando-se acima da sua cabeça. Manteve essa pose durante algum tempo, então seu corpo pareceu desmoronar e ela tropeçou, quase caindo. Estaria bêbada?, eu me perguntei.

Olhou ao seu redor — fora ela, a rua estava totalmente deserta —, então com a mão direita pegou uma pedra em um dos canteiros de flores, examinou-a durante algum tempo e, de repente, de maneira inesperada, levou-a à própria testa. A pancada não foi forte, chegou a machucar, mas não a rasgar a pele, e eu deixei escapar um grito antes de me virar, disposta a descer a escada correndo e ir para a rua antes que ela se machucasse mais. Mas não cheguei a fazer isso, pois ouvi abrirem a porta da frente e um homem gritar uma obscenidade, uma única sílaba em voz alta e furiosa, ao mesmo tempo que ia no encalço dela. Eu me afastei da janela quando o homem se aproximou de Madelyn — claro que eu não queria ser vista —, mas ainda consegui vê-lo enlaçar-lhe a cintura fina com o braço e erguê-la. Ela soltou um grito, xingando e gemendo, chutando o ar, mas, assim que voltou para dentro, ficou quieta, e eu me perguntei se ele lhe havia tapado a boca com a mão.

A porta do apartamento 1 se fechou, ecoando na escada, e então tudo ficou de novo em silêncio.

Permaneci exatamente onde estava, perturbada com o que havia presenciado; depois fui até o bar e me servi um uisquinho para acalmar os nervos. O incidente havia me abalado.

Passaram-se mais vinte minutos até que eu sentisse que podia voltar para a cama, mas, assim que me coloquei em marcha para o quarto, a porta do andar de baixo se abriu novamente e ouvi o homem gritar. Agora com raiva, pensei em descer e convidá-lo a pensar nas outras pessoas que moravam no Winterville Court, mas não tive coragem. Em vez disso, ouvi passos mais leves correndo pelo prédio e dirigindo-se aos fundos. Voltando para o meu quarto, posicionei-me para ver o jardim.

Um sensor de movimento havia sido instalado do lado de fora uns anos antes, depois de alguns assaltos na região. Felizmente, ele não dá a mínima para os visitantes noturnos do reino animal; em compensação, explode em luz quando perturbado por uma pessoa. Estava ligado agora. Observei um pequeno movimento nas árvores. Era Henry. Estava descalço e de pijama listrado, a brancura da sua tipoia refletindo a luz. Ele parecia aterrorizado, e eu me senti igualmente assustada por ele. Então uma voz gritou:

"Henry!"

Um homem, o mesmo que arrastara Madelyn para dentro, também estava lá fora, vestia jeans e camisa branca, as mangas arregaçadas para ostentar antebraços fortes. Mesmo de longe, pude ver que ele era musculoso e seria uma presença intimidadora para qualquer um, ainda mais para uma criança.

Henry recuou para o folhame enquanto o homem continuava a gritar seu nome com a voz carregada de raiva. Notei quando o corpinho do menino se deslocou uma vez mais, em busca de um esconderijo mais seguro. Pressionei-me na vidraça e o meu movimento deve ter lhe chamado a atenção, pois ele ergueu os olhos e me viu. A luz do sensor iluminou o seu rosto, permitindo-me ver tanto o medo quanto o desespero nos seus olhos. Ele levou o dedo indicador da mão boa aos lábios, pedindo-me que ficasse em silêncio, mas isso bastou para que o seu pai o detectasse, pois foi na sua direção e, ainda que o garoto se afastasse, pegou-o como se fosse um saco de farinha.

O sr. Darcy-Witt ergueu-o desajeitadamente, porém pressionando com força o braço machucado do filho, e Henry soltou um grito de dor, momento em que o seu pai o jogou no chão. Ele pairou sobre menino e, por um momento, tive certeza de que ia chutá-lo, mas não, os dois ficaram algum tempo paralisados nesse quadro assustador, então Alex o levantou mais uma vez e o segurou em um abraço mais cauteloso e contrário à ferocidade da sua expressão.

Eu queria desviar a vista, mas não conseguia. Toda a cena foi tão perturbadora que senti que só permanecendo imóvel conseguiria preservar meu anonimato. Mas algo, talvez, deve ter alertado o sr. Darcy-Witt para o fato de estar sendo observado, pois ele parou antes de entrar no prédio, manteve-se muito quieto e então olhou direto para mim, os seus olhos encontrando os meus. Sua expressão era uma que eu já tinha visto quando era menina e morava naquele outro lugar. Os soldados faziam uso dela, quase transformavam-se nela, quase. O desejo de ferir. A certeza de que ninguém podia fazer nada para detê-los. Foi hipnotizante. Eu não conseguia desviar o olhar e, ao que parecia, nem ele. Ficamos nos entreolhando cerca de vinte segundos antes de eu tropeçar para trás e cair desajeitadamente na cama. Cheguei a ouvir, no apartamento de baixo, o barulho da porta se fechando e sendo trancada por dentro e, a seguir, passos de alguém retornando. Ao que parecia, o pai estava devolvendo o menino à mãe. Ouvi uma voz dizer: "Segure-o aqui".

Tudo ficou em silêncio até que, para o meu horror, os passos começaram a subir a escada. Fui para a sala de estar sem fazer barulho e me aproximei da porta para averiguar se estava trancada e com o trinco fechado. Podia sentir o meu coração bater pesadamente enquanto os passos se aproximavam e espiei pelo olho mágico a imagem distorcida do corredor do lado de fora.

Alex Darcy-Witt estava ali, olhando diretamente para mim. Eu não ousei me mexer e me perguntei se ele podia ver a sombra dos meus pés por baixo da porta. Ele deu um passo à frente e então, erguendo a mão direita, tapou o olho mágico com o polegar e assim ficou um bom tempo para obstruir a minha visão. Sem saber o que fazer, recuei um passo rumo à sala. Convinha chamar a polícia? Ou Caden? Mas ele morava tão longe. Tinha o número de Oberon no meu telefone e ele morava mais perto, mas eu não conseguia pensar direito. Ainda não conseguira me sentir verdadeiramente assustada, embora essa emoção não tardasse a chegar.

Por fim, depois de permanecer imóvel durante não

menos que dez minutos, voltei lentamente para junto da porta e, temendo o que poderia ver, tornei a espiar pelo olho mágico. O corredor estava deserto e a única coisa que pude ver foi a familiar porta de Heidi no lado oposto.

O resto da noite passou, misericordiosamente, mergulhado no silêncio. Sei disso porque fiquei acordada até o dia seguinte.

20

Eu me senti diferente depois de dormir com Émile? Não me arrependi, disso eu sabia, mas não podia dizer que tinha gostado da experiência. Durante o ato em si, ele foi brutal e agressivo, insensível ao fato evidente de estar me machucando. Pedi-lhe duas vezes que fosse mais delicado e, embora ele tenha cedido um pouco, não demorou muito para retomar o ritmo mais inclemente. Eu sabia que era natural sangrar um pouco, mas a violência do seu ato de amor, se é que merece esse nome, deixou uma mancha mais substancial no lençol do que parecia normal e, depois, eu senti muita dor. Quando Émile terminou, para minha consternação, mostrou-se indiferente, o oposto do rapaz sensível e terno que eu via nele, e, quando eu peguei minha roupa para sair, voltou a ficar preocupado com nossos planos para domingo à noite. Em casa, sozinha na cama que dividia com minha mãe, chorei com um desânimo que eu não sentia desde minha chegada a Paris.

Mesmo assim, três dias depois, apesar de tê-lo evitado nesse período, eu me convenci de que Émile não tivera a intenção de se comportar de modo tão impiedoso. Afinal, ele também era quase um novato e talvez os garotos demorassem a entender que precisavam aprender a ter ternura. Pensei em pedir conselho à minha mãe, mas não sabia ao certo como ela receberia a notícia. Preparando a sua própria noite, estava demasiado ocupada para dar ouvidos às minhas inquietações, pois ia jantar com m. Toussaint.

"Ele disse que eu vou me lembrar desta noite até o fim da vida", contou ela, radiante de entusiasmo. "Acho que vai me pedir em casamento, Gretel. Aliás, tenho certeza disso. Então será o fim de todos os nossos problemas."

Eu me questionei sobre o que sentia quanto a isso. Seria maravilhoso deixar aquele quartinho, é claro, e mudar para um lugar onde eu tivesse espaço para mim, mas não gostava muito da ideia de um padrasto, muito menos daquele.

"E você vai dizer sim?", perguntei, meu tom de voz deixando transparecer minha ansiedade.

"É claro", respondeu ela. "E então já não terei de fingir ser a viúva mme. Guéymard, e passarei a ser a casada mme. Toussaint, outra vez uma mulher com posição respeitável na sociedade."

"E o que isso nos trouxe no passado?", perguntei.

"Isso nos manteve vivas, não?"

"Nós duas, sim."

Ela olhou para mim como se precisasse de cada fibra do seu ser para evitar me esbofetear.

"Qual é o seu problema?", perguntou com rispidez. "Não quer morar em uma casa grande, ter vestidos bonitos e um pretendente melhor do que o balconista do outro lado da rua?"

Lutei para encontrar uma resposta. Sim, havia uma parte de mim que queria todas essas coisas — não podia negar que gostara de ser filha do meu pai —, mas isso também me assustava. Eu sabia como tudo isso podia ser transitório.

"Nós sempre podemos ir embora."

"Ir embora?", perguntou minha mãe, franzindo a testa. "Ir para onde? Sair de Paris?"

"Sim."

Ela me encarou como se eu tivesse enlouquecido. "Sair de Paris quando estamos prestes a conseguir tudo quanto nós queríamos quando viemos para cá? Não diga disparates, Gretel! Para onde iríamos?"

"Para qualquer lugar. Nós poderíamos recomeçar. Com os nossos nomes antigos."

"Você quer ir para a prisão?", gritou ela, agora com raiva. "Porque é isso que aconteceria. Quer que nós duas sejamos arrastadas para Nuremberg para responder pelos crimes do seu pai? Para ter os olhos do mundo em nós, condenando-nos, chamando-nos dos nomes mais terríveis?"

"Do meu pai...?", comecei a dizer, pasma com sua capacidade de descartar tão facilmente sua parte no que havia acontecido. E a minha.

"Sim, os crimes do seu pai!", gritou. "Dele. Todos dele. Não são meus. Nem seus."

"Mas nós somos...", disse eu, balançando a cabeça, afundando na cama com desânimo.

"Somos o quê?"

"Nós também somos culpadas", disse-lhe eu, e dessa vez ela não hesitou. Nem cheguei a ver quando ergueu a mão para me bater. A pancada tardou alguns momentos para se tornar dolorosa, mas eu não a toquei. Queria que ela visse a marca que havia deixado.

"Nós não somos culpadas de nada", disse ela, cuspindo as palavras.

"Somos, sim", retruquei, as lágrimas começando a me

escorrer pelo rosto, por mais que eu tentasse enxugá-las.

"Não tinha como você não saber."

"Eu não sabia de nada", insistiu ela. "E você também não."

"Eu estive lá", disse eu. "Entrei, lembra? Com o papai e Kurt."

"Cale a boca, menina idiota", sibilou ela, olhando ao redor como se temesse que uma presença insuspeita estivesse ouvindo essa conversa, captando secretamente cada palavra. "Eu era uma esposa que obedecia às ordens do marido, coisa que prometi fazer no dia em que nos casamos. E você era uma criança. Quanto àqueles judeus... aqueles judeus imundos..."

"Não, por favor", implorei.

"Todos os problemas que eles causaram antes da guerra. E agora todo o tormento que estão causando desde que terminou. Eu não ligo para a política, você sabe, mas, Deus do céu, quando você olha para o que está acontecendo, para o quanto estão se vingando, você não acha que a tese do *Führer* foi comprovada? Essa gente! O seu pai tinha razão. Eles não são gente."

Olhei para ela com incredulidade, os seus olhos enfurecidos, o rosto vermelho de raiva. Suspirei e da minha boca saiu uma frase que eu nunca pretendera dizer, em que nunca tinha pensado até então. E, no entanto, eu quis dizer cada palavra.

"Pena que quem morreu não fui eu."

Ela não disse nada. O silêncio entre nós durou tanto que eu me perguntei se algum dia voltaríamos a nos falar. Finalmente, ela sorriu, virou-se e se examinou no espelho uma última vez, como se a nossa conversa nunca tivesse acontecido.

"Fique acordada por mim esta noite, se quiser", disse

ela enfim, a sua voz agora perfeitamente calma. "Espero voltar com boas notícias. E então, minha querida, podemos recomeçar. E o passado deixará de existir. Será como se nós duas tivéssemos renascido."

Uma hora depois, eu bati na porta da loja de m. Vannier e, quando Émile apareceu, estendi os braços para beijá-lo, mas ele evitou os meus lábios. Parecia distraído, nervoso até, e eu lhe perguntei se havia algo errado.

"Não", respondeu ele ao mesmo tempo que me conduzia por ruas que eu não conhecia.

"Mas você está tão quieto."

"Tenho coisas em mente, só isso."

"Que coisas? Você pode me dizer."

Ele balançou a cabeça e me levou pela Rue des Carmes, passando pelo Panthéon e entrando em um movimentado agrupamento de ruas laterais que eu ainda não tinha explorado durante minha permanência na cidade. Embora eu estivesse ansiosa, ele parecia saber exatamente aonde estava indo. Tive de me apressar para acompanhá-lo.

"Aonde você está me levando?", perguntei.

"A um lugar especial", respondeu ele. "Confie em mim, esta é uma noite da qual você vai se lembrar o resto da vida."

Eu franzi a testa. Era a mesma frase que m. Toussaint havia usado para descrever à minha mãe a noite que os aguardava. Seria uma coincidência ou algo mais estava em jogo ali? Eu agarrei seu braço, e ele parou.

"O que é?", perguntou com ar frustrado ao mesmo tempo que tirava o cabelo dos olhos.

"É algo que eu preciso perguntar", disse eu.

"Então pergunte."

"M. Toussaint chamou você pelo nome naquele dia no carro, quando ele levou minha mãe e a mim a Saint-Ouen. Depois ele afirmou que não o conhecia, mas você me disse que o conhece há anos. Por que ele mentiu?"

Émile sorriu, mas eu não consegui decifrar o seu sorriso. Nele havia algo amargo, algo cruel.

"Eu poderia explicar", disse ele, apontando para uma porta à nossa esquerda. "Em todo caso, nós já chegamos. Então vamos esperar um pouco, sim? Vamos entrar. Então tudo ficará claro e você vai entender."

"Não, diga-me agora", insisti. "Um de vocês está mentindo para mim."

Ele hesitou antes de olhar à esquerda e à direita na rua, como se estivesse decidindo quanto revelar. Então foi até a porta, que era uma coisa bem esquisita, uma entrada de ferro cinzento que levava ao que parecia ser uma espécie de armazém. Eu o segui, exigindo uma resposta, mas ele deu de ombros e me olhou diretamente nos olhos.

"Você acha que eu menti?", perguntou em um tom de voz calmíssimo.

"Eu sei que mentiu."

"Mas me diga uma coisa, Gretel", disse ele, inclinando-se para a frente e segurando o meu braço, apertando os dedos com tanta força que me fez gritar. "Por que eu diria a verdade a uma *putain* como você?"

Eu congelei, sem saber se tinha ouvido bem. Ele havia realmente falado comigo daquele modo? Antes que eu pudesse protestar, porém, abriu a porta e praticamente me jogou para dentro, fechando-a firmemente atrás de nós, empurrando-me para dentro do prédio. Eu tropecei, confusa sobre o que estava acontecendo, e me virei, determinada a sair, mas ele ignorou meus protestos e puxou uma trava que impedia qualquer um de entrar. Achei que tinha ouvido vozes quando entramos, mas agora haviam desaparecido. Émile tornou a me agarrar o braço e me arrastou para a frente, para longe das sombras. Quando ele me soltou, parei ainda confusa com a cena diante de mim.

Havia talvez quarenta pessoas reunidas ali. Velhos, velhas, rapazes, moças. A julgar pelas roupas, eram de todos os estratos, ricos e pobres, comerciantes e nobres. Viraram-se para olhar para mim e sua expressão era de repulsa. No centro da sala, haviam colocado duas cadeiras lado a lado. Uma estava vazia, na outra estava sentada minha mãe.

Perplexa, eu me voltei para Émile e ele me arrastou impiedosamente para a frente. Tentei me afastar, mas outro homem me agarrou o braço e vi que era m. Vannier, o pai de Émile. Olhando à minha volta, reconheci outras pessoas presentes. O homem que nos vendia carne no açougue da esquina. A moça que servia no balcão de um dos lugares prediletos de minha mãe. E, ali no canto, até mesmo a nossa senhoria, que, garantiram-nos, não se importava com o lugar de origem dos inquilinos, desde que pagassem o aluguel. Olhei para todos, um por um, sentindo que haviam me arrastado para um pesadelo horrível e surreal, e só quando minha mãe ergueu a cabeça vagarosamente para olhar para mim foi que me atrevi a falar.

"O que está acontecendo?", gritei. "O que está acontecendo aqui?"

Minha mãe olhou para mim com um terror abjeto nos olhos e eu vi que ela tinha sido agredida ainda com mais força que a bofetada que havia me dado antes. Havia sangue seco no lado direito da sua boca, descendo num estreito fluxo em direção ao queixo, ao passo que seu rosto apresentava o início colorido de uma contusão. Ela também estava com o olho inchado.

"Gretel", disse, balançando a cabeça, a voz transformada em um gemido baixo. "Não, não, não. A minha filha não, por favor. Ela não participou de nada."

Um homem que não reconheci agarrou-me brutalmente o pescoço e me jogou na cadeira ao lado da minha mãe. Quando ele atou uma corda na minha cintura para me manter no lugar, notei que ela estava amarrada do mesmo jeito. Quando tentei me levantar, outro homem usou a sua bota para me empurrar de volta, tirando-me o fôlego. Eu nunca tinha sido agredida assim na vida.

E então, saindo das sombras, surgiu Rémy Toussaint.

Olhou para minha mãe e para mim com muito desprezo, como se fôssemos o demônio em pessoa. Em seguida, virou-se para o grupo ali reunido, que silenciou de súbito.

"Meu nome é Rémy Toussaint", disse com voz clara e cheia de autoridade. "O nome do meu irmão era Victor Toussaint. Foi enforcado em uma árvore por ter aberto fogo contra um batalhão alemão nos arredores de Bruxelas. Quando colocaram o laço no seu pescoço, os nazistas o perfuraram com as baionetas, como os romanos fizeram com Cristo na cruz."

Eu me voltei para Émile, implorando uma explicação para o que estava acontecendo, mas, no momento em que nossos olhos se encontraram, ele avançou um passo e também falou.

"O meu nome é Émile Vannier", disse. "Irmão de Louis Vannier, que foi capturado, torturado e assassinado pelos nazistas, que jogaram seu corpo na rua para que os cães o comessem."

"Eu sou Marcel Vannier", declarou o seu pai com voz embargada de emoção. "Louis era meu filho."

Um a um, todos os presentes disseram o seu nome e falaram dos seus entes queridos mortos. Alguns haviam caído como soldados, outros foram capturados como membros da *Résistance* e brutalizados antes de serem mortos e alguns, é claro, morreram nos campos.

"Nós não tivemos nada a ver com isso", gemeu minha mãe. "Vocês pegaram as pessoas erradas."

"Você é...", disse m. Toussaint, apontando-lhe um dedo acusador e usando o seu nome verdadeiro. "O seu marido era o diabo do..." E mencionou aquele outro lugar em que moramos depois de Berlim. "E você é Gretel", prosseguiu. "A filha do diabo."

"Não, não é verdade", chorou minha mãe.

"É verdade, sim!", gritou uma mulher que havia falado em dois filhos mortos cujos captores os obrigaram a fazer roleta-russa. Ela avançou até nós e rasgou o rosto de minha mãe com as unhas e teve de ser levada para longe.

"Não", disse m. Toussaint, envolvendo nos braços a mulher arrasada. "Nós não fazemos isso, Marguerite. Temos um modo de lidar com esses monstros, você sabe disso. Elas vão pagar pelos seus crimes."

Olhei para ele e, naquele momento, acreditei que aquela era a noite em que eu ia morrer. Minha mãe estava jurando a sua inocência, mas eu senti uma estranha sensação de calma, disposta a aceitar qualquer punição que me infligissem, contanto que fosse rápida. Fechei os olhos, rezando por uma bala. Imaginei que uma bala não doeria. Em um momento eu estaria aqui e, no seguinte, teria partido.

Mas não.

Quando voltei a abrir os olhos, dois homens grandalhões vinham na nossa direção e, sem aviso, abriram nossos vestidos, rasgando o tecido até que ficássemos só de calcinha. Essa humilhação, por si só, era mais do que eu podia suportar.

"Vocês pensaram que nós não sabíamos?", perguntou Rémy, e a sua serenidade era quase tão aterrorizante quanto o ataque que estávamos sofrendo. "Pensavam que nós não ficamos sempre de olho em estrangeiros com história inconsistente que podem estar ligados aos demônios? Que não temos uma rede de espiões decididos a descobrir a verdadeira identidade de qualquer um de que suspeitemos? Você", disse ele, dirigindo-se a minha mãe. "Com seus vestidos baratos e as tentativas patéticas de disfarçar o seu sotaque. Você não é atriz, isso eu garanto. E também é burra. Uma idiota. Sabe quantas vezes você confundiu Nantes com Nice?" Ele riu.

Minha mãe não respondeu. Sabia, como eu, que eles não adiariam o que quer que tivessem planejado.

"E você", continuou m. Toussaint, dirigindo-se a mim. "Tentando flertar comigo quando nos encontramos na Place des Vosges. Uma criança boba. Uma pirralha repulsiva. Deve ter feito isso com seu pai, não? Agitou os cílios e tentou ser mais do que você é. Quer se juntar a ele, não quer? Queimar para sempre na eternidade?"

Eu assenti. "Sim", disse com toda a calma de que era capaz. "Sim, quero."

Ele fez uma careta, surpreso com minha resposta, mas não havia sombra de compaixão na sua expressão. O silêncio invadiu a sala e eu ergui os olhos quando duas velhotas se aproximaram de m. Toussaint e de Émile, cada uma com uma navalha na mão. Elas as abriram e apareceram as lâminas afiadas e prateadas. Ouvi minha mãe respirar fundo antes de soltar um berro.

"Não, nós não matamos mulheres", disse Émile, percebendo o que estávamos pensando, e eu virei a cabeça para olhá-lo. Agora ele era um estranho para mim. "O que nós fazemos é isto."

Aproximou-se lentamente, aceitando a navalha de uma das mulheres. Veio em minha direção, e eu entrei em pânico, esperando que a lâmina me rasgasse a pele. Perdi o autocontrole e senti o conteúdo na minha bexiga sair de entre as minhas pernas e se acumular ao redor dos meus pés, enquanto Émile recuava um passo com nojo. O mesmíssimo garoto que esteve dentro de mim algumas noites antes.

No entanto, a navalha não me cortou a garganta. Em vez disso, Émile a pressionou na minha testa, bem onde começava o couro cabeludo e a empurrou para trás, sem piedade, levando o meu cabelo com ela ao mesmo tempo que me cortava a pele. Gritei o mais alto possível e ouvi minha mãe também gritar enquanto m. Toussaint fazia o mesmo com ela. Com um floreio, o meu barbeiro espalhou os primeiros fios de cabelo no chão, na urina, fios de aranha preta no líquido amarelo e, então, recomeçou, desenhando outro rastro, a lâmina a me lacerar o crânio em cortes inclementes. Senti o sangue escorrer até os meus olhos enquanto ele me raspava, certificando-se de que me machucava o suficiente para que eu sentisse tudo. Vomitei no colo e vi que minha mãe, ao meu lado, havia desmaiado. Uma mulher se adiantou e a esbofeteou com força para que acordasse, e só quando ela voltou a si Rémy reiniciou a tosquia. Ficamos conscientes durante toda a nossa provação. Olhei para ela, a sua beleza destruída, substituída por uma cabeça horrenda, seminua, ainda com tufos, e o sangue a lhe banhar o rosto. Minha mãe respirou fundo e soltou um grito, que não era humano nem animal, quando Émile voltou a me atacar, agora por trás, e eu também gritei, embora soubesse que a resistência era inútil, que eles faziam o seu trabalho com empenho e que nossos gritos não passavam de um acompanhamento dissonante da sua tarefa.

Finalmente terminaram. Nós não estávamos inteiramente calvas; havia muitos tufos e fios horríveis o bastante para que parecêssemos tão desfiguradas quanto possível.

Meu crânio parecia ter pegado fogo, o sangue me entrava tão profundamente nos olhos que eu só conseguia enxergar meus juízes através de uma viscosa tela vermelha. Desamarraram nossas cordas e eu caí da cadeira, rastejando no chão sem saber para onde estava indo. Implorei misericórdia. Acaso outros fizeram isso, perguntei-me, quando eu estava em segurança em casa naquele outro lugar, brincando com minhas bonecas, flertando com o tenente Kotler, mandando Pavel fazer meu almoço? Se suas súplicas ficaram sem resposta, apesar da sua inocência, por que as minhas seriam ouvidas?

"Socorro", sussurrei enquanto me arrastava no chão de pedra, as pernas e os joelhos se arranhando na áspera superfície, a dor já não significando nada para mim. "Socorro, por favor. Alguém me socorra."

E então, enfim, um rosto familiar saiu da escuridão.

Ele estava ali

Estava ali, afinal.

Meu irmão. Preso para sempre aos nove anos de idade, vestindo seu short favorito, camisa branca e suéter azul. Parecia ter estado o tempo todo de pé no centro do grupo, observando-me, e se aproximou sem emoção no rosto. Na mão esquerda, trazia seu adorado exemplar de *A ilha do tesouro*.

Eu me arrastei em sua direção e chamei o seu nome, perguntando-me se agora eu também estava morta e ele viera para me levar para a vida após a morte. Estendi a mão para ele. Queria que a segurasse para me levar aonde quer que o tivessem levado e ao lugar de que estava retornando. Mas estava coberta de sangue e ele simplesmente a olhou, balançando a cabeça, como se estivesse decepcionado com o fato de eu me desonrar diante do mundo, diante dele e diante de Deus.

INTERLÚDIO

A cerca

LONDRES 1970

Embora fosse mais ou menos da minha idade, a médica designada para me atender tinha enfrentado poucas dificuldades durante a guerra, tendo sido levada para uma fazenda no País de Gales no início de 1940 e, caso as histórias que ela me contou mereçam crédito, lá passou uma temporada bastante idílica. O seu pai combateu, mas sobreviveu, e um irmão mais velho perdeu a mão, mas ficou incólume em todo o resto.

"E você, Gretel", ela me perguntava repetidamente durante os meus primeiros meses no hospital, "que experiências teve? Todas nós ficamos marcadas pela guerra de um modo ou de outro, não concorda?"

Contei-lhe pouca coisa, mas naquela época eu falava pouco. Quando sentia necessidade de dizer alguma coisa, eu permanecia fiel à ficção que minha mãe tinha inventado quase um quarto de século antes, contando histórias da minha juventude em Nantes, onde, supostamente, não havia presenciado nenhum dos combates e tivera uma existência quase sempre enfadonha. O que não lhe contei foi como a nossa relação se tornou difícil, pois, embora os acontecimentos em Paris tivessem me levado a considerar pela primeira vez a minha culpa e a começar a aceitá-la, tiveram o efeito oposto na minha mãe, que se tornou cada vez mais hostil a qualquer crítica aos nazistas. De fato, para uma pessoa que permaneceu alheia à política, mesmo quando se travava a guerra, a humilhação e a injúria que sofremos nas mãos do nosso autodenominado júri parecem ter endurecido imensamente a sua posição, tornando-a tão leal ao regime deposto que a nossa relação foi se fraturando cada vez mais. Com o tempo, ela começou a falar em Hitler como o mártir de uma causa que havia sido derrotada injustamente, e eu aprendi a não contradizê-la, pois as nossas discussões se tornaram tão venenosas que passei a temer que ela me atacasse fisicamente.

"Acho que você não está sendo sincera comigo", respondeu a dra. Allenby com ar decepcionado. "Eu conheço bem os sotaques, e não ouço muito francês na sua voz."

"Foi há muito tempo", disse-lhe eu. "Passei uma temporada na Austrália no início dos anos 50, antes de me estabelecer na Inglaterra. E já estou aqui há dezessete anos. É natural que meu sotaque tenha mudado."

Em momentos como esse, ela simplesmente sorria e fazia anotações na sua caderneta, claramente não acreditando em nenhuma palavra, mas optando por não discutir. Talvez sentisse que, com o tempo, eu aprenderia a confiar nela e a desabafar os meus segredos, o que era simplesmente uma prova do pouco que ela me conhecia.

"Eu tenho uma teoria", disse-me em certa ocasião. "Dentre nós, aqueles que eram crianças durante a década de 1940 passarão a vida aceitando o trauma de tanto derramamento de sangue. Todos nós perdemos alguém, não é? Tivemos de enfrentar a dor em uma idade precoce. E a culpa."

"Por que nós nos sentiríamos culpados?", perguntei,

surpresa com a sua observação. Eu sabia por que devia sentir culpa, mas não conseguia entender por que ela a sentiria.

"Ora, por não ter idade suficiente para lutar, imagino", respondeu ela. "Culpa de sobrevivente, se você quiser."

Esse foi o tipo de comentário que me fez sentir que não devia estar na ala psiquiátrica. Se a dra. Allenby achava que tinha alguma noção do que era culpa, estava enganadíssima. A culpa era o que mantinha a gente acordada no meio da noite ou envenenava os sonhos de quem conseguia dormir. A culpa invadia qualquer momento feliz, cochichando no nosso ouvido que não tínhamos direito ao prazer. A culpa nos seguia pelas ruas, interrompendo os momentos mais mundanos com lembranças dos dias e horas em que podíamos ter feito algo para evitar a tragédia, mas preferimos não fazer nada. Quando a gente escolhia brincar com as bonecas. Ou espetar alfinetes em mapas da Europa, acompanhando a progressão dos exércitos. Ou flertar com um tenente jovem e bonito.

Isso era culpa.

E quanto ao luto. Bem, talvez fosse uma emoção compartilhada. Nenhum de nós tinha o monopólio disso.

Eu passei um ano no hospital, mas me lembro pouco dos meus primeiros meses lá. Posteriormente, soube que, no início, eu me recusava a falar, não comia quase nada, não lia nem interagia com os outros pacientes e ficava deitada na cama olhando para o teto ou sentada em uma cadeira no jardim observando os passarinhos. Lembro-me de certa sensação de contentamento, no entanto, um sentimento de que, de algum modo, finalmente havia conseguido fugir do mundo e ficar sozinha com os meus pensamentos até envelhecer e definhar. Era uma ideia bem agradável, embora eu ainda não tivesse quarenta anos. Acho que estive à procura desse tipo de paz durante quase trinta anos e acreditava que, se fosse obrigada a permanecer viva, seria melhor que me mantivessem longe da sociedade civilizada.

Em retrospecto, é difícil acreditar que demorei tanto para finalmente ter o colapso que vinha se anunciando havia décadas. Quando me atingiu, porém, não estava diretamente relacionado com o passado, mas com o presente. E não com o meu irmão, mas com o meu filho.

Desde o momento em que soube que estava grávida, eu entendi que seria uma mãe terrível. Durante quatro meses, optei por não consultar um médico nem contar a Edgar, esperando estar enganada. Pensei em fazer aborto, mas a ideia de uma pseudoclínica suja e numa rua escondida me aterrorizava e eu era muito covarde para me entregar a qualquer sabedoria popular sobre como dar fim a uma gravidez indesejada.

Em vez disso, rezei para abortar, mas não, o meu corpo parecia determinado a levar o negócio adiante. No fim, não me restou senão informar a Edgar que ele seria pai e, claro, ele ficou emocionado. A essa altura, eu tinha feito as pazes com o inevitável, mas esperava que a criança fosse uma menina. No dia em que entrei em trabalho de parto, não gritei como as outras mulheres; isto é, até que me contassem que, na verdade, eu tinha dado à luz um filho.

Meu medo era de que, à medida que crescesse, ele se parecesse com o meu irmão, que se comportasse como ele ou compartilhasse algumas das suas características. Eu havia passado tantos anos tentando esquecer o passado que não queria ser lembrada dele de modo algum.

A mãe de Edgar, Jennifer, foi uma grande ajuda. Ela não se importava muito comigo, mas adorava o filho e o neto e, assim que percebeu que eu era totalmente inapta para a tarefa, assumiu com rápida eficiência ao mesmo tempo que teve a decência de não dizer isso. Eu me recusei a amamentar e evitava levar o bebê para passear no carrinho. Queria fazer com ele o mínimo possível e deixava tudo para o meu marido e a minha sogra.

Naqueles primeiros anos, havia muito pouca semelhança — na verdade, ele puxou ao lado Fernsby da família —, mas depois, quando completou sete anos, eu comecei a ver sinais do meu irmão que se manifestavam de maneiras menos físicas. Seu amor pelos livros, para começar. Seu interesse por exploradores. Sua determinação de sair do apartamento e correr para a área arborizada atrás do Winterville Court, que, naquela época, não tinha sido ampliada para a extensão que tem hoje, e ver o que podia descobrir lá.

Foi quando Caden completou nove anos que os pedreiros entraram e começaram a trabalhar no terreno atrás de nós, que estava pronto para o empreendimento. Enquanto nos deixavam a espessa frente de árvores que nos faziam sentir que estávamos em um lugar mais rural do que realmente era, eles construíram uma cerca além delas e Caden corria regularmente para lá, olhando para o outro lado, fascinado pelo que estava sendo feito ali. Ficou fascinado pelo equipamento de demolição e construção, pelos operários de capacete e jaqueta fosforescente.

Embora o local fosse bem protegido, eu não gostava da ideia de ele estar lá com tanta frequência. Era um lugar barulhento, um lugar imundo, e sempre que ele me desobedecia e se aproximava da cerca voltava coberto de sujeira e detritos. Eu tinha de enfiá-lo na banheira e esfregá-lo. Por mais furiosa que eu ficasse, ele parecia não se importar e nenhuma ameaça que eu fizesse era capaz de mantê-lo longe do lugar.

E então, um dia, ele simplesmente desapareceu.

Fugiu ao terminar a lição de casa e, quando o procurei no seu quarto, eu soube exatamente aonde tinha ido e invadi o jardim à sua procura, furiosa por ele ter me desobedecido uma vez mais. Quando cheguei à cerca, no entanto, ele não estava em lugar nenhum. Procurei em toda parte chamando o seu nome, mas não houve resposta, e os homens do outro lado, andando por lá com a sua roupa de trabalho, começaram a olhar para mim como se eu tivesse enlouquecido. Eu estava prestes a voltar para casa e chamar a polícia quando notei uma brecha na base da cerca, grande o suficiente para que uma criança da sua idade rastejasse por baixo. A brecha subia do chão e me dei conta de que ele havia passado por ela.

Durante algum tempo, o mundo girou ao meu redor e eu pensei que ia desmaiar. Imaginei como minha mãe e meu pai se sentiram quando, anos antes, pararam junto à sua própria cerca e deram com a pilha de roupa deixada pelo meu irmão. Tentei gritar, imaginando que tinha perdido Caden como os meus pais e eu tínhamos perdido o meu irmão, mas nenhum som saiu da minha boca. Puxei a cerca e rastejei, arranhando o rosto e os braços. Quando saí do outro lado, pus-me a correr em todas as direções, gritando o nome do meu filho enquanto os operários me observavam perplexos.

Demorei apenas um minuto para encontrá-lo junto a um dos contramestres, que parecia estar gostando de lhe explicar os detalhes de um grande esboço de como seria o lugar um dia, quando estivesse concluído. Caden estava com um capacete e, de algum modo, havia conseguido uma jaqueta. Corri na sua direção, berrando seu nome, e ele se virou, assustado com meu desespero. Confesso que bati no meu filho, embora essa tenha sido a única vez, e o fiz com tanta força que ele caiu no chão.

Muito do que aconteceu depois disso continua sendo um mistério para mim, mas logo chamaram Edgar, depois um médico, e me levaram para o hospital. De lá a uma unidade mais especializada, na qual passei várias semanas sedada e confinada em um quarto só meu. Estava esgotada pela febre e pelos pesadelos, sem saber se estava na Londres dos anos 70 ou na Polônia dos 40. Os dois lugares se misturavam. Caden e o meu irmão passaram a ser o mesmo na minha cabeça. Meu pai e Edgar também. O passado e o presente se fundiram.

No fim, decidiu-se que eu não devia ver nenhum membro da minha família durante três meses, e eu passei a trabalhar exclusivamente com a dra. Allenby, que me orientava nos meus problemas. Edgar me visitava duas vezes por semana durante o ano do meu confinamento, tanto naquele hospital quanto na casa de repouso em que, depois, passei a maior parte do tempo. A mãe dele assumiu os meus deveres em casa, permitindo que eu me recuperasse com tranquilidade. Havia muita coisa que desvendar. Berlim, Paris, Sydney, Londres. As pessoas cujo caminho cruzou com o meu. A misteriosa crueldade da minha vida. Quando finalmente saí, eu era uma mulher muito diferente da que havia entrado.

Mas, diferentemente de tantos outros, pelo menos consegui voltar para casa.

PARTE II
Belas cicatrizes
LONDRES 2022 / SYDNEY 1952

1

A apenas dez minutos a pé do Winterville Court fica um pub chamado Merriweather Arms com um agradável jardim nos fundos. Ocasionalmente, em uma tarde quente, gosto de passear por lá e de me sentar debaixo de um dos guarda-sóis, lendo um livro e saboreando um ou dois copos de rosê. É bom sair do apartamento para variar e, atualmente, prefiro não me aventurar muito longe de casa.

Estive lá alguns dias depois dos inquietantes acontecimentos noturnos no apartamento 1. Usando os meus óculos de sol graduados, continuei a leitura de Maria Antonieta, que agora estava escandalizando a França com o caso do colar de diamantes. Quanto ao jardim, os clientes ocupavam cerca de um terço do seu espaço e, a certa altura, ergui os olhos e reparei em uma atriz mais conhecida pelo seu trabalho no palco. Estava sentada no lado oposto em companhia de um homem que, quando olhei mais atentamente, tive certeza de que era Alex Darcy-Witt. Os dois estavam conversando e ela achara graça em uma observação dele. Talvez acostumada a chamar a atenção, mesmo sentindo que merecia, ela não olhou para mim, mas ele sentiu algo e notou a minha presença, momento em que voltei rapidamente ao meu livro. A presença dele me deixou ansiosa, no entanto, e percebi que li várias vezes o mesmo parágrafo, mal assimilando as palavras. Quando o garçom se aproximou para perguntar se eu queria outra bebida, o meu instinto foi dizer que não e voltar para casa o mais depressa possível, mas, como não queria passar pela dupla, mudei de ideia e pedi mais uma. Quando ele trouxe o rosê, notei a atriz levantando-se e beijando as duas bochechas do sr. Darcy-Witt. Ao sair, acenou deliberadamente, o mesmo aceno que fiz a Émile imitando Dietrich. Ele, porém, não a acompanhou e, momentos depois, veio à minha mesa.

"Com licença" disse, e eu ergui a vista, fingindo que estava o tempo todo absolutamente alheia à sua presença. "Desculpe interromper, mas acho que somos vizinhos."

"É mesmo?", perguntei. "Tem certeza?"

"Eu moro no apartamento 1, no Winterville Court. Acho que a senhora mora no andar de cima. Conheceu a minha esposa e o meu filho."

"Ah, sim, é claro", respondi, empregando toda a minha habilidade de atuação para fingir que não o havia reconhecido.

"A senhora se importa se eu me sentar aqui? Há duas coisas que eu detesto na vida: largar metade de uma cerveja e beber sozinho."

Ele riu como se a piada fosse engraçadíssima e, incapaz de pensar em um motivo para dizer não, indiquei a cadeira em frente. Pegou o seu copo, que, na verdade, estava cerca de dois terços cheio, e se sentou.

"Dia lindo, não?", perguntou, olhando à sua volta e ostentando um largo sorriso.

"Muito agradável", concordei.

"Acho que devemos nos apresentar."

Ficou olhando fixamente para mim e eu me dei conta de que ele esperava que eu fosse a primeira.

"Gretel Fernsby", disse eu, estendendo-lhe a mão.

"Alexander Darcy-Witt", disse ele, sacudindo-a e apertando-a com um pouco mais de força do que o necessário. "Alex." De perto, a semelhança com Richard Gere diminuiu.

"Pelo que eu entendi, o senhor é produtor de cinema", disse eu.

"Por mal dos meus pecados, sou", respondeu ele, fazendo que sim. "A senhora provavelmente me viu conversando com..." E aqui disse o nome da atriz que acabava de ir embora. "Estava tentando convencê-la a representar uma avó em um filme que estou fazendo, mas ela tem se revelado muito mais difícil de ser convencida do que eu esperava. É um bom papel e ela trabalharia com um ótimo elenco, mas sua relutância se deve a interpretar papel de pessoa mais velha, é isso. Não há caminho de volta."

"Eu não sei nada acerca disso", disse-lhe eu. "Mas a vi no palco algumas vezes. É muito boa atriz. Para o senhor, seria uma sorte contar com ela."

"Seria mesmo", disse ele, bebendo a sua cerveja. "Mas conte-me um pouco a seu respeito, sra. Fernsby. É senhora, suponho?"

"Sim", respondi. "Embora o meu marido, Edgar, tenha falecido há alguns anos."

Embora meu primeiro instinto quando uma pessoa se dirige a mim pelo nome de casada sempre seja convidá-la a me chamar de Gretel, preferi não o fazer nessa ocasião para manter a distância.

"O que o senhor gostaria de saber?", perguntei. "Se tem esperança de me contratar para interpretar uma bisavó, temo ter de decepcioná-lo. Não tenho a menor aptidão nesse departamento."

Ele deu a impressão de estar me julgando em silêncio. "A senhora mora no Winterville Court há muito tempo?", quis saber ele.

"A maior parte da minha vida adulta", contei-lhe, ainda que desconfiando que ele já soubesse disso. Madelyn, imaginei, devia ter lhe passado todas as informações que dei a ela.

"Não é muito solitário para uma viúva?"

"Às vezes", admiti. "Mas a culpa não é do prédio. Seria a mesma coisa onde quer que eu morasse."

"Mesmo assim", retrucou ele, desviando o olhar. "Todas essas lembranças. Isso pode ser difícil, imagino. A senhora e o sr. Fernsby eram almas gêmeas?"

Fiquei surpresa com a intimidade da pergunta, recusando-me a responder, e voltei-me para ele.

"Ora, é assim que o senhor descreveria o seu relacionamento com a sua esposa, sr. Darcy-Witt? Almas gêmeas?"

"Me chame de Alex, por favor", pediu ele. "Espero que sejamos. É uma sorte ter casado com ela. Bem, a senhora a conheceu, então vai entender. Penso genuinamente que ela é a mulher mais bonita que conheci na vida."

Franzi a testa, irritada porque esse parecia o maior elogio que lhe poderia fazer. A sua beleza. Mas, de todo modo, isso não chegou a me surpreender.

"Henry é um encanto", disse eu. "Antes de vocês se mudarem, eu fiquei um pouco preocupada com uma criança morando no prédio — elas podem ser tão barulhentas —, mas eu nunca o ouço. Ele é muito bem-comportado."

Alex riu e meneou a cabeça. "A senhora não o conhece", disse. "Ele pode ser um tremendo pesadelo quando começa."

Era verdade que eu mal conhecia o garoto, mas, não sei por quê, duvidei disso. Parecia óbvio para mim que Henry era introvertido. Um menino tímido, estudioso e quieto.

"Ainda bem que nós nos encontramos", disse Alex finalmente, depois de um silêncio desconfortável. "Acho que nós podemos tê-la assustado na outra noite."

"Não sei do que o senhor está falando", disse eu. Na verdade não queria discutir os fatos que presenciei.

"Acho que sabe."

Ergui o meu rosê e tomei um bom gole, ansiosa para que o álcool me desse a coragem de que eu precisava. Olhei para além dele. De algum modo, sem que eu percebesse, o jardim do pub tinha se esvaziado quase inteiramente e agora havia apenas outras quatro pessoas, sentadas a certa distância de nós. Comecei a ficar nervosa.

"Madelyn tem pequenos ataques de nervos de vez em quando", prosseguiu ele. "Não pense mal dela, por favor, mas é o que vem acontecendo há alguns anos. Toma remédio para isso, claro, mas, quando estou fora, ela tende a esquecer. Ou, de qualquer jeito, afirma que esqueceu. É difícil saber se faz isso de propósito. Quando estou em casa, eu lhe dou os comprimidos logo de manhã e, na sequência, abro a boca dela para ter certeza de que os engoliu."

Fiquei em silêncio. Aquilo parecia uma coisa extraordinária para admitir. Uma vez mais, fui levada de volta ao hospital e aos rituais da manhã, da tarde e da noite, que, segundo diziam, me ajudariam a melhorar, mas que, na verdade, só faziam com que me sentisse menos conectada com o mundo.

"Seja como for, acho que ela pode ter esquecido de tomá-los durante alguns dias", continuou ele. "O fato é que, quando voltei de Los Angeles, ela estava totalmente confusa."

"Entendi."

"Está melhor agora."

"Que bom ouvir isso."

"A última coisa de que eu precisaria é de uma repetição do último incidente."

Tentei não deixar transparecer a minha curiosidade. Recusei-me a fazer perguntas e esperei que ele explicasse tudo no seu próprio tempo.

"O braço de Henry", disse ele enfim. "Deve ter sido há dois meses. Eu estava participando de um festival de cinema e ela parou de tomar os remédios. Quando retornei, bem, havia acontecido uma coisa lamentável. Acho que ela foi um pouco bruta com ele. Sem querer, é claro. Madelyn é uma mãe maravilhosa quando se comporta bem."

Fiquei sem saber que parte desse discurso investigar primeiro. "Ela quebrou o braço dele?", perguntei, surpresa e incrédula ao mesmo tempo.

"Não intencionalmente", disse ele, inclinando-se para a frente a fim de remover da mesa algumas folhas caídas. "Como eu disse, Henry pode ser difícil e cria mais problemas quando eu não estou por perto. Sabe muito bem que não deve fazer das suas travessuras se não estou em casa. Imagino que uma coisa deve ter levado a outra e... lá se foi o controle." Pegou um graveto que havia caído na mesa e o quebrou. "Os ossos das crianças podem ser quebradiços, Gretel. A gente esquece quanto elas são frágeis."

"A gente?", perguntei, notando que ele estava me tratando pelo prenome apesar de não ter sido autorizado a fazê-lo.

"Enfim", disse ele, terminando o resto da cerveja em um trago. "Eu só queria explicar e garantir que não haverá mais incidentes desse tipo."

"Como eu disse, sr. Darcy-Witt, não sei ao que o senhor

está se referindo. Não fui incomodada desde que vocês chegaram."

Ele sorriu de novo e me olhou nos olhos. "Para uma pessoa que acha que não tem aptidão no departamento de atuação, você, minha querida, tem a única coisa que toda atriz precisa ter acima de todas as outras."

Eu o encarei. Não tive escolha senão perguntar:

"E o que é?"

"A aptidão para mentir."

2

No início da primavera de 1952, quando eu tinha 21 anos, fiz a longa viagem de navio da França para a Austrália. Minha mãe havia falecido três semanas antes, o fígado corroído pelo álcool, a mente confusa pelos vários sofrimentos por que passou. Comprei a passagem no mesmo dia em que a enterrei. Queria estar o mais longe possível da Europa e, afinal, não havia lugar mais distante que a Nova Zelândia.

Depois dos fatos traumáticos em Paris, fomos jogadas impiedosamente na rua, tendo sido informadas pelos antigos membros da *Résistance* de que eles não desperdiçariam nem sequer uma bala em nós, e fugimos para Rouen poucos dias depois, nossa cabeça raspada disfarçada sob lenços. Tive aulas de inglês com uma mulher de Norfolk que lá morava desde que se casara, sabendo que precisava falar o idioma se quisesse sobreviver no destino escolhido.

Eu tinha poucos pertences de valor, mas havia economizado dinheiro suficiente com o meu trabalho de costureira para pagar uma viagem de navio e a tratava como uma aventura maravilhosa, embora quase não houvesse privacidade a bordo. As mulheres da terceira classe ocupavam dormitórios enormes em uma extremidade do navio com os filhos, ao passo que os homens tinham os seus catres na outra. Era época de emigração e muitos passageiros eram britânicos — o navio iniciara a viagem em Southampton —, alguns dos quais se vestiam de preto para marcar o recente falecimento do seu rei. Estavam cansados da sua pátria sombria, que encontrou na austeridade uma pobre substituta da paz que existia antes da guerra. Como eu, esperavam muito sol e novas oportunidades no outro lado do mundo.

Durante os primeiros dias, houve entusiasmo e otimismo a bordo. As pessoas conversavam entre si e faziam amizades rápidas e provisórias, embora não tenha demorado muito para que o cansaço se instalasse, momento em que a nossa viagem de dois meses se tornou turbulenta. Várias pessoas — homens e mulheres — acabaram nas celas improvisadas que os oficiais mantinham abaixo do convés, e os restos mortais de pelo menos meia dúzia de outras foram envoltos em mortalhas e jogados no mar por não terem conseguido sobreviver à viagem.

Também havia romances, acasalamentos furtivos tarde da noite em cantos escondidos do navio, embora eu evitasse tais intrigas. Fazia seis anos que eu dera a minha inocência a Émile e senti unicamente medo e desconfiança de todos os rapazes que conheci desde então. Alguns se interessaram por mim, e houve alguns pelos quais eu me senti atraída, mas não podia permitir que minhas defesas caíssem. Essa rejeição me tornou tão malquista pelos homens, que me consideravam distante e frígida, quanto pelas mulheres, que acreditavam que eu me achava boa demais para os rapazes a bordo. Eu desejava muito uma cabine só minha, na qual pudesse evitar seus olhares e fofocas, mas seria uma tola extravagância desperdiçar dinheiro com isso. Uma nova vida me esperava em Nova Gales do Sul, e eu precisava ter dinheiro suficiente se quisesse que ela desse certo.

Com o tempo, porém, fiz amizade com uma irlandesa chamada Cait Softly, e começamos a passear juntas pelos deques para fazer exercício e comer na companhia uma da outra. Eu gostava de Cait. Era só um ano mais velha que eu e deixara a Irlanda em busca de uma vida melhor quando engravidou ainda solteira. Ao saber do escândalo, seu pai lhe chutou a barriga com tanta força que matou o bebê.

Eu gostava do mar. Não tinha sido criada perto da água e a achava tranquilizadora. Os marinheiros diziam que nossa travessia não estava ruim, que o tempo e as ondas estavam se mostrando mais favoráveis a nós do que em outras ocasiões, mas, embora Cait e eu tivéssemos estômago forte e não sucumbíssemos ao enjoo que atormentava muitos passageiros, às vezes, ainda parecia que podíamos ser levadas para o fundo do mar em noites de tempestade, quando o navio, que parecia tão resistente no porto, revelava sua insignificância na infinita paisagem do oceano. A água salgada muitas vezes se mostrava dolorosa também para mim. Ainda que fizesse tempo que o meu cabelo voltara a crescer, eu ainda tinha cicatrizes na cabeça que ardiam quando salpicadas pela água do mar. Pelo menos o meu havia crescido; já a minha mãe foi obrigada a usar lenço na cabeça dia e noite, até a morte. Para uma mulher que valorizava esse aspecto da beleza feminina acima de todos os outros, isso serviu de infeliz lembrete diário, de reprovação e acusação.

"Vamos conseguir um lugar para nós duas, não?", perguntou Cait uma noite, quando estávamos sentadas junto ao gradeamento da amurada, vendo o pôr do sol. "Para fazer companhia, digo, e nós duas sempre teremos uma garota em quem confiar."

Fiquei pensativa. Tinha planos de morar sozinha e de não depender de ninguém, mas agora me pareceu que não seria má ideia ter uma amiga em uma terra estranha.

"Também seria mais barato", acrescentou ela. "Nós só precisamos de um quarto, de um lugar onde conversar à noite e de uma cozinha pequena."

"Está bem", concordei. "Então você já pensou no que vai fazer?", perguntei. "Para ganhar dinheiro."

"Não tenho a menor ideia", respondeu ela, rindo na brisa. "Você tem alguma aptidão? Eu sei cantar um pouco e também servir bebidas. Acho que eu gostaria da vida de garçonete. Da sociabilidade dela. Meu pai tinha um pub, sabe, o velho bastardo maligno, e me pôs para limpá-lo desde o dia em que consegui segurar um esfregão."

"Eu sei costurar", contei. "Só isso."

"Claro, sempre há necessidade de costureiras", disse ela, balançando a cabeça. "Há profissões que nunca saem de moda, seja qual for a situação do mundo, e essa é uma delas. A de agente funerário também."

Eu sorri e ela tirou um cachimbo do bolso do vestido e o acendeu. Tinha ficado chocada na primeira vez em que a vi fumar cachimbo, mas agora isso me divertia, e eu gostava do cheiro, uma mistura inebriante de rosa, cravo e canela.

"Quer dar uma tragada?", ofereceu ela, fumando um pouco antes de apontar o bocal para mim.

"Não, mas obrigada."

"Vai fazer nascer pelo no seu peito."

Alguns rapazes passaram e, quando um deles assobiou para nós, Cait os mandou embora com rispidez. Eu não tinha tanta segurança. Ela conversava frequentemente com os homens a bordo, e eles morriam por ela, pois, embora eu fosse bonita, Cait era linda. Tinha quase um metro e oitenta de altura e um corpo de capa de revista. Desafiando o estereótipo, seu cabelo comprido e grosso não era ruivo, mas preto, e, embora nós tivéssemos pouquíssimas oportunidades de lavar o cabelo, o dela parecia brilhar todos os dias.

"Você vai procurar um marido por lá?", perguntou ela uma noite, e eu neguei com a cabeça.

"Não", respondi, antes de adotar o meu melhor sotaque de Greta Garbo. "*Quero ficar sozinha.*"

"Os homens são o próprio diabo", disse ela, soltando uma baforada. "Não servem para absolutamente nada."

"E o sujeito que...?"

Olhei para a sua barriga chapada.

"Ele era um idiota", disse ela. "Um imprestável. Como eu o deixei se aproximar é um mistério até para mim. Não, os caras que fiquem longe, no que me diz respeito. Nós vamos ser um par de solteironas, não vamos?"

Embora eu sorrisse, não achei graça na ideia. A verdade é que, apesar da minha desconfiança dos homens, ainda sentia vontade de me apaixonar e de me casar. Eu mal admitia isso para mim mesma, muito menos para Cait, mas, à noite, quando dormi, sonhei com um australiano que me tomava nos braços e me dizia que cuidaria de mim para sempre, se eu também cuidasse dele, e que não se importava com quem eu era ou o que tinha feito, pois não era o passado que importava, e sim o futuro.

"Então você vai me contar?", perguntou Cait na nossa última noite, enquanto a tripulação se misturava com os passageiros pela última vez e abria o que restava dos barris de vinho.

"Contar o quê?"

"O segredo que você está escondendo. Eu sei que tem

um. Sei desde o começo. Pode confiar em mim, você sabe. Eu não julgo ninguém. Tenho a minha própria cota de esqueletos. Você encontraria menos em um cemitério."

"Não sei o que você quer dizer com isso", disse eu, perguntando-me se eu deixava transparecer tão obviamente a grande vergonha daquele outro lugar.

"Sabe, sim, não minta para mim. Tudo bem. Não precisa contar se não quiser. Mas você vai me contar um dia, provavelmente quando nós duas estivermos bêbadas. E então eu também vou contar o meu."

"Você tem um segredo?"

"Claro que sim."

"Então conte."

"Sem chance, senhorita. Mas um dia, se você tiver sorte."

Nós estávamos juntas, de mãos dadas, na manhã em que o nosso navio contornou a Baía de Watsons e passou pela península rochosa em que a esposa de um governador de Nova Gales do Sul se sentou certa vez para ver os condenados transportados chegarem para cumprir pena. Ao contrário deles, não éramos prisioneiras. Éramos pessoas livres. Mas, considerando as mais de mil almas a bordo, era difícil não imaginar que quantidade de pecados nós todos cometemos para escolher esse país remoto para lavá-los.

Quando o navio finalmente ancorou e os passageiros e a tripulação aplaudiram com entusiasmo, eu me perguntei se podia realmente encontrar perdão nesse jovem continente. No fundo da minha mente, eu sabia que seriam necessários mais do que dezessete mil quilômetros para conseguir a absolvição.

3

"Chama-se Vale do Outono", disse Caden, entregando-me o folheto da casa de repouso. Eu o folheei rapidamente. As páginas estavam repletas de fotografias de idosos muito bem-apessoados que pareciam quase histéricos de alegria, como se toda a sua vida tivesse sido um mero prefácio de sua viagem àquela utopia. "Eles têm clubes do livro e círculos de costura. Noites de cinema e..."

"Vale do Inverno seria mais adequado, não acha?", perguntei, erguendo os olhos para ele. "Os moradores estão chegando ao fim do seu ano metafórico, por assim dizer, em vez de apenas começar a perceber que a noite está caindo."

"Isso talvez fizesse a casa parecer um tanto desoladora", replicou ele. "Parece um ótimo lugar, não acha?"

"Está pensando em se mudar para lá?", perguntei. "Você não está na idade de se enfiar em um lugar desses, tem só sessenta e um anos, mas, se achar necessário, é claro que o direito é todo seu. Também está interessado em aprender corte e costura?"

Ele sorriu. "Rá, rá", fez. "Você disse que ia pensar nisso, mamãe."

Devolvi-lhe o folheto e servi mais chá para os dois.

"Já pensei nisso", disse-lhe. "E decidi que não quero."

"O tio de Eleanor se internou no Vale do Outono", prosseguiu ele. "E disse que foi a melhor decisão que tomou na vida."

"Estou surpresa de que você não o tenha trazido aqui para me convencer."

"Impossível. Ele já morreu."

"Pois é", disse eu, voltando a me sentar, agora triunfante. "Todos nós morremos cedo ou tarde, mas em um lugar como esse a pessoa bate as botas em pouco tempo. Não, eu lamento, Caden. Já tomei a minha decisão e não quero continuar discutindo isso até a morte. Não vou sair do Winterville Court. Assunto encerrado. E, a propósito, não quero que você converse com Oberon Hargrave sobre isso. Prefiro que a minha vida privada continue sendo privada."

Ele fez o que pôde para parecer inocente. "Não sei o que você..."

"Sabe, sim, portanto não venha bancar o inocente. Lembre-se, eu conheço você desde que nasceu, não queira me passar a perna. Você e ele estão em conluio para pôr duas velhinhas fora de casa, e eu não vou tolerar isso. Se, por algum motivo, eu ficar incapacitada ou começar a teimar que a sra. Thatcher ainda é a primeira-ministra, então pode mandar os homens de jaleco branco me levarem. Mas, até lá, eu vou ficar exatamente aqui e, como dizem, tenho dito."

Ele me conhecia bem o suficiente para saber que, uma vez tomada a minha decisão, não havia como alterá-la.

"Agora, quanto aos seus problemas nos negócios", continuei, "também pensei nisso e decidi que estou disposta a fazer um investimento."

"Ahn?", perguntou ele, animando-se agora. "Quanto?"

"Isso é o que eu mais adoro em você, Caden", disse eu. "Nada de enrolação. Sempre direto ao ponto."

"Desculpe, eu só..."

"Tudo bem. Estou brincando." Mais ou menos; ele realmente era sem-vergonha. "Em uma escala de um a dez, quão graves são suas dificuldades? E seja sincero comigo. Não seja ganancioso."

Ele pensou um pouco antes de responder. "Eu diria seis", disse. "Mas um seis pode se transformar rapidamente em um oito se eu não fizer logo mudanças sérias."

Balancei a cabeça, então fui até a escrivaninha e tirei o meu talão de cheques da primeira gaveta. Olhando pela janela para a rua, vi Heidi presa em uma conversa com Madelyn Darcy-Witt e desejei saber do que estavam falando. Observei-as com cuidado, esperando que não sentissem que estavam sendo observadas, até que Madelyn inclinou a cabeça para trás em uma gargalhada, coisa que me pareceu estranha, já que Heidi não era propriamente a sagacidade em pessoa. Sentei-me à escrivaninha, mas, antes de escrever qualquer coisa, eu me virei para olhar meu filho, que me observava com uma ansiedade nada constrangida.

"Pensei em cem mil libras", disse a ele, tirando a tampa da caneta-tinteiro. "Isso manterá o lobo longe da porta?"

Sua expressão era uma curiosa mistura de alívio com decepção. Talvez pensasse que eu ofereceria menos; talvez mais. Mas era uma quantia considerável. Um total de dez por cento do meu patrimônio líquido, excluindo o valor do próprio apartamento.

"É muito generoso da sua parte", disse ele. "Vai me ajudar enormemente. Eu vou lhe pagar, é claro, quando..."

"Não há necessidade", disse-lhe eu, preenchendo os números e assinando. "Tudo será seu um dia, de modo que vamos chamar isso de adiantamento, está bem? Mas é o máximo que eu posso lhe dar, entendeu, Caden? Eu tenho uma cesta de ovos, sim, mas não é tão grande, e isto causa um impacto nela. Portanto, use o dinheiro com sabedoria."

Ele teve a decência de se mostrar envergonhado quando lhe entreguei o cheque — para ser justa, deve ser humilhante para um homem da idade dele pedir dinheiro à mãe — e voltei para minha poltrona.

"Então", disse eu enfim, enquanto ele dobrava seus ganhos ilícitos e enfiava o cheque na carteira. "Imagino que o casamento esteja indo em frente."

"Ah, sim, está", respondeu ele. "Mas nós decidimos mantê-lo pequeno. Sem espalhafato. Só a família e alguns amigos íntimos."

"Muito sensato", disse-lhe eu com aprovação. Os casamentos de Caden sempre foram um pouco extravagantes, como se ele precisasse mostrar aos outros a medida do seu sucesso. Mas, se as coisas estivessem realmente tão apertadas quanto ele disse, dificilmente poderia se dar ao luxo de ser perdulário.

"Estamos pensando em mais ou menos seis semanas a partir de agora", informou ele. "Em um cartório. Eu a manterei informada. Você virá desta vez, presumo?"

"Não seja assim", repliquei. "Eu só perdi um."

Ele aquiesceu com um gesto e, quando me olhou nos olhos, nenhum de nós conseguiu evitar; os dois começamos a rir. Isso durou um minuto inteiro, até que eu tivesse de tirar um lenço do bolso para enxugar os olhos. Era em momentos como esse, quando eu parecia provocá-lo e ele parecia gostar bastante, que nós tínhamos algum grau de proximidade.

"Você é uma velha terrível", disse ele, sacudindo a cabeça, e eu concordei que era mesmo. Caden olhou ao redor, soltando um suspiro profundo, e eu me perguntei se ele estava calculando quanto tempo precisava ficar agora que o nosso negócio financeiro havia chegado ao fim. "Ah, queria lhe perguntar", disse. "Como estão as coisas com os vizinhos novos?"

"Eles são uma turminha curiosa", respondi. "Ela parece estar com a cabeça nas nuvens a maior parte do tempo e ele parece um valentão. Ou talvez seja só devido ao ambiente em que ele trabalha. Você lê notícias sobre produtores de cinema intimidadores, não é? Como aterrorizam a sua equipe e assediam as jovens atrizes vulneráveis. Talvez eles tratem a própria família com o mesmo descaso."

"E a criança?"

"Um garoto tranquilo. Gosto dele."

"Que bom. Sei que você não é muito boa com meninos pequenos."

Eu o encarei, mas nada na sua expressão sugeria que ele pretendesse me magoar. Mesmo assim, entendi por que ele podia dizer tal coisa. Afinal, nenhum de nós podia fingir que eu tinha sido a mãe perfeita, e sabia que ele havia ficado terrivelmente intimidado quando seus amigos descobriram que a mãe dele estava internada no que chamavam de hospício.

Mais tarde, ao ir embora, ele me beijou o rosto e tornou a me agradecer a ajuda.

"De nada", respondi. "Mas se eu souber que você e Oberon pegaram o telefone para falar um com o outro, cancelo esse cheque. Depois não diga que eu não avisei."

"Ah, mamãe", disse ele, piscando para mim e sorrindo. "De qualquer modo, seria tarde demais. Vou depositá-lo na minha conta dentro de uma hora." Desceu a escada com toda a elegância que um homem da sua estatura pode descer, e sorri quando voltei para dentro. A verdade é que, se não fosse a sua observação sobre eu não ser boa com meninos pequenos, esse teria sido um dos nossos encontros mais amigáveis em anos.

4

Tendo vivido unicamente no norte da Europa, não estava preparada para a temperatura opressiva de Sydney. Minha pele clara queimava com facilidade, meu couro cabeludo cicatrizado ficava chamuscado e, durante várias semanas, eu estava tão exausta no meio da tarde que adormecia onde quer que estivesse e depois tinha dificuldade para dormir à noite.

Cait e eu encontramos moradia na Kent Street, perto do porto, em uma casa de Queensland feita de madeira com uma varanda que se estendia por todo o andar superior. A parte de baixo do prédio era habitada por três irmãos solteiros de meia-idade que saíam cedo todas as manhãs, com roupa de comerciantes, e voltavam bêbados tarde da noite. No começo, eu temi que eles fossem nos importunar, mas, na verdade, os três mal notavam nossa presença, a não ser para ostentar o seu desdém pelas mulheres, particularmente pelas que tinham a audácia de morar sem a proteção de um pai ou marido.

As oportunidades de emprego eram abundantes e não tardou para eu começar a trabalhar em uma loja de roupas femininas no extremo norte da George Street, sob a tutela de uma mulher uns vinte anos mais velha que eu chamada srta. Brilliant, nome que me parecia maravilhoso. A srta. Brilliant — nunca descobri seu nome de batismo — havia herdado a loja da mãe e, quando ela me contou isso, pensei em Émile e na sua herança e com a mesma rapidez tentei tirá-lo da mente. Então, afinal de contas, eu era vendedora, disse cá comigo quando me ofereceram o emprego. Tudo que a minha mãe sempre sentiu que era muito pouco para mim.

A srta. Brilliant não era, eu sentia, talhada para trabalhar com o público. Desprezava as trabalhadoras comuns, que compunham a maior parte da clientela, a qual, geralmente, podia comprar uma saia ou uma blusa novas só duas vezes por ano, ou talvez um par de meias de náilon nas raras ocasiões em que havia no estoque. Ela tinha apenas o que se poderia chamar de aspirações, contando para mim e suas outras empregadas histórias sobre as grandes lojas de Sydney em que as ricaças faziam compras e sobre como ela preferia tê-las na sua clientela.

Não era sempre que uma aborígine se arriscava a entrar na nossa loja, mas acontecia ocasionalmente. As negras também e, às vezes, as imigrantes samoanas ou de Papua Nova Guiné. A srta. Brilliant as chamava de negrada e soltava um rugido quando uma delas entrava, exigindo saber o que queriam, dizendo que estavam sendo vigiadas e que as veria na prisão se roubassem alguma coisa. Ela não se opunha a receber o dinheiro delas, é claro, mas sempre calçava um par de luvas de seda ao concordar aceitar as cédulas. Quando a cliente saía, em vez de colocar o dinheiro no caixa, a srta. Brilliant me entregava as notas ou moedas e me mandava ir ao banco e depositá-las diretamente na sua conta.

Enquanto eu suportava a vida sob o comando da srta. Brilliant, Cait encontrou o emprego que adorava em um pub chamado Fortune of War, que ficava na beira do porto, com vista para a ponte de Bennelong, onde, muito depois de eu ter partido da Austrália, um dia construiriam a Ópera de Sydney. O pub tinha fachada aberta e um balcão que se estendia no centro com bancos altos nos dois lados. Os homens se reuniam ali depois do trabalho, aproveitando a brisa fresca que vinha da água, enquanto bebiam copos e mais copos de cerveja gelada. Na parte de trás, havia uma sala menor com meia dúzia de mesas, e era para lá que os homens mais jovens levavam as mulheres que estavam cortejando. Apesar das muitas horas de trabalho, Cait adorava aquilo e não tardou a se tornar a favorita dos frequentadores, não só por ser muito vistosa como também pela sua língua rápida e sua capacidade de fazer todos se sentirem bem-vindos. Nossos horários de trabalho diferentes beneficiavam as duas, pois ela trabalhava até tarde da noite, dando-me a liberdade do nosso apartamento nesse período, ao passo que eu começava cedo, proporcionando-lhe alguma privacidade de manhã. Foi um arranjo perfeito.

Ocasionalmente, sentindo falta de companhia, eu ia até lá depois do trabalho, sentava-me ao balcão, bebia um ou dois copos e até conversava com alguns dos outros clientes. Um velhote chamado Quaresby, que dizia ter sido um dos que construíram a Harbour Bridge, gostava de mim e costumava instalar-se no banco ao lado do meu, chamando-me de "querida" e "meu bem" ao mesmo tempo que tentava passar a mão na minha perna, mas eu deixei claro que não estava interessada nas suas atenções. Certa vez, quando saí do banheiro feminino, Quaresby estava me esperando do lado de fora e tentou me empurrar de volta para dentro, garantindo que tinha algo importantíssimo para me contar, mas eu reagi, empurrando-o contra a parede, onde bateu a cabeça no canto de um quadro.

Depois disso, ele me deixou em paz e passou um mês inteiro sem falar comigo, mas, decorrido esse tempo, voltou a ser gentil e a se comportar como se não tivesse acontecido nada desagradável.

Foi numa dessas noites, talvez oito meses depois da minha chegada, que me sentei no meu lugar habitual e Cait me entregou um envelope com a sua parte do aluguel, para eu entregar ao nosso senhorio a caminho de casa. Do outro lado do balcão, havia um homem de chapéu bege e, ao seu lado, um menino de uns sete anos. Seu filho, presumi. Eu já os tinha visto lá. O homem, Cait me contou, chegava muitas vezes depois do trabalho acompanhado pelo garoto. Este bebia suco de laranja e, obviamente, adorava sentar-se ao balcão com os adultos. Eu estava contando o meu próprio dinheiro no envelope quando ouvi a voz de outro homem chegar do lado do balcão que dava para a salinha.

"Por favor, senhorita, mais um James Boags."

"Pois não", disse Cait, afastando-se de mim e se dirigindo à torneira para servir. Sem saber por quê, todos os sentidos do meu corpo ficaram repentinamente em alerta máximo.

"Quente hoje, não?", prosseguiu o homem com um tom amigável enquanto Cait enchia o copo, e ela se virou para ele alegremente.

"Dizem que vai ficar mais quente no fim de semana. Isto aqui vai virar uma caixa de vapor. Mais alguma coisa, querido?"

"Não, obrigado", respondeu ele.

"Que gosto tem a cerveja?", perguntou o menino, e houve uma ligeira hesitação antes que o homem respondesse.

"Eu deixaria você provar", disse ele, "mas pode ser que o seu pai se oponha."

"Eu não ligo", disse o outro homem. "Se ele quiser ficar doente, será por conta dele."

"Tudo bem então, homenzinho", respondeu o primeiro. "Um gole."

Foi com o uso dessa palavra — "homenzinho" que eu senti o estômago apertar e me segurei no balcão para não perder o equilíbrio. Queria me virar, mas não me atrevi, mantendo os olhos focados nos meus sapatos. O homem tinha feito o possível para disfarçar o sotaque, mas eu ouvi os acordes teutônicos por baixo. Quando Cait voltou, depois de cobrar o chope, minha expressão pareceu assustá-la.

"Gretel", disse ela em voz alta de preocupação. "O que aconteceu? Parece que você viu um fantasma."

Só então ergui a vista e ousei olhar para o outro lado do balcão. O homem já não estava lá, voltara à salinha dos fundos, e eu não podia vê-lo do lugar em que estava. Ainda assim, olhei para a madeira que nos separava, como se, com isso, eu nela pudesse abrir um buraco e reconhecer o rosto no outro lado.

"Gretel", repetiu ela. "Qual é o problema, querida? Quer tomar água? Espere, eu vou buscar."

Voltou logo depois com um copo cheio de água gelada e eu bebi.

"Estou bem", disse eu, as palavras presas na garganta. "Foi só uma coisa... uma coisa que aconteceu, nada mais."

"A maldição, não é?", perguntou ela, baixando um pouco a voz.

"É. Algo parecido."

"Pois é, e este calor não ajuda", disse ela, olhando para mim com ar realmente preocupado. Tentou encostar a mão na minha testa para verificar minha temperatura, mas me afastei. Não gostava que me tocassem.

"Você não está ficando doente, espero", perguntou ela. "Talvez seja melhor voltar para casa e se deitar um pouco." Eu fiz que sim e me levantei nervosa. "Sim, vou fazer isso", concordei. "Não se preocupe comigo. Vou ficar bem."

Chamaram Cait novamente, e ela me encarou uma vez mais antes de se afastar para servir os clientes. Quando juntei minhas coisas e me virei para a saída, porém, entendi que não podia sair sem ter certeza. Não era possível, teimei comigo mesma. Estávamos a milhares de quilômetros da Europa e da Polônia, afinal. Não podia ser ele. Mas aquela voz, eu a conhecia tão bem. Em silêncio, esperando não ser observada, aproximei-me da sala dos fundos e parei nas sombras da porta, examinei-a até que os meus olhos detectaram o homem sentado sozinho à mesa, de costas para mim, espesso cabelo louro bem penteado, o terno impecável. Estava lendo um jornal enquanto bebia a cerveja e, pelo menos por ora, parecia alheio à minha presença.

Passado algum tempo, no entanto, ergueu a cabeça e a virou minimamente, sem olhar para trás, mas oferecendo um levíssimo indício de perfil. Se sabia que estava sendo observado, não tinha a intenção de se apresentar ao observador. Ficou muito quieto, porém, e eu me senti quase incapaz de respirar. Embora estivéssemos cercados de gente e de conversas, tive a momentânea impressão de que éramos as únicas pessoas ali. Ele continuou na mesma posição e agora eu sabia que podia sentir os meus olhos nele. Mas, mesmo assim, não se virou. Por fim, não aguentei mais, virei-me e fui para a rua.

Eu não podia ter certeza absoluta, é claro. Somente ouvira uma voz e vira parte de um perfil, mas, ainda assim, sabia no fundo do coração que era ele.

5

A urgência das batidas me pegou de surpresa, e endireitei abruptamente o corpo na cadeira. Estava assistindo a um filme antigo na televisão, mas era um tanto chato, e comecei a cochilar. As batidas me trouxeram de volta à vida, e eu fui até a porta prevendo uma confusa Heidi procurando ajuda em mais um assunto doméstico. Contudo, para minha surpresa, não era minha vizinha do outro lado do corredor, e sim a do andar de baixo.

"Madelyn", disse eu, olhando-a da cabeça aos pés, e pareceu que era ela, não eu, que acabava de acordar. Estava com o cabelo despenteado e lutava para fixar os olhos, as pálpebras manchadas de rímel. Parecia totalmente fora de si. "Tudo bem com você?"

"Eu esqueci dele", respondeu ela, arranhando as palavras. "Esqueci do Henry."

Era óbvio que ela estivera bebendo, e eu consultei o relógio. Dez para as três. Eu me perguntei a que horas teria começado.

"Minha querida", disse eu, afastando-me. "Quer entrar? Posso fazer um café para você, talvez?"

"Eu esqueci do Henry", repetiu ela. "Esqueci." Deu de

ombros, depois riu um pouco, colocando a mão na boca. "Você deve pensar que eu sou a pior mãe do mundo."

"Não penso nada disso", disse eu, sem saber ao certo do que ela estava falando. "Você se esqueceu dele? O que quer dizer com isso?"

"A escola", disse ela, olhando para a escada que subia ao último andar do Winterville Court, no qual um romancista premiado e um crítico literário moravam frente a frente, escrevendo para o desgosto um do outro. "Ele sai às três horas. Eu não vou chegar a tempo. Não me sinto bem, Gretel. Preciso voltar para a cama."

"Oh, querida", respondi, sem saber por que ela estava me envolvendo em tudo aquilo, mas concordando silenciosamente que dormir podia ser a melhor coisa para ela. "Ele tem uma chave? Você receia que ele não consiga entrar? Eu posso ficar de olho, caso..."

"Eu preciso que você vá pegá-lo", disse ela. "Ele não está autorizado a voltar para casa sozinho. É muito pequeno ainda. Alguém precisa ir pegá-lo."

Eu a encarei. Era surreal que ela esperasse que eu fosse responsável por trazer o menino para casa. Eu não era a avó dele, afinal. Acaso ela não tinha amigos ou parentes a quem pudesse recorrer em momentos de crise?

"O seu marido", disse eu. "O sr. Darcy-Witt. Onde ele está?"

Madelyn revirou os olhos. "Quem sabe? Em uma suíte de hotel em algum lugar, imagino. Testando atrizes." Ela fez aspas no ar com os dedos ao pronunciar a penúltima palavra, e eu fiz uma careta. Pensava que esse tipo de comportamento tinha sido bem e verdadeiramente interrompido alguns anos antes.

"E você não pode contatá-lo?", perguntei. "Ele não tem celular?"

"Não", disse ela, agora cada vez mais ansiosa. "Quer dizer, sim, ele tem celular, é claro, mas não, não posso telefonar. Ele detesta que o perturbe durante o dia. Em todo caso, me mataria se soubesse que o esqueci." Balançou a cabeça, parecendo irritada consigo mesma. "Esqueci o Henry, digo. Não Alex. Desculpe, sinto que não estou falando coisa com coisa."

"Querida, tenho noventa e um anos", disse eu, surpreendendo-me ao usar a minha idade como desculpa para me livrar de alguma coisa. "Você não pode esperar que eu percorra Londres à procura de um garotinho. Deve haver outra pessoa a quem você possa pedir."

"Não tem ninguém", disse ela, respirando fundo pelo nariz, como se estivesse tentando recuperar o controle dos sentidos. "Não tenho autorização para ter amigos, entende?", acrescentou, então começou a rir novamente. "Antigamente eu tinha, é claro. Tinha muitos. Homens e mulheres. Mas ele diz que essa gente fica no nosso caminho, que todos têm inveja de mim e fazem fofoca a meu respeito pelas costas. Ele diz que todos estão cheios de rancor. Alguém já teve inveja de você, Gretel?"

"Não que eu me lembre", respondi. "Nunca fui o tipo de mulher de que os outros tivessem inveja."

"Aposto que você era uma beleza quando mais jovem", disse ela, olhando-me da cabeça aos pés. Sorriu então, e eu cheguei a pensar que ela ia cair. "Vejo isso no seu rosto. Você tem uma pele maravilhosa para uma anciã." Enrugou a testa e levou o dedo aos lábios, franziu o rosto, confusa. "Para que eu vim aqui?", perguntou. "Esqueci completamente."

"Henry", lembrei-a. "É preciso ir pegá-lo na escola."

"Porra, isso mesmo", disse ela, e eu estremeci um pouco com o palavrão. Ergueu a voz e gritou bem alto e, do outro lado do corredor, Heidi abriu a porta e pôs a cabeça para fora.

"O que está acontecendo?", perguntou. Por algum motivo inexplicável, estava com um chapéu de papel vermelho, do tipo dos que vêm com os bonecos de Natal, embora o Natal tivesse chegado e passado meses antes.

"Nada, Heidi", disse eu, fazendo um gesto para que ela se afastasse. "Volte para dentro. É muito barulho por nada."

"Quem é essa?", ela perguntou, e Madelyn se virou, irritada.

"Não ouviu o que Gretel disse?", perguntou. "Disse para você voltar para dentro e cuidar da sua vida."

Fechei os olhos brevemente. Claro, eu não tinha incluído esse adendo, mas, pela sua expressão, Heidi acreditou piamente nas palavras de Madelyn e entrou com ar magoado. Eu teria de telefonar para ela mais tarde, decidi, e esperar que, até lá, já tivesse esquecido tudo. Uma vantagem da sua doença era que ela não dava importância a uma ou outra desconsideração.

"Eu não suporto gente intrometida", disse Madelyn, voltando-se novamente para mim. "Então. Você pode ir pegá-lo para mim, Gretel?", perguntou. "Eu não posso. Não tenho condições. Se você não for, ele vai ficar sozinho e assustado."

Suspirei. Realmente, isso era demais, pensei, mas eu não tinha escolha. Não era possível deixar o pobre garoto sozinho o resto da tarde, esperando a mãe. Quem acredita no que lê nos jornais sabe que há todo tipo de gente por aí, esperando a oportunidade de pegar uma criança assim e a levar embora com propósitos perversos.

"Está bem", disse eu com um suspiro profundo. "Que escola ele frequenta?"

Ela me disse o nome e eu rabisquei em um bloco de notas, ao lado do endereço. Não ficava muito longe, mas eu não tinha a intenção de andar, até porque o relógio da carruagem acima da lareira acabara de bater a hora e, então, as crianças, presumivelmente, já estavam sendo liberadas.

"Você é muito gentil", disse Madelyn, virando-se e descendo a escada. Segurou-se ao corrimão com cuidado, e eu a observei, esperando que não caísse.

"Talvez eu lhe dê o jantar", sugeri, chamando-a. "Pode ser que você não queira que ele a veja nesse estado. Tudo bem?"

"Sim, sim", disse ela sem olhar para trás. "É muito gentil da sua parte. Acho que vou tirar uma soneca. Foi um dia e tanto!"

Entrei no meu apartamento e peguei os sapatos, o casaco e a bolsa e verifiquei meu rosto no espelho. Não tinha ideia do que o pobre infeliz pensaria quando me visse chegar para pegá-lo e sabia que teria de pensar em um motivo convincente para a minha presença.

Quando saí do Winterville Court, pronta para chamar o primeiro táxi que passasse, a porta de Madelyn se abriu mais uma vez e ela saiu voando, quase me derrubando na sua urgência. Já tinha se servido de um copo de vinho perigosamente próximo de derramar.

"Não conte a ele", sussurrou, agarrando-me o braço, e a sua expressão era assustadora. Eu não consegui me lembrar da última vez em que tinha visto uma pessoa tão amedrontada. "Prometa não contar a ele."

"Não vou contar nada", disse eu com irritação, livrando-me dela. "Só vou dizer que você tinha um compromisso e não podia sair. Tenho certeza de que ele vai acreditar em mim. Crianças dessa idade raramente questionam o que lhe dizem."

"Não me refiro ao Henry", sussurrou ela, revirando os olhos como se eu fosse a mulher mais burra do mundo. "É a Alex. Não conte ao Alex. Ele vai me matar. É verdade. Ele realmente poderia me matar."

6

"Você está fora de si", disse Cait no domingo à tarde, quando estávamos fazendo uma longa caminhada para fora da cidade em direção a North Head. Estava fresco naquele dia, embora eu mantivesse um chapéu na cabeça, pois temia os danos que o sol podia causar às minhas cicatrizes ocultas. "Qual é o seu problema?"

"Nenhum", disse eu, mas meu tom de voz deixou claro que estava mentindo.

"Não tem nada de nenhum", replicou ela. "É um cara? Você está de olho em alguém, é isso?"

Eu neguei. De fato, estava pensando em um homem, mas não da maneira que ela disse.

"Tem certeza? Porque geralmente é um cara", prosseguiu ela, avançando. Tinha pernas compridas e, de nós duas, era a que geralmente ditava o ritmo nesses passeios. A única coisa que eu podia fazer era acompanhá-la. "Não que você tenha muita escolha na loja em que trabalha. Lá só há mulheres, não é?"

"É", disse eu.

"Sorte sua", respondeu Cait, e eu franzi a testa, sem saber o que ela estava querendo dizer. "Os homens só dão vexame lá no pub", explicou ela. "Não há um único que saiba beber. Quatro ou cinco chopes e pronto, lá estão eles me contando o que os seus pais fizeram em Galípoli na Primeira Guerra, o que eles fizeram na Segunda, e acredite: você não imagina o estado em que deixam o banheiro quando estão bêbados. Considerando que a única coisa que eles precisam fazer é mirar e atirar, é um mistério para mim por que nenhum deles consegue acertar o alvo. Como eles administraram uma arma está além de minha compreensão. E quem tem de limpar tudo depois? É a idiota aqui; quem mais seria?"

Eu ri. Cait gostava de falar depreciativamente dos seus clientes, mas nunca a ouvi reclamar de ter de trabalhar.

"Aliás, há um sujeito sobre o qual eu queria perguntar a você", disse eu timidamente quando seguíamos ao longo do promontório rochoso.

"É mesmo?"

"Eu reparei em um homem lá quando fui pegar a sua parte do aluguel na semana passada."

"Sua imunda", rosnou ela. "Você disse que não havia nenhum cara envolvido e agora está me perguntando sobre um..."

"Não, não é nada disso", interrompi-a. "Não tenho nenhum interesse romântico nele."

Não tinha? Eu não sabia ao certo.

"Você conhece a maioria das pessoas que entram lá, não conhece?"

"Bem, os fregueses, sim", admitiu ela. "Isso mantém as coisas amigáveis."

"O homem que eu vi...

"No balcão?"

"Não, na sala dos fundos."

"Ah, esse é um tipo completamente diferente. Todos os

trabalhadores se sentam ao balcão para poder flertar comigo e com as outras garotas enquanto servimos a bebida. Já os chefões, os caras engravatados, todos eles vão para a salinha porque querem ficar sozinhos com os seus jornais. Eu lhes sirvo a bebida, e eles não falam muito. Como era esse seu cara?"

"Tinha uns vinte e tantos anos, talvez", respondi. "Alto, magro. Cabelo loiro grosso. Muito bonito." Pensei nisso, imaginando se eu podia acrescentar alguma outra descrição, mas a única coisa que fiz foi reforçar o que acabava de dizer. "Muito bonito", repeti.

"Australiano?"

"Não. Embora ele se esforce para falar como se fosse. Da Europa Central, acho. Alemão."

Cait balançou a cabeça. "Eu sei quem é", disse. "Um freguês à sua maneira. Não é de muita conversa. E não é alemão. Uma vez ele estava esperando o seu chope quando estavam trocando o barril e me perguntou de onde eu era, e eu lhe disse que de Cork e fiz a mesma pergunta."

"E o que ele respondeu?"

"Praga."

Eu ergui a sobrancelha. Ele não era mais tcheco do que eu.

"Ele aparece duas vezes por semana, quartas e sextas-feiras, como um relógio", continuou Cait. "Sempre na mesma hora, mais ou menos às seis e quinze, por isso eu suponho que venha diretamente do trabalho. Disseram que é banqueiro. Cara de banqueiro ele tem, em todo caso."

Fiz que sim. Era o tipo da profissão que Kurt teria escolhido. Tinha todas as coisas que lhe interessavam. Poder. Influência. Dinheiro. "E você sabe o nome dele?"

"Kozel", respondeu ela. "É o sobrenome dele. Não sei o prenome. Você gostou dele, é isso? Porque vai se dar mal.

O cara tem mulher. Ela esteve lá uma vez, muito bem-vestida e parecendo uma estrela de cinema."

"Ela era australiana?", perguntei, tentando ignorar o vergonhoso sentimento de ciúme da existência de tal mulher.

"Sim, acho que sim." Cait parou e se virou para mim, as mãos nos quadris. "O que significa tudo isso, Gretel?", perguntou. "Você teve alguma coisa com ele que eu não sei? Se teve, não me disse uma palavra."

Hesitei. Gostava de Cait, tínhamos nos tornado quase amigas, mas eu sabia que não devia confiar em ninguém no tocante aos segredos do meu passado. Raramente falávamos na guerra, e eu sentia que nenhuma das duas queria discutir como passamos aqueles anos terríveis. Mas, mesmo que estivéssemos ligadas pelo sangue, eu não conseguia me imaginar revelando a ela, nem a ninguém, a verdade da minha infância.

"Não, não se trata disso", respondi. "Eu só..." Balancei a cabeça. "É uma bobagem minha, eu sei. Ele me lembra alguém, só isso."

"Alguém de quem você gostava?"

"Sim", admiti. "Alguém de quem eu gostava muito."

"Bem, se você quer um conselho", disse ela, afastando-se da vista e me levando de volta na direção de onde viemos, "eu ficaria longe dele. É um sujeito muito educado, não nego. Nunca cria problemas, ao contrário de alguns deles. E, sim, ele é atraente, se você gosta desse tipo. Eu não. Mas há algo por trás da aparência, algo que me assusta um pouco. E agora você me conhece, Gretel, sabe que eu não me assusto facilmente. Mas aquele cara? Ele não presta."

7

Talvez eu não devesse ter ficado surpresa ao ver que a gente não pode simplesmente aparecer em uma escola hoje em dia, escolher um menino ao acaso e o levar embora. Acontece que os professores gostam de sentir que você tem uma conexão real com a criança.

Meu táxi parou diante da escola de Henry às três e vinte, mas não havia sinal dele do lado de fora. Paguei a corrida e olhei em volta, perguntando-me se ele estaria andando de um lado para outro na rua à procura da mãe, mas a rua estava vazia e, assim, eu entrei e fui até a recepção, onde fui atendida por uma moça sentada atrás de uma divisória de vidro, que ergueu os olhos quando me aproximei.

"Em que posso ser útil?", perguntou ela, e eu olhei ao redor, esperando não ter de entrar em muitos detalhes.

"O meu nome é Gretel Fernsby", disse-lhe eu. "Estou procurando Henry Darcy-Witt. Vou levá-lo para a casa dele."

A moça passou o dedo em um maço de documentos que estava à sua frente, então pegou o telefone, digitou três dígitos e murmurou algumas palavras que não consegui ouvir através do vidro. Quando recolocou o fone no gancho, ela indicou que eu me sentasse em uma das quatro poltronas coloridas que decoravam o espaço da recepção.

Preferindo não me sentar, pus-me a examinar as fotografias de classe nas paredes. Tinham tomado a decisão de lá exibir algumas das fotos mais antigas e eu dei comigo olhando para os rostos fantasmagóricos de meninos que tinham nove ou dez anos no início da década de 1930. Todos estavam sentados perfeitamente imóveis, as costas retas, as mãos no colo, a expressão severa. Na ponta de cada retrato havia um professor diferente, adornado com capa, chapéu e bigode fino. Foi difícil olhar para eles e não pensar no mundo em que estavam crescendo. Cada um daqueles meninos teria chegado à maioridade no momento em que o *Führer* enviou os seus tanques à Polônia. Estariam cortejando a primeira namorada e pensando na sua carreira quando o sr. Chamberlain voltou para Londres com a promessa de paz para o nosso tempo. Estendi a mão e dei com o meu indicador tocando as bochechas daqueles garotos perdidos. O leve zumbido da escola foi substituído pelo barulho dos trens chegando tarde da noite. Os gritos dos meninos e meninas sendo separados dos pais. E então aquele outro garoto, o garoto com quem me encontrei só uma vez, quando ele estava roubando um conjunto de roupas. Implorou que eu não o denunciasse. Ele vai me matar, disse, e eu o encarei, perguntando a quem ele se referia. O menino olhou para o carro em que Kurt estava, à espera do meu pai. Eu nunca tinha visto tanto terror quanto nos olhos daquele menino. Qual era o nome dele? Ele me contou e, durante anos, eu me lembrei. Depois passei décadas tentando esquecê-lo.

Uma voz atrás de mim me tirou do devaneio e eu me virei.

"Sra.... Ferns, é isso?", perguntou um jovem negro de pulôver verde, tão jovem e de bochechas lisas que era difícil dizer se ele fazia parte do corpo discente ou se era um dos professores.

"Fernsby", corrigi. "Estou aqui para..."

"A senhora está passando bem?", perguntou ele, e eu franzi a testa.

"Sim, acho que sim", disse eu. "Por que pergunta?"

"Posso pegar um lenço para a senhora, se quiser", disse ele.

"Por que eu precisaria de um lenço?"

Ele pareceu quase envergonhado com a pergunta.

"Porque a senhora está chorando", disse ele.

Levei a mão ao rosto e, com certeza, estava molhado de lágrimas. Acaso eu tinha começado a chorar quando estava examinando as fotografias? Devia ter percebido, supus, embora tenha me surpreendido não haver notado. Chocada, um pouco assustada até, tirei um lenço de papel da bolsa para enxugá-lo, optando por não responder.

"Eu vim buscar Henry Darcy-Witt", eu lhe disse quando me recompus.

"Sim, eu sou o professor de Henry", respondeu ele, pelo menos esclarecendo sua função. "Jack Penston."

"Prazer em conhecê-lo, sr. Penston", disse eu. "Desculpe o atraso, eu tive de pegar um táxi e..."

"Acontece que geralmente é a mãe de Henry que vem buscá-lo", disse ele.

"Sim, eu sei, mas, infelizmente, hoje ela está indisposta", expliquei, olhando para trás, esperando ver o garoto emergir das sombras. Eu não gostava de escolas e não queria ficar naquela mais tempo do que o necessário. Havia um cheiro familiar, uma mistura de cheiros de giz, borracha, desinfetante e menino que, somados, não chegavam a ser um perfume que eu achasse particularmente inebriante.

"Espero que não tenha acontecido nada com ela", disse ele, e eu meneei a cabeça.

"Não, não", respondi. "Ela adoeceu um pouco. Coisas de mulher." Geralmente, eu achava que essa frase bastava para calar a boca dos homens, mas o sr. Penston se manteve imperturbável, de modo que fui obrigada a prosseguir. "Eu a aconselhei a tirar uma soneca. Eu moro no mesmo prédio que os Darcy-Witt, entende? No apartamento acima do deles. Imagino que agora ela esteja dormindo", acrescentei, certa de que não era bem o caso. Muito pelo contrário, suspeitava que Madelyn estivesse esticada no sofá, fazendo novas incursões em uma garrafa de vinho. "Ela me pediu que viesse buscá-lo."

"Compreendo", disse o sr. Penston, franzindo a testa e acariciando o lugar em que a sua barba deve ter estado um dia. "Só que a senhora não está na lista, sra. Fernsby."

"Que lista?"

"A lista de pessoas autorizadas. Os pais fazem uma lista dos adultos que podem vir buscar os meninos na escola. A maioria deles inclui um ou dois avós, às vezes um tio ou tia. Alguém em que eles têm confiança."

"Ah", disse eu, assentindo. "Não, não devo estar nessa lista."

"Não", concordou ele.

"Mas ela me pediu", garanti. "Dou a minha palavra."

"Eu não duvido da senhora nem por um momento", disse ele, estendendo a mão como se fosse tocar o meu braço, depois, pensando bem, devolvendo-a à posição em que estava junto ao seu corpo. Parecia nervoso. Imagino que não estivesse acostumado a recusar os pedidos de uma idosa. "Mas a senhora tem de entender, eu não posso deixar Henry ir com a senhora sem autorização dos pais."

Eu fiz que sim. Isso não era insensato, mas certamente

representava um problema. Agora, enfim, uma cabecinha apareceu no fim do corredor, e eu sorri ao vê-lo, aliviada por ele ainda estar vivo.

"Oi, Henry", disse eu, acenando para ele. Ele sorriu e também acenou.

"Oi, sra. Fernsby", respondeu ele, aparentemente sem surpresa por me ver ali.

"Bem, pelo menos o senhor sabe que eu sou quem digo que sou", disse eu, voltando-me para o sr. Penston. "Embora eu também tenha o meu passe de ônibus, se isso servir para alguma coisa."

"Você conhece a sra. Fernsby?", perguntou o professor, ignorando minha observação e virando-se para o menino.

"O quarto dela fica acima do meu", disse Henry. "Eu ouço quando ela apaga a luz à noite e vai dormir. Nós somos amigos."

Eu olhei para ele, levemente surpresa com o modo como ele me descreveu. Tinha toda a razão também quanto à geografia. Fazia sentido que o meu quarto ficasse acima do dele, pois a planta dos nossos apartamentos era exatamente a mesma e eu havia me mudado para o quarto menor após a morte de Edgar.

"Vou telefonar para a sra. Darcy-Witt, caso a senhora não se importe", disse o sr. Penston, e eu concordei com um gesto, embora temesse que ela fosse incapaz de manter uma conversa coerente. Ele foi para trás da divisória de vidro e, depois de digitar em um computador, presumivelmente à procura do número certo, pegou um telefone e discou. Henry se aproximou e olhou para mim.

"E a mamãe, onde está?", perguntou.

"Em casa", respondi. "Eu estava precisando esticar as pernas porque tenho cento e vinte e seis anos e a artrite me pega se eu ficar sentada o dia todo. Pedi a ela que me deixasse vir buscar você e levá-lo para casa, só para me exercitar, e ela, muito gentilmente, disse que sim. Você não se importa, não é?"

Ele me olhou com desconfiança. Não parecia totalmente convencido.

"A senhora não tem cento e vinte e seis anos, tem?", perguntou.

"Cento e vinte e sete no meu próximo aniversário", disse eu. "Não dá para perceber? Quando eu era menina, nem meninos nós tínhamos. Eles só foram inventados na década de 1960."

Ele riu e pareceu indeciso se acreditava em mim ou não. Estendeu a mão lentamente em direção às minhas, mas, tal como o seu professor, mudou de ideia. O que foi isso? Eu me perguntei.

"É para eu pegar meu casaco e minha mochila?", perguntou ele, e eu fiz que sim.

"Por favor, faça isso", disse eu. "Quando o sr. Penston terminar de telefonar, tenho certeza de que nos deixará sair."

Com a rapidez de um relâmpago, ele disparou pelo corredor e eu senti uma estranha vontade de segui-lo e ver como eram as salas de aula atuais. Muito diferentes das austeras escrivaninhas de madeira e das fileiras formais que fizeram parte da minha educação em Berlim. E Jack Penston parecia muito mais alegre que Herr Liszt, o professor que vinha dar aula ao meu irmão e a mim naquele outro lugar.

A porta do escritório se abriu e o sr. Penston reapareceu por trás do vidro.

"Está tudo bem", disse, sorrindo.

"Que bom", disse eu com alívio. "Então ela não estava dormindo?"

"Na verdade, eu não consegui falar com a sra. Darcy-Witt", explicou ele. "Ela não atendeu o telefone. Então liguei para o pai de Henry."

Fiz o possível para não deixar transparecer a minha ansiedade, embora ainda pudesse ver a expressão de Madelyn, o modo assustado como havia dito, *Não conte ao Alex. Ele vai me matar. É verdade. Ele realmente poderia me matar.*

"Entendo", disse eu. "E ele ficou satisfeito por eu ter vindo buscar o menino?"

"Parece que ficou surpreso. Mas disse que estava tudo bem. Na próxima vez em que eu estiver com a sra. Darcy-Witt, vou lhe perguntar se devemos pôr o seu nome na lista de autorizados."

"Ah, eu não me incomodaria com isso", disse eu quando Henry voltou com o casaco todo abotoado e carregando uma mochila que devia pesar quase tanto quanto ele. "Esta não será uma ocorrência regular. Foi só uma emergência. Nada mais."

Henry se despediu do professor com um aceno e nós nos dirigimos à saída, os olhos dos meninos mortos a me seguirem a cada passo que eu dava.

"Agora nós precisamos encontrar um táxi", disse eu quando saímos.

"Pensei que a senhora queria andar", respondeu Henry. "Por causa da sua artrite."

Eu olhei para ele. Esse garoto não deixa escapar nada, tive de admitir.

Samuel, pensei. Esse era o nome do garoto. Naquele outro lugar. O que me implorou que eu não o denunciasse a Kurt por roubar roupas.

Ele vai me matar, tinha dito ele.

Sim, era esse.

Samuel.

Um nome que soa como o soprar do vento.

8

Cait havia dito que o homem a quem ela se referia como sr. Kozel visitava o Fortune of War duas vezes por semana, de modo que, na quarta-feira seguinte, eu fingi estar doente e perguntei se podia sair mais cedo do trabalho. A srta. Brilliant desconfiava de qualquer garota que fizesse semelhante pedido, convencida de que ela simplesmente queria ir em casa trocar de roupa para se encontrar com o namorado. Então, para reforçar meu caso, passei a manhã entrando e saindo muitas vezes do banheiro, para que ela aceitasse que eu estava passando mal. No entanto, no fim da tarde, quando eu perguntei se podia ir embora, ela me levou ao seu escritório, onde me olhou da cabeça aos pés com desconfiança, prestando atenção especial em minha barriga.

"Alguma coisa que você queira me contar?", perguntou ela, o ar severo, o tom de voz carregado de suspeita.

"Só que devo ter comido alguma coisa que me fez mal no café da manhã", disse eu. "Tenho certeza de que estarei melhor amanhã cedo. Só preciso dormir."

"Quero deixar uma coisa bem clara, Gretel", segurando as mãos à sua frente, os dedos entrelaçados como se estivesse rezando. "Eu não exijo muito das minhas meninas, somente honestidade, pontualidade, boa higiene e polidez com a clientela. Mas este é um estabelecimento respeitável, e não permitirei que uma assistente sem aliança no dedo trabalhe na minha loja se estiver em estado interessante."

Eu a encarei, perplexa com essa declaração. Nunca ouvira essa expressão e não sabia o que significava.

"Desculpe?", disse eu.

"Você está esperando uma surpresa de Natal?", perguntou a senhorita, e eu me perguntei se ela havia enlouquecido. "Porque, se estiver, eu agradeceria se você me dissesse agora, para que eu possa começar a entrevistar a sua substituta."

"Desculpe, srta. Brilliant", disse eu, e a minha expressão deve ter deixado claro que não tinha a menor ideia do que ela estava falando. "Eu não..."

"Você vai ter um bebê?", disparou ela com raiva, e eu senti o meu rosto corar com a mera ideia.

"Não!", gritei. "Não, claro que não. A senhora entendeu tudo completamente errado!"

"Mas você passou mal a manhã toda e..."

"Srta. Brilliant, eu garanto que não estou grávida. Simplesmente não existe a menor possibilidade de eu estar, pelo menos até onde entendo os fundamentos da biologia. Eu me comporto muito bem. Apenas estou mal do estômago, nada mais."

A mulher aparentemente acreditou em mim agora, e eu fiquei aliviada, e ela ainda teve a gentileza de parecer envergonhada ao me deixar sair. Quando peguei a bolsa e o casaco e segui pela George Street, não pude deixar de rir do mal-entendido. Só tive um único amante na vida — Émile —, e nossa única noite de amor tinha sido sete anos antes. Era bem verdade que outros homens me haviam feito propostas desde então, mas eu nunca cedi a nenhuma dessas investidas, mesmo quando eu própria estava a fim. Isso não se deveu a nenhum senso de moralidade da minha parte, mas simplesmente porque desconfiava e não podia confiar nos homens. Mesmo assim, isso não significava que eu não tivesse desejos e, aqui em Sydney, os rapazes eram robustos, bonitos e bronzeados de sol. Eu muitas vezes passeava os olhos pelo corpo deles e ansiava por alguma intimidade com eles, mas me continha, certa de que essa abstinência autoimposta precisava durar para todo o sempre.

Tomei o rumo do Fortune of War pouco antes das seis horas, mas não entrei imediatamente. Preferi observar de certa distância a entrada, atravessei a rua e fiquei junto à escada que descia ao First Fleet Park. As ruas estavam movimentadas àquela hora, com pessoas indo e vindo enquanto as Rocks enfrentavam um fluxo de homens que, depois do trabalho, queriam passar uma ou duas horas tomando chope e batendo papo sem nenhum capataz a fungar no seu pescoço. Receei perder Kozel entre eles, mas o fato de aqueles homens serem na maior parte trabalhadores, que vestiam calça curta e camiseta, significava que ele se destacaria em meio àquela gente.

E assim foi. Eu havia esperado não mais que quinze minutos quando o vi se aproximar. Levava uma pasta e usava chapéu, coisa certamente desnecessária naquele clima. Estava sozinho e parou um instante em uma banca para comprar jornal, pagando com uns trocados e permanecendo brevemente na rua para ler as manchetes. A seguir, dobrou-o, colocou-o debaixo do braço e entrou no pub, e eu observei quando ele foi para os fundos, parando apenas um momento para fazer seu pedido no balcão, antes de desaparecer na sua sala habitual.

Se antes eu havia fingido estar doente, senti isso realmente naquele momento, o meu estômago a dar cambalhotas enquanto eu pensava nas minhas opções.

Podia ir embora, fugir para sempre do local de trabalho de Cait e nunca mais cruzar com ele. Podia entrar e conversar com ele. Mas o que eu diria depois de todo esse tempo? Quando os dois estávamos fingindo ser pessoas que não éramos.

Por fim, respirei fundo e atravessei a rua, as pernas tão inseguras que quase fiquei na frente de um carro que se aproximava. Nem sequer ergui a mão para me desculpar, indo diretamente para dentro antes de mudar de ideia. Não avistei Cait em nenhum lugar, mas seu colega Ben estava atrás do balcão e me cumprimentou pelo nome, perguntando se eu queria um chope. Fiz que sim e me segurei no balcão de madeira enquanto ele servia, observando o líquido dourado e frio a borbulhar ao entrar no copo. Então coloquei algumas moedas no balcão e levei a bebida comigo para a sala dos fundos.

Estava vazia, a não ser pela presença dele, que, como antes, estava sentado em silêncio, lendo o seu jornal. Fui para o outro canto e me sentei, olhando para a própria mesa antes de erguer a vista e olhar para ele. Agora já não havia a menor dúvida. Era ele. Quase uma década mais velho, por certo, mas não podia haver nenhum engano.

Sentindo meu interesse, ergueu um instante os olhos e se virou na minha direção. Esperei para ver se a sua expressão mudava, mas não, ele parecia não ter me reconhecido. Na verdade, sorriu um pouco, como se estivesse acostumado com mulheres jovens a olharem para ele com admiração, então acenou a cabeça em uma saudação e me senti ruborizar. Ele retomou a sua leitura, o sorriso de autossatisfação ainda nos lábios, mas então, passado um instante, algo mudou. Olhou para mim uma vez mais, mas muito brevemente, então desviou o olhar, o sorriso a desaparecer lentamente, substituído por um endurecimento da sua mandíbula, como se estivesse apertando os dentes com força. Na sua mesa havia uma caneta barata e, depois do que pareceu uma eternidade de silêncio entre nós, ele a pegou, tirou a tampa e escreveu algo no alto do jornal.

Agora ansiosa, tentei pegar o chope, mas a minha mão estava tão instável que esbarrou no copo, derrubando-o, quebrando-o, derramando a bebida na mesa. Ben veio imediatamente com um pano de prato, que usou para limpar a mesa, conversou amigavelmente comigo sobre coisas corriqueiras, embora eu não conseguisse me concentrar em nada do que ele dizia. Em vez disso, olhei para o chão, e só quando Ben saiu, levando consigo os cacos de vidro, eu me atrevi a erguer a vista e olhar para a outra mesa.

Mas agora estava vazia, e eu me achava a sós na salinha. O chapéu e a pasta do homem haviam desaparecido e os únicos vestígios que restavam da sua presença eram o jornal e a caneta.

Eu me levantei, atravessei a sala e peguei o jornal. Não eram palavras que ele havia escrito, tratava-se de uma espécie de desenho. A princípio, não entendi. Aquilo parecia ser apenas uma série de linhas que se cruzavam vertical e horizontalmente. Mas então reparei no que pareciam ser folhas de grama pontilhadas na base e compreendi que ele pretendera deixar uma mensagem para mim. Ou um aviso.

Pois Kurt Kotler, o então *Untersturmführer* naquele outro lugar, assessor pessoal do meu pai e o garoto pelo qual me apaixonei pela primeira vez, havia desenhado uma cerca.

9

O que dar de comer a um menino de nove anos?

Fazia muitas décadas que eu não entretinha uma criança no meu apartamento e não tinha a menor ideia do tipo de comida que um garoto como Henry podia gostar. Então cozinhei uns ovos, coloquei-os em duas fatias de torrada com um pouco de feijão assado ao lado, e ele se mostrou perfeitamente satisfeito com essa refeição tão trivial. Eu prefiro leite desnatado, mas Henry fez cara feia quando o provou, então o troquei por uma lata de refrigerante de laranja, que tenho na geladeira para quando o meu nível de açúcar no sangue cai um pouco, e ele ficou muito mais contente com isso.

Eu me sentei ao seu lado e, tomando uma xícara de chá, fiquei observando enquanto ele comia. Quando voltamos ao Winterville Court, olhei para as janelas do apartamento dele, na esperança de que Madelyn não estivesse à nossa espera e não insistisse em levá-lo para casa no seu estado de embriaguez, mas tudo estava em silêncio. Então eu o levei para cima, depois de escrever um bilhete para explicar o seu paradeiro e passei por baixo da porta da frente dos Darcy-Witt. Estava preocupada com o que havia de acontecer quando Madelyn acordasse. Ela deixara claro que o pai do menino não podia saber que eu tinha ido buscá-lo na escola e, embora a questão não tenha sido encaminhada por mim, de modo que eu não podia me censurar por nada, ele agora estava plenamente ciente do acontecido.

"Está gostoso?", perguntei, e Henry olhou para mim com um sorriso de satisfação. Notei que ele moveu o braço direito com certo cuidado e me perguntei se ainda estava sensível, embora o gesso já tivesse sido removido.

"A senhora é uma ótima cozinheira, sra. Fernsby", respondeu ele em um tom tão maduro que não pude deixar de rir.

"Não é propriamente cozinhar", disse-lhe eu. "Qualquer um pode montar um prato assim. Eles não lhe dão de comer na escola?"

"Há uma cantina, sim", disse ele, fazendo uma careta. "Mas não consigo comer nada lá. Tudo tem gosto ruim."

"Meu Deus! O que eles servem?"

"*Nuggets* de frango", respondeu ele. "Massa. Pizza. Também há bandejas grandes de legumes, mas todos murchos."

"Na minha época, nós tínhamos de levar nossa comida à escola", contei-lhe. "Maria costumava fazer duas metades de *Hahn* e as punha em um saco de papel pardo com uma maçã para mim toda manhã antes de eu sair."

"Quem é Maria?", perguntou ele.

"Uma moça que trabalhava para a minha família quando eu era menina", respondi enfim. "Uma empregada, suponho que você a chamaria disso. As pessoas não têm mais empregadas domésticas, têm? Mas naquele tempo as famílias com dinheiro tinham pelo menos uma. Às vezes, mais."

Henry passou a comer mais devagar, pensando nas minhas palavras.

"O meu pai tem um monte de gente trabalhando para ele", contou-me.

"Provavelmente são ajudantes", disse eu. "Ou secretários, talvez. As domésticas trabalham na casa. Arrumam a cama, fazem a limpeza. E, no nosso caso, preparavam o almoço para o meu irmão e para mim."

Ele pareceu satisfeito com a explicação, mas ainda não tinha terminado.

"E o que é metade de... metade..."

"Metade de *Hahn*", disse eu, repetindo a expressão. "Maria era de Colônia, sabe, e isso é popular lá. É bem simples na verdade. Apenas um pãozinho recheado com queijo, picles e cebola. Mas bem gostoso."

"Eu não gosto de queijo, não gosto de picles e não gosto de cebola", disse ele com determinação.

"Então provavelmente não gostaria de *Hahn*", disse eu, e ele sorriu e voltou ao seu feijão assado.

"A senhora tem empregada aqui?", perguntou ele depois de algum tempo, e eu fiz que não.

"Ah, não. Não preciso de empregada. Sou só eu, afinal. Não tenho empregada desde que eu era menina."

"E onde está a Maria agora?"

Eu o encarei. Não tinha resposta a essa pergunta e, na verdade, não pensava nela havia anos. Depois que minha mãe e eu saímos daquele outro lugar, ela veio conosco só até Berlim, e então nos separamos. Minha mãe queria que ela ficasse conosco, mas Maria deixou claro que nem pensaria nisso. Ela disse umas coisas indelicadas e eu fiquei chocada com o desprezo que ela tinha pelos meus pais. Se minha mãe não estivesse tão empenhada em não chamar a atenção para si, tenho certeza de que teria batido nela. Mesmo assim, apesar desse incidente, eu senti falta dela no começo, embora, quando chegamos a Paris, não tenhamos tido mais tempo para pensar em tais luxos.

"Lamento, mas perdi o rastro dela há muitas décadas", disse-lhe eu. "Claro que provavelmente ela já morreu. Teria quase cem anos se ainda estivesse viva."

"A rainha tem quase cem anos", disse Henry.

"Sim, mas a rainha tem gente para servir tudo que ela precisa. Isso torna a vida um pouco mais fácil. Além disso, eu desconfio que ela seja imortal."

"O que é imortal?"

"Significa que nunca morre."

Ele ergueu uma sobrancelha. "Todo mundo morre", disse.

"Todo mundo, é verdade."

Henry terminou de comer e empurrou o prato com um sorriso.

"Gostei muito disso", falou, soando como um adulto no corpo de uma criança pequena — até passou a mão em círculos na barriga enquanto se inclinava para trás — e foi a minha vez de rir.

"Estou contente", disse eu, levantando-me e levando o seu prato à pia. "Imagino que agora você queira alguma coisa doce."

"Sim", disse ele, radiante.

Eu vasculhei outro armário, certa de que encontraria algo adequado, e abri um pacote de biscoitos de chocolate antes de lhe entregar um. A seguir, mudando de ideia, entreguei-lhe o segundo.

"Obrigado", disse ele mordiscando primeiro as bordas, como um rato, para tirar todo o chocolate exterior. Voltei a me sentar e continuei a observá-lo. Ele parecia tão retraído, tão isolado.

"Está contente por ter se mudado para cá?", perguntei-lhe enfim. "Ao Winterville Court, digo."

Ele deu de ombros. "A gente muda muito", disse. "Já perdi a conta das casas em que morei. Isso cansa."

Sorri. A sua tendência a usar expressões de adulto, que ele obviamente ouviu dos pais, lembrou-me o meu irmão, que era famoso por ouvir em buracos de fechadura e atrás de portas fechadas. Ele me chamou de "caso perdido", eu recordo. Deve ter ouvido o meu pai ou a minha mãe me descreverem assim e adotou a expressão como sua. E, é claro, foi exatamente isso que me preocupou quando o sr. Richardson morreu e o seu apartamento foi posto à venda. Que lembranças desagradáveis haveriam de ressurgir.

"E a sua mãe e o seu pai", perguntei, "Gostam desse estilo de vida nômade?"

Ele franziu a testa.

"Eles gostam de se deslocar", esclareci. "De não passar muito tempo no mesmo lugar."

"Acho que sim", disse ele. "Nós moramos um ano nos Estados Unidos. Então voltamos para cá. Mas também moramos aqui antes disso. Acho que morávamos na Europa quando eu era pequeno, mas não me lembro bem."

"Onde na Europa?", perguntei.

"Na França."

"Eu morei algum tempo em Paris", contei.

"A senhora não é inglesa, é?", perguntou ele. "Eu sei por causa da sua voz."

"Você é muito perspicaz", disse eu. "Já não são muitas as pessoas que reparam no meu sotaque. Não, eu sou alemã. Embora não tenha voltado para lá desde os meus doze anos."

"A senhora não tem parentes lá?", quis saber ele. "Gente que queira visitar?"

Meneei a cabeça. "Não", disse. "O meu único parente está aqui. O meu filho. Embora ele também já seja velho agora. Mais de sessenta anos."

"A senhora não tem muitas fotografias", disse ele, olhando em volta.

"Não ligo para isso."

"Por que não?"

"Prefiro não viver no passado."

Henry franziu a testa ao pensar nisso. É claro que não falei na única fotografia que eu guardava no porta-joias Seugnot no guarda-roupa. Ele certamente pediria para vê-la e, como eu não ousava olhar para mim depois de tantas décadas, não tinha a intenção de tirá-la de lá agora.

"A senhora não tem netos?"

Antes que eu pudesse responder, a campainha tocou e eu sorri para o menino.

"Aposto que é a sua mãe", disse eu, sentindo-me um pouco decepcionada por não podermos continuar nossa conversa. Ele ficou incomodado imediatamente, como se preferisse ficar aqui e continuar conversando comigo mais um pouco. Fui até a porta e a abri sem olhar pelo olho mágico, esperando ver Madelyn lá fora, com sorte, parecendo razoavelmente sóbria.

Mas não era Madelyn. Era Alex. Estava digitando algo no celular e olhou para mim sem um sorriso nem um olá quando abri a porta.

"Acho que você sequestrou meu filho", disse.

10

Ao entrar na cozinha na manhã seguinte para tomar o café da manhã, fiquei surpresa ao dar com uma desconhecida sentada à mesa, fumando um cigarro e tomando café. Ela me deu bom-dia como se tivesse todo o direito de estar lá, enquanto eu a olhava, imaginando quem seria e como havia entrado. Temendo que estranhos invadissem nosso apartamento quando saíssem dos pubs próximos, Cait e eu fazíamos questão de trancar a porta da rua antes de ir para a cama.

"Você deve ser a Gretel", disse a mulher com forte sotaque de Sydney.

"Isso mesmo", respondi.

"Eu sou a Michele", prosseguiu ela. "Mas pode me chamar de Shelley, como todo mundo faz."

Fiquei sem saber o que dizer, mas felizmente Cait apareceu à porta, o cabelo despenteado, parecendo um pouco confusa.

"Gretel", disse ela, corando. "Pensei que você já tivesse ido trabalhar."

"Estou um pouco atrasada", disse eu, pondo água na chaleira e ligando-a. Não comia muito logo de manhã, mas precisava de um chá se quisesse funcionar. "A srta. Brilliant vai me matar."

"Esta é Shelley", disse Cait, apontando com o queixo para sua convidada.

"Sim, ela me contou."

"Shelley é uma amiga."

Balancei a cabeça. Sabia que Cait fizera amizades graças a seu trabalho no Fortune of War, mas não havia sido apresentada a nenhuma delas e nunca a tinha ouvido mencionar alguém com esse nome.

"Sente-se, querida", disse Shelley, tirando o cigarro da boca e batendo a cinza em um jornal, como se aquela fosse a casa dela, não a minha. "Você me deixa nervosa zanzando como uma mosca de bunda azul."

Peguei meu chá e olhei para as duas, esperando algum tipo de explicação, mas, como não houve nenhuma e o silêncio se tornou excruciante, Cait finalmente falou.

"Ouvi dizer que você esteve no pub ontem à noite."

"Por pouco tempo", disse-lhe eu.

"Ben contou que você saiu com pressa. Que parecia um pouco chateada com alguma coisa."

"Não foi nada", disse eu. "Agora estou bem." Tinha pensado em confidenciar a Cait meus dois encontros com Kurt, mas, se eu fosse falar nele, certamente não seria na presença de uma estranha.

"Você dança?", perguntou Shelley, e eu me virei para ela, surpresa com a pergunta. Notei que ela tinha uma tatuagem no antebraço direito, uma imagem de Betty Grable vista de costas, usando somente um espartilho e salto alto, o cabelo preso em uma colmeia enquanto ela olhava para trás e piscava.

"Se eu danço?", indaguei. "Quer dizer, eu dançava. Eu

não… desde que cheguei a Sydney não voltei a dançar. Por que a pergunta?"

"Só para conversar, querida", respondeu ela, acendendo outro cigarro e soprando a fumaça na minha direção antes de usar a mão esquerda para abaná-la, gesto que só piorou as coisas. "Katie e eu fomos dançar ontem à noite, não fomos, querida? Foi muito divertido."

"Aonde vocês foram?", perguntei sem muito interesse, mas querendo parecer sociável.

"Salas da Srta. Mabel", disse Shelley. "Já esteve lá?"

"Não posso dizer que já."

"Não é seu tipo de lugar, Gretel", disse Cait, parecendo um pouco envergonhada, mas também notei como ela sorriu quando Shelley se referiu a ela como "Katie".

"Por que não?", perguntei.

"Porque não. Digamos simplesmente que não é destinado a garotas como você."

Fiz uma careta, sem saber ao certo se ela estava me esnobando. Doeu-me pensar que ela considerava Salas da Srta. Mabel, fosse o que fosse, muito sofisticado para mim.

"Por que não?", tornei a perguntar.

"Você não é irlandesa como Katie", disse Shelley. "E então: de onde você é?"

"Do continente europeu", respondi, relutando em reduzi-lo a um lugar mais preciso do que esse.

"É um lugar grande pra chuchu", disse ela. "Nunca estive fora de Nova Gales do Sul. Não, minto. Quando era menina, meu pai me levou com meu irmão a Melbourne para passar o fim de semana, mas não me lembro muito disso. Tampouco tenho planos de voltar para lá."

"Entendi", disse eu sem compreender absolutamente nada.

"Tenho de ir, querida", anunciou Shelley, apagando o

cigarro, apertando-o na ponta como se estivesse apenas meio fumado e em seguida colocando o toco atrás da orelha, coisa que me pareceu terrivelmente deselegante. "Mas foi uma noite infernal. Adeusinho então."

Levantou-se, contornou a mesa, inclinou-se e então, para minha surpresa, beijou os lábios de Cait ao mesmo tempo que lhe segurava a nuca com a mão esquerda. Não foi um beijo rápido de uma amiga em outra, e sim um beijo demorado, e eu me virei, sem saber aonde olhar.

"Prazer em conhecê-la, Gretel", disse Shelley com uma piscadela ao sair.

O silêncio invadiu a cozinha à sua saída, e eu me sentei, tomando meu chá, querendo que o chão me engolisse. Finalmente, ousei olhar para Cait, que parecia igualmente incomodada.

"Lamento muito isso", disse ela, olhando para a mesa. "Eu não queria que você descobrisse desse modo."

"Tudo bem", disse eu.

"Acho que você descobriu o meu segredo, então", acrescentou ela, oferecendo meio sorriso.

"Parece que sim", respondi.

"Está escandalizada?"

Eu pensei nisso. Senti que devia estar. Jamais tinha conhecido uma mulher — ou um homem, aliás — que estivesse interessada em um relacionamento romântico com pessoas do mesmo sexo, mas descobri que não me importava muito. Tudo parecia tão trivial em comparação com os traumas a que sobrevivemos nos últimos treze anos.

"Você podia ter me contado antes", disse eu.

"Quer dizer que você não se importa com isso?"

"Nem um pouco."

"Isso é bom", respondeu ela, sorrindo e estendendo a mão para segurar a minha. Detestei o fato de ter ficado um pouco ansiosa quando Cait me tocou, perguntando cá comigo se ela achava que eu tinha inclinações semelhantes, e ela me soltou rapidamente, talvez sentindo meu desconforto, então se levantou e foi lavar a louça do café da manhã.

"Em todo caso", disse Cait da pia. "O que aconteceu para chateá-la ontem à noite? Por que saiu correndo do pub?"

"Entrei para ver aquele homem", disse eu, virando-me na cadeira para encará-la enquanto ela lavava as xícaras.

"Que homem?"

"Aquele a respeito do qual eu falei. Aquele que você chama de sr. Kozel."

"Então você continua perseguindo-o? Eu já disse que ele é casado."

"Eu não estou perseguindo ninguém", disse eu, erguendo a voz com irritação. "Eu já disse que pensei tê-lo reconhecido, só isso. Acho que o conheci quando eu era mais jovem."

"Não", disse ela, sacudindo a cabeça. "Você me contou que ele fazia você se lembrar de alguém." Cait se sentou perto de mim. "O que é, Gretel? Quem é ele?"

"Não posso contar", respondi. "Quero, mas não posso."

"Eu não lhe contei uma coisa muito pessoal?", perguntou ela. "Mulheres têm sido presas pelo que você descobriu a meu respeito hoje. Seja qual for o segredo que você está escondendo, não pode ser mais chocante do que isso, pode?"

Eu não disse nada. Não podia.

"Ele não a magoou de algum modo, magoou?" perguntou Cait. "Ele não... você sabe... não lhe fez algo que você nunca pediu e não queria?"

Eu balancei a cabeça.

"Não, não é nada disso", respondi. "É mais complicado." Sem querer, comecei a rir. "Houve um tempo na minha vida em que eu tive certeza de que estava apaixonada por ele, se você pode acreditar."

"Mas ele não se aproveitou disso, você jura? Porque, se ele fez..."

"Não fez nada, eu juro", garanti a ela, estendendo a mão para pegar a sua, e então, como para provar a minha amizade e mostrar que nada entre nós havia mudado, eu me inclinei e a beijei na bochecha esquerda e depois na direita. "Você é uma boa amiga, Cait", disse, levantando-me. "É uma sorte ter você na minha vida." Hesitei um momento enquanto me afastava, depois me virei com um sorriso malicioso nos lábios, adotando um sotaque australiano dos mais vulgares. "Ou é Katie, querida?", perguntei, e Cait mostrou a língua e jogou um pano de prato em mim.

11

Eleanor tinha quarenta e poucos anos e era bem bonita, embora exagerasse na maquiagem mais do que o necessário. Eu evitara conhecê-la durante os dez meses de namoro dela com Caden, supondo que ela não ficaria na foto durante muito tempo, mas, agora que a data do casamento estava marcada, tudo indicava que eu não tinha escolha a não ser conhecê-la.

A primeira esposa do meu filho, Amanda, era a minha nora favorita. Eu imaginei que ficaríamos para sempre uma na vida da outra, então me esforcei muito para cultivar uma amizade, que foi recíproca, e fiquei profundamente triste quando eles se separaram. Beatrice, a sua segunda, era uma mulher rude que mostrava pouco interesse por mim e implorava constantemente a Caden que vendesse o seu negócio de construção e iniciasse uma carreira mais adequada aos seus delírios de grandeza. Só estive com Charlotte, a sua terceira, algumas vezes e duvido que ela tenha me perdoado por faltar ao casamento, mas seu desdém não me incomodou nem um pouco. Desde o começo eu percebi que aquele relacionamento estava condenado. E eis que agora aqui estava Eleanor.

Depois de muita discussão sobre datas, fui arrastada a um movimentado *gastropub* de Chelsea em uma tarde nublada de domingo. Para minha surpresa, gostei bastante do ambiente, que era aconchegante, tinha pé-direito alto, amplos espaços entre as mesas — resquício da pandemia, imaginei — e música ambiente em volume suficientemente discreto para não atrapalhar a conversa. Pelo que entendi, Eleanor morava ali perto, e Caden havia reservado um táxi que me buscasse no Winterville Court e me levasse de volta depois, indicando que ele tinha intenção de beber — "Vou precisar disso", foram suas palavras exatas — e, portanto, não teria condições de me levar para casa depois.

Ao entregar meu casaco na porta, eu avistei o feliz casal sentado a uma mesa de canto, Eleanor a estudar o seu celular enquanto Caden lia o cardápio com um interesse digno de um diplomata avaliando um acordo comercial internacional. Um garçom me conduziu à mesa e, quando me viram, os dois se levantaram, sendo que Caden me recebeu com um beijo no rosto; e Eleanor, com um aperto de mão.

"Que prazer finalmente conhecê-la, sra. Fernsby", disse ela, fazendo meia reverência, como se eu fosse um idoso membro da realeza. Fiquei prestes a convidá-la a me tratar pelo prenome, mas logo mudei de ideia. Mantenhamos a formalidade um pouco mais, pensei, para ver quanta familiaridade quero que tenhamos.

"Você chegou bem, então?", perguntou Caden. "O taxista não criou nenhum problema?"

"Nenhum", respondi, acenando para o garçom, que se aproximou enquanto eu estudava o menu de bebidas. "Embora ele tenha dito que, se eu o reconheci, foi porque ele havia participado de uma competição de canto na televisão sete anos atrás. Na verdade, eu não o reconheci e lhe disse isso, coisa que ele parece ter levado muito a mal."

Pedi um cálice de rosê e Eleanor decidiu beber o mesmo vinho, então pedimos logo uma garrafa.

"Claro, houve um tempo em que eu percorreria essa distância a pé sem pensar duas vezes", prossegui. "Hoje em dia, porém, temo ter necessidades no meio do caminho."

Caden franziu a testa. "Não creio que você queira dizer 'ter necessidades'."

"Não?"

"'Ter necessidades', você sabe, significa precisar ir ao banheiro."

"Ah", disse eu. Achei estranho que, mesmo depois de tantos anos, eu ainda pudesse entender mal certas coisas e revelar, inadvertidamente, que o inglês não era, de fato, a minha primeira língua. "Eu quis dizer que posso me cansar e precisar me sentar."

"Andar é importantíssimo", disse Eleanor. "Eu tento dar vinte mil passos todos os dias."

Estendeu o braço na mesa e me mostrou um pequeno acessório parecido com um relógio de um rosado lúgubre no pulso. Um toque na tela fez aparecer a imagem de dois pés, com um pequeno número acima.

"Onze mil e quatrocentos hoje, e ainda é meio-dia e meia. Aliás, está abaixo da minha média. Na verdade, preciso caminhar mais um pouco depois."

"Eleanor se cuida bem", disse Caden com orgulho, quase possessivamente. "Como você pode ver."

"Vejo, sim", admiti, pois não havia dúvida de que a mulher estava em excelente forma, embora tivesse um pouco de estofamento extra, digamos, na região do peito. Eu me perguntei se era isso que havia atraído meu filho. Os homens podem ser um bocado superficiais nessas coisas, eu sempre achei, e tenho certeza de que não foi por coincidência que todas as minhas noras anteriores fossem igualmente abençoadas no departamento seios.

"A senhora costuma caminhar, sra. F.?", perguntou ela, e eu sorri, surpresa com a familiaridade do apelido, mas, de certo modo, não ofendida. Havia inocência no seu tom de voz, uma curiosidade genuína, de que gostei.

"Tenho certeza de que Caden lhe contou que moro em frente ao Hyde Park", respondi. "Há muitas décadas faço isso. De modo que é raro o dia em que não ando por lá. Na minha juventude, é claro, às vezes fazia duas horas seguidas e não dava a mínima para isso."

"Coisa que explica por que ela nunca estava em casa quando eu voltava da escola", disse Caden, e eu me virei para vê-lo, analisando o seu tom de voz, mas ele não parecia ter nenhuma intenção maldosa. Talvez tivesse querido fazer uma piada.

"A senhora precisa de um destes", disse Eleanor, mostrando o pulso novamente.

"O que é isso?", perguntei.

"Chama-se Fitbit."

"Ah, sim, já ouvi falar."

"A senhora lhe conta quantos passos quer dar por dia, ele os registra e a senhora recebe um pequeno bônus toda vez que atinge a meta."

Eu sorri. Era um brinquedo bastante inofensivo, supus, e sempre tive a mente organizada e gostei bastante da ideia, então me perguntei se podia realmente investir em um. Isso me ajudaria a ser um pouco mais ativa no meu exercício, coisa que me manteria mais tempo viva, embora isso retardasse alguns anos ainda a chance de Caden receber sua herança.

O garçom retornou e nós pedimos. Bife, batata frita e ovos para Caden, uma salada de couve e beterraba para

Eleanor e uma torta de frango para mim. A garrafa de rosê já estava quase na metade, e eu tive a sensação de que, cá entre nós, Eleanor e eu poderíamos fazer incursões em pelo menos mais uma.

"Quer dizer que vocês marcaram a data", disse eu enfim, sorrindo para Eleanor, que parecia genuinamente encantada.

"Marcamos", confirmou ela. "Será em 16 de maio."

"Que adorável. Sua família deve estar animadíssima."

"Está, sim. Eles gostam muito do Caden."

Senti certa irritação por ele já os conhecer ao passo que esse era o primeiro encontro dela comigo, mas deixei passar. Afinal, essa foi quase inteiramente uma escolha minha.

"E este vai ser o seu primeiro casamento?", perguntei.

"O segundo", disse Eleanor. "Meu primeiro marido faleceu há cinco anos."

"Oh, lamento ouvir isso. Posso perguntar o que aconteceu?"

"Câncer."

"Ah. Mas você não tem filhos?"

Ela fez que não e pareceu um pouco triste. Eu me perguntei se isso era por escolha ou obra do destino, mas seria invasivo perguntar.

"Bem, você encontrou ouro aqui", acrescentei, dando uma palmadinha na mão de Caden do outro lado da mesa. Eu não queria parecer pouco solidária, embora, na verdade, me perguntasse por que ele estava seguindo em frente com aquilo. Não era como se ainda fosse se casar com ela dentro de três anos, muito menos dentro de cinco ou dez. A única coisa que aconteceria seria ela pegar uma parte do dinheiro dele, seria outra beneficiária da pensão mensal e o deixaria perturbado uma vez mais. Na última vez, ele ficou profundamente deprimido. E eu podia já não estar por perto para juntar os cacos quando Eleanor se mudasse para novas pastagens.

"E eu não sei disso?", disse ela, inclinando-se para lhe beijar o rosto. Caden sorriu e, devo admitir, os dois pareciam felizes. Talvez ela gostasse dele, pelo menos. Não deixava de ser um começo.

12

Não foi difícil seguir Kurt até o Commonwealth Bank — bastou simplesmente esperar perto das balsas, de manhã, até que ele chegasse e depois segui-lo até o seu local de trabalho — e, no meu dia de folga, esperei do outro lado da rua até pouco depois das seis horas para vê-lo sair. Estava lindo com o seu terno sob medida, e eu o segui de volta ao Circular Quay, onde ele embarcou em uma balsa em direção a Manly, e eu, mantendo certa distância dele, fiz a mesma coisa. Ainda não sabia o que queria com aquele homem nem se me atreveria a falar com ele quando ficássemos a sós, mas senti a necessidade de mantê-lo na mira em um esforço para saber mais sobre a sua vida. Era quase como se eu acreditasse que, ao acompanhá-lo, poderia impedi-lo de causar mais danos.

Perguntei-me o que ele dizia acerca da sua vida passada às pessoas que trabalhavam com ele. Imaginei-o almoçando com os colegas, rindo das suas histórias, depois voltando para casa e para a esposa, levando uma vida inteiramente normal, sem pensar em quem e no que ele tinha sido. Acaso dormia bem à noite ou tinha pesadelos, como eu? Tinha certeza de que ele havia se convencido da sua inocência do mesmo modo que eu tentei fazer, mas até que ponto fora bem-sucedido?

A tarde estava ensolarada, e ele se sentou do lado de fora em um dos bancos que ladeavam o convés da embarcação, ao passo que eu permaneci dentro, tentando não olhar enquanto ele lia seu jornal. A balsa estava lotada, mas aquele era um serviço de parada única, de modo que eu sabia que não havia possibilidade de perdê-lo. Um rapaz se sentou ao meu lado e me pediu fogo para o seu cigarro e, quando eu disse que não fumava, ele tirou um fósforo do bolso e o riscou na sola do sapato, ato que eu só tinha visto em filmes.

"Se você tinha um fósforo", eu lhe perguntei, confusa com o seu comportamento, "por que me pediu fogo?"

"Porque eu queria conversar com você", disse ele antes de pousar a mão no meu joelho. Eu o empurrei e me levantei, irritada com o modo como ele sentiu que podia simplesmente me agarrar assim, mas ele se limitou a dar de ombros e a rir, e alguns outros homens por perto também sorriram e assobiaram para mim enquanto eu trocava de lugar, indo para a parte traseira da embarcação e desviando minha atenção para as ondas.

Viajar de balsa havia se tornado o meu modo favorito de morar em Sydney. Certos dias, quando não estava trabalhando, eu embarcava em uma ao acaso e acabava visitando Parramatta, Pyrmont ou Watsons Bay, sentada do lado de fora para ler o meu livro com o vento no cabelo e o leve jato de água a dançar nas ondas. Passava a tarde em algum café tranquilo antes de retornar à cidade tomada pelo espírito de aventura. Em tais momentos, Berlim, Paris e aquele outro lugar pareciam fazer parte de um universo inteiramente diferente, um pesadelo do qual eu havia me livrado.

Quando a balsa parou em Manly Wharf, juntei-me à multidão que esperava para desembarcar, mantendo o olhar vigilante na minha presa. Mais alto do que a maioria, era fácil segui-lo e, quando desembarcamos em terra firme, ele virou à direita e seguiu pela esplanada, depois entrou na Cove Avenue rumo à Addison Road. Por fim, parou em uma casa com estrutura de madeira de aparência agradável de frente para a água, abriu o trinco de um portão na cerca e entrou. Eu mantive distância, esperando que ele não tivesse visto, e observei quando a porta da frente se abriu e um garotinho de uns cinco anos correu para fora e se atirou nos seus braços. Pouco depois, apareceu uma moça tão loira como Kurt, vestindo short e a parte superior de um biquíni. Ele sorriu e se inclinou para beijá-la. Para minha vergonha, senti uma pontada de ciúme ao ver aquela demonstração de afeto e me alegrei quando o menino o arrastou para o lado do jardim que ficava parcialmente encoberto pelas árvores.

Do lugar em que estava, eu já não podia vê-lo e tive medo de me aproximar mais, porém ainda não estava disposta a ir embora e então avancei lentamente pelo lado oposto da rua, fazendo o possível para parecer que eu era daquele lugar. A esposa de Kurt olhou para o outro lado da rua e, quando os nossos olhos se encontraram, eu sorri, e ela respondeu com um leve aceno da cabeça antes de desaparecer no interior da casa, deixando a porta entreaberta. Quando cheguei ao fim da rua, em Smedley's Point, dei meia-volta, não mais que uma vizinha empreendendo um passeio noturno, mas diminuí a velocidade para melhor observar a atividade no jardim.

Havia uma mesa de piquenique no centro do gramado, e Kurt havia tirado o paletó e a gravata, jogando-os sobre ela. Estava de pé atrás do filho, as mangas da camisa arregaçadas, o colarinho desabotoado. A criança estava sentada em um balanço, e Kurt o empurrava, o menino a exibir um largo e entusiasmado sorriso ao mesmo tempo que segurava as correntes, gritando de emoção toda vez que o assento subia.

"Mais alto, papai, mais alto!", pediu, e ele satisfez o desejo do filho, empurrando-o com tanto vigor que eu temi que o pequeno caísse. Parei junto a uma árvore, uma lembrança a se alvoroçar e, de um momento para outro, eu estava de volta àquele outro lugar, recordando o balanço muito mais rudimentar que o meu irmão havia montado no nosso jardim anos antes. Lembrei-me dele se aproximando de Kurt à procura de um pneu e de Kurt a menosprezá-lo, como de costume.

Com cautela, aproximei-me e observei a dupla, imaginando o que aconteceria se eu soltasse um grito. Será que o garotinho, surpreso, saltaria do balanço, voaria e cairia no chão? Talvez chegasse a se empalar na cerca. Estendi a mão para tocá-la. Era feita de madeira, não de arame, e não havia ninguém em uma torre de vigia próxima, pronto para atirar em qualquer um que tentasse atravessá-la. Então por que isso me assustou tanto? Cercas como aquela, eu sabia, existiam no mundo todo. Quanto tempo Kurt ficaria ali, eu me perguntei, antes de correr até seu filho caído?

Kurt diminuiu a velocidade do balanço até que parasse gradualmente. De dentro da casa, sua esposa gritou que o jantar estava pronto e, de mãos dadas, ele e o menino se dirigiram para a porta da frente. Este, ainda cheio de energia, correu à frente enquanto Kurt tirava os sapatos, sua sombra escura na entrada ensolarada. Logo depois, fechou a porta atrás de si e os Kotler — os Kozel — ficaram em paz.

Foi quando eu me dei conta de que minha mão esquerda estava úmida de sangue onde estava segurando a cerca. Lascas, mas não arame farpado.

13

A comida, quando chegou, estava muito boa. Gostei da minha torta de frango e Caden atacou rapidamente o seu bife, embora Eleanor se mostrasse mais interessada em desconstruir a sua salada e em espalhar os componentes no prato do que em ingeri-los.

"Você é enfermeira, não é?", perguntei-lhe, quando a conversa começou a ficar um pouco seca, e ela balançou a cabeça.

"Médica", respondeu. Sem dúvida, foi um preconceito injusto da minha parte, mas duvido que alguém a tomasse por médica. Falando com franqueza, ela mais parecia uma espécie de dançarina de cabaré.

"De que especialidade?", perguntei.

"Cirurgia cardiovascular", respondeu ela, e eu a encarei com surpresa antes de me virar para Caden, que estava esfregando a batata frita no que restava de ketchup no seu prato. Não podia acreditar que ele ainda não tivesse me informado disso.

"Mas essa é uma profissão extraordinária", disse eu, inclinando-me para a frente, agora interessada. A revelação fez-me vê-la sob uma luz inteiramente nova, o que foi uma terrível estreiteza mental da minha parte. "Você deve ser inteligentíssima. Caden, por que você não me contou nada disso?"

"Eu contei."

"Não contou. Você me disse que ela era enfermeira."

"Errado", retrucou Caden. "Não se lembra da sua piada sobre ela ter capturado o meu coração?"

Fiz uma careta. Não me lembrava de nada disso. Talvez estivesse perdendo o juízo, como Heidi.

"Pois estou muito impressionada", disse eu, encostando-me novamente no espaldar e olhando para Eleanor com um recém-descoberto sentimento de respeito. "No meu tempo, é claro, isso seria impossível."

"Então a senhora tinha interesse em medicina, sra. F.?", perguntou ela, e eu balancei a cabeça.

"Ah, não", respondi. "Não, jamais poderia ter feito algo assim."

"Ela mal podia fazer um curativo no meu joelho quando eu caía", resmungou Caden, pegando sua cerveja.

"Não é verdade", retruquei, magoada com a observação, ainda que fosse verdadeira.

"O papai é que cuidava de todos os meus machucados", disse ele então, olhando diretamente para mim. "Você sabe disso."

Eu me virei para Eleanor, fazendo uma vaga tentativa de rir do que acabava de ouvir. "A verdade é que eu não gosto de ver sangue, querida", contei. "Não sei como você consegue fazer isso."

"Ora, a gente acaba se acostumando", disse ela. "São as mortes que mais me incomodam."

Preferi ficar calada. Eu já presumira que os médicos ficavam imunes aos óbitos.

"Antes de se submeter a uma operação cardiovascular, geralmente o paciente tem um longo relacionamento com a equipe cirúrgica", explicou ela. "Nós temos de vê-los como nada além de 'clientes' hoje em dia, é claro. Temos de afastar todo sentimentalismo, toda emoção, mas eu simplesmente não consigo. Nenhum de nós consegue, para ser justa. E a maioria das pessoas fica bem depois da operação — cirurgia do labirinto, reparo de aneurisma, cirurgia de revascularização do miocárdio — seja o que for. Mas, claro, ocasionalmente nós perdemos alguém. E isso me afeta, sim. Os médicos mais velhos lidam melhor com isso — é apenas mais um dia no consultório para alguns deles —, mas para mim... ah, é horrível me sentir culpada, mas, sinceramente, espero nunca ficar endurecida a ponto de perder esse sentimento de culpa."

Eu a encarei. Minha boca estava seca, mas descobri que não conseguia pegar o copo.

"E é isso que você sente?", perguntei-lhe. "Culpa?"

"É claro."

"Mas por quê? Você simplesmente faz o que esperam que faça."

"Imagino que eu ache que não fiz tudo que podia para salvá-los", disse ela. "Esses pacientes vieram para os meus cuidados, ou para os nossos cuidados, e depositaram confiança em nós. E nós os decepcionamos. Participei de centenas de cirurgias ao longo dos anos e perdi quinze pacientes. Não consigo me lembrar do nome dos que sobreviveram, mas me lembro do de cada um que morreu."

Fiquei em silêncio, pensando nisso. Eu já podia dizer que esse profundo senso de ética a definia tanto como mulher quanto como médica, e que ela se lembraria daquelas quinze pessoas, e de quem tivesse a infelicidade de ingressar nessa lista, até o dia da sua morte. Acaso faltava alguma coisa na minha constituição psicológica que me levava a não compartilhar essa ética? Quando olhava para o meu passado, eu via que grande parte dele fora construída em torno da evasão e do engano, do impulso de me proteger acima dos outros.

"Mas você não precisa sentir que tudo isso foi culpa sua", disse eu enfim, em um tom de voz quase suplicante.

"Mas eu preciso", respondeu ela com delicadeza, com gentileza até. "Se eu quiser viver bem."

"Se eu tivesse de ir para a faca", disse Caden, a sua voz a atropelar a conversa e a subjugar a nós duas, como os homens gostam de fazer, "preferiria uma cirurgiã a um homem. Elas são mais atenciosas."

"Continue comendo todos esses bifes e o seu desejo se realizará", disse Eleanor, sorrindo, e ele, longe de se ofender, retribuiu o sorriso, estendeu a mão para pegar a dela, apertando-a um pouco. Eu observei essa pequena interação e fiquei comovida.

"Que bom para você", disse eu enfim, agora disposta a mudar de assunto. Podia ter discutido isso com ela a tarde toda, se estivéssemos só nós duas, mas com meu filho presente parecia impossível. "Agora Caden, sem dúvida, vai teimar que ele já me contou também isso, mas como foi que vocês dois se conheceram?"

"Em uma festa para comemorar a aposentadoria de um dos melhores arquitetos de Londres", respondeu ela. "O meu tio. Caden trabalhou algumas vezes com ele ao longo dos anos."

"E vocês se deram bem imediatamente?"

"Seu filho é um gentleman, sra. F.", disse Eleanor, endereçando mais um sorriso a Caden. "Ele roubou meu coração."

Achei tal coisa um bocado difícil de imaginar, mas estava disposta a dar a ela o benefício da dúvida. Para ser justa, as mulheres anteriores de Caden também ressaltaram sua natureza cavalheiresca. Antes de se divorciarem dele, diga-se de passagem.

"E, eu não estou brincando, mas a senhora já trabalhou?", perguntou Eleanor, olhando diretamente para mim, e eu balancei a cabeça.

"Não", admiti, sem detectar nenhum julgamento no seu tom de voz. "Bom, eu fui mãe, é claro. O trabalho mais importante de todos, como dizem."

"Rá!", fez Caden, e eu me virei para vê-lo. Parecia que estava mal-humorado comigo naquela tarde, mas eu não tinha a menor ideia do porquê. Talvez fosse a cerveja. Ele já estava na quarta.

"Fiz o melhor que pude", protestei fragilmente.

"Fez", disse ele em tom sombrio. "Disso eu não duvido."

"Talvez eu devesse ter arrumado emprego fora de casa", prossegui, voltando a atenção para Eleanor, "mas a verdade é que não fui educada para isso. As meninas geralmente não trabalhavam naquele tempo. Não que eu nunca tenha trabalhado. Trabalhei em uma loja de departamentos antes de conhecer o pai do Caden. Aliás, foi aí que nossos caminhos se cruzaram. Eu já não era vendedora, trabalhava na contabilidade. E gostava disso até certo ponto, mas nunca pensei em fazer carreira."

"Isso foi em Berlim?"

Eu me surpreendi com a pergunta. "Por que seria em Berlim?", indaguei.

"O Caden me contou que a senhora foi criada lá."

Encarei meu filho, que evitou meu olhar. Caden sabia que eu não queria que ele contasse às pessoas nem os menores detalhes do meu passado. Quanto menos soubessem a meu respeito, eu decidira havia muito tempo, melhor.

"Bem, eu vivi lá até os doze anos", disse eu. "Não sei ao certo se isso equivale a ser 'criada' lá. Depois, tornei-me um tanto nômade, mudando de país para país até me fixar na Inglaterra."

"Quais países?", quis saber ela. "Eu adoro viajar. Não que consiga viajar muito."

"A França por algum tempo", respondi. "Depois a Austrália."

"E a Polônia", disse Caden em voz baixa. "Não se esqueça da Polônia."

"Sim, a Polônia também", disse eu, surpresa com o fato de ele mencionar esse país. Caden sabia que eu havia passado algum tempo na Polônia, mas sempre fui propositalmente vaga acerca das circunstâncias, e ele nunca perguntou muito. Ou, pelo menos, não perguntou nada a meu respeito. Então me passou pela cabeça que podia ter perguntado a Edgar. "Eu realmente nem lembro desse tempo", continuei com desdém. "Passei vários anos em Paris depois da guerra e, em 1952, emigrei para Sydney. Inicialmente, pensei que passaria o resto da vida lá."

"Mas não deu certo?"

"Não, não deu."

"Por que não?", perguntou ela.

Fiz muito esforço para dar de ombros com visível indiferença. "Ah, sei lá", menti. "Eu era tão jovem. E o clima era insuportável. Talvez ainda não estivesse preparada para me estabelecer fosse onde fosse. Mesmo assim, guardo fortes lembranças da França e da Austrália, ainda que nunca tenha voltado a nenhum desses países."

"Tenho certeza de que você também teria fortes lembranças da Polônia", disse Caden, "se dedicasse algum tempo a recordar a sua vida lá." Recusei-me a olhar para ele. Qualquer que fosse o seu jogo, eu não ia ceder. Mas aquilo me assustou.

"Aliás, eu fui à Polônia uma vez", disse Eleanor, afastando o prato sem ter comido mais do que a metade da salada. "Uma viagem escolar. Eles nos levaram à Cracóvia, onde passamos três dias, e, no segundo dia, nós visitamos Auschwitz."

Peguei meu copo de rosê, esvaziei-o e apontei para a garrafa para que Caden o enchesse novamente.

"Aquilo me assustou", prosseguiu ela, tremendo um pouco. "Eu assisti a todos esses filmes, é claro. *A lista de Schindler*, *O pianista*, *A escolha de Sofia*. E assisti a alguns documentários e li alguns livros. Mas a gente não tem uma noção da coisa enquanto não for realmente para lá, não é? A senhora já esteve lá, sra. F.?"

Continuei calada.

"Eu estive", disse Caden, e me virei para ele, surpresa.

"Não, não esteve", falei.

"Estive sim."

"Quando?"

"Antes da morte do papai."

"Que absurdo!"

"Não é absurdo", disse ele num tom calmo. "Na verdade, nós fomos juntos."

Olhei para ele, perplexa com o que o ouvira dizer. "Mas...", balbuciei, sem saber como terminar a frase. "Vocês não foram. Não foram."

"Fomos, mamãe", disse ele. "Não se lembra daquela viagem que papai e eu fizemos a Varsóvia pouco antes da morte dele?"

Fiquei pensativa. Caden tinha um contato lá que o ajudaria a importar aço a um preço significativamente reduzido. Ele passou quatro dias em Varsóvia e convidou o pai a acompanhá-lo. Achei um gesto muito bonito na época. E Edgar ficou encantado.

"Lembro", disse eu.

"Pois foi então que nós fizemos a visita."

"Edgar nunca me contou."

"Não?"

Seu tom de voz revelou que ele sabia que não.

"Não", disse eu.

Voltando-se então para Eleanor, ele disse: "Meu pai morreu só um ano depois. Foi bom passar esse tempo com ele. Nós realmente nos abrimos um com o outro".

"Mas por quê?", perguntei, não querendo que ele prosseguisse com esse pensamento. "Por que lá? Por que naquele lugar?"

Caden não respondeu à minha pergunta e se limitou a me encarar. Eu observei, contando os segundos entre cada piscar de olhos. O silêncio foi horrível. Cheguei a pensar em gritar bem alto. Soltar um berro para que todos no restaurante parassem de falar e abraçassem os filhos com força.

O monstro, pensariam.

O monstro está aqui entre nós.

"Em que região da Polônia a senhora morou?", Eleanor perguntou enfim, e eu me virei para ela, aturdida.

"O quê?", perguntei.

"A Polônia", repetiu ela. "Em que cidade a senhora ficou?"

"Você não a conhece", disse eu, sentindo que precisava de um pouco de ar fresco para não desmaiar. "Uma cidadezinha minúscula."

"Meu avô foi promovido no trabalho", explicou Caden, voltando-se para ela. "Então ele, minha avó e meu tio tiveram de pegar tudo que tinham e se mudar com ele. E a mamãe também, é claro."

"Você tem um tio?", perguntou Eleanor, erguendo a sobrancelha de surpresa. "Você nunca o mencionou."

"Não o conheci", disse Caden. "Ele morreu na guerra."

"Ah", disse ela, voltando-se para mim. "A senhora perdeu um irmão? Lamento muito."

"Isso foi há muitos anos."

"Mesmo assim, a gente nunca supera uma coisa dessas, supera?"

"Quem há de saber?", disse eu em um tom desnecessariamente ríspido, e ela recuou um pouco na cadeira, surpresa.

"Mamãe", advertiu-me Caden.

"Eu sei, por acaso", disse ela. "Também perdi um irmão. Quando tinha seis anos e ele, oito. Correu para o meio da rua sem olhar e foi atropelado. Minha mãe nunca mais foi a mesma depois disso. Nem meu pai. Eles tinham outros três filhos, mas sempre parecia que nós não podíamos compensar a perda de Peter."

"Sinto muito", disse eu, levando a mão aos olhos, mantendo-os fechados. Já não queria estar lá. Queria estar em casa. Queria estar morta. "Eu não sabia disso."

"Como poderia saber?", sorriu ela para me fazer entender que não se sentia insultada. "Eu não me lembro bem dele, é claro, porque era muito criança na época. Mas ainda penso nele. Pergunto muitas vezes o que ele teria feito da vida. Mamãe diz que ele adorava aviões, então gosto de pensar que podia ter sido piloto. Seu irmão era soldado, sra. F.?"

"Não", disse-lhe eu. "Não. O quê? Não. Ele ainda era pequeno. Uma criança."

"E vocês se davam bem?"

Fiz que sim.

"Qual era o nome dele?"

Não respondi. Caden lhe contou. Eu não dizia aquele nome desde o dia em que passei para o outro lado da cerca. Nenhuma vez em setenta e nove anos.

"E se a senhora tivesse trabalhado", disse Eleanor, enquanto o garçom tirava a mesa, "se a senhora pudesse ter tido uma profissão no mundo, o que acha que teria sido?"

Procurei a resposta no meu cérebro. Achei terrivelmente triste que não me ocorresse nada. A verdade era que não sentia que houvesse alguma coisa que eu pudesse fazer. Não foi assim que me criaram.

"Nada", disse eu finalmente, sentindo vontade de chorar. Estendi as mãos e acho que a assustei quando segurei as suas nas minhas, apertando-as com força. "Não havia nada que eu pudesse fazer", repeti. "Você não vê isso? Não entende? Mesmo que eu quisesse, teria sido impossível."

14

Aguardei até a terça-feira seguinte, quando trabalhava só meio período, para voltar a fazer a visita, mas dessa vez com um claro plano em mente.

Tendo desembarcado da balsa pouco depois das treze horas, fiz meu caminho de volta ao longo da esplanada, segura de que Kurt não voltaria para casa pelo menos nas próximas cinco horas, quando eu e minha presa já estaríamos longe. Apesar das minhas intenções malévolas, me senti estranhamente calma quando me aproximei da casa, possivelmente porque já não estava perseguindo uma presa imprevisível, mas havia me tornado uma predadora mais focada. Ao me aproximar, ouvi vozes e avistei sua esposa e seu filho no jardim. Passando pelo outro lado da rua, vi-a sentada à sombra da varanda, lendo, enquanto o garotinho, sentado ali por perto, dava o que parecia ser um minucioso conjunto de ordens a uma coleção de soldadinhos, todos em posição de sentido no pátio, preparando-se para a batalha. Segui em frente como na ocasião anterior, até Smedley's Point, e então retrocedi. Quando cheguei perto o suficiente para ser vista, porém, comecei a cambalear e soltei o grito mais angustiado de que fui capaz, tropeçando na cerca.

A mulher saltou imediatamente da cadeira e veio correndo à calçada, enquanto a criança observava, intrigada com esse inesperado momento dramático.

"Você está bem?", perguntou ela, estendendo a mão para me ajudar a levantar.

"É o calor", disse eu, balançando a cabeça e fazendo o possível para parecer debilitada. "Saí de casa sem o café da manhã, o que não foi muito inteligente da minha parte. Mas estou bem, obrigada. Você é muito gentil."

"Venha se sentar", disse ela, indicando a varanda. "Vou buscar um pouco de água."

"Não posso", comecei a dizer com voz fraca, mas, como eu esperava, ela se recusou a ouvir qualquer protesto.

"Eu insisto", disse, e eu a deixei me conduzir em direção à casa, onde ela me instalou na segunda cadeira e foi para dentro. Instantes depois, ouvi a água correndo na pia. O garoto me observou com um olhar desconfiado antes de retornar aos soldadinhos.

"Do que você está brincando?"

"De guerra."

"Isso é um jogo?"

"É o melhor jogo do mundo."

"E você está ganhando?"

"Só vou saber quando acabar."

"E talvez nem quando acabar."

"Aqui está", disse a sua mãe, reaparecendo com um copo gelado, que aceitei com gratidão, tomando inicialmente um generoso gole para reforçar quanto o calor havia me afetado.

"Obrigada", disse eu quando ela se sentou ao meu lado. "Estou me sentindo ridícula agora."

"Não há necessidade", disse ela. "Essas coisas acontecem."

"Mas eu estou atrapalhando o seu dia."

"Fique o tempo que quiser." Ela acenou a mão. "Somos só eu e o meu filho e, para ser sincera, um pouco de companhia adulta não me faria mal."

Eu a observei quando ela recolocou os óculos de sol. Uma vez mais, vestia o mínimo de roupa e não se podia dizer que não era uma mulher bonita. Não consegui ver muito do Kurt que eu conhecia no rosto do menino, entretanto, salvo talvez ao redor dos olhos.

"A propósito, eu sou Cynthia", disse sua mãe. "Cynthia Kozel. E você?"

Eu não tinha pensado tão à frente e, apesar de ter todo um universo de nomes à minha disposição, tive dificuldade para escolher um.

"Maria", disse enfim, relembrando a empregada que cuidava da minha família naquele outro lugar. Abri a boca para dar um sobrenome, mas percebi que não tinha ideia de qual era o de Maria. E assim não dei nenhum.

"Você é de Sydney?"

"Eu moro aqui", respondi. "Mas não, nasci na Europa. França."

"Ah, eu adoro a Europa", disse ela em tom teatral.

"Já esteve lá?"

"Bem, não, mas quero muito. Um dia talvez. Quando esse pirralhinho for um pouco mais velho. Seja como for, provavelmente não é o melhor momento. Eles ainda estão reconstruindo os países, foi o que li nos jornais. Depois de todo esse dissabor."

Eu senti que ia rir alto. Que maneira extraordinária de se referir a seis anos de guerra, a incontáveis milhões de mortes e a todos os lugares devastados que deixaram para trás.

"E você?", perguntei enfim. "Nasceu aqui?"

"Em Melbourne", respondeu ela. "Já esteve lá?"

Fiz que não.

"Eu sinto falta às vezes. Sydney é legal, claro, mas a casa de Melbourne."

"Você tem uma casa linda", disse eu, olhando ao meu redor, embora fosse bastante padronizada e indigna de comentário.

"Você é tão doce", disse ela.

"E como se chama o seu filho?", perguntei, apontando para o menino.

"Hugo", respondeu Cynthia.

"Eu tenho cinco anos", anunciou ele, virando-se para olhar para nós ao perceber que podia participar da conversa.

"Que bom para você", disse eu.

"Vou fazer seis em outubro."

"É o que você espera."

Cynthia virou-se para me encarar, com a sobrancelha erguida, talvez surpresa com o comentário, mas eu não tentei justificá-lo ou mesmo reconhecer a sua confusão. Em vez disso, simplesmente examinei o jardim e suspirei com satisfação. Era fácil entender por que ela gostava de ficar ali assim. Aquilo parecia outro Éden afastado das realidades do mundo. "É impressão minha ou está ficando mais quente a cada ano?", perguntei.

"É estranho você dizer isso", disse Cynthia, animando-se novamente. "Eu disse a mesma coisa ao meu marido ontem à noite. Ele parece não sentir calor, mesmo não sendo australiano."

"Ah, não?", perguntei. "De onde ele é então?"

"Da Europa. Como você."

"De que parte?"

Ela hesitou. "Bem, ele é alemão", disse em voz baixa, levando o dedo aos lábios. "Mas nós não contamos isso a ninguém. Dizemos que ele é tcheco. Ainda há muito sentimento antialemão aqui desde que a guerra acabou. Acabou, eu digo às pessoas. Seguir em frente. Mas elas não querem. Se o rancor fosse um esporte olímpico, haveria muita gente competindo pela medalha de ouro."

"Tenho certeza."

"Na verdade, quando nós nos conhecemos, ele me disse que era de Praga. Seis meses depois, eu vi o passaporte dele e a verdade veio à tona."

"Não é bom começar com uma mentira", disse eu.

"Imagino que não."

Fiquei um bom tempo calada, não queria me mostrar muito ansiosa com as minhas perguntas.

"Ele era... era soldado na época?", perguntei finalmente. "Na Alemanha?"

Ela pareceu chocada com a sugestão e balançou a cabeça. "Kurt?", perguntou. "Oh, por Deus, não! Ele é gentil demais para uma coisa dessas. Não, ele era um desses — como se chama mesmo? — objetores de consciência. Saiu do país assim que estourou a guerra. Mudou-se para a Inglaterra e ajudou no esforço de guerra lá. Ele detestava Hitler e todos aqueles homens terríveis."

Não culpei Kurt por negar seu passado — minha mãe e eu tínhamos feito exatamente o mesmo —, mas era outra coisa completamente diferente ele se apresentar como um herói.

"Você acha que ele ainda está vivo?", perguntou-me ela.

"Quem?"

"Hitler."

Eu estava tão cansada de ler histórias nos jornais que

sugeriam que, na verdade, o *Führer* não tinha se matado no seu bunker nem sido cremado do lado de fora. Na realidade, estava vivendo uma existência esplêndida em algum lugar da América do Sul, escondido por seus verdadeiros seguidores, todos prontos para voltar a se lançar no mundo no momento oportuno.

"Espero que não", disse eu.

"Pois eu acho que está. Nós ainda vamos ouvir falar nesse desgraçado, guarde as minhas palavras."

"E vocês são casados há muito tempo?", perguntei.

"Há cinco anos", respondeu ela e, a seguir, fez um gesto em direção ao menino. "Eu sei, eu sei. Mas nós fizemos a coisa certa no fim, isso é o que importa, não acha? Meu pai não ficou nada contente quando soube. Ameaçou quebrar a cara do Kurt. Foi por isso que nós viemos para Sydney. Agora, a única coisa que os meus velhos querem fazer é visitar o neto." Endireitou o corpo na cadeira. "Preciso pedir licença um minuto. Chamado da natureza. Depois tenho de pôr um frango no forno para assar mais tarde. Você fica de olho nele?"

Fiz que sim enquanto ela entrava na casa e desaparecia, e tomei outro longo gole de água antes de depositar o copo em uma mesa lateral.

"Estou vendo que você tem um balanço", eu disse a Hugo, e ele olhou em volta e confirmou com um gesto. "Quer se sentar nele para que eu empurre você?"

Com toda a confiança, ele aquiesceu, nós fomos para lá, e eu tratei de assumir a mesma posição que Kurt havia tomado na ocasião em que os espionei uma semana antes. Empurrei-o delicadamente e ele subiu no ar.

"Você estava andando para lá e para cá na rua na semana passada", disse ele com voz clara. "Eu vi."

Foi a minha vez de me surpreender.

"Você estava me vigiando."
"Não, não estava."
"Estava, sim."
"Palavra que não."

Eu o empurrei com mais força agora, as minhas mãos nas suas costas me permitiam sentir seu corpinho um pouco mais tenso toda vez que voltava para mim, como se estivesse com medo de se ferir.

"Então você estava vigiando o papai", disse Hugo.

"Ele é um homem bom?", perguntei. "O seu pai?"

"Claro!", gritou ele, a sua voz ficava mais alta à medida que ele subia cada vez mais.

"Você sabe que alguns homens apenas fingem ser bons", disse-lhe eu.

Parei de empurrar e dei a volta até a frente do balanço, mantendo uma distância segura para não ser chutada enquanto ele diminuía a velocidade.

"Por que eles fazem isso?", perguntou ele, o rosto franzido de tão confuso.

"Porque eles são monstros por dentro", respondi.

Hugo diminuiu a velocidade para parar e agarrou com força as laterais do balanço, plantando firmemente os sapatos no chão.

"O meu pai não é um monstro", afirmou ele.

"Mas quem pode saber?", perguntei, ao mesmo tempo que enfiava a mão na bolsa, tirava um envelope com o nome Kurt Kotler escrito na frente e o colocava no banco e lá o prendia com uma pedra do jardim. Em seguida, estendi os braços para tirar o menino do balanço e segurar sua mão com firmeza.

"Venha comigo", disse-lhe eu, levando-o para a rua. "Você e eu vamos ter uma grande aventura."

15

Meu encontro seguinte com Madelyn Darcy-Witt foi quase uma semana depois que fui buscar o seu filho na escola. Eu esperava que ela batesse na minha porta no dia seguinte para me agradecer, mas, para meu alívio, não houve mais que silêncio lá embaixo. Só na terça-feira, quando eu acabava de voltar da minha caminhada, é que notei um movimento na cortina do apartamento 1 e, dez minutos depois, quando eu estava de volta ao andar de cima, já sem sapatos e com a chaleira ligada, ouvi uma batida na porta. Deixei escapar um suspiro, sabendo exatamente quem era e desejando que ela me deixasse em paz para continuar com o meu dia, mas é claro que ela tinha me visto subir a escada do prédio, de modo que eu não podia fingir que não estava em casa.

"Madelyn", disse eu ao abrir a porta, e mostrei um sorriso fingido. "Que bom ver você."

"Olá, Gretel", respondeu ela, estendendo as duas mãos para mim. Reparei que trazia uma caixinha de chocolates caros.

"Para você", disse. "Para agradecer por ter ido buscar o Henry na semana passada."

"Não era necessário", disse eu, colocando o presente em uma mesa lateral. "Foi um prazer ajudá-la."

"Sim, mas foi um erro meu pedir. Você não devia se envolver com nenhuma das minhas besteiras."

Fiquei surpresa tanto com a sua escolha das palavras quanto com o fato de ela parecer estar lendo um roteiro. Minha irritação se transformou em preocupação, e eu a convidei a entrar, oferecendo-lhe uma poltrona, mas sem chá; não queria que ela ficasse muito tempo.

"Você está bem, querida?", perguntei, sentando-me diante dela. "Desculpe-me dizer, mas você parece um pouco indisposta."

Ela estremeceu e esfregou os braços. "Eu estou bem", disse. "Não tenho dormido bem, só isso."

"Cochilar depois do almoço não é uma boa ideia, acho", disse-lhe eu. "Isso prejudica o ciclo do sono. Você precisa de boas oito horas toda noite e de muito exercício."

Ela sorriu, mas não respondeu.

"E o Henry?", perguntei. "Como vai?"

"Ah, vai bem. Está na escola. Não se preocupe, eu vou buscá-lo mais tarde." Madelyn deu uma risada com um quê de histeria.

"Não estou preocupada", disse eu.

"Também deveria lhe agradecer ter-lhe dado de comer."

Eu franzi a testa. "Deveria? O que você está querendo dizer?"

"Só isso... bem, você lhe deu chá, muito obrigada. Acho que eu não tinha nada em casa. Tenho excessiva confiança nas empresas de entrega, sabe, e esqueci de fazer um pedido. Alex diz que eu preciso cozinhar mais em casa."

"Talvez Alex devesse cozinhar mais em casa", sugeri. "Que eu saiba, os homens são tão capazes de acender um forno quanto as mulheres. Sim, tenho certeza de que li isso em algum lugar."

"Não, ele não faria nada disso", disse ela, balançando a cabeça. "É ocupado demais para se preocupar com as tarefinhas domésticas."

"Eu não diria que preparar uma refeição para o próprio filho é uma tarefa doméstica menor", repliquei.

"Seja como for, ele viajou novamente, vai passar alguns dias fora. Foi procurar uma locação em Paris. Pelo menos é o que ele diz."

Eu hesitei. Não queria me intrometer, mas fiquei intrigada. "Você fala isso como se não estivesse totalmente convencida", disse. "Você tem motivos para suspeitar que ele mente para você?"

"Se você..." Ela pareceu um pouco constrangida com o que ia dizer, mas superou a inibição bravamente. "Se você tiver uma garrafa de vinho aberta, talvez a gente possa tomar uma taça. Ou você pode vir ao meu apartamento."

"Querida, eu ainda nem almocei", disse eu, rindo um pouco. "É pouco mais que meio-dia."

"É claro. Tem razão."

Mesmo assim, Madelyn olhou para mim, esperando que eu cedesse, mas eu não tinha intenção de beber àquela hora do dia nem queria encorajá-la a fazê-lo.

"Eu provavelmente tenho de ir", disse ela enfim, embora não fizesse menção de se levantar.

"Madelyn, você está passando bem?", perguntei. "Parece um tanto abalada."

"Estou bem. Quer dizer, talvez não totalmente bem. Para ser sincera, eu cometi um erro terrível na semana passada. Foi esse o motivo de eu ter lhe pedido que fosse buscar o Henry. Pedi que não contasse a Alex, você sabe."

"E não contei. Foi a escola que fez isso. Você não atendia o telefone."

"Suponho. Mas, mesmo assim." Ela parecia não estar convencida, coisa que me irritou muito. "Foi uma estupidez da minha parte, eu sei, mas acho que devo explicar."

"Você não me deve nenhuma explicação", disse eu, curiosa por saber a que ela estava se referindo, mas certa de que saber mais só me levaria a penetrar mais nos seus assuntos.

"Acho que devo", disse ela. "Você deve ter me achado uma mãe terrível, simplesmente aparecendo aqui e exigindo que fosse buscar o meu filho. E andei bebendo. Bem, acho que não preciso lhe dizer isso."

"Não", admiti, pois era mais do que óbvio. "O que aconteceu?"

"Encontrei um velho amigo, sabe?", disse ela sem olhar para mim, mas olhando para o chão, contorcendo as mãos ansiosamente. "Mais ou menos uma semana antes. Foi por acaso; eu não tinha planejado isso. Ele não é uma pessoa com a qual eu tinha contato. Estava numa livraria na Oxford Street, sabe, e, de repente, dei de cara com ele. De pé na minha frente."

"Por acaso era um ex-namorado?", perguntei.

"Era", disse ela. "De cem anos atrás, é claro. Nós frequentamos juntos a escola de teatro, mas esse meu amigo, Jerome, não era um ator muito bom, para ser franca, e passou a dirigir. Ele realmente encontrou seu nicho na direção. Dirigiu algumas peças no West End e acaba de rodar seu primeiro filme."

Ela disse o título do filme em questão, e eu fiquei impressionadíssima. Já tinha ouvido falar, havia lido uma série de críticas unanimemente positivas nos jornais e, como a trama se passava durante o *raj*, um período da história que sempre me interessou, Heidi e eu fomos vê-lo no cinema.

"Ficamos próximos todos esses anos", prosseguiu ela. "Mas eu fiz a sujeira, entende? Foi isso."

Eu fiz uma careta. "A sujeira?", perguntei.

"Eu o traí."

"Entendo."

Madelyn deu de ombros.

"Alex diz que eu era uma puta naquela época", prosseguiu ela, olhando para o papel de parede como se nele pudesse encontrar respostas para seus problemas. Acho que ele tem razão."

"Quantos anos você tinha na época?", perguntei.

"Dezoito. Dezenove. Algo assim."

"Que eu saiba, os jovens mudam de pessoa para pessoa nessa idade", disse eu. "Isso não os desmerece de modo algum. Faz parte do amadurecimento."

"Não é isso que Alex diz", retrucou ela. "Em todo caso, foi tão adorável rever Jerome. Ele propôs um drinque e, no fim, nós passamos algumas horas juntos, simplesmente conversando sobre os velhos tempos, lembrando as pessoas que tínhamos em comum."

"E aconteceu alguma indiscrição entre vocês dois?", perguntei. "É disso que se trata?"

"Ah, não", negou ela, balançando a cabeça. "Não, nada disso. Jerome não teria esse tipo de interesse por mim. Agora ele é gay, entende? Bem, suponho que sempre tenha sido, mas dormia com mulheres naquela época e não dorme mais. De todo modo, nós nos demos tão bem, e foi como antigamente, e ele me perguntou..." Madelyn fechou brevemente os olhos e começou a tamborilar na almofada da poltrona. "Ele me disse que está escalando o elenco do seu próximo filme e há um papel em que ele acha que eu seria perfeita. Contou que pensou muito em mim por isso e se perguntou como entrar em contato, e eis que, por acaso, nós nos encontramos. Ele quis saber se eu estava interessada em fazer um teste."

"Mas isso é maravilhoso."

"Eu aceitei, mas não devia ter aceitado, entende? Não sem falar com Alex, digo."

"Mas, se você queria participar do filme…"

"Ele é o meu marido, Gretel", disse ela, dando uma vez mais a impressão de que estava repetindo as palavras em vez de pensar por si. "Eu não devo tomar esse tipo de decisões assim, sem consultá-lo antes."

"Ah, pelo amor de Deus, não estamos na década de 1950", lembrei-lhe. "Você não precisa tomar todas as decisões através dele."

"Em todo caso eu disse que sim, disse que adoraria fazer o teste", continuou ela, desconsiderando meu comentário. "E então, no dia seguinte, fui ao seu escritório e li o roteiro com outro ator. Tudo correu muito bem, achei. Surpreendentemente bem. Eu estava nervosa, é claro — havia tanto tempo que não fazia algo assim —, mas o roteiro era brilhante e foi uma alegria ler o texto. Eu simplesmente combinei com o papel. Ele disse que ainda não podia tomar uma decisão, teria de consultar outras pessoas, os produtores e assim por diante, mas, sem dúvida, queria que eu voltasse para ler novamente. Não era uma protagonista nem nada, entende? Era um papel coadjuvante, mas muito bom, acho. O tipo de papel que, se você o representar bem, pode fazer com que seja notada. Eu costumava ser notada o tempo todo, é claro, mas não mais. Não desde que eu me larguei e engordei tanto."

Desnecessário dizer que não havia rastro de gordura no corpo de Madelyn.

"De qualquer modo, quando saí de lá, senti como se estivesse andando no ar. E então Alex descobriu."

Madelyn ficou em silêncio.

"Você contou a ele?", perguntei.

"Não, ele leu um e-mail que chegou para mim."

"Seu marido costuma ler seus e-mails?"

Ela pressionou a língua no canto da boca, refletindo sobre isso. "Devo ter deixado meu laptop aberto", respondeu. "E aconteceu de ele ver."

Continuei em silêncio. Aquilo me parecia improvável.

"E ele não gostou?", perguntei enfim.

"Não."

"Tenho a impressão de que um marido amoroso ficaria emocionado se sua esposa estivesse tendo um pouco de sucesso e felicidade própria independentemente da família."

"Alex não pensa assim", afirmou ela. "Disse que eu tinha agido pelas costas dele, embora eu não tenha feito isso. Encontrei Jerome realmente por acaso, mas provavelmente ele deve ter razão, porque fui fazer o teste sem lhe contar nada. Isso foi errado da minha parte."

"Ou você simplesmente quis explorar a oportunidade em particular, sem nenhuma pressão", sugeri. "E, se tudo correr bem, você pode lhe dar a boa notícia."

"Isso não importa mais agora, de qualquer maneira", disse ela. "No fim, o papel acabou indo para outra pessoa."

"Por quê?"

"Alex disse que eu não devia participar do filme. E tinha razão, é claro. Podia ter sido terrivelmente embaraçoso. Quer dizer, olhe para mim, eu já não sou a jovem magra que fui, a câmera se encarrega de acrescentar outros quilos mais. Eu pareceria um elefante na tela. Ele não queria que me humilhassem."

"Minha querida, você está definhando", disse eu com doçura.

"É muita gentileza sua dizer isso, mas não, eu não estou. De todo modo, eu sabia que ele estava com a razão, mas fiquei com muita vergonha de telefonar para o Jerome, então Alex fez isso por mim e deu até um jeito de providenciar uma atriz que havia trabalhado para ele recentemente, uma verdadeira estrela em ascensão — bastou um teste, e ela conseguiu o papel. Isso foi no dia em que eu esqueci do Henry. Eu estava meio chateada quando descobri, sabe, então abri uma garrafa de vinho. E depois outra. Foi um grande erro meu e muito injusto com Alex."

"Com Henry, você quis dizer."

"Juro que isso não voltará a acontecer. Eu sou uma péssima mãe. Sou mesmo. Devia ser fuzilada."

Madelyn se levantou tão subitamente que eu nem pude contradizê-la; levei um susto.

"É melhor ir para casa", disse ela. "Só queria que você ficasse com os chocolates. E pedir desculpas."

"Fico contente por ter ajudado", disse eu, levantando-me e acompanhando-a até a porta. Queria lhe dizer muitas outras coisas, mas aquele não parecia ser o momento adequado. Uma parte de mim queria que ela ficasse, para oferecer alguma proteção entre as minhas paredes, ao passo que outra parte queria que ela voltasse para baixo, trancasse sua porta e nunca mais voltasse a me incomodar.

"Obrigada, Gretel", disse ela ao sair, surpreendendo-me quando se virou e me deu um beijo em cada bochecha. Nesse momento, senti o cheiro do seu perfume, mas havia algo rançoso por baixo, como se ela não tomasse banho havia um ou dois dias e estivesse disfarçando o cheiro do corpo com desodorante em vez de entrar no chuveiro. Ao ir para a escada, ergueu uma mão para se despedir e a sua manga comprida recuou quase até o cotovelo. Heidi tinha aberto a porta do seu apartamento e estava a observá-la.

"O que aconteceu com o braço dela?", perguntou quando ela havia sumido de vista. "Estava com um hematoma horrível."

16

Voltei apressadamente pela esplanada, segurando a mão de Hugo, e comprei duas passagens da balsa que retornava a Sydney. De quando em quando, o menino se virava para olhar na direção da sua casa, mas, para o meu alívio, ele não se mostrava particularmente ansioso com o fato de uma desconhecida levá-lo em uma embarcação sem que o seu pai nem a sua mãe o acompanhassem. Ele me pediu várias vezes que diminuísse a velocidade, mas eu presumi que, àquela altura, Cynthia estivesse procurando freneticamente o filho, e eu não podia arriscar ainda estar no cais caso ela nos seguisse até lá.

Hugo me contou que viajara de balsa muitas vezes e preferia ir no andar de cima e sentar virado para a frente.

"Nós vamos ver o papai?", perguntou-me quando a ponte apareceu no horizonte.

"Hoje à noite não", respondi. "Seu pai vai trabalhar até tarde e depois vai levar sua mãe para jantar. Por isso eles me pediram que cuide de você."

Ele franziu a testa, agora um tanto desconfiado. "Mas a mamãe não conhece você", disse.

"Claro que me conhece. Nós somos velhas amigas."

"Mas quando você desmaiou perto de casa", teimou ele, "você disse o seu nome para a mamãe e ela disse o dela para você."

"Eu quis dizer que sou uma velha amiga do seu pai", disse eu, o que, a rigor, não era mentira. "E ele me pediu esse favor."

"Mas a gente não devia ter contado à mamãe que ia sair?"

"Ah, eu não me preocuparia com isso. Ela queria tomar banho e ficar bonita. Só pense que esta é uma grande aventura, Hugo. Gosta dessa ideia? Imagine que você é o capitão Cook, explorando a cidade pela primeira vez."

"Eu adoraria ser explorador", disse ele com entusiasmo, e fiquei surpresa com a brutalidade com que esse comentário me fez retroceder no tempo.

"Eu tinha um irmão que também queria ser explorador", disse-lhe eu, olhando para a água enquanto a balsa avançava.

"E ele foi explorador?"

"Não."

"Por que não?"

"Algo ruim lhe aconteceu."

Hugo olhou para mim, os olhos arregalados de interesse.

"O quê?", perguntou sem fôlego.

"Ele morreu."

"Ah! Ele ainda era um garotinho?"

"Era. Mais velho que você, mas não muito. Tinha nove anos quando nós o perdemos."

"Minha vizinha, a sra. Hamilton, morreu no ano passado", contou ele, olhando para os sapatos. "Ela sempre me deixava brincar com o seu cachorro, mas, depois do enterro dela, alguém veio e levou o cachorro embora."

"Que pena", disse eu. "Mas eu tenho certeza de que ele foi morar em uma boa casa."

"Eu pedi um cachorro ao papai no meu aniversário."

"E você acha que vai ganhar um?"

Hugo deu de ombros e suspirou profundamente, como se estivesse com o peso do mundo nas costas.

"A que horas nós vamos voltar para casa?", perguntou ele enfim.

"Na verdade, Hugo, você não vai para casa hoje", disse-lhe eu. "Vai ficar comigo. Na cidade."

Ele franziu a testa. "Durante a noite?", perguntou.

"Sim. Tudo bem, não é?"

"Mas eu nunca dormi em nenhum outro lugar, só na minha casa", disse ele, mostrando-se totalmente confuso com a ideia. "Meus pais deixaram?"

"Deixaram. Pense nisso como um arranjo especial. Depois você vai poder contar isso a todos os seus amigos."

Hugo ficou em silêncio então e pareceu estar refletindo sobre tudo aquilo. Tive a impressão de que ele sabia instintivamente que havia algo suspeito no que estava acontecendo ali, mas estava disposto a aceitar que devia haver um motivo para isso. As crianças, eu sabia, geralmente confiavam nos adultos, supondo que quaisquer planos que fizessem eram para o seu bem. O que era irônico, na verdade, considerando que os adultos são as últimas pessoas em quem se deve confiar.

Quando atracamos no Circular Quay, eu lhe dei a mão uma vez mais e o levei a um dos quiosques de sorvete para comprar uma gulosema, coisa que o animou enormemente. Não foi uma longa caminhada até a Kent Street e, quando chegamos, Hugo se sentou à mesa enquanto eu lhe servia um pouco de leite. Eu esperava que Cait já tivesse ido trabalhar, mas ela ainda estava no apartamento e, quando saiu do quarto, ficou surpresa ao dar com uma criança de cinco anos na cozinha. Mesmo assim, isso não me preocupou nem atrapalhou meus planos e, raciocinei, pelo menos ela saberia o nome do menino quando fosse, inevitavelmente, a pessoa que descobriria seu corpo.

"E quem é esse então?", perguntou ela, esboçando um sorriso enquanto nos olhava de um para o outro.

"É o Hugo", disse-lhe eu, levando-a para o meu quarto e falando em voz baixa para que ele não nos ouvisse. "A mãe dele trabalha comigo na loja. Tem tido alguns problemas com o marido ultimamente e me perguntou se eu cuidaria dele durante a noite."

"Você?"

"Por que não eu?", perguntei com uma careta.

"Ora, você não tem muita prática com crianças, não é?"

"Não há de ser tão difícil assim", disse eu. "Ele não é um bebê. Tem quase seis anos. Vai dormir cedo, imagino, e então eu posso pô-lo na cama."

"E onde ele vai dormir?"

"Aqui. Comigo. Então eu o levo de volta comigo de manhã."

"Parece um tipo engraçado de combinação", replicou ela. "Ele não tem parentes que possam cuidar dele?"

"Acho que não", disse eu, esperando que ela cessasse de me contestar e, para o meu alívio, desistiu, voltou para a cozinha e passou alguns minutos conversando com o menino antes de ir para o trabalho. Fiquei atenta ao telefone no andar de baixo. Certamente não demoraria muito a tocar. Cynthia devia ter encontrado o bilhete ao procurar o filho e, muito provavelmente, ligado para Kurt no trabalho, que então o levou de lá. Fiquei imaginando o que ela pensou quando viu o sobrenome "Kotler" escrito no envelope. E como seu marido explicaria isso para ela? Ele podia estar em pânico com o sequestro do filho, mas aquilo podia assustá-lo ainda mais. E, dentro do envelope, nenhum texto. Só um número de telefone. Eu queria falar com ele pela última vez antes que meu plano chegasse ao fim. Imaginei Cynthia insistindo para que ele chamasse a polícia, mas ele, sabendo do perigo, teria bom senso para lhe pedir que o deixasse cuidar do assunto.

"Posso ir para casa agora?", perguntou Hugo depois que comemos, e eu me arrependi de não ter comprado alguns brinquedos ou livros infantis para mantê-lo entretido.

"Não pode, eu lhe disse", respondi, tentando falar com delicadeza para não assustá-lo indevidamente. Afinal, não tinha a menor vontade de causar uma dor desnecessária ao garoto e planejava esperar que ele adormecesse para então levá-lo para a cozinha e deitá-lo em um cobertor no chão, ao meu lado. Então eu simplesmente ligaria o gás e deixaria a porta do forno aberta. Parecia um fim tão apropriado para nós dois. "É só uma noite. E, amanhã, você vai poder contar tudo para a mamãe."

Ele ficou abatido e desanimado, enxugando algumas lágrimas. Foi nesse momento que me lembrei da menininha que morava no térreo da casa ao lado. Ela tinha um cachorro, e ele deu a entender que gostava desses bichinhos. Eu me perguntei se a garota se disporia a deixar Hugo brincar com o dela.

"Vamos descer", propus e, levando-o pela mão, saí e olhei para o outro lado da cerca, onde a minha vizinha estava jogando bola com um simpático labrador.

"Sarah", chamei, e a garota olhou para mim. "Este aqui é o meu amigo Hugo. Você o deixaria brincar um pouco com você? Ele adora cães."

Sarah, à maneira das crianças, não sabia ao certo se queria a presença de um estranho, mas Hugo se mostrou tão entusiasmado com a perspectiva do animal que ela cedeu. Passei algum tempo observando-os correr juntos no jardim, aliviada por ter pensado em alguma coisa para ele fazer.

"Volto daqui a pouco", disse eu antes de subir para o segundo andar e pegar os rolos de fita adesiva que havia comprado no dia anterior e a usei para vedar as janelas da cozinha e o poço de ventilação. O cômodo não tardou a ficar completamente hermético. Peguei alguns cobertores sobressalentes e os estendi no chão. Era aonde eu o levaria quando chegasse a hora. Fecharia a porta, também a vedaria, eu o pegaria nos braços e nós nos deitaríamos e simplesmente adormeceríamos juntos.

Foi uma sensação estranha e libertadora saber que o fim estava próximo. Eu me sentia aliviada, mas também assustada. Não sabia se acreditava no céu, mas sabia que acreditava no inferno. Neste eu havia morado uma vez.

E então o telefone tocou.

Meu coração saltou no peito ao ouvir o som alto do aparelho. Fui até lá, respirei fundo e tirei o fone do gancho, mas permaneci em silêncio.

"Alô?", disse uma voz do outro lado, e eu sorri um pouco. Ele fazia o possível para se adaptar àquele país novo, mas o seu sotaque continuava presente.

"Kurt", disse eu finalmente, tentando manter a voz firme.

"Gretel", disse ele. "Eu sabia que era você."

17

Fiquei surpresa ao receber um telefonema de Eleanor, informando que tinha planos de conversar com um colega no almoço em Piccadilly no seu dia de folga e perguntando se eu gostaria de me encontrar com ela depois. Apenas alguns dias antes, ela, Caden e eu havíamos almoçado juntos, mas, não querendo parecer deselegante, concordei e peguei um táxi rumo à Fortnum & Mason às três horas. Nós chegamos ao mesmo tempo à porta do estabelecimento, coisa que me pareceu um pouco incômoda, pois tivemos de jogar conversa fora enquanto nos dirigíamos ao salão de chá, sendo que Eleanor fez questão de primeiro passar pela seção de roupa feminina para me dizer que eu ficaria "absolutamente linda" com um item claramente destinado a uma mulher na sua terceira ou quarta década, não na décima.

"Meu tempo de ficar absolutamente linda já passou há muito", disse eu quando finalmente nos sentamos e eu consultei o cardápio. "Hoje em dia eu me contento com bem conservada ou asseada."

"Tolice", replicou ela, rejeitando minha auto-obliteração. "Se eu for bonita como a senhora quando tiver a sua idade, serei uma mulher feliz. E o Caden ficará encantado."

"Minha querida", disse eu, com um leve sorriso. "Se você tiver o azar de viver até a minha idade, o Caden terá quase cento e dez anos e dificilmente terá uma opinião sobre o assunto."

"É verdade", disse ela. "Talvez eu inverta as coisas então. Terei noventa e nove anos, mas arranjarei um namorado de vinte e dois."

Optei por não retrucar que eu não era tão velha assim.

"Foi gentil da sua parte me convidar", disse eu depois de fazermos o pedido.

"Eu quero conhecê-la, sra. F.", disse Eleanor. "Afinal, a senhora vai ser minha sogra."

"É verdade."

"A senhora se deu bem com as outras? As três primeiras mulheres do Caden, quero dizer."

"Com algumas", admiti. "A primeira, Amanda, era adorável. Eu não conheci muito bem as outras duas. O que provavelmente foi muito bom, olhando em retrospecto. Teria sido um desperdício de energia."

"Não acredito que vou ser a quarta sra. Fernsby", disse ela, embora não parecesse nem um pouco incomodada com o fato.

Havia algo receptivo, acessível, em Eleanor, algo de que eu gostava, e achei que ela não se importaria se eu expressasse a minha curiosidade sobre a sua escolha de marido.

"Você se importa se eu lhe fizer uma pergunta muito pessoal?", indaguei.

"A senhora vai perguntar por que uma mulher da minha idade vai se casar com o seu filho."

"Não quero ofender o Caden", disse-lhe eu. "Ele tem muitas qualidades excelentes. Mas não está exatamente no começo da juventude, não é? Ao passo que você ainda é uma jovem."

"Eu tenho quarenta e cinco anos!"

"Pois é, querida, você é jovem."

"Obrigada, mas não parece", contrapôs ela, mais séria agora. "Já entrei na fase em que sou invisível para a maioria dos homens. Embora a senhora não seja a única pessoa que me fez essa pergunta. Os meus amigos também a fizeram — tenho certeza de que todos eles estão fofocando às minhas costas. Parece que eu não consigo fazê-los entender."

"Fazê-los entender o quê?"

"Que eu o amo."

Balancei a cabeça, refletindo sobre o que acabava de ouvir. O garçom retornou com o chá e os bolinhos, e eu esperei que ele se afastasse para falar. "Alegra-me saber que você o ama", disse-lhe eu. "Na verdade, eu vi que você o amava quando nos encontramos domingo passado. Mas por quê, exatamente?"

"Não é uma pergunta estranha para uma mãe fazer?", inquiriu ela. "A senhora não o ama?"

"Ora, é claro que o amo. Mas a mãe sempre ama o filho, não é? Está no nosso DNA."

"Eu sei que a senhora lutou ao longo dos anos", disse ela, e eu olhei para os potinhos de geleia, evitando chamar-lhe a atenção e me perguntando quanto meu filho havia lhe contado acerca da sua infância. Tentei não pensar naquele ano, mas achei que, mesmo depois de tanto tempo, era algo que ainda o incomodava. Posto que eu não gostasse de pensar nesse fato, tinha certeza de que teve um efeito negativo no seu relacionamento com as mulheres. Isso seria um prato cheio para um psicólogo, imaginei.

"Eu não fui", disse eu enfim, a minha voz a delatar um suspiro profundo, "inteiramente talhada para a maternidade. As experiências que tive na guerra fizeram... mal à minha mente. Eu não sei lidar com crianças, essa é a verdade. Posso lhe dizer uma coisa? Uma que nunca confiei a ninguém, nem mesmo ao meu falecido marido?"

Ela se inclinou para a frente, intrigada, e eu me perguntei por que diabos estava fazendo aquilo. Talvez estivesse começando a gostar dela.

"Quando eu morava na Austrália", contei, "fiz uma coisa terrível."

"O quê?", indagou ela, servindo-nos de chá.

"Sequestrei uma criança."

Eleanor se recostou na cadeira, arregalando os olhos. "Fez o quê?", perguntou.

"Sequestrei uma criança", repeti. "Um menininho."

"Mas por quê?"

"Eu conheci o pai dele muitos anos antes. Ele participara de algo que havia trazido muito dano à minha vida. Eu queria que ele soubesse o que é perder um ente querido."

"Isso foi durante a guerra?"

Eu fiz que sim.

"A senhora o devolveu, não? O menininho."

"Ah, sim. No dia seguinte."

"Então a senhora simplesmente ficou uma noite com ele? Não é tão terrível assim. Quer dizer, não chega a ser ótimo, mas..."

"A questão, Eleanor, é que eu não tinha a menor intenção de devolvê-lo."

"O que pretendia fazer com ele?"

"Matá-lo. Eu mesma."

Para minha surpresa, Eleanor não ficou chocada com essa revelação. Talvez os anos de prática médica a tivessem tornado imune a essas coisas. Quem haveria de saber as coisas terríveis que ela tinha visto no tempo que passou no hospital?

"Mas a senhora obviamente não fez isso."

"Não."

"Já é alguma coisa, pelo menos. Qual era o nome dele? Quer dizer, do garotinho."

"Hugo. Hugo Kozel."

"E a senhora..." Ela olhou em torno para se certificar de que ninguém nos estava ouvindo. "A senhora foi presa?"

"Não", respondi. "Houve, digamos, circunstâncias atenuantes. O pai dele não me denunciou à polícia, para começar, embora eu ache que a mãe queria que me denunciasse. Eu saí de Sydney alguns dias depois e vim para a Inglaterra, que é, claro, o lugar em que me fixei. Achava muito perigoso ficar na Austrália."

"No caso de a polícia capturar a senhora?"

"A polícia era a menor das minhas preocupações. Havia outros que podiam me encontrar e me punir pelo que eu tinha feito. Enfrentá-los podia me levar a... bem, a muito dissabor."

Eleanor passou algum tempo pensando, tomando o seu chá. "Caden sabe disso?"

"Ninguém sabe", disse eu. "O pai do menino, bem..., imagino que já tenha morrido. Era mais velho que eu. O garotinho tinha apenas cinco anos na época, e eu ficaria surpresa se ele tivesse alguma lembrança disso."

"Então por que a senhora está me contando?"

"Porque eu preciso que você entenda que sempre fui uma péssima mãe e me pergunto muitas vezes se a falta de sucesso de Caden com as mulheres em geral..."

"Ele teve três mulheres", protestou ela.

"Mas isso em si não é um sinal de fracasso?", perguntei. "Sua incapacidade de prendê-las. Não estou tentando ser cruel, eu sei que ele sempre deu o melhor de si, mas, de algum modo, apesar dos começos positivos ele sempre acaba ficando sozinho. Eu me pergunto se não é tudo culpa minha. Porque eu não estava lá para ele. Porque o abandonei."

"A senhora me perguntou se eu o amo", disse Eleanor, estendendo a mão para segurar a minha. "Parte disso deve ser por causa do homem que a senhora criou. Ele é gentil, sra. F. E é engraçado. E está interessado em mim. Faz perguntas sobre a minha vida e ouve quando eu respondo. Não pergunta por perguntar. Ele é trabalhador e eu admiro isso. Preciso disso em um homem. E ele faz com que eu me sinta segura. Caden não tem jeito com dinheiro, acho que nós duas sabemos disso, mas, fora isso, ele é uma dádiva do céu."

Senti os olhos se encherem de lágrimas diante dessa descrição do meu filho realmente irreconhecível para mim. Talvez eu não tivesse sido uma mãe tão horrível assim. Ou era isso que Edgar havia compensado sendo um pai particularmente bom? Era difícil saber.

"Mas por que a senhora o abandonou?", perguntou ela. "Ou melhor, a senhora não precisa me dizer, é claro, se assim preferir. Mas, se quiser me contar, estou disposta a ouvir. Pode ser que isso me ajude a entendê-lo mais."

Pensei na ideia e suspirei. Talvez fosse um alívio finalmente tirar isso do peito. Olhei para as nossas xícaras, que estavam quase vazias.

"Acho que eu não seria capaz de tentá-la a tomar um cálice de vinho, Eleanor. Ou seria?"

18

É claro que eu jamais conseguiria matá-lo. Ou a mim mesma. Se eu tivesse esse nível de coragem, teria tirado minha vida em Paris há muito tempo, pendurando uma corda no teto do nosso quarto, amarrando-a no pescoço e então chutando a cadeira para longe dos meus pés. Quando Kurt pediu um encontro comigo, concordei imediatamente. Afinal, desde os doze anos, a única coisa que eu queria era estar na companhia dele. Deve ter passado uma década desde o nosso último encontro, mas, ao que parece, algumas coisas nunca mudaram.

Ele queria vir à cidade naquela mesma noite, mas eu recusei, pois preferia que Hugo ficasse comigo até a manhã seguinte, quando me levantei mais cedo para tomar banho, lavar o cabelo e me maquiar, um cuidado com o qual eu raramente me importava. Pus um vestido leve de verão, amarelo com bolinhas brancas, consciente de que ele mostrava o meu corpo na sua melhor forma, e, quando me examinei no espelho, não foi a Gretel que vi olhando para mim, e sim uma versão mais jovem da minha mãe, quando eu ainda era criança e a beleza dela estava no auge. Antes que o meu irmão nascesse. Antes até mesmo de aquele outro lugar existir. Antes de tudo isso.

Nós combinamos de nos encontrar às dez horas em um pequeno café chamado Dandelion, uma curta caminhada a partir de Kent Street. Cait concordou em cuidar de Hugo enquanto eu estivesse ausente e, para o meu alívio, o menino ficou mais relaxado depois de uma noite de sono e se animou consideravelmente quando eu lhe disse que Cait o levaria ao encontro com o seu pai dentro de algumas horas.

"Pensei que você tinha dito que a mãe dele era uma das garotas da sua loja", disse Cait quando eu estava pondo os brincos e passando uma nova camada de batom.

"Isso mesmo", disse-lhe eu. "Mas o marido dela vai buscá-lo."

"E o que significa tudo isso?", perguntou Cait, medindo-me da cabeça aos pés. "Essa produção. Qualquer um diria que você está indo namorar."

"Acaso é um crime querer ter boa aparência?", perguntei, erguendo um pouco a voz. Estava nervosa, empolgada e assustada ao mesmo tempo. E não sentia necessidade de me explicar. A única coisa que eu queria era estar ao ar livre, ordenando meus pensamentos.

"Tudo bem", disse ela, mostrando a palma das mãos. "Não precisa arrancar a minha cabeça com uma dentada, eu só fiz uma pergunta."

"Desculpe, é que... tenho muita coisa em que pensar, só isso."

"Não entendo por que você vai tomar café com o pai dele", disse ela, franzindo a testa, perplexa. "É sério, Gretel, alguma coisa aqui está errada, e eu gostaria que você..."

"Simplesmente confie em mim", respondi em tom suplicante. "Explico tudo hoje à noite, prometo."

Vinte minutos depois, eu estava instalada em uma mesa do café, esperando Kurt. Lembrei-me do momento em que o vi pela primeira vez, somente algumas horas depois de ter chegado àquele outro lugar, quando ele apareceu fardado, a caminho do escritório do meu pai para se apresentar ao seu novo comandante e, pela primeira vez na vida, entendi o que era sentir desejo. É verdade que eu tinha só doze anos e raramente havia pensado em rapazes, mas ele era alto e bonito, usava o cabelo loiro penteado para longe do rosto, e eu tive certeza de que nunca vira um homem tão bonito em toda a minha vida. Era como estar na presença de um deus.

Meu pai nos apresentou e Kurt olhou para mim com indiferença pétrea. Queria dizer olá, apertar-lhe a mão, saber como a minha se sentiria dentro da dele, mas foi como se eu tivesse esquecido como a linguagem funcionava. Em vez disso, corri do cômodo para o primeiro andar, sentei-me na minha cama nova em estado de total confusão, sem fôlego, dizendo a mim mesma que aquilo — *aquilo* — era o que eu tinha lido nos livros desde pequena. Era real. Tudo era real.

Eu estava tão perdida nessas recordações que quase não percebi quando a porta se abriu e uma sineta tocou acima dela para anunciar a entrada de um cliente. Kurt entrou e olhou em volta antes de me localizar na última mesa perto da janela. Inclinando a cabeça para o lado, ele me encarou durante alguns segundos, um leve sorriso nos lábios, antes de se dirigir à moça atrás do balcão e pedir um café. Não vestia um dos ternos formais que usava diariamente para ir ao banco, mas uma calça branca e uma camisa com o colarinho desabotoado e as mangas arregaçadas. Sua pele estava bronzeada, e a cor combinava com ele. Ocorreu-me que havia tomado tanto cuidado com sua aparência quanto eu com a minha. Pegando sua xícara, veio lentamente ao meu encontro.

"Gretel", disse, pegando a minha mão e levando-a aos lábios. "*Du wirst es vielleicht nicht glauben, aber ich habe immer geahnt...*"

"Não", disse eu, interrompendo-o, sentindo um pânico imediato ao ouvir a minha língua nativa, aterrorizada com a possibilidade de alguém nos ouvir. "Não, alemão não, por favor. Inglês. Sempre inglês."

Ele me olhou nos olhos e vi que conservava aquela estranha mistura de beleza e crueldade que tanto me fascinou desde o nosso primeiro encontro.

"*Wie du möchtest*", disse ele, sentando-se diante de mim. "Isso pode surpreendê-la, mas eu sempre suspeitei que um dia voltaríamos a nos encontrar."

"Você pensou em mim então?"

"Não com frequência, não. Mas às vezes. E você?"

"Não com frequência", menti. "Mas às vezes."

Ele anuiu com um gesto e tomou um gole de café. Eu me espelhava nele, não querendo sentir que era minha a responsabilidade de falar primeiro.

"Nós estamos bem longe de...", começou ele, e eu o interrompi imediatamente.

"Não diga isso", disse. "Eu detesto a palavra. Nunca a uso."

"Mas nós temos de chamá-lo de alguma coisa."

"Eu o chamo de outro lugar."

"O seu irmão. Ele costumava chamá-lo de Fora-Com, se bem me lembro."

Senti uma onda no estômago quando ele mencionou meu irmão perdido.

"Fora-Com", repetiu ele baixinho, balançando a cabeça e rindo de leve. "Bem bobo, não acha?"

"Tenente Kotler", comecei a dizer, agora colocando as mãos no colo, pois estavam um pouco trêmulas e eu não queria que ele percebesse meu desconforto.

"Se eu não posso usar o nome daquele outro lugar, como você o chama", disse ele, "então não me chame de um nome do qual me livrei há muito tempo. O tenente Kotler, como você o conhecia, não existe mais. Morreu em algum lugar da Alemanha no fim da guerra. Eu sou Kurt Kozel."

"Sempre senti que era uma impertinência chamá-lo de Kurt naquela época", disse-lhe eu. "Papai e mamãe faziam questão de que eu o tratasse com toda a formalidade da sua posição."

"Mas você lhes desobedecia."

"Não sei como chamá-lo agora. Kozel parece uma mentira."

"Kurt está bem", disse ele. "Mas, antes que prossigamos, e por mais que eu goste dessas lembranças nostálgicas, você tem de me dizer: onde está o Hugo? Onde está meu filho?"

"Está em segurança", respondi. "Está com uma amiga minha. Assim que terminarmos nossa conversa, eu o devolvo."

"Você não o machucou?"

"Eu nunca machucaria uma criança."

"Qual de nós seria capaz disso?", perguntou ele, sorrindo, e eu senti meu rosto enrijecer.

"Por favor, não seja brincalhão."

"Piada de mau gosto", disse ele com um dar de ombros. "Só isso."

"Não tem graça."

"Imagino que não. Mas se você tiver machucado até mesmo um…"

"Kurt, ele está bem, e você sabe que está. Virá para cá mais tarde. Quando tivermos conversado."

Kurt pareceu aceitar o que eu disse, relaxando um pouco, então adicionou açúcar ao café e o mexeu vagarosamente.

"Então", disse enfim. "Você também pode me dizer o que quer de mim? É dinheiro? Eu não tenho muito."

"Não quero seu dinheiro."

"Como você me encontrou, afinal?"

"Por acaso. Eu não o estava procurando. Se estivesse, aposto que nunca teria chegado a quinze mil quilômetros de você. A verdade é que me mudei para Sydney no início deste ano. Uma noite, eu estava no Fortune of War, conversando com um amigo, e ouvi uma voz que reconheci. Eu a teria conhecido em qualquer lugar. Pensava que tinha me afastado de tudo aquilo..."

"Eu também."

"Mas eis que você estava lá. Pedindo uma bebida sem a menor preocupação com nada."

"E então?"

"Eu o segui. Uma noite, sentei-me perto de você naquele mesmo pub."

"Eu me lembro. Sabia que estava sendo observado, mas não tinha certeza de quem era. Talvez fosse um preso. Ou quem sabe um caçador? Nunca me ocorreu que fosse você. Mas deixei uma mensagem; você a achou?"

"O desenho de uma cerca", disse eu.

"Exatamente."

"Por que isso?"

"Sempre me pareceu um símbolo daquela época. Um que faria qualquer um de nós que tenha estado lá, fosse do lado que fosse, se lembrar."

"Está com medo de ser descoberto?"

"É claro. Mas não tenho a menor intenção de ser capturado, Gretel. Fico de guarda em todos os momentos. Creio que terei de fazer isso o resto da vida."

"Uma noite, eu o segui até Manly, e você não me viu. Eu não sabia ao certo o que queria. Até que o vi com seu filho."

"A mãe dele ficou como louca no mesmo minuto", disse Kurt. "Fiz o possível e o impossível para que ela não chamasse a polícia."

"Como a impediu?"

Ele sorriu levemente, aquele mesmo sorriso brutal e sensual que sempre teve o poder de me atrair. "Cynthia sabe que é melhor acatar as minhas decisões", respondeu, escolhendo as palavras com cuidado.

"Você é cruel com ela", disse eu, mais como uma afirmação do que como uma pergunta.

"Não, acho que não", contrapôs ele. "Amo minha esposa. Mas também tenho um lado tradicional. Acredito que o marido é o chefe da família. Seu pai tinha convicções parecidas."

"Você não é nada parecido com meu pai", rebati.

"Não, o meu nome não viverá na infâmia como o dele. Afinal, ele era o que mandava, não era? Um homem adulto, na casa dos quarenta. Eu era apenas... qual é a palavra? Um cúmplice. Um adolescente brincando de se fantasiar e aproveitando o poder que, de algum modo, caíra no meu colo. Seu pai era um monstro. Eu não passava de um aprendiz de monstro."

Olhei feio para ele. Não era isso que tinha querido dizer, mas seria difícil contradizê-lo.

"Dito isso", prosseguiu ele, "Cynthia não é a rainha da paciência, e eu não serei capaz de impedi-la de chamar a polícia se demorar muito aqui."

"Já disse que vou devolvê-lo", repliquei. "E não minto."

"Claro que mente", disse ele com uma gargalhada.

"Deve ter mentido todos os dias da sua vida nos últimos sete anos. Aliás, como é que você se chama aqui?" Eu lhe contei e ele voltou a rir. "Quer dizer que você manteve o seu prenome, como eu. Mas mudou de sobrenome, como eu. Nós não somos tão diferentes afinal, somos?"

"Seria impossível manter meu sobrenome", disse eu.

"Quando você o mudou? No navio para a Austrália?"

"Não. Assim que a guerra acabou. Minha mãe e eu nos mudamos para Paris quando ficou seguro sair de Berlim."

"E como isso funcionou para você?"

"Não muito bem", respondi, sentindo um leve formigamento no couro cabeludo com a lembrança da lâmina de barbear, o sangue a escorrer na testa, os feios tufos de cabelo no seu rastro. "Tento não pensar no passado."

"E você falha, imagino."

"É claro, não é?"

"Não", disse ele. "Mas então eu sou uma daquelas pessoas que, de algum modo, têm sucesso em tudo que colocam na mente."

Eu me virei para olhar pela janela, sem saber o que fazer para derrubar seu muro de confiança. Algumas crianças iam passando, em pares de mãos dadas, chapéu grande na cabeça para se protegerem do sol. Pareciam incrivelmente inocentes.

"Eu não esperava sobreviver, você sabe", disse ele depois de algum tempo, a sua voz mais tranquila agora. "Seu pai me mandou para o front."

"Eu me lembro."

"Mas se lembra do porquê?"

Eu me lembrava, ou pensava que me lembrava, mas esperei que ele me contasse.

"Seu avô, eu recordo, foi visitá-los. Fui convidado para

jantar com a família. E deixei escapar que o meu próprio pai tinha relutado em aderir ao Reich. Lembra-se agora?"

"Lembro que você matou Pável aos pontapés."

"Quem?"

"Nosso empregado. Esse era o nome dele. Pável."

"Ah, sim. O judeu", disse ele. "Ele respondeu para mim, acho."

"Pável não disse uma palavra. Estava com muito medo. Ele simplesmente derrubou um pouco de vinho na mesa."

Kurt sorriu. "Acho muito improvável que eu tenha chutado um homem até a morte por ter derramado vinho."

"Mas foi o que você fez", disse eu. "Lembro-me nitidamente. Minha mãe implorou ao meu pai que interviesse, mas ele não disse nada, simplesmente ficou ali sentado calmamente, continuando a jantar."

Kurt olhou para a toalha da mesa e nela passou a palma da mão. Eu o observei com atenção. Para minha surpresa, ele parecia em conflito com essa lembrança.

"Nunca esqueci isso", disse eu, as palavras raspando minha garganta. "Nunca tinha visto algo assim acontecer."

"E, mesmo assim, você chorou quando me mandaram embora."

"Chorei", admiti. "Fiquei tão confusa. Claro, eu tinha sentimentos por você e era muito nova para lidar com eles, mas então você fez aquilo e…"

"Aconteceram muitas coisas naquele outro lugar, como você diz", afirmou Kurt. "Mas eu também fui punido pelo que meu pai tinha feito. Um preço que você não pagou, posso acrescentar. Eu tinha sido leal ao comandante e ele me mandou embora. Tudo por causa disso. Será que ele temia que, se os outros descobrissem, isso teria um reflexo ruim para ele?"

"Não sei. Ele nunca discutia essas decisões comigo."

"O fato é que o que ele me deu foi uma sentença de morte. E admito que fiquei apavorado. Afinal, eu não passava de um garoto. Mas não morri. De algum modo, os soldados ao meu redor tombaram um após o outro, mas eu aguentei. Eles não conseguiam me matar, entende? Levei um tiro uma vez, mas no ombro. Depois disso, fui mandado de volta para Berlim, onde me deram um trabalho burocrático. Foi um bom cargo para mim. Se eu soubesse que me dariam emprego em um ambiente como aquele, teria pedido que atirassem em mim muito tempo antes. Podia até ter pedido a você."

"E você não foi preso?", perguntei. "Depois, digo. Quando a guerra acabou."

Kurt balançou a cabeça.

"Nós sabíamos que os aliados estavam chegando, é claro", disse. "Obviamente, era apenas uma questão de tempo para que eles invadissem. Quase todo dia, o *Führer* ia ao prédio em que eu estava lotado e ele parecia cada vez mais abalado, cada vez mais irracional. Era alarmante ver sua raiva. A maioria das pessoas fazia o possível para sair do caminho dele, mas eu gostava de observá-lo."

"Por quê?", perguntei.

"Ele me fascinava", respondeu Kurt com um dar de ombros. "Ora, ele nos fascinava a todos, lembra?"

"Lembro", disse eu, pois era verdade: ele fascinava todos nós.

"Era como estar na presença de algo sobrenatural. Então eu o observava de longe, tentando aprender com ele. Mas eis que, um dia, nós fomos informados de que ele se havia retirado para seu bunker. Alguns oficiais foram com ele. A equipe de secretárias também. Os cozinheiros, e por aí vai. Recebi uma mensagem dizendo que o *Führer* havia deixado um par de óculos na sua escrivaninha, e eu devia levá-los para ele. Os óculos de Hitler, você pode imaginar? Eu os peguei e saí do prédio, mas os exércitos já estavam fechando o cerco — era óbvio que eles estariam em cima de nós em um dia ou dois, no máximo —, então eu corri. Corri o mais depressa que pude."

"E para onde foi?"

"Para o norte, rumo à Dinamarca primeiro, e depois à Suécia. Passei alguns anos lá, mudei minha identidade, minha voz, meu sotaque. Quando surgiu a oportunidade de me mudar para a Austrália, eu aproveitei. Essa parecia uma boa maneira de recomeçar."

"E para despistá-los?", sugeri.

"Quem?"

"Os que podiam ter seu nome em uma lista. Os que queriam encontrá-lo e levá-lo a julgamento."

"Se essa gente existe, deve estar procurando o tenente Kotler", disse-me ele. "Não está interessada em um banqueiro chamado Kozel, que leva uma vida tranquila com sua linda esposa, Cynthia, e seu filho. Alguns estão aqui, é claro. Os caçadores de nazistas, digo. Mas são poucos em comparação com os que estão procurando na América do Norte e na América do Sul. Acho que esses idiotas esqueceram a Austrália."

"Vão se lembrar um dia", disse-lhe eu.

"Talvez. E o que você vai fazer então?"

"Eu?"

"Eu sou bem insignificante no grande esquema das coisas. Você, pelo contrário..."

"Eu não tive nada a ver com isso", protestei, inclinando-me para a frente. "Eu era uma criança."

Ele ergueu a sobrancelha.

"O seu pai era o comandante do mais notório campo de concentração", retrucou ele. "E você optou por não se apresentar às autoridades nos anos entre a libertação daquele campo e hoje."

"Foi decisão da minha mãe, não minha."

"Claro. Sempre uma desculpa. Mas você não acha que os tribunais também gostariam de falar com você?"

"Por quê? O que eu poderia dizer a eles?"

"Alguma coisa. Qualquer coisa. Cada informaçãozinha poderia dar algum alívio às famílias daqueles que nós..." Kurt se deteve e mordeu o lábio. "Você pode fingir o contrário, Gretel", disse um momento depois. "Mas você, como eu, é o que nós chamamos de pessoa de interesse. E eles certamente encontrariam um modo de sugerir que você era tão culpada quanto qualquer um de nós. Pouco importa a idade que tinha."

Senti uma mistura de emoções. Havia passado tanto tempo tentando convencer a mim mesma de que era inocente, mas ele estava certo no que acabava de dizer. Eu encontrara muitos judeus no meu tempo lá, não só Pável, e sabia muito bem como eles eram tratados e o modo como a sua vida terminava. Podia ter contado tudo isso às autoridades. Mas, se eles me alcançassem, eu sabia que faria exatamente como fizera Kurt naquele dia em Berlim. Sairia correndo.

Ele tirou do bolso da camisa um pequeno par de óculos — hastes estreitas com pequenos aros circulares — e o pôs na mesa diante de mim. Olhei sem saber o que ele queria dizer com aquilo, mas não tardei a compreender e soltei um suspiro de terror.

"Estes pertenciam a ele?", perguntei, erguendo os olhos.

"Sim."

"E você os guardou todos esses anos? Por quê?"

Kurt deu de ombros. "Uma recordação, talvez?", sugeriu. "Algo que me lembra que eu não sonhei tudo. Que era real e que, uma vez na vida, eu participei de algo muito bonito. Falando nisso, você se tornou uma moça extremamente atraente, você sabe", acrescentou, estendendo o braço e passando o dedo na minha bochecha. Fechei os olhos. Houve um tempo em que eu teria rastejado sobre cacos de vidro para sentir aquela mão na minha pele.

"Quer experimentá-los?", perguntou em voz baixa, e eu o fitei, sem ver nem ouvir nada ao meu redor, só ele.

"O quê?"

"Os óculos. Experimente-os. Veja o mundo através dos olhos dele, por assim dizer."

Olhei para a mesa e observei minha mão avançando em direção a eles. Toquei-os com a ponta do dedo, quase esperando levar um choque quando fizessem contato com a minha pele. Eu me senti doente. Senti-me empolgada. Senti-me fraca. Senti-me poderosa.

"Experimente, Gretel", repetiu Kurt, agora inclinando-se para a frente, a sua voz quase um sussurro.

"Não consigo", disse eu.

"Você quer. Eu sei que quer."

"Não."

O tempo pareceu ter parado enquanto eu olhava para eles. Cheguei a ouvir sua voz na minha cabeça. O barulho de saltos batendo. Meu pai saudando o nome dele em voz alta.

Tornei a estender a mão, visivelmente trêmula, e os ergui pelas hastes. Senti nojo de segurá-los e, para minha intensa vergonha, privilegiada.

Eu poderia usá-los? No momento seguinte, eles estavam no meu rosto e um som, um suspiro de prazer ou um gemido de desânimo, me saiu da boca.

"É emocionante, não é?", perguntou Kurt, desfocado

para mim agora, pois as lentes eram demasiado fortes para meus olhos. "Diga como está se sentindo."

Era por demais complicado para dizê-lo com palavras. Aquela poderosa mistura de autoridade, horror e culpa, tudo ao mesmo tempo.

"Você pode sentir a presença dele, não pode?"

"Sempre. Mas nunca mais do que agora."

"E como isso faz você se sentir?"

"Nauseada. Enojada. Envergonhada."

"E?"

Eu o encarei.

"A verdade, Gretel."

"Exaltada", sussurrei.

Ele sorriu, estendeu as mãos e os tirou delicadamente do meu rosto, colocando-os na mesa entre nós.

"Diga que você não sente falta dele", disse Kurt em voz baixa, inclinando-se para a frente. "Diga que não gostaria que ele tivesse visto isto tudo e que nós tivéssemos alcançado a vitória. Imagine o mundo em que estaríamos vivendo agora. Como tudo seria diferente. Eu queria tanto isso. Que o Reich durasse mil anos, exatamente como ele prometeu. Seja sincera consigo mesma, Gretel. Você também queria isso, não queria?"

19

Quando voltei para o Winterville Court depois da minha tarde com Eleanor, encontrei Henry sentado na escada, lendo um livro. Não *A ilha do tesouro* dessa vez; já devia tê-lo terminado e agora estava envolvido com *O calhambeque mágico*. Eu admirava a sua preferência pela ficção infantil clássica em detrimento da contemporânea e me perguntei se eram sua mãe, seu pai ou uma bibliotecária da escola que lhe forneciam o material de leitura. Ele ergueu a vista e, quando me viu, mostrou uma mistura de sorriso envergonhado com alívio por um adulto responsável finalmente estar no prédio.

"Olá, Henry", disse eu.

"Olá, sra. Fernsby."

"Há um motivo para você estar sentado na escada? Eu não tenho nada com isso, você sabe. Se você estiver confortável, ótimo. Só estou querendo saber."

Ele relutou um pouco em explicar, mas acabou cedendo, evitando meu olhar, concentrando a atenção em seus dedos. "A mamãe está cochilando", disse. "Eu não queria acordá-la batendo na porta."

Eu suspirei, imaginando em que estado Madelyn podia estar atrás da porta trancada.

"E como você voltou da escola?", perguntei.

"A pé."

"Sozinho?"

Ele fez que sim.

"Pensei que você não tivesse autorização."

"Achei mais fácil assim", disse ele. "Não apareceu ninguém para me buscar."

Olhei para o apartamento 1, preocupada com o que podia ter acontecido com o menino no caminho.

"Quer vir até o meu apartamento?", perguntei, e ele passou algum tempo pensando antes de balançar a cabeça.

"Estou bem aqui", disse. "Logo ela vai acordar."

"Tudo bem", disse eu, sem vontade de insistir. Aproximei-me da escada para continuar subindo, e ele se afastou para o lado para que eu pudesse passar. Quando cheguei ao meu andar, voltei a olhar para aquela criaturinha sentada sozinha, sem alguém que cuidasse dela. Henry parecia tão minúsculo e solitário. Eu me perguntei se seus colegas de classe caçoavam dele por ser tão pequeno.

"Posso lhe trazer um copo de leite?", perguntei. "Ou talvez um biscoito?"

"Não, obrigado", disse ele, sem olhar em volta, e segui em frente. Era incomum uma criança da sua idade rejeitar guloseimas, mas preferi não insistir.

Eu estava no meu apartamento havia somente alguns minutos, porém, quando ouvi uma batida na porta e cheguei a sorrir imaginando que ele tivesse mudado de ideia. No entanto, quando a abri, não era Henry que estava do lado de fora, e sim o neto de Heidi Hargrave.

"Oberon", disse eu, surpresa ao deparar com ele. "Olá."

"Sra. Fernsby", respondeu ele com frieza na voz. "Podemos conversar?"

Assenti com um gesto, esperando que o rapaz falasse, mas ele olhou por cima do meu ombro e, como era óbvio que queria falar em particular, recuei com relutância e o convidei a entrar. Algo no seu modo de andar lembrou-me papai, o que era inquietante.

"A senhora sabe que há um menininho sentado na escada?", perguntou ele quando fechei a porta.

"É o Henry. Ele mora no prédio. Agora, o que posso fazer por você?"

"Tenho uma coisa chata a discutir com a senhora", disse ele. Eu estava prestes a lhe oferecer uma poltrona, mas mudei de ideia. Se Oberon estivesse atrás de discussão, eu teria prazer em mandá-lo embora com a mesma rapidez com que o havia deixado entrar.

"É mesmo?", perguntei. "Pode me dizer por quê?"

"A vovó diz que a senhora a está desencorajando de se mudar para a Austrália."

"A vovó tem razão", concordei.

"Posso saber por quê?"

"Porque acho uma péssima ideia", disse-lhe eu. "Você pode ser o neto dela, Oberon, mas eu a conheço há muito mais tempo do que você. A vida dela está aqui. Os amigos dela estão aqui. Ela perguntou se eu achava uma boa ideia mudar-se para o outro lado do mundo e eu lhe disse que não. Ela mesma disse que não entenderia a cultura, as pessoas ou o clima. Falei que ela estava melhor no Winterville Court. Você preferia que eu tivesse mentido para a sua avó?"

"Eu preferiria que a senhora não interferisse."

"Mas você pediu a minha ajuda! E se um homem batesse na porta dela, dizendo que era da companhia de gás e queria entrar no apartamento, mas não estava disposto a mostrar suas credenciais, você também preferia que eu não interferisse?"

Ele revirou os olhos, coisa que deu vontade de esbofeteá-lo.

"Não é a mesma coisa", disse ele. "Não sou um homem da companhia de gás. Sou neto dela. Só quero o que for melhor para ela."

"E você acredita que está em condições de decidir isso?", perguntei.

"Acredito, por acaso", respondeu ele. "Ela é caduca", acrescentou, girando o dedo junto à têmpora. Não sabe o que é melhor para ela."

"Pois, felizmente, eu sei", retruquei.

"Prefiro que a senhora fique fora disso" disse ele em tom irritado, e comecei a perder a paciência. Estava farta de ser intimidada por homens. Aconteceu durante toda a minha vida, desde o momento em que respirei pela primeira vez.

"Ela não vai viver para sempre", disse eu causticamente. "Tenho certeza de que você vai receber a sua herança no devido tempo, se é isso que o preocupa."

"A senhora acha que é questão de dinheiro?", perguntou ele, mas era um péssimo ator. Suas tentativas de se mostrar ofendido não surtiam efeito sobre mim.

"Acho", admiti. "É horrível da minha parte, eu sei, mas já estou com noventa e um anos. Provavelmente também sou meio caduca. Agora, se você não se importa, preciso lhe pedir que saia. Tenho mais o que fazer."

Oberon olhou para mim, aborrecido, magoado até, e eu me perguntei se tinha sido injusta com ele.

"Sim, tenho certeza de que a senhora tem uma tarde ocupadíssima com compromissos", disse.

"Não há necessidade de ser grosseiro", respondi.

"Desculpe", disse ele, abrindo a porta. "Eu sei que a senhora tem boas intenções, mas eu lhe peço que no futuro fique fora dos nossos assuntos", continuou. "Acredito que sei o que é melhor para a minha avó."

"Sim, sim", disse eu com desdém, acompanhando-o e fechando a porta às suas costas, mas não antes de olhar para Henry, que continuava sentado exatamente onde eu o havia deixado, mas olhando para cima agora, observando o movimento e claramente incomodado com as vozes altas. Ele já havia tido o suficiente disso na vida, supus.

Fiz um chá e li durante uma hora ou mais, depois liguei o rádio para escutar as notícias. Estava começando a me perguntar o que eu comeria no jantar quando um pensamento me ocorreu. Eu o rejeitei, pensando que não, não seria possível, então, curiosa, ansiosa até, abri a porta da frente e olhei para baixo uma vez mais.

Ele ainda estava lá.

"Henry", chamei, e ele se virou e olhou para mim. Tinha chorado, eu vi, mas enxugou o rosto e os olhos; não queria que visse como ele estava triste. "Até quando você vai ficar sentado aí?"

"Eu bati na porta", disse ele queixosamente. "Mas ela não atende."

"Ah, pelo amor de Deus", disse eu com um suspiro e desci a escada. Aquilo era demais. Eu mesma me encarreguei de bater na porta, com tanta força que tenho certeza de que até os moradores do prédio vizinho ouviram.

"Sra. Darcy-Witt", gritei com toda a força da minha voz. "Madelyn. Você está aí dentro? Pode abrir a porta, por favor?"

Nenhum ruído lá dentro, pressionei o ouvido na porta, esperando ouvir seus passos pisando no piso de madeira.

"Madelyn!", tornei a chamar, batendo na porta novamente. "Madelyn, abra!"

Nada.

Voltei-me para olhar para Henry, que estava com uma expressão assombrada. Notei então que ele estava com um curativo grande na lateral da mão direita.

"O que aconteceu aí?", perguntei, estendendo a mão para tocar a ferida, mas Henry a afastou e escondeu rapidamente.

"Eu me queimei", disse ele.

"Como?"

"No forno."

Eu o encarei, querendo fazer mais perguntas, mas sem saber ao certo se devia. Tornei a bater na porta quando Heidi abriu a dela no andar superior e olhou para baixo.

"Gretel", gritou. "O que aconteceu?"

"O pobrezinho não consegue entrar em casa", disse eu. "A mãe dele... Não sei... bem, não atende."

Heidi também desceu a escada. Parecia estar em um de seus dias bons.

"Ele está sentado aqui há horas", disse-lhe eu.

"Você não tem a chave?", perguntou ela, virando-se para o garoto.

"Não me deixam ter a chave de casa", respondeu ele, e eu vi que estava quase chorando novamente.

Heidi franziu a testa, então o seu rosto se iluminou como se ela acabasse de ter um momento heureca. Ergueu a mão e a passou no alto da porta. Veio vazia, mas coberta de poeira, e ela soprou a sujeira para longe, na minha direção. Eu tossi e abanei a mão diante do rosto.

"Que diabo você está fazendo?", perguntei.

Sem responder, Heidi virou-se para o vaso que ficava do lado de fora da porta e mergulhou a mão na terra. Quando a tirou novamente, trazia uma chave prateada.

"O sr. Robertson sempre deixava uma de reserva aqui", disse, estendendo-a para mim, triunfante.

"O sr. Richardson", corrigi ao mesmo tempo que tirava a sujeira da chave. "Será que ainda serve? Pode ser que tenham trocado a fechadura quando se mudaram para cá." Devolvi-lhe a chave.

"Só há uma maneira de saber", disse ela, enfiando a chave na fechadura e girando-a. A porta se abriu.

"Viva!", gritei. "Quanta esperteza, Heidi!"

Ela abriu um sorriso, encantada consigo mesma, e entrou como se fosse a dona do apartamento. Eu estava menos impaciente para entrar sem ser convidada, mas Henry se levantou de um salto e correu na minha frente. Eu o segui e parei na sala de estar, olhando em torno. Tudo parecia em ordem. Henry jogou a mochila no chão e foi para a cozinha. Estava com fome, afinal. Eu não sabia aonde Heidi havia ido, mas, antes que eu pudesse ir procurá-la, ela saiu do corredor que dava nos quartos.

"Gretel", disse, com o rosto pálido. "Você precisa chamar uma ambulância."

20

"Eu também o conheci, sabe?"

Kurt ergueu a sobrancelha, recolocando os óculos no bolso.

"Conheceu quem?", perguntou.

"O *Führer*."

Ele me encarou como se não acreditasse em mim.

"É verdade", disse eu. "Ele jantou conosco em Berlim. Foi na noite em que nomeou meu pai para o novo cargo, o que nos levaria para lá. Eu tentei impressioná-lo dizendo-lhe que sabia falar francês. Ele olhou para mim e me perguntou por que eu ia querer falar francês. Não consegui pensar em uma resposta."

"Nunca falei com ele", disse Kurt, o tom de voz carregado de tristeza. "Mesmo quando ele passou pela minha escrivaninha e olhou para mim, eu não ousei lhe dirigir a palavra."

"Você pode vender isso, sabe?", disse eu, apontando para os óculos. "Há colecionadores que provavelmente pagariam uma fortuna por eles."

"Um dia, quem sabe", respondeu ele. "Talvez eu deva pensar neles como a minha aposentadoria."

Parecia surreal estarmos conversando como um casal de velhos amigos atualizando-se depois de anos sem contato. Havia algumas outras pessoas no café, além da mulher atrás do balcão, e me perguntei o que uma delas faria se soubesse nossa verdadeira identidade. Senti um curioso desejo de lhes contar, a mesma sensação de perigo que se tem ao olhar para um precipício e, mesmo sem a intenção real de pular, sentir um desejo irresistível de saltar.

"Você não me falou sobre o resto da sua família", disse ele depois de algum tempo, e eu o fitei balançando levemente a cabeça como se tivessem me acordado do sono. "O seu pai foi enforcado, não foi?"

Fiz que sim.

"Li a respeito", disse ele. "Vocês estavam..."

"Estávamos escondidas nessa época", contei-lhe. "Também lemos a respeito disso."

"Você ficou triste?"

"Ele era o meu pai."

"E a sua mãe?"

Dei de ombros. "A mente dela estava concentrada unicamente em continuar viva."

"Ela veio para a Austrália com você? Não é ela a pessoa que está cuidando do meu filho, é?"

"Minha mãe morreu", respondi.

Ele pareceu surpreso com isso.

"É mesmo? E tão jovem?"

"Ela nunca se recuperou."

"Do quê?"

"De tudo que aconteceu."

"Imagino que ela alegasse que não sabia de nada do que estava acontecendo."

Concordei.

"Isso seria impossível", prosseguiu ele. "Ela sabia. Todos sabiam. Foi a geração deles que começou. E a nossa pagou o pato."

"Você não se considera uma vítima, espero", disse eu, e ele se apressou em negar.

"Não, isso não", disse. "Mas..."

"Mas o quê?"

"Mas não me lembro de ter tomado nenhuma decisão consciente no tocante à minha vida. Tudo foi planejado para mim ainda tão jovem."

"As coisas que você fez...", comecei a dizer, mas Kurt respirou fundo, cerrando os punhos, e não fui capaz de continuar, temendo a ideia de que ele me desse as costas e me obrigasse a enfrentar o fato de que, como ele já havia indicado, nós não éramos tão diferentes assim.

"E o seu irmão?", perguntou ele instantes depois. "Ele não gostava muito de mim, gostava?"

"Não."

"Qual era o nome dele mesmo? Esqueci."

Fechei os olhos, engolindo em seco. Nunca dizia o nome do meu irmão, não suportava. Esperei que ele não tornasse a perguntar.

"Ah, espere", disse Kurt, estalando os dedos. "Agora eu me lembrei." Quando ele disse a palavra, um calafrio me percorreu ao ouvir aquelas duas sílabas ditas em voz alta. "E onde ele está? Era muito jovem para combater, então me deixe adivinhar, imagino que seja estudante em algum lugar. Ele tinha uma inclinação para os livros, não? Sempre andava com aquele exemplar de *A ilha do tesouro*. Leu-o muitas vezes."

"Ele adorava aquele livro", disse eu.

"Então estou certo?"

"Ele também morreu", contei-lhe e, pela primeira vez,

vi um lampejo de surpresa na sua expressão, até mesmo de choque.

"Sério?", perguntou. "Como?"

Eu meneei a cabeça. "Não posso falar nisso", disse.

Olhei para a mesa durante um momento e me senti tentada a pegar a faca que lá estava e cravá-la diretamente no seu olho. Coisa que poderia fazer em um instante, antes que ele tivesse tempo de reagir. O pior era que eu ainda estava sentindo o contato dos seus lábios na minha mão, que Kurt havia beijado mais cedo, e queria que ele o fizesse mais uma vez.

"Muito bem", disse ele enfim. "Mas acho que nós temos de decidir uma coisa, não?"

"Decidir o quê?"

"Nós dois estamos aqui, e cada um de nós sabe os segredos do outro. Então, o que é que vamos fazer com isso?"

"Não é óbvio?", perguntei.

"Para mim, não."

"Você precisa pagar pelo que fez."

"E o que foi que eu fiz?"

"Você sabe exatamente o que..."

"Eu sei o que você pensa que eu fiz. Mas gostaria de ouvi-la descrever tudo."

"Você fez parte daquilo", disse eu. "Uma grande parte."

"Parte do quê?", perguntou ele, agora deixando transparecer certa irritação na voz. "Caramba, Gretel, não sei por que o seu pai contratou Herr Liszt para educá-la se você parece incapaz de traduzir o seu pensamento em palavras."

"Você diz que a minha mãe sabia do que estava acontecendo", disse-lhe eu. "Mas você também sabia. E não fez nada. Aprovava tudo."

"Você se refere à matança?"

"Sim."

"Por que você tem tanta dificuldade para chamar as coisas daquilo que são? Tanta ofuscação. Nós tínhamos judeus. Tínhamos câmaras de gás. Tínhamos crematórios. E tínhamos matança. Você não diz o nome do seu irmão. Não diz nada sobre esses..."

"Pare!", gritei, franzindo a testa com repugnância. "Você sabia de tudo desde o começo."

"Claro que sabia. Foi por isso que me mandaram para lá. Para ajudar a facilitar os extermínios."

"Não havia nenhuma parte de você que achasse que aquilo estava errado?"

Kurt fez uma careta. Era evidente que ele fazia o possível para nunca pensar naquilo.

"Foi... difícil no começo", disse. "Sou uma pessoa. Mas parecia esquecer na hora..."

"Esquecer o quê?"

"Que eles também eram gente."

"Você tinha prazer nisso."

Kurt balançou a cabeça. "Não", disse.

"Tinha, sim. Eu me lembro."

"Eu sentia prazer no poder que tinha em mãos. Era emocionante e assustador ao mesmo tempo. O que você queria que eu fizesse? Eu era soldado. E os soldados obedecem a ordens. Se me recusasse, seria fuzilado. Eu não passava de um garoto de dezenove anos. Não ia desistir da vida tão facilmente. Tinha sido doutrinado desde sempre. Aos dez anos, fui obrigado a ingressar no *Deutsches Jungvolk*. Quatro anos depois, fazia parte da *Hitlerjugend*. Não sabia nada de nada. Eu simplesmente fazia o que me mandavam fazer. E, a partir de então, fui promovido pelas patentes até me tornar um membro da ss plenamente estabelecido."

"Você disse que seu pai se opunha a..."

"O meu pai era um fraco!", disse ele, erguendo a voz. "Um homem fraco. Eu não queria ser ele. Queria ser mais forte que ele. Por isso a solução da questão não me pareceu ruim."

"Que questão?", perguntei.

"A questão judaica. Era ambiciosa. Provavelmente ambiciosa demais para que desse certo."

"Você não se arrepende?"

"Eu me arrependo de termos perdido", disse ele. "Eu queria ter continuado a minha carreira militar. Acho que podia ter subido muito se as coisas tivessem sido diferentes. Isso ainda me surpreende. Durante alguns anos, as coisas pareceram muito positivas. Você não gostaria que nós tivéssemos vencido?"

Eu o encarei, sem saber como responder.

"Seja sincera comigo, Gretel. Se você pudesse estalar os dedos e fazer com que os aliados fossem derrotados, não os estalaria? Seu pai, sua mãe, seu irmão, todos ainda estariam com você. Você seria uma garota badalada, filha de um homem poderosíssimo e muito influente. Imagine a vida que você podia ter tido. Diga, se você tivesse essa capacidade, não faria isso?"

"Não faria", disse eu. "Não poderia."

"Você está mentindo."

"Não."

"Está. Estou vendo no seu rosto. Você precisa dizer a si mesma que não o faria para poder se sentir moralmente superior, mas não acredito em você nem um instante." Ele estendeu o braço e me agarrou o pulso. "Você estalaria os dedos, Gretel, para recuperar tudo que perdeu, mesmo à custa de milhões de outras vidas. Pode negar isso se quiser, mas eu sei que é mentira."

Soltei meu pulso da mão dele. Estava doendo e esfreguei o lugar onde ele agarrou com os dedos da mão esquerda.

"Você só quer falar em mim para não ter de enfrentar seu próprio papel nas coisas", disse eu.

"Não. Se pensa que a minha consciência está limpa, você se engana redondamente. Não está. Nunca estará. Mas eu opto por não deixá-la me controlar."

"Você era cruel."

"Eu era obediente."

"As crianças."

"É claro que nós devemos sentir mais simpatia pelas crianças", disse ele, revirando os olhos. "As crianças santificadas. Por que eu haveria de me importar?"

"Eu o ouvi uma vez, sabe?", disse-lhe eu.

"Ouviu o quê?"

"Você estava com o meu irmão na cozinha. Tinha trazido outro garoto para ajudar a limpar os copos para uma festa. Você disse que os dedos dele eram pequenos o suficiente para fazer o trabalho corretamente. Meu irmão comeu alguma coisa, creio, da geladeira, e deu ao menino, mas ele se recusou a aceitar e você deu um soco no menino. Ele não tinha mais que nove anos, e você lhe deu um soco na cara."

Kurt deu de ombros. "Não me lembro disso", falou.

"Agora você tem um filho. O que ser pai faz você sentir?"

"Não fale no Hugo."

"E se o Hugo fosse um dos que iam naqueles trens?"

"Cale a boca", rosnou ele.

"Eu estava ouvindo na escada naquele dia. Fiquei com medo de descer e contê-lo."

"O que você quer de mim, Gretel?", perguntou ele, inclinando-se para a frente, o rosto carregado de ódio. "Espera que eu desabe e chore? Porque não seria mais do que uma representação, se eu o fizesse. Alguma coisa teatral para apaziguar a sua culpa patética. Eu me recuso a viver a vida pensando nessas coisas."

"Se você e outros como você tivessem simplesmente dito não. Se vocês tivessem resistido a..."

"Você vive em um mundo de sonhos", disse ele, voltando a se encostar na cadeira e recuperando a compostura. "Um ideal utópico em que o homem existe com o único propósito de ajudar o próximo. Não é natural, você não consegue enxergar isso?"

"Mas por que não?"

"Porque não é assim que nós fomos projetados. Começa no pátio da escola, com os meninos brigando entre si. Na década de 1940, o Reich encontrou um povo para odiar. Agora, dez anos depois, nós é que somos caçados. Quando descobrem um de nós, eles nos levam a um tribunal para que o mundo ouça os nossos crimes, mas, na verdade, a única coisa que querem é atirar em nós, nos enforcar, nos matar como puderem. Nós todos só estamos tentando sobreviver. Você como qualquer um. Por que está aqui, afinal? Na Austrália. Tão longe de casa. A verdade é que você também tem medo de ser pega."

Ele tinha razão, mas era detestável reconhecer tal coisa.

"Eu vivo todo dia com o que o meu pai fez", disse-lhe eu.

"Ah, você continua afirmando sua inocência? Você viu os trens chegarem. Viu as pessoas desembarcarem. Havia uns poucos galpões e, mesmo assim, nós continuávamos a enchê-los, muito embora você nunca tenha visto um deles sair pelos portões da frente. E você está me dizendo — justo a mim — que nunca questionou nada disso? O cheiro dos corpos queimados; você não tinha consciência disso? Os dias em que as cinzas caíam na nossa cabeça como neve preta; você estava lá naqueles dias, por acaso brincando com suas bonecas?"

Nesse momento, senti lágrimas nos olhos.

"Eu não sabia", disse eu.

"Você pode mentir para mim se quiser, mas mentir para si mesma? Eu sei por que você está aqui. Está aqui para transferir para mim toda a culpa da sua alma. Mas você não pode fazer isso, Gretel, porque eu me recuso a aceitar. Tenho a minha própria culpa para enfrentar."

"Se eu puder fazer alguma coisa boa", prossegui. "Se eu puder compensar..."

Ele balançou a cabeça. "Você é uma tola", disse. "Você era uma garota de cabeça oca naquela época e agora é uma mulher de cabeça oca. Agora você vai me contar como esta entrevista termina, ou eu tenho de continuar adivinhando?"

"Eu queria olhar para você, falar com você antes de denunciá-lo", disse eu, agora sentada com o corpo aprumado e tentando manter algum nível de compostura. "Vou à polícia contar quem você é."

"E eu serei preso e julgado. E, muito provavelmente, encarcerado durante muitos anos. Não acredito que seja isso que você quer."

"Eu quero que você pague por seus crimes."

"Enquanto você escapa dos seus. Mas eu seria apenas mais uma morte na sua consciência. Não pense que eu não entendo quanto isso é poderoso. Nada combina com isso. Você acha que dar a vida é uma coisa maravilhosa? Claro que sim. Mas nem de longe é tão emocionante quanto tomá-la."

O movimento lá fora me chamou a atenção. Vi pela janela que eram Cait e Hugo chegando do outro lado da rua. Ergui a mão e fiz sinal para que ela permanecesse onde estava por ora. Cait fez que sim. Kurt também olhou para o outro lado da rua, avistou o filho e acenou para ele, exalando um profundo suspiro de alívio. Nesse mesmo instante, a porta do café se abriu e dois policiais entraram e foram ao balcão para ler o cardápio na parede.

"Que coisa inesperada", disse Kurt, olhando para eles e, a seguir, endereçando-me um sorriso. "Chegou sua oportunidade de limpar sua alma arruinada. Você vai chamá-los ou quer que eu os chame? Pode contar tudo a eles. Eu não vou fugir. Admitirei tudo, contanto que você também assuma a responsabilidade pelos seus próprios atos. Você disse todas essas coisas corajosas, Gretel, mas este é o momento para o qual a sua vida vem se dirigindo. É questão de apenas alguns segundos para chamá-los e dizer-lhes quem eu sou e quem você é. Deixe que eles nos prendam e nós dois poderemos ver o sistema jurídico internacional nos agarrar. No que me diz respeito, isso me levará inevitavelmente à morte. E no seu caso? Ora, quem há de saber? Mas será muito interessante acompanhar seu destino final."

"Mas eu sou inocente", protestei.

"Mesmo que fosse verdade, não adiantaria nada. Sua vida nunca mais voltará a ser sua. Você acredita que a única filha sobrevivente do seu pai será absolvida de toda responsabilidade por um mundo consumido pela comoção? Daqui a alguns dias, seu retrato vai aparecer na primeira página de todos os jornais do planeta e, acredite, haverá muito mais interesse por você do que por mim. Essa gente falará em mim durante algum tempo, mas escreverá livros sobre você. Isso é o que você sempre quis, não é?", perguntou ele, estendendo a mão e segurando as minhas. "Para que nós dois fiquemos ligados de algum modo. Ah, Gretel, as coisas que eu podia ter feito com você naquela época se tivesse escolhido fazê-las", acrescentou, agora meditabundo.

"Você me deixaria fazer tudo que eu quisesse. Mas acontece que eu tive certa decência, afinal."

"Mas não assim", disse eu, retirando as mãos.

"Sua vida será destruída. E a dele também", disse Kurt, apontando com o queixo para o seu filho do outro lado da janela. "E, se um dia você tiver filhos, a vida deles também será arruinada." Estendeu a mão e passou o dedo delicadamente na minha bochecha. "Você tem as cicatrizes mais lindas, Gretel", disse. "Algumas infligidas por sua família; algumas, talvez, por mim. Mas este momento é seu. Você diz que vive com esse tormento — ora, procure se aliviar dele. Diz que está cheia de arrependimento, então livre-se dele. Minha vida está em suas mãos. Assim como, anos atrás, a vida de toda aquela gente inocente esteve nas minhas."

Fiquei simplesmente olhando para Kurt. Tudo quanto ele dissera era verdadeiro. Eu podia expô-lo, mas, para tanto, teria de me expor também. E acaso estava disposta a fazer isso? Valia a pena sacrificar a minha própria vida só para vê-lo punido? Tive a impressão de que haviam decorrido horas quando ele voltou a falar.

"Pois cá estamos nós", disse, levantando-se. "Acontece que somos exatamente os mesmos, você e eu. O mundo jamais perdoará nenhum de nós pelo que fizemos, então qual é o propósito da exposição?"

Também me levantei e, para minha surpresa, descobri que estávamos de algum modo presos em um beijo. O beijo pelo qual eu ansiava desde os doze anos de idade e, quando os meus lábios se separaram, descobri que eu podia esquecer o mundo inteiramente nos seus braços. E então, quase com a mesma rapidez com que começou, o beijo terminou. Ele recuou um passo, fez uma reverência cortês e sorriu.

"Adeus, Fraülein Gretel", disse. "Foi um prazer estar mais uma vez em sua companhia. Nós não voltaremos a nos encontrar."

Observei-o sair despreocupadamente do café, desejando um bom dia aos policiais quando passou por eles, atravessar a rua e trocar algumas palavras com Cait, que riu exageradamente de algo que ele disse. Então pegou a mão do filho e ambos desapareceram.

Menos de quarenta e oito horas depois, eu me levantei de manhã cedo, deixei um bilhete de desculpas para Cait na mesa da cozinha, junto com a minha parte no pagamento do aluguel daquele mês, e segui rumo ao Circular Quay, onde embarquei em um navio para Southampton. Meu último ato antes de partir da Austrália foi pôr no correio uma carta para Cynthia Kozel, na qual expliquei minuciosamente toda a minha história com seu marido, desde a manhã em que minha família partiu de Berlim até o momento em que Kurt saiu do Dandelion. Não excluí nenhum pormenor, admitindo quem eu era, quem tinha sido minha família e as atividades das quais Kurt havia participado. É claro que, em retrospectiva, vejo que, uma vez mais, eu estava simplesmente abrindo mão da responsabilidade, deixando que uma estranha decidisse se eu devia ser punida, sabendo que, caso escolhesse me expor, Cynthia provavelmente estaria introduzindo um trauma em sua própria vida. Pois que garantia tinha ela de que em troca eu não exporia o marido dela?

Quando atravessei meio mundo rumo a Sydney, eu tinha feito tudo que podia para deixar o passado para trás, embora soubesse que isso era impossível. Estivesse eu na França, na Austrália, na Inglaterra ou mesmo que fosse morar em Marte, pouco importa onde estivesse, as lindas cicatrizes de que Kurt falara sempre me arrastariam de volta àquele outro lugar. Eu nunca poderia fugir disso.

INTERLÚDIO
O menino
POLÔNIA 1943

Minha mãe protestou, mas meu pai fez questão.

Agora que estava com doze anos, ele anunciou, eu tinha idade suficiente para entender o seu trabalho, principalmente porque eu era membro ostensivo da *Jungmädelbund*, mas tive a infelicidade de não poder comparecer a nenhuma de suas reuniões nem participar de suas atividades em virtude do que minha mãe gostava de chamar de nosso "exílio" na Polônia. Era papai que me havia dado a fotografia de Trude Mohr que estava na parede do meu quarto, e eu a idolatrava do mesmo modo que ele idolatrava o próprio *Führer*. Se ainda estivéssemos morando em Berlim, eu certamente seria uma líder na organização devido ao status elevado do meu pai, talvez até uma *Untergauführerin* ou uma *Ringführerin*, mas, naquele outro lugar, a única pessoa sobre a qual eu podia exercer algum poder era o meu irmão.

"Eu não entendo por que você pode ir e eu não", disse ele quando eu estava escovando o cabelo naquela manhã, tendo já vestido a saia azul e a blusa com gola de marinheiro do uniforme que eu nunca tinha tido oportunidade de usar.

"Porque eu tenho doze anos e você, só nove", disse eu.

"Mas eu sou menino. Então sou mais importante."
Eu revirei os olhos. Não tinha sentido discutir com ele.
"Há assuntos que têm a ver com o trabalho do papai que você não compreenderia", prossegui, determinada a ser o mais condescendente possível, embora não estivesse mais informada que ele sobre a questão. "Um dia você vai compreender, quando for um pouco mais velho, mas até lá..."
"Ah, cale a boca, Gretel!", replicou ele, pulando da minha cama e batendo o pé no chão. "Você é a irmã mais chata do mundo!"
"Cale a boca você", respondi, já cansada, e voltei a me embelezar enquanto ele, frustrado, se sentava no chão de pernas cruzadas. Apesar de todas as nossas brigas, nós passávamos mais tempo na companhia um do outro que na de qualquer outra pessoa.
"Eu sei mais do que você imagina", disse ele em voz baixa e furtiva.
"É mesmo?"
"Eu poderia contar histórias do que acontece lá, mas você não acreditaria em mim."
"Lá onde?", perguntei.
"No outro lado da cerca."
"É uma fazenda", contei-lhe. "Eu já lhe expliquei isso."
"Não é uma fazenda", disse ele.
"Então o que é?", perguntei, voltando-me para encará-lo, curiosa de saber quanto ele podia ter descoberto. Desde que chegamos, nós dois tínhamos passado muito tempo tentando descobrir o que estávamos fazendo lá, qual era o propósito daquele lugar e quando seríamos autorizados a sair.
"Não sei", reconheceu ele enfim. "Mas estou trabalhando nisso."
Balancei a cabeça, levantando-me e ajustando minha

saia. Estava felicíssima com minha aparência e tinha planos de passar sorrateiramente no pescoço e nos pulsos um pouco do perfume Guerlain Shalimar de minha mãe antes de descer.

"Você não sabe nada", disse eu, deixando-o a sós. "Agora seja um bom menino e cuide da mamãe quando nós sairmos."

Só quando eu estava descendo a escada, ouvi-o gritar de seu quarto.

"Mas não é uma fazenda!", bramiu ele. "Eu sei disso muito bem!"

O tenente Kotler nos levou à entrada do campo em um carro conversível, mas nós não dissemos uma palavra na breve viagem enquanto meu pai, no banco dianteiro do passageiro, se ocupava de ler um dos seus arquivos. A cancela se ergueu para nós e os soldados se enfileiraram rapidamente, oferecendo a conhecida saudação e declarando-a em voz bem alta. Eu mesma havia aperfeiçoado o gesto, praticando-o repetidamente diante do espelho do quarto, ao passo que papai simplesmente levou o dedo ao quepe. Eu retribuí o gesto com gosto, fazendo com que Kurt olhasse para mim pelo espelho retrovisor, esboçando um sorriso.

Estacionamos em frente a um dos prédios dos oficiais e meu pai me instruiu a esperar no automóvel enquanto ele conversava com um dos homens lá dentro. Quando ele desapareceu, perguntei a Kurt se eu podia me juntar a ele no banco dianteiro. Ele olhou com certo nervosismo para a escada que meu pai havia subido e, a seguir, deu de ombros.

"Se você quiser", disse, e eu saltei para fora e me instalei perto dele no comprido assento, permitindo que nossos corpos ficassem bem próximos. Quando eu me sentei, tratei de puxar um pouco a saia para que os meus joelhos, que eu considerava bem-feitos, ficassem visíveis. Notei que Kurt piscou os olhos ao vê-los e, ato contínuo, acendeu um cigarro e olhou pela janela.

"Você gosta daqui, Kurt?", perguntei quando o silêncio entre nós se tornou insuportável. Estava claro que não era ele que ia quebrá-lo.

"Não é uma questão de gostar, Gretel", respondeu ele. "É questão de fazer o que me mandam."

"Mas se não estivesse aqui, se não houvesse guerra, o que você acha que faria em vez disso?"

Ele refletiu um pouco e deu outra tragada no cigarro. "Espero que estivesse na universidade", disse ele. "Tenho dezenove anos, de modo que esse seria o lugar certo em que estar."

"Como seu pai."

"Eu não sou como meu pai."

Uma tensão invadira a casa nos últimos dias, desde um jantar perturbador, no qual Kurt, que fora convidado a participar com a minha família, teve a insensatez de revelar que seu pai, um professor universitário, havia trocado Berlim pela Suíça em 1938, um ano antes que a guerra eclodisse, em virtude das discordâncias pessoais que tinha com as políticas do governo nacional-socialista.

"Que motivos ele deu", quis saber meu pai, mantendo um tom de voz artificialmente calmo enquanto comia, mascarando o perigo da pergunta que estava fazendo, "para deixar a Alemanha no momento da sua maior glória e de sua necessidade mais vital, quando é incumbência de todos nós desempenhar nosso papel no renascimento nacional?"

A revelação de Kurt não fora planejada e ele ficou sem saber o que responder, insistindo em dizer que ele e o pai nunca se deram bem, que ambos discordavam em muitas coisas e que a sua própria lealdade ao partido não podia ser questionada, mas o estrago já tinha sido feito. A tensão à mesa veio à tona quando um criado, um dos que foram trazidos do outro lado da cerca para servir nossas refeições, cometeu um erro ao servi-lo. Vinho foi derramado, depois sangue. Um embate brutal. Lembro-me do meu irmão gritando ao mesmo tempo que tentava tapar os olhos. Mamãe pediu ao papai que fizesse com que Kurt parasse, mas ele não fez caso dela, continuou comendo, alheio ao que estava acontecendo.

"E se você estivesse na universidade, o que estudaria?"

"Economia, acho", respondeu ele. "Tenho interesse pelo conceito de dinheiro, como nós o usamos, como ele nos usa em troca. Quando a guerra acabar, eu gostaria de trabalhar no Ministério da Fazenda e, com o tempo, de me tornar um economista do Reich. Haverá um mundo para reconstruir e, é claro, nós teremos não só de gerenciá-lo como também de fazer planos para os países que tivermos vencido. Vai ser complicado."

"Devíamos deixá-los apodrecer", anunciei, ansiosa por agradar. "Por ousarem se opor a nós, afinal."

"Não, Gretel", disse ele, balançando a cabeça. "Na vitória, a gente deve ter humildade. Pense nos grandes líderes da história — Alexandre, Júlio César. Eles não procuraram rebaixar suas conquistas, e o *Führer* certamente está entre eles. Pode tardar uma geração ou duas, afinal, para que essas nações aceitem seu novo status dentro do Reich, e eu me vejo participando disso." Fez uma pausa e sorriu, exibindo os dentes brancos. "Os generais vêm e vão, mas os financistas — é neles que reside o verdadeiro poder."

Eu concordei com um gesto. Essa parecia ser uma boa ideia, e eu imaginei nós dois morando juntos em uma mansão em Berlim, organizando festas extravagantes às quais o próprio *Führer* compareceria, assim como todos os grandes homens do Reich e suas esposas. Teríamos cinco ou seis filhos, cada um dos quais adoraria o pai e o honraria nas suas ações. Eu sabia que levaria mais alguns anos para que tal coisa se realizasse, mas eu ansiava por ela.

Desajeitada e timidamente, com o coração disparado no peito, movimentei a mão esquerda e a alojei na direita de Kurt. Ele não me impediu de fazê-lo, não afastou a sua, mas tampouco se virou para olhar para mim. Pelo contrário, simplesmente continuou a olhar para o campo lá fora, fumando o seu cigarro. Quando fechou os dedos nos meus, porém, senti um momento de excitação diferente de qualquer outro que eu já sentira e observei o seu rosto mudar, um leve sorriso nos lábios, a ponta da língua a aparecer quando ele me olhou, percorrendo com os olhos os contornos do meu corpo. Na conexão das nossas mãos entrelaçadas, começou a mover o dedo médio, acariciando a palma da minha mão e eu me reclinei no banco, suspirando. Mal podia acreditar que aquilo estava acontecendo. Era a única coisa que eu queria desde a minha chegada lá.

"Kurt", disse eu, compreendendo pela primeira vez na vida o que era sentir desejo.

Súbito, ele afastou a mão e abri os olhos, voltando para o mundo real, quando vi meu pai sair do prédio e vir em nossa direção. Pareceu não notar que eu havia mudado de banco e se limitou a me pedir com um gesto que eu o acompanhasse. Ao sair do carro, um pouco instável nos pés, olhei para a palma da minha mão direita, onde os dedos de Kurt tocaram os meus. Perversamente, aproximei-a aos poucos do rosto, inalando seu aroma e então a beijei.

Tornei a olhar para o jovem tenente, que me observava atentamente com uma expressão que não consegui interpretar. Eu esperava que ele não estivesse arrependido do momento de intimidade que havíamos compartilhado. Nós tínhamos um segredo agora e essa ideia me emocionou, embora talvez o assustasse. Ele terminou de fumar e atirou a ponta do cigarro no cascalho.

"Agora, Gretel", disse meu pai enquanto caminhávamos, e voltei a atenção ao que estava à minha frente. "Você nunca deve ter medo deste lugar. O mundo está renascendo aqui. Pense nisto como um lugar para o qual levam os animais doentes a fim de sacrificá-los para que deixem de ser uma ameaça a homens e mulheres de bem."

"Claro, papai", concordei. Nós viramos uma esquina e eu vi uma linha férrea que atravessava o campo rumando para o norte e, à minha direita, um terreno enorme com fileiras de longos barracões que se estendiam até além de onde a vista alcançava.

"É assim que eles chegam", disse meu pai, apontando com o queixo para os trilhos. "E é ali que nós os alojamos."

"Quem, papai?"

"*Die Juden*. E lá", acrescentou, apontando para um grupo de homens que caminhavam lentamente em fila indiana, cada qual empurrando um carrinho de mão cheio de madeira, "é como nos certificamos de que eles sejam úteis enquanto estiverem aqui. O Reich não tolera a indolência. Nós damos de comer a essas pessoas, se é que se pode chamá-las assim, mas elas têm de trabalhar para ganhar o pão que lhes damos. Você concorda?"

"Todo mundo deve trabalhar", respondi. "O *Führer* diz que o trabalho liberta. Todo homem, toda mulher, toda criança têm de contribuir, e o pão custa dinheiro."

"De fato, Gretel", disse ele, despenteando-me o cabelo, e eu sorri porque gostava de agradá-lo.

"E aquele prédio, o que é?", perguntei, apontando para um edifício de pedra a cerca de quinhentos metros do lugar em que estávamos. Tinha um aspecto austero.

"Nós o chamamos de câmara", respondeu ele. "Quer vê-lo?"

Eu fiz que sim.

"Muito, papai", disse.

"Não está sendo usado hoje, de modo que nós escolhemos uma ótima ocasião."

"E para que serve?"

Ele sorriu. "Para uma coisa muito bonita", respondeu. "Venha, deixe-me levá-la para dentro que eu mostro. Um dia, você vai contar isso aos seus filhos. Mas não precisa ter medo. Pense nisso como..."

Antes que ele pudesse concluir a frase, porém, um jovem soldado se aproximou correndo e cochichou alguma coisa ao ouvido do meu pai, que franziu a testa, anuiu e então se voltou para mim.

"Fique aqui, Gretel", disse. "Eu volto dentro de um ou dois minutos. Preciso atender um telefonema de Berlim."

"Sim, papai."

Fiquei observando-o dirigir-se ao escritório, então voltei a olhar ao meu redor. Em toda parte, vi pessoas de uniforme de listras azuis e brancas. Havia homens e mulheres, mas quase nenhuma criança. Todos pareciam exaustos, sem vida, sem energia. E também estavam imundos, coisa que me deu nojo. Por que não podiam cuidar mais de si? Era impossível contar o número de pessoas que ali se arrastavam diante de mim. Eram mil? Dois mil? Eu tive a impressão de que todos os olhares estavam diretamente voltados para mim, todos consumidos pelo medo da minha presença, como se uma única palavra que eu dissesse pudesse significar a diferença entre a vida e a morte.

E foi nesse momento que eu vi o armazém.

* * *

O armazém, como eu passaria a pensar nele sempre que tentava banir essa cena da memória, não era maior que um dos barracões que pontilhavam a paisagem, mas cujo propósito, evidentemente, nada tinha a ver com alojamento. Corri para a sua lateral, ansiosa por escapar ao olhar daquela gente que eu estava observando, abri as portas e entrei. Ali estava fresco e tranquilo, um pouco de luz entrava pelas frestas do telhado de ripas, e ali fiquei em busca de um momento de solidão. Não gosto deste lugar, disse a mim mesma. Queria gostar, mas não. Ele me assustava.

Olhei à minha volta e, enquanto os meus olhos se adaptavam à escuridão, percebi que era ali que guardavam os uniformes. Não os dos soldados, e sim os dos reclusos. Azuis e brancos, cinzentos e brancos. Sapatos. Estrelas amarelas. Triângulos rosados. Por que, eu me perguntei, todos eram obrigados a usar roupa igual? Onde estavam as roupas com as quais eles haviam chegado?

No canto, fora de vista, ouvi um ruído e, assustada, olhei naquela direção. Seria um camundongo? Um rato? Ou coisa pior?

"Alguém está aí?", perguntei em voz baixa. Alta o suficiente para que a ouvissem, mas não tanto que alguém lá fora fosse alertado pela minha presença.

Tudo ficou em silêncio durante algum tempo, mas não se tratava de um silêncio verdadeiro. Este continha um tesouro escondido. Dei um passo adiante, cautelosamente, estreitando os olhos na escuridão.

"Oi?", sussurrei. "Saia daí, seja você quem for."

Mais silêncio, a seguir um leve farfalhar atrás da roupa à frente e, para minha surpresa, eis que apareceu um garotinho. Eu o encarei e ele baixou os olhos.

Nenhum de nós pronunciou uma palavra durante alguns segundos. Por fim, mais velha e decidida a afirmar o fato de que estava no comando, eu recuperei a voz.

"Olá", disse.

"Olá", repetiu o garotinho.

Continuava olhando para o chão com ar desamparado. Trazia o mesmo pijama listrado de todas as outras pessoas daquele lado da cerca, além de um gorro de pano listrado, embora o tenha tirado rapidamente da cabeça, pressionando-o no peito em evidente gesto de súplica. Seus pés imundos não calçavam sapatos nem meias. No seu uniforme, estava costurada uma estrela amarela.

✡

"Quem é você?", indaguei.

"Sou o Samuel."

"O que você está fazendo aqui, Samuel?", perguntei, com a estranha palavra grudada na língua. Não conseguia pronunciá-la com o cuidado com que ele o fazia.

"Me escondendo."

"Se escondendo do quê?"

"De todo mundo."

Eu o fitei e senti uma repentina pontada de simpatia pelo garoto. Era extremamente magro, tinha olhos muito saltados. Vendo como o boné tremia nas suas mãos, sentei-me no chão e cruzei as pernas, esperando que ele fizesse o mesmo e que isso o acalmasse. Pouco depois, Samuel me imitou, erguendo os olhos para mim com expressão acanhada.

"Quantos anos você tem, Samuel?"

"Nove", disse ele. "Nasci no dia 15 de abril de 1934."

Isso me surpreendeu. Era a data do nascimento do

meu irmão. Em outro tempo e em outro lugar, eles poderiam ser irmãos gêmeos.

"Quantos anos você tem?", perguntou Samuel em contrapartida.

"Doze."

"Que velha."

"Nem tanto."

"Mais velha do que nove anos."

"Sim", disse eu. "Mas, quando você tiver doze, não vai se sentir velho. Continuará sentindo que ninguém te dá atenção nem escuta o que você diz."

"Eu nunca vou ter doze anos", disse ele calmamente.

Essas palavras me arrepiaram. Por que Samuel nunca teria doze anos? Todo mundo fazia doze anos a certa altura, e ele também os faria. Eu tinha certeza disso.

"Eu me chamo Gretel", contei enfim.

"Você mora lá, imagino", disse ele.

"Lá onde?"

"Com ele. Do outro lado."

"Com quem?"

Era difícil conversar com aquele garoto frustrante.

"Ele vem me visitar."

"Quem vem?", perguntei.

"O menino."

Eu balancei a cabeça, perguntando-me se não era melhor ir embora.

"Sabe? Você é a primeira criança que eu vejo aqui", disse.

"Não há muitas."

"Onde estão as outras?"

Ele respirou fundo pelo nariz, então olhou em volta, tentando formular uma resposta.

"Havia mais quando nós chegamos", disse. "Quer dizer, a minha família e eu. Havia muitas crianças nos trens. Mas depois eles os levaram embora."

"Quem os levou?"

"Os soldados."

"Para onde os levaram?"

Samuel me encarou com um olhar tão penetrante que eu não tive escolha senão desviar a vista.

"Por que eles não levaram você também?", perguntei.

Ele ergueu as mãos. "Os meus dedos", disse. "São tão pequenos e finos. Eles disseram que, às vezes, mantêm garotos como eu para limpar os cartuchos de bala. É o que eu faço a maior parte dos dias. Mas, quando eu crescer um pouco, não vou mais poder limpá-los. Não vão me dar comida, para que eu morra. Mas, se tiver comida e eu comer, posso engordar. E então vou morrer também."

"Besteira", disse eu. "Ninguém deixaria uma criança da sua idade morrer."

Ele deu de ombros e desviou o olhar, sem energia nem interesse em me contradizer.

"Isso tudo acaba logo", disse-lhe eu, ansiosa por tranquilizá-lo. "Nós estamos ganhando a guerra. Quando tivermos ganhado, tudo vai voltar ao normal. Só que o normal será melhor do que nunca."

"Você vai me prejudicar?"

"O quê?" Eu o olhei, perguntando-me se ele tinha enlouquecido. "É claro que eu não vou prejudicar você."

"Vai contar o que me viu fazer?"

"Contar que vi o quê?"

"Que às vezes eu me escondo aqui."

"A quem eu contaria?'

"Ao tenente Kotler."

Olhei para ele e balancei a cabeça. "Eu não vou contar nada a ninguém", disse.

"Então eu posso ir?"

Samuel pôs em mim uns olhos tão suplicantes, e uma parte de mim queria que ele ficasse, para me ajudar a entender as coisas daquele lugar que eu não entendia, mas suspeitava que agora o meu pai estava à minha procura e, se me encontrasse ali com aquele menino, haveria problemas. Alguns para mim; muitos para ele.

"Pode ir", disse eu.

Ele se levantou, tornou a pôr o boné na cabeça e foi até a porta.

"Diga a ele para vir me visitar outra vez", sussurrou ele antes de abri-la e sair. "No nosso lugar de sempre."

"Dizer a quem?", perguntei.

Então ele disse o nome do meu irmão, e eu entendi. Era para lá que ele ia naquelas tardes em que desaparecia com o pretexto de ir explorar a floresta. Ia era para a cerca. Andava se encontrando com Samuel. Fiquei irritada, mas também confusa e magoada porque ele não havia me contado. Arranjara um amigo e eu não tinha nenhum.

"Pode deixar", disse eu enfim. "Tchau, Samuel", acrescentei.

"Tchau, Gretel", respondeu ele.

Foi poucos meses depois. Kurt já tinha ido embora a essa altura, despachado para o front, deixando-me às voltas com a traumatizada certeza de que o haviam matado. Meu irmão, é claro, ficou satisfeitíssimo com a demissão de Kurt e me provocava implacavelmente por causa desse fato.

E eu o detestava por isso.

Detestava-o tanto que, quando ele finalmente me confidenciou seus encontros com Samuel, fingi achar maravilhoso ele ter um amigo com quem conversar.

E, quando ele me contou que o pai de Samuel havia desaparecido e que o menino queria que ele passasse por baixo da cerca para ajudá-lo a procurá-lo, eu o aconselhei a fazê-lo. Era para isso que serviam os amigos, argumentei.

"Mas e se me virem?", perguntou ele, e eu abanei a cabeça.

"Há um armazém", disse. "O seu amigo deve saber onde fica. É lá que guardam todos os uniformes. Ele pode pegar um para você e é só vesti-lo quando se encontrar com ele. Então ninguém vai notar sua presença."

Eu queria que ele fosse pego.

Queria que se encrencasse.

Talvez que fosse mandado embora, como Kurt.

"Não é perigoso?", perguntou ele.

"Claro que não! Você pode ajudá-lo a encontrar o pai."

Ele se mostrou indeciso, mas não queria que eu percebesse seu medo.

"Tudo bem", disse. "É o que eu vou fazer. Direi a ele amanhã."

Tudo aquilo era uma piada para mim. Um modo mesquinho de me vingar dele.

Foi só alguns dias depois que minha mãe abriu a porta do meu quarto, com ar nervoso e assustado.

"Gretel", disse ela. "Você viu seu irmão? Não consigo encontrá-lo."

PARTE III
A solução final
LONDRES 2022 / LONDRES 1953

1

Maria Antonieta tinha perdido a cabeça havia muito tempo e eu, excepcionalmente para mim, agora estava lendo um romance sobre um grupo de idosos investigando um assassinato ocorrido na sua casa de repouso, quando a porta dos fundos do Winterville Court se abriu e eu ouvi passos que se aproximavam. Sentada no banco sob o carvalho, senti certa malevolência na determinação daqueles passos e decidi não erguer a vista. Somente quando meu visitante parou bem à minha frente, eu me dei ao trabalho de fechar o livro.

"Sr. Darcy-Witt", disse eu. "Prazer em vê-lo."

Ele estava com uma roupa bem mais esportiva do que nos nossos encontros anteriores, um short amarelo-claro que parecia bem caro e uma camisa polo branca. Seus calçados pareciam dignos de serem usados no convés de um luxuoso iate, não no pátio de um prédio de apartamentos bem equipado em Londres. Fazia quase uma semana que eu chamara uma ambulância para sua mulher, que havia tomado uma superdose de sonífero em uma presumível tentativa de suicídio e, embora levasse Henry para a escola todos os dias e tivesse contratado uma moça para ir buscá-lo, ele não me agradeceu por ter salvado a vida de Madelyn nem me informou sobre o seu estado. Felizmente, tive um espião no seu território — o próprio Henry —, que me manteve inteirada, pois ele subia sempre que podia. Eu acolhia suas visitas de bom grado, longe do tempo em que receava que uma criança se mudasse para o apartamento 1. Como se revelou, era com os adultos que eu devia me preocupar.

"Sra. Fernsby", disse ele. "Achei que a senhora gostaria de saber que Madelyn vem para casa hoje."

"Que bom ouvir isso", respondi. "Quer dizer que ela melhorou?"

O sr. Darcy-Witt sorriu, mas não disse nada, sentando-se bem ao meu lado. Embora três pessoas coubessem confortavelmente naquele banco, eu me senti como que cercada por ele, talvez porque era um homenzarrão musculoso e alto. Parecia uma imposição para ele sentar-se tão perto de mim e me fazer ter saudade do período de distanciamento social. Cheguei a pensar em me levantar, mas não queria que ele sentisse que tinha algum poder sobre mim.

"'Melhor' pode ser exagero", disse ele. "Mas os médicos não estão dispostos a mantê-la mais tempo internada. Foi um acidente, é claro. Madelyn não tinha intenção de tomar tantos comprimidos. Ela fica confusa."

"Então vamos torcer para que não volte a ficar confusa."

"Não vai ficar", disse ele. "Por um lado, ela não vai ter acesso a nenhum medicamento a partir de agora. Eu mesmo assumirei o controle."

"Claro que sim", respondi.

Ele virou a cabeça para me olhar e esboçou um sorriso, como se estivesse fazendo graça para uma criança.

"Esse comentário parece meio pesado", disse ele.

"De modo algum. Só que, antes do acidente, como o senhor diz..."

"Que outra coisa eu deveria dizer?"

"Antes disso, ela se mostrou bastante..."

Percebi que estava ficando cautelosa com a maneira como terminar a frase.

"Ela se mostrou bastante o quê?"

"Assustada", disse-lhe eu desafiadoramente, afastando-me um pouco no banco para manter certa distância dele. "Ela me pareceu uma mulher amedrontada."

"Que escolha de palavras", disse ele, balançando a cabeça. "Eu me pergunto se uma pessoa do seu status, que passou a vida toda no que se pode chamar de luxo, não consegue entender o significado dessa palavra. Eu fui criado sem nada, a senhora sabia?"

"Como eu haveria de saber?"

"Meu pai batia na minha mãe, os dois morreram de alcoolismo. Eu mudei de um lar adotivo para outro até os dezessete anos, e não queira saber como foi isso nem das coisas que me aconteceram. A senhora tem alguma ideia do que é medo?"

Eu precisei de muito autocontrole para não rir.

"Meu caro", disse eu, mantendo a voz firme. "Eu presenciei o medo de modos que o senhor não poderia imaginar. Nos seus sonhos mais ferozes, nas fantasias mais vívidas dos entretenimentos cinematográficos que o senhor elabora, o senhor não poderia nem chegar perto de entender os traumas que eu vi. Se eu tenho alguma ideia do que é medo? Lamento dizer que tenho mais ideia do que a maioria das pessoas jamais terá."

Ele tornou a olhar para mim, talvez intrigado com a natureza melodramática da minha resposta. Eu me arrependi imediatamente das minhas palavras. Tinha ido longe demais, era visível, e a única coisa que conseguira foi deixá-lo curioso. Eu era velha, é claro, e o medo da descoberta que havia assombrado a minha juventude e a meia-idade diminuíra, caso não tivesse desaparecido por completo, mas mesmo assim. Não era comum que eu me colocasse em tal risco. Ele olhou para o meu braço, mas eu estava de mangas compridas.

"Sabe de uma coisa?", perguntou ele. "Eu realmente acredito na senhora. Diga-me, sra. Fernsby, o que a senhora viu? Ou talvez seja algo que fez? Lembre-me: onde a senhora foi criada?"

Virei a cabeça, desejando que ele fosse embora, que nunca mais me incomodasse, que me deixasse sozinha com meus detetives octogenários.

"Há algo em que eu possa ajudá-lo, sr. Darcy-Witt?", perguntei no tom mais frio de que fui capaz, e ele anuiu com a cabeça.

"É o seguinte, eu sei que a senhora e a minha esposa se tornaram amigas desde que nos mudamos...", ele começou a dizer, mas eu o interrompi.

"Não é bem assim. Nós nos conhecemos do modo como os vizinhos se conhecem, só isso. E conversamos algumas vezes, como o senhor sabe, mas eu não iria tão longe a ponto de dizer que nós somos amigas. A realidade é que eu mal a conheço, e ela mal me conhece."

"Eu suspeito que pouquíssimas pessoas a conhecem", disse ele. "A senhora joga com as cartas quase encostadas no peito, não é?"

"Eu não jogo baralho, sr. Darcy-Witt. Não tenho esse vício."

"A senhora realmente tem de me chamar de Alex. Sr. Darcy-Witt é demasiado comprido. Embora seja óbvio que a senhora tem uma boca enorme."

"O senhor é um homem muito grosseiro", disse eu depois de uma adequada pausa.

"Não, sou apenas direto, nada mais. Há uma diferença. Em todo caso, qualquer que seja a natureza da sua relação com Madelyn, eu preferiria que a senhora riscasse uma linha entre si e ela. Se vocês se encontrarem na entrada do prédio, é perfeitamente razoável que se cumprimentem, mas que tudo acabe aí mesmo. Nenhuma pergunta sobre a saúde dela, nenhum conselho sobre suas ambições ridículas de voltar a representar..."

"Mas por que ela não pode representar se quiser?", perguntei. "Acaso nós vivemos em uma época em que o marido determina o que a esposa pode ou não pode fazer da própria vida?"

"E não haverá mais necessidade de a senhora entrar no nosso apartamento", prosseguiu ele, desconsiderando minha pergunta como eu havia desconsiderado a dele. Eu troquei as fechaduras, é claro, de modo que a chave do morador anterior que tiver ficado com a senhora agora lhe será inútil."

"Eu não fiquei com nenhuma chave", protestei. A chave reserva do sr. Richardson estava dentro do vaso. Heidi Hargrave foi quem descobriu, não eu. Aliás, o senhor lhe deve um agradecimento. Se não fosse ela, sua esposa podia ter morrido."

"Também não há necessidade de a senhora ter algum envolvimento com o meu filho."

"Henry. Ele tem nome."

"Ele não é da sua conta. Madelyn e Henry me pertencem. Ela não é sua filha adotiva. E ele não é seu neto adotivo."

"Eu lhe garanto, sr. Darcy-Witt, que vou cumprir as formalidades, mas que o senhor não espere de mim ter grandes planos para fazê-los cumprir seus papéis. Levo uma vida tranquila e me guardo para mim mesma. Sempre foi assim. Sua família e seus dramas sem fim é que têm invadido a minha vida, não o contrário. Fico mais que satisfeita que o senhor e o seu passarinho engaiolado se tornem reciprocamente infelizes desde que não me envolvam de modo algum. E, quanto a Henry, se ele gosta de me chamar, se ele encontra no meu apartamento a paz que lhe falta no dele, saiba que eu não vou..."

Com a rapidez de um raio, ele me agarrou o pulso esquerdo. Apertou-o não com força suficiente para machucar, mas suficiente para que doesse.

"Solte-me", exigi, chocada com a agressão. "O senhor está me machucando."

"A senhora fala demais, sra. Fernsby", disse ele em voz baixa, mas destilando peçonha. "Sabe a bosta que eu não suporto? São as mulheres que não calam a porra da boca. E você não cala a porra da boca."

Eu o encarei. Lágrimas estavam começando a se acumular atrás dos meus olhos — uma rara humilhação; não sou uma mulher emotiva — e descobri que não queria desafiá-lo mais. Estava começando a entender como Madelyn se sentia. E Henry. Como era fácil para um homem dominante instilar medo mesmo na mais dura das almas.

"Eu só quero ter certeza de que nós nos entendemos, nada mais", continuou ele. "Você deixa minha família em paz e eu deixo você em paz."

"Solte-me!", repeti, livrando-me dele. Estava decidida a não lhe dar a satisfação de me assustar. Eu estava sentada lá fora, lendo tranquilamente, sem incomodar ninguém, e continuaria ali quando ele fosse embora.

Para o meu alívio, porém, ele se levantou, olhando para mim como para sugerir que estava desapontado comigo, pois eu o havia decepcionado.

"Mais uma coisa", acrescentei, detestando ouvir a minha voz falhar. "Ninguém lhe pertence. As pessoas não…"

"A coisa termina aqui", interrompeu ele com voz cansada, esfregando os olhos quando começou a se afastar. "Mas tenha em mente o que eu disse."

Eu o observei afastar-se rumo à porta, mas, antes de lá chegar, virou-se novamente e olhou para mim.

"Fernsby", disse. "É um nome incomum, não?"

"Era o sobrenome do meu marido."

"E o seu?", perguntou ele. "O seu nome de solteira. Qual é?"

Eu não disse nada, mas senti o sangue me subir ao rosto. Ele percebeu que eu estava relutante em responder. Não que eu soubesse que resposta dar. Lá estava o meu nome verdadeiro, é claro, com o qual eu nasci e o usei tanto em Berlim quanto naquele outro lugar. Depois passou a ser Guéymard, o nome que usara em Paris e em Sydney; também havia Wilson, que adotei quando cheguei à Inglaterra, para não parecer tão francesa, e foi esse o nome pelo qual Edgar me conheceu. Havia outros? Eu mal podia me lembrar. Minha vida estava tão abarrotada de identidades rejeitadas que era quase impossível lembrar quem eu realmente era.

"Pouco importa", disse ele, virando-se novamente. "Tenho certeza de que consigo rastreá-lo. A senhora me parece uma mulher interessante, sra. Fernsby. Uma que não é totalmente honesta com o mundo. Como cineasta, contador de histórias, isso me intriga."

2

A primeira pessoa com quem troquei palavras ao chegar a Londres foi a rainha.

Aconteceu pouco antes do Natal e eu estava na Inglaterra havia quase uma semana, tendo chegado de navio a Southampton e decidido passar alguns dias lá para me readaptar à vida em terra. Meu estado de espírito estava muito diferente de quando eu viajei para a Austrália naquele mesmo ano. Afinal, a viagem para lá estava repleta do otimismo de iniciar uma vida nova. O fato de eu ter retornado para a Europa somente oito meses depois provou que isso era uma impossibilidade. Vários rapazes e moças me fizeram propostas de amizade durante a travessia, mas eu as rejeitei; não queria me vincular a ninguém como havia me vinculado a Cait Softly. Agora preferia ficar sozinha.

Cheguei à estação central de Londres no dia 23 de dezembro e, quando atravessei o saguão com a minha mala, vi uma multidão se aglomerando a um lado e um grupo de policiais observando as pessoas com cuidado. Não muito interessada em sair naquele momento ao que parecia ser uma tarde chuvosa, dei uma volta para ver o que estava acontecendo e, para meu espanto, avistei a rainha percorrendo a plataforma, acompanhada pelo duque de Edimburgo, por dois homens fardados e duas damas de companhia. Ia conversando com um dos homens, mas, ao vê-la passar por mim, eu fiquei tão surpresa com esse encontro inesperado que lhe ofereci uma saudação; ela virou a cabeça e sorriu, dizendo olá e me desejando um feliz Natal. Era muito bonita, tinha a pele perfeita e se conduzia com a consciência do seu papel e, ao mesmo tempo, com um leve embaraço pelo absurdo dele. Como a maioria dos londrinos — o que me considero atualmente —, eu a vi uma dezena de vezes ou mais ao longo das décadas passando em um comboio quando, por coincidência, eu estava na rua, mas é essa lembrança a que perdura.

Claro está, nós tínhamos algo em comum, Elizabeth e eu. Quando estava a caminho de um hotel barato naquela noite, eu me perguntei como ela teria reagido se soubesse minha identidade. Na verdade, nem o meu pai nem o dela morreram combatendo, mas a guerra derrotou efetivamente a ambos. Eu sabia que não podia comparar a morte do meu pai com a do pai dela, porém, mesmo assim, nós éramos as filhas deixadas para trás, uma para presidir uma comunidade de nações e uma família indisciplinada, a outra com apenas algumas libras no seu nome e nenhum parente.

Naqueles primeiros meses, sofri para me adaptar ao clima inglês. Eu não nasci em um clima propriamente quente, mas Sydney me deu um gosto pelo sol, e aqui todos os dias pareciam frios, úmidos e infelizes. Depois de alguns dias hospedada em hotéis baratos, encontrei alojamento em um prédio na Portobello Road. De seu apartamento no térreo, a proprietária comandava as inquilinas, cinco garotas que moravam em cinco quartos distribuídos em três andares, com um único banheiro compartilhado por todas nós. À noite, às sete horas, serviam-nos um jantar insosso e, se não estivéssemos presentes para recebê-lo, davam-no ao cachorro. Eu detestava aquele lugar, mas não podia pagar nada melhor. As outras garotas me achavam antipática porque eu preferia ficar sozinha.

Havia passado tempo suficiente para que eu imaginasse que Cynthia Kozel decidira não agir de acordo com a informação que eu havia dado, pois nenhum policial apareceu à minha porta para exigir respostas e nenhum jornalista me parou na rua para me entrevistar. Comecei a relaxar e tentei me convencer de que tinha feito a coisa certa ao expor minha vida ao perigo e não podia ser culpada de nada ter me acontecido. É claro que não fui tola a ponto de cair nesse autoengano patético, e minha culpa continuou a ferver aqui dentro, à espera do momento em que pudesse ser trazida à superfície e causar danos indescritíveis.

Graças à minha experiência na loja de roupas da srta. Brilliant, tive a sorte de arranjar trabalho na Harrods e não tardei a impressionar de tal modo minha supervisora que fui recomendada aos superiores. Fiz um curso noturno de folha de pagamento e, para minha alegria, fui promovida para os escritórios, nos quais trabalhei com duas outras moças, organizando o pagamento semanal do pessoal, contabilizando as folgas, os feriados e diversas outras questões que agora seriam consideradas parte de um departamento de recursos humanos. Gostei muito do trabalho, da elegância dos números, da necessidade de fazer o saldo das minhas contas, da autoridade relativa que eu tinha e do senso de responsabilidade que vinha com ela.

Havia momentos difíceis, é claro. Minha superiora imediata era certa srta. Aaronson, uma mulher tranquila e eficiente, da qual gostei imediatamente e que me tratava com muita gentileza, sendo paciente enquanto eu me adaptava às rotinas específicas da vida no escritório. Quando a primavera floresceu e o tempo melhorou, ela passou a usar blusas de mangas mais curtas e, certa tarde, ao estender o braço para me explicar um erro que eu havia cometido no salário de um empregado, eu reparei nos números tatuados no seu antebraço e recuei na cadeira, com medo. Os momentos como esse, sempre inesperados, tinham o poder de me afligir muito. Senti que eram enviados por Deus para me lembrar de que eu podia conhecer a paz e a felicidade na minha vida cotidiana, mas que nunca devia esquecer meu papel no horror, pois a culpabilidade estava tão profundamente marcada em minha alma quanto aqueles números estavam no braço da srta. Aaronson.

"Não precisa se assustar, querida", disse-me ela ao ver como eu ficara pálida. "Mas eu me recuso a escondê-los. É importante que as pessoas vejam esses números e se lembrem."

"E sua família?", perguntei, as palavras travadas na minha garganta.

"Todos se foram", respondeu ela com uma mistura de tristeza e resignação na expressão. "Meus pais, meus avós, dois irmãos e uma irmã. Agora só existo eu. Mas voltemos a esse pagamento. Nós não podemos deixar o pobre homem privado do seu devido pagamento."

Não consegui pensar em nada para dizer como resposta, mas, ao voltar aos meus aposentos, chorei com a mesma força com que havia chorado quando cheguei à Inglaterra e, embora me sentisse incapaz de machucar a mim mesma, em noites assim eu adormecia rezando para não acordar na manhã seguinte.

Entretanto, foi trabalhando na Harrods que conheci David e Edgar, e foi com este que falei pela primeira vez quando ele me parou uma tarde no espaço da loja, no momento em que eu passava pelo setor de Ternos Noturnos para Cavalheiros, à procura de um assistente que não me contou que havia recebido uma libra a mais na semana anterior. Quando olhei ao meu redor em busca do rapaz desleal, um sujeito de terno azul se aproximou de mim, erguendo a mão no ar como se eu fosse um ônibus que passava.

"Com licença, senhorita", disse ele. "Você trabalha aqui?"

"Trabalho", respondi. "Mas não aqui na loja, infelizmente. Vou ver se encontro quem possa ajudá-lo."

"Na verdade, eu não estou fazendo compras", explicou ele. "Estou procurando um amigo. Talvez você o conheça. David Rotheram. Nós ficamos de jantar juntos. Você não o viu por aí, por acaso?"

Balancei a cabeça. Conhecia David, que era subgerente naquele mesmo andar. Subira na hierarquia departamental em um ritmo furioso e até então nós nunca havíamos conversado. Todas as garotas do escritório tinham uma queda por ele porque era um sósia de Danny Kaye, mas, embora ele tivesse olhado para mim uma ou duas vezes, com um sorriso aparentemente de aprovação, eu fui demasiado tímida para retribuir o olhar e, por ora, nenhum de nós tinha encontrado um motivo para ter relações sociais.

"O sr. Rotheram geralmente fica à espreita por aqui em algum lugar", disse eu, virando a cabeça a fim de esquadrinhar a loja e já arrependida da escolha da expressão. Edgar começou a rir.

"Fica à espreita", disse. "Você fala nele como se fosse um sujeito com más intenções."

"Não, não foi isso que eu quis dizer", respondi, corando um pouco. "Eu só... Eu peço desculpas. Por favor, não lhe conte que eu disse isso. Ele pode me levar a mal."

"Os meus lábios estão selados", disse ele, fingindo fechar um zíper na boca, e eu sorri. Embora não chegasse a ser deslumbrante, ele tinha um rosto amável com olhos quentes, e seu bigode fino sugeria certa joie de vivre. Uma cicatriz abaixo da orelha me levou a pensar que ele a havia adquirido na guerra, mas logo descartei essa ideia, pois ele devia ser no máximo um ano ou dois mais velho que eu, de modo que teria apenas catorze anos no auge das hostilidades. "Ah, lá está ele de qualquer maneira", disse Edgar logo depois ao ver o seu amigo vindo ao seu encontro. Eu me virei e vi David atravessando a loja.

"Edgar", disse ele, sorrindo alegremente. "Desculpe-me tê-lo feito esperar."

"Está tudo bem, sua colega aqui, a senhorita…?"

"Wilson", disse eu.

"A srta. Wilson me fez companhia."

"Então você é um homem de sorte", disse David, agora sorrindo para mim. "Pois a srta. Wilson nunca me faz companhia. Parece fazer questão de me evitar, na verdade."

"Não, eu não", disse eu, perguntando-me por que ele pensava tal coisa e era capaz de dizê-la em voz alta.

"Bem, nós nunca conversamos, conversamos?"

"Nós nunca tivemos oportunidade, só isso."

"Querem que eu os deixe a sós?", perguntou Edgar. "Vocês podem esclarecer o problema entre os dois."

"Não precisa", disse eu.

"O que a traz aqui, srta. Wilson?", perguntou David. "Você geralmente não se mistura com a plebe."

"Estou procurando um homem", respondi.

"Srta. Wilson!"

"Um dos assistentes, digo. O sr. Deveney."

"Você vai falar com aquele moleque, mas não fala comigo?"

Olhei para ele sem saber o que dizer. Eu não era suficientemente competente em réplicas espirituosas para manter o ritmo.

"Ele precisa de uma repreensão", respondi enfim. "O sr. Deveney, digo. Por isso estou aqui."

"O que ele fez?"

"Prefiro não dizer."

Ele concordou com um gesto e não insistiu em saber, apontando para o outro lado da loja. Eu lhe agradeci, despedi-me de Edgar e segui meu caminho, mas, antes que me afastasse muito, David se aproximou de mim correndo e me segurou o braço.

"Eu lamento muito, srta. Wilson", disse ele com ar contrito. "Eu posso ter sido um pouco rude agora há pouco. Estava tentando ser engraçado, mas saiu tudo errado."

"Não sei por que sugeriu que eu evito você, só isso", respondi. "Nunca fiz uma coisa dessas."

"Não, claro que não", respondeu ele. "Na verdade, sou eu que tenho evitado você."

"Por quê?", perguntei, franzindo a testa.

"Vai que eu digo alguma idiotice. Não queria passar vergonha e fazer você me achar um idiota. E agora parece que acabei fazendo isso do mesmo jeito."

Senti o sangue me subir ao rosto. Será que ele estava flertando comigo? Fazia tanto tempo desde a última vez que alguém havia se aventurado a tal coisa que eu já não tinha certeza de reconhecer os sinais.

"Certo", disse eu, querendo ao mesmo tempo ficar e seguir caminho.

"Então você não me acha um tolo?"

"Não acho nada."

"Então se um dia desses eu a convidar a tomar um gim-tônica, você vem?"

"O que o leva a pensar que bebo gim-tônica?"

"A maioria das garotas gosta."

"Eu não sou a maioria das garotas."

"Tudo bem, o que você bebe então?"

"Cerveja", respondi. O que não deixava de ser verdade. Afinal, eu era alemã.

David fez uma careta. Era visível que uma parte dele pensava que essa era uma preferência pouco feminina, mas não liguei. Ele que me aceitasse como eu era ou não me aceitasse.

"Então se um dia desses eu a convidar para um chope, você vem?"

David olhou para Edgar antes de voltar a olhar para mim.

"Só que, se eu não convidar você agora, tenho certeza de que meu amigo convidará, e ele é dez vezes o homem que eu sou, então vou acabar perdendo minha chance."

Olhei para Edgar e depois para David outra vez. Dois homens interessados em mim. Uma surpresa e tanto.

"Quinta-feira à noite", disse eu. "Venha me encontrar no setor de folha de pagamento às seis horas e nós vamos a algum lugar tranquilo."

Depois, ansiosa para não perder nenhuma vantagem obtida na conversa, voltei diretamente ao meu escritório e me sentei, rindo um pouco, extremamente satisfeita comigo mesma. Horas depois, quando eu já estava na cama, foi que me dei conta de que havia esquecido de localizar o desonesto sr. Deveney, mas acabei descartando isso: ele que ficasse com a tal libra esterlina. Ele havia me prestado um grande favor, de modo que podia ficar com cada centavo.

3

Por opção, eu sempre relutei em construir um círculo de amizades, mas senti falta disso agora que tanto precisava de um ouvido confidencial. A conversa que eu tivera com Alex Darcy-Witt no jardim dos fundos deixou-me assustada e inquieta e eu queria desesperadamente falar com alguém sobre isso. Tinha havido uma época, talvez, em que eu podia bater na porta de Heidi para discutir tal coisa, mas fazia tempo que isso era coisa do passado.

Instalada na sala de estar, percorri a lista de contatos do telefone e lamentei que não fosse mais extensa. Meu dedo pairou momentaneamente sobre o número de Caden, mas preferi não lhe telefonar, temendo que visse no conflito com os vizinhos mais um pretexto para me fazer vender tudo e me mudar para uma casa de repouso. Só me restava uma escolha: Eleanor.

Para minha surpresa, ela chegou ao meu apartamento em menos de duas horas, explicando que havia remarcado seus compromissos matinais porque eu, aparentemente, "vinha em primeiro lugar". Chegou de táxi, coisa que me pareceu um pouco extravagante, trazendo dois cafés e brownies.

"Não precisava", disse eu, colocando-os em dois pratos, mas sentindo-me satisfeita com o café e os bolos.

"Ah, todos nós merecemos um mimo de vez em quando, sra. F.", disse ela, acomodando-se na poltrona de Edgar. Eu sorri — não pude evitar —, pois estava realmente começando a gostar daquela moça. "E então, o que aconteceu? A senhora parecia aborrecida no telefone."

"Pois é", disse eu. "O fato é que preciso de uns conselhos. Estou preocupada com uma coisa, mas receio interferir e causar amolações desnecessárias a mim mesma ou aos outros."

"Tudo bem", disse Eleanor, e eu pude ver sua formação médica vir à tona quando ela acrescentou: "Diga como posso ajudar".

"E, obviamente, eu preferiria que você mantivesse isso só entre nós duas."

"Nem precisa dizer."

"Que nem mesmo o Caden saiba."

"Entendi."

"É sobre os meus vizinhos", disse-lhe eu. "A família que se mudou para o apartamento abaixo do meu."

"Eles são barulhentos?"

"Não, não é nada disso", respondi, balançando a cabeça. "É o homem. O pai. Parece que é um sujeito violento. Com a esposa e o filho, quero dizer."

Eleanor se reclinou na poltrona e respirou fundo pelo nariz. Uma expressão que se estampou fugazmente no seu rosto deixou transparecer que ela não era inexperiente naquela área, e eu senti um alívio imediato por ter escolhido a pessoa certa em quem confiar.

"Conte-me tudo", pediu.

Obedeci. Contei tudo que havia presenciado com todos os pormenores de que podia me lembrar, e ela teve a decência de ficar em silêncio enquanto eu falava; não me interrompeu nem me questionou, coisa que apreciei muito.

"Há algo errado com esse homem", concluí. "E então, hoje de manhã, aconteceu outra coisa."

"Continue", disse ela, bebendo o café.

"Eu desci para verificar a minha caixa de correio", contei-lhe. "Pode ser que você tenha visto quando entrou pela porta da rua, as cinco caixas na parede à direita. Uma para cada apartamento. Já quase nunca recebo cartas atualmente, mas gosto de averiguar todas as manhãs, só por garantia. Eu não estava bisbilhotando, palavra que não, mesmo sabendo que pode parecer que eu não seja mais que uma velha intrometida, mas as caixas ficam tão perto da porta dos Darcy-Witt que é quase impossível não ouvir se estiver acontecendo algum tipo de alvoroço lá dentro."

"E estava?", perguntou ela.

"Sim."

"Uma briga?"

"Alex estava gritando com o menino", respondi. "Dizia coisas terríveis."

"Como por exemplo?"

Eu corei um pouco. Foi perturbador recordar.

"Diga", pediu Eleanor em tom gentil. "Vou entender melhor se eu souber."

"Ele gritou que, se o garoto molhasse a porra da cama novamente, ele o jogaria pela porra da janela", disse eu, olhando para o chão enquanto falava. Detestava ouvir semelhante palavra sair da minha boca, mas era importante repeti-la. Senti que isso daria a Eleanor o verdadeiro tom da raiva daquele homem. "Alex disse que o menino já tinha nove anos, não era uma porra de um bebê, e ele não era obrigado a sentir o fedor da porra do mijo quando o acorda todas as manhãs, caralho. Cheguei a ouvir o garoto chorar e então se seguiu um barulho terrível, acompanhado de um grito, depois tudo ficou em silêncio."

"Que tipo de barulho?", perguntou Eleanor.

Eu olhei em volta. Só havia um modo de explicá-lo. Levantei-me, fui até a mesa lateral e bati a palma da mão bem no centro do tampo, fazendo-a saltar, depois voltei à minha poltrona.

"Ele bateu no menino?"

"Deve ter batido. Eu estava com muito medo de ficar lá embaixo, medo de que ele saísse e desse comigo, mas eu também não queria deixar as coisas como estavam. Então voltei a subir, pus os sapatos e o casaco, saí do prédio e fui à parada na qual Henry e Madelyn tomam o ônibus para ir para a escola. Tive de esperar uns bons vinte minutos, mas finalmente ele apareceu — o menino, digo —, sozinho, aproximando-se de cabeça baixa. Ao vê-lo chegar, eu o chamei e ele ergueu a vista, assustado, totalmente aterrorizado. Estava chorando e tinha uma marca vermelha na bochecha. Coisa terrível de ver."

"Que maldito", disse Eleanor, cerrando os punhos. "E a senhora falou com ele? Com Henry, quero dizer?"

"Eu lhe perguntei se estava passando bem e ele simplesmente fez que sim, mas não disse nada. Era óbvio que não queria falar. Eu teria insistido para que falasse, mas o ônibus chegou naquele momento e Henry embarcou em um salto e foi diretamente para o banco traseiro, e eu fiquei na rua, olhando para a sua nuca. Mas, quando o ônibus arrancou, ele se virou e olhou para mim com... com..."

Não consegui evitar. Comecei a chorar. Eleanor se levantou e se apressou a se sentar no canto da minha poltrona, enlaçando-me pelos ombros. Esse abraço foi tão reconfortante. Duvido que alguém tenha passado o braço em torno de mim desde a morte de Edgar.

"Está tudo bem", disse ela. "É bom que a senhora tenha me contado."

"Não sei o que fazer", disse eu, tirando o lenço do bolso e enxugando os olhos. "Tenho certeza de que ele maltrata os dois, mas tenho medo de denunciá-lo. Esse sujeito tem uma natureza muito ameaçadora, sabe? Você não vai contar a ninguém, vai?"

"Não se a senhora não quiser", respondeu. "Mas eu conheço um pouco essa questão. Tenho uma amiga cujo marido era excessivamente atrevido com os punhos, e ela levou anos para criar coragem de abandoná-lo."

"Mas ela o abandonou?", perguntei, fitando-a com esperança, pensando que Madelyn podia fazer a mesma coisa e levar Henry consigo. "Ela acabou deixando-o?"

"Sim", respondeu Eleanor.

"Bem, já é alguma coisa, imagino."

"Só que ele foi atrás dela e a colocou em uma cadeira de rodas."

Pulei na poltrona. A ideia de tanta violência me assusta, me apavora, aliás. Leva-me de volta ao passado.

"Prometa que não vai contar a ninguém", pedi.

"Se a senhora não quer que eu conte, eu não conto", disse ela. "Mas nós não podemos simplesmente deixar que ele continue machucando os dois. Temos de fazer alguma coisa."

"Eu sei, mas preciso pensar nisso. E até eu decidir a melhor forma de lidar com a situação, não quero correr o risco de ele vir atrás de mim. Posso confiar em você, Eleanor, não posso?"

"Pode", disse ela. "Prometo."

"O que lhe contei naquele dia na Fortnum & Mason. Sobre por que eu passei um ano no hospital quando Caden era menino. Você não contou a ele, contou?"

"Não", respondeu ela. "Eu disse que não contaria e não costumo quebrar minhas promessas."

"Obrigada, querida", disse eu. "Sabia que podia confiar em você. A verdade é que eu detesto desenterrar o passado. Nele, a única coisa que se pode encontrar é tormento."

4

Eu me apaixonei por David de modo diferente de como me apaixonei por Kurt, que representou a minha introdução ao desejo, ou por Émile, que me ofereceu uma oportunidade de fugir da minha existência claustrofóbica com a minha mãe.

Mas David não tinha nada em comum com nenhum deles. Naquilo que ambos eram intensamente sérios, ele era, para meu deleite, imensamente divertido, e isso eu conhecia muito pouco até então. David não se punha a falar em política ou em história, mas vivia inteiramente o momento, recusando-se a discutir o passado ou o futuro. Íamos juntos ao teatro, a concertos, a shows de comédia. Vimos Eddie Fisher tocar no Palladium de Londres e, no meu aniversário, Jo Stafford cantar no Royal Albert Hall. Embora os dois trabalhássemos para a Harrods, nunca conversávamos sobre nosso trabalho quando não estávamos lá, uma vez que as fofocas o entediavam, assim como a vida privada dos nossos colegas. Ele tinha um apartamento pequeno, mas confortável, no último andar de um prédio em Clapham e, depois das nossas noitadas, sempre me levava para dormir lá. David não tinha compunções em relação ao sexo, não era tímido nem ansioso como outros rapazes e abraçava com entusiasmo a parte física da vida. Tendo quase nenhuma experiência naquele mundo, eu não sabia ao certo o que esperar de um relacionamento sexual, mas não tardou muito para que eu ansiasse pelo seu contato físico. Apesar da minha ingenuidade, era óbvio que ali estava um jovem que sabia exatamente o que estava fazendo.

"Quantas namoradas você teve antes de mim?", perguntei uma noite depois de uma transa particularmente ardente. David estava sentado com um travesseiro às costas, fumando um cigarro, e eu me achava deitada ao seu lado.

"Você quer mesmo saber?", perguntou ele com um leve sorriso, enquanto inclinava a cabeça para trás e soprava no ar círculos perfeitos de fumaça.

"Se você quiser me contar."

"Depende se você quer dizer namoradas de verdade ou apenas amantes."

"Há alguma diferença?"

"Claro que sim. Há somente três garotas que considero terem sido namoradas oficiais. Fora elas..." Ele refletiu um momento sobre isso. "Não sei, talvez dez ou doze outras com quem fui para a cama."

Algumas garotas talvez ficassem desanimadas com tal revelação, mas não me incomodei nem um pouco. Pelo contrário, gostava do fato de ele ser tão experiente, e não só porque significava que ele sabia me satisfazer como também porque, na sua companhia, eu finalmente me sentia adulta. David era muito mais mundano do que os homens entre os quais eu passava a maior parte do tempo, os garotos nervosos que trabalhavam no almoxarifado da loja, os janotas arrogantes que administravam os departamentos e bajulavam os clientes ao mesmo tempo que depreciavam as moças sob o seu comando, ou os tímidos filhinhos da mamãe que dominavam os escritórios e estavam claramente mais à vontade com uma calculadora do que com um corpo nu.

"E você?", perguntou ele, apoiando-se em um braço para me olhar diretamente nos olhos. "Quantos homens?"

"Só um", disse-lhe eu. "E ele era apenas um menino."

"Sério?"

"Sim."

"Mas por que tão pouco? Você deve ter tido muitos pretendentes."

Ele não parecia satisfeito com a minha inexperiência nem escandalizado com o fato de eu ter alguma. Na verdade, estava intrigado com a minha inocência e até com pena de mim.

"Não foi assim que me criaram", disse-lhe eu com sinceridade, e ele balançou a cabeça com desdém.

"Todo mundo diz isso", observou David. "E é uma perda de tempo. Durma com qualquer adulto que aceite você. A vida é muito breve para brincadeiras. Se nós aprendemos alguma coisa nos últimos quinze anos, há de ter sido isso."

Nas noites em que nós íamos a um pub, Edgar, seu melhor amigo, inevitavelmente ia junto, e eu não me importava, pois gostava da sua companhia quase tanto quanto da de David, e os dois eram muito unidos. Na verdade, eu desconfiava que, se tentasse interferir na sua amizade ou separá-los, quem sairia perdendo era eu, não Edgar.

Perguntando-me por que Edgar não tinha namorada, fiz indagações cautelosas certa noite, quando estávamos juntos no Guinea, em Mayfair.

"Houve uma garota há algum tempo", contou-me David. "Chamava-se Millicent, ou Wilhelmina, ou algo horrível assim. Edgar, qual era o nome daquela menina? Aquela pela qual você era louco?"

"Agatha", disse Edgar, esperando junto ao balcão para

pedir mais bebida, e eu não pude deixar de rir do fato de David não se importar em fazer aos berros uma pergunta tão pessoal em um salão lotado, do fato de Edgar não se opor a responder e de quanto a memória do meu namorado estava enganada a respeito do nome da pobre garota.

"Agatha, isso mesmo", disse ele quando Edgar voltou e se sentou, colocando três chopes diante de nós, canecas para os rapazes, meia caneca para mim, embora eu também tivesse pedido uma inteira, mas o barman recusou, ameaçando nos expulsar se eu insistisse. "Você consegue se imaginar gritando o nome Agatha em um momento de paixão?", prosseguiu David. "Estragaria tudo, não acha?"

Até Edgar riu. "A verdade é que nós nunca chegamos tão longe", admitiu. "Agatha era contra o sexo antes do casamento."

Tentando parecer tão vivida quanto eles dois, decidi entrar na conversa com um elogio.

"Não sei como ela conseguiu manter tanta distância de você", disse, e Edgar abriu um sorriso, lisonjeado com a observação.

"Ei, que conversa é essa?", gritou David, rindo.

"Ora, ele não deixa de ser gostosão, não acha?"

"Com certeza. Eu bem que entrava na dele se tivesse essa inclinação."

Isso, por outro lado, me chocou um pouco, mas eu não disse nada.

"Coitadinha da Agatha", disse David. "Em todo caso, ela não era boa o suficiente para você. Você precisa de uma mulher com um pouco mais de vida."

"Você está interessado em alguém no momento?", perguntei, e para minha surpresa ele corou.

"Mais ou menos", admitiu.

"Você não me contou!", exclamou David.

"Então por que você não a convida para sair?"
"Ela tem namorado. As melhores sempre têm."
"Então roube ela dele", exigiu David. "Entre lá e mostre a ela o que é o quê."
"Não", disse ele, balançando a cabeça. "Não, eu não poderia fazer isso. Mesmo porque ela não toparia."

Nós mudamos de assunto e só quando David foi ao banheiro eu voltei a mencioná-lo.

"É que os quatro poderíamos sair juntos se você conhecesse alguém", disse-lhe. "Seria divertido, não acha?"

"David e eu tentamos isso uma vez quando eu estava namorando Agatha", disse ele. "Não deu certo."

"Por que não?", perguntei.

"Ela não gostava dele", respondeu Edgar. "Na verdade, não o suportava."

Eu fiquei surpresa. Achava difícil imaginar uma mulher que não se apaixonasse pelos encantos de David. Ele era bonito, mundano, uma companhia divertidíssima.

"Ela devia estar louca", disse eu.

"Ah, é a velha história de sempre", respondeu ele. "A gente conhece garotas assim em toda parte. Rapazes também. Eles não falam muito nisso, mas a gente sabe o que estão pensando."

"Pensando no quê?"

"Ora, eles não... você sabe."

Ele estava um pouco constrangido.

"Eles não o quê?", perguntei, genuinamente confusa. Não entendia aonde ele estava querendo chegar.

"Não gostam de gente como ele."

"'Gente como ele?'"

Edgar se inclinou para a frente e baixou a voz. "Simplesmente não gostam de judeus", explicou. "Esse tipo de coisa sempre existiu, imagino. Esse tipo de preconceito. Você sabe como é. Intolerantes em toda parte. E a guerra não ajudou. Pelo contrário, parece que piorou as coisas. Lendo sobre o que aconteceu depois, os campos de concentração e tudo o mais, isso ganhou o apoio das pessoas. O fato que está sempre nas notícias agora. Tanta gente procurando respostas. Alguns dizem que jamais aconteceu, que tudo foi mera encenação, mas eu não acho que seja verdade, você acha? Eu vi as fotografias. Li alguns livros. Aliás, vão exibir um documentário no Empire na semana que vem. Você se interessa por história? Eu me interesso. É a minha área, entende? Eu gostaria de dar aula em uma universidade um dia. Meu Deus, eu estou dominando a conversa, não estou? Você não disse uma palavra. Está passando bem, Gretel? Desculpe dizer, mas você está parecendo meio indisposta. Não é o chope, é? Posso pedir alguma coisa mais leve se você preferir."

Eu balancei a cabeça. Não era o chope. Apenas naquele momento eu entendi bem a frase "o meu sangue gelou" porque, enquanto ele falava, era exatamente isso que parecia estar acontecendo. Todos os tendões do meu corpo ficaram gelados, a penugem dos meus braços e da parte de trás do meu pescoço ficou em pé, e eu temi adoecer. Claro, David era judeu. Se eu não fosse tão completamente burra, se não ignorasse tanto o mundo, teria me dado conta disso desde o começo, com base unicamente no seu nome. Mas isso simplesmente não me ocorreu. Eu estava concentrada só na minha atração por ele e nos prazeres que ele me dava na cama.

"David", disse Edgar quando ele retornou e se sentou com mais bebida. "Eu estava falando a Gretel daquele documentário que vão exibir no Empire na semana que vem. Vale a pena ir, não acha?"

"Ah, sim, eu gostaria de ir", disse ele. "Não sou fanático pela história como Edgar, é claro", acrescentou, voltando-se para mim. "Mas me interessaria assistir. Ver como eram os malditos nazistas na vida real."

"Desculpe, David", disse Edgar. "Espero não ter..."

"Tudo bem", disse ele, virando-se novamente e sorrindo para o amigo. "É que, bem, até agora eu ainda não tive oportunidade de contar a Gretel sobre essa parte da minha vida, só isso."

"Que parte da sua vida?", perguntei.

"Outra hora", disse ele. "Esta noite é só para a gente se divertir."

5

Para uma idosa de noventa e um anos, ter poucos amigos não é incomum — a esta altura, a maior parte dos nossos conhecidos já passou desta para melhor —, mas, para uma criança de nove anos, ser igualmente solitária é mais surpreendente. Nem uma única vez desde a sua chegada, eu vi Henry na companhia de uma criança da sua idade, e comecei a me perguntar o porquê disso. Acaso ele tinha dificuldade para fazer amizades na escola, ou simplesmente não lhe permitiam levar ninguém para casa?

Com a regularidade de um relógio, porém, eu o via lendo no jardim e, ao olhar pela janela algumas tardes depois da visita de Eleanor e vendo o menino perdido na leitura do seu livro mais recente, eu decidi ir ao seu encontro.

"Olá, Henry", disse ao me aproximar, e ele ergueu a vista e sorriu, colocando o livro no colo.

"Olá, sra. Fernsby."

"Não tivemos oportunidade de conversar no ponto de ônibus outro dia."

Ele desviou o olhar, talvez não querendo se lembrar do seu comportamento estranho naquela ocasião. A marca no seu rosto havia desaparecido.

"Eu estava atrasado para a escola", explicou.
"Você parecia chateado."
Ele preferiu se calar, sem vontade de responder.
"Posso me sentar aí com você?"
Henry fez que sim e se afastou um pouco no banco.
"Não há nada que eu goste mais do que de ficar aqui, tomando sol", disse-lhe eu com um suspiro de satisfação enquanto me sentava. "Para quem mora no centro de Londres, é muita sorte termos este espaço privado, não acha?"
"Eu prefiro o parque", disse Henry, presumivelmente referindo-se ao Hyde Park.
"Você costuma ir lá com os seus amigos?", perguntei, e ele balançou a cabeça.
"Meu pai não deixa", disse.
"Por que não?", perguntei.
"Com quem eu iria?"
Eu não gostei do que ouvi. "Você deve ter alguns amigos da sua idade."
Ele refletiu sobre isso, franzindo a testa.
"Eu tenho colegas legais na escola", disse. "Mas eu só os vejo lá."
"Ora, isso não é possível", disse eu. "Um garoto da sua idade deve ter amigos entrando e saindo o dia todo. Um bando de moleques barulhentos e irritantes que me fariam reclamar com a sua mãe."
Eu lhe enderecei um sorriso, e ele riu um pouco. Parecia ter gostado da ideia de participar de uma turma só dele.
"Aliás, como vai sua mãe?", perguntei. "Eu não a vejo desde que ela voltou para casa."
Eu tinha evitado descer para bater na porta do apartamento 1, e não só porque Alex Darcy-Witt me repreendera. Tive a experiência pessoal de como era difícil voltar à maternidade depois de um longo período no hospital e, embo-

ra minha internação tenha sido muito mais longa que a de Madelyn, eu imaginei que ela se sentisse constrangida com o que havia acontecido. Também imaginava que o marido a tivesse proibido de falar comigo. Assim como me proibira de falar com o seu filho.

Embora eu, no mínimo, estivesse desacatando essa determinação.

"Ela dorme muito", disse Henry.

"Madelyn tem quem cuide dela?"

Ele franziu a testa, confuso com a pergunta. "Eu cuido dela", respondeu.

"Mas você ainda é um garotinho. Se é você que cuida dela, quem cuida de você?"

O menino deu de ombros. Dentro de alguns anos ele, sem dúvida, estaria em uma idade em que se ofenderia com aquela designação e teimaria que não precisava de ninguém para cuidar dele, mas, por ora, parecia um tanto angustiado por não ter a quem recorrer.

"Henry", disse eu, olhando de relance para as janelas para ter certeza de que ninguém estava nos observando. "Eu gostaria de ter uma conversa séria com você, se estiver tudo bem. E prometo não contar a ninguém o que você disser. Mas preciso que me diga a verdade. Você consegue fazer isso?"

"Eu sempre digo a verdade."

"Tenho certeza disso."

"Senão o papai fica bravo comigo."

"É justamente sobre o seu pai que eu quero conversar com você", disse eu. Ele desviou o olhar e eu entendi que tinha de tomar cuidado na minha escolha de palavras, do contrário arriscava assustá-lo e fazer com que fugisse para casa. "Você gosta do seu pai, imagino."

"Gosto", disse ele, acenando com a cabeça.

"Ele é bom pra você?"

Henry pensou um pouco antes de responder. "Uma vez ele me levou à Disneylândia", disse. "Ele trabalha com a mulher que administra aquilo e eu pude pegar o primeiro lugar em todas as filas."

"Que maravilha!", exclamei. "Eu nunca estive lá. Perdi muita coisa, não?"

"Com certeza", respondeu ele.

"E ele é bom para a sua mãe?", prossegui.

Dessa vez, Henry demorou ainda mais para responder. "Ele diz que a mamãe é muito burra, que nunca escuta o que precisa aprender."

"Sua mãe não me parece nada burra", disse eu. "Na verdade, ela parece ser uma pessoa interessantíssima, uma mulher com a mente muito rica. Ideias que ela gostaria de expressar, mas talvez não tenha oportunidade. Ela queria ser atriz; na verdade, já era atriz quando conheceu o seu pai."

"As mães não podem trabalhar", disse Henry. "É o que o papai diz. As mães devem ficar em casa e fazer o que mandam quando mandam e não ficar fazendo perguntas sobre coisas que não são da sua conta."

Estranhei. A frase era tão adulta que ele com certeza a tinha ouvido quando a disseram e estava simplesmente repetindo-a para mim do modo como meu irmão sempre fazia quando éramos crianças.

"E o que acontece quando elas não fazem o que eles mandam quando mandam?", perguntei.

"Há..." Ele procurou a palavra. "Consequências", disse finalmente.

"Entendi", disse eu. "E para você, também há consequências para você? Quando desobedece?"

Ele fez que sim.

"Que tipo de consequências?"

Instintivamente, ele passou a mão direita no antebraço esquerdo e me dei conta de que, embora estivesse fazendo calor, ele estava com uma camiseta de mangas compridas. Eu estiquei a mão, para empurrar a manga para cima, mas ele se afastou.

"Não", disse.

"Por favor."

"Não."

"Mostre para mim", insisti. "Eu não vou machucar você." Eu o segurei com firmeza e subi a manga com um movimento rápido. Havia um hematoma grande no braço, que devia ter sido infligido poucos dias antes, com desagradáveis tons de amarelo e roxo. "O que aconteceu aqui?", perguntei. "Quem fez isso em você?"

"Eu caí", disse ele, afastando o braço e abaixando a manga para cobrir o machucado.

"Você sofre um número extraordinário de acidentes, não é?", disse eu.

"Eu caí", repetiu ele, erguendo a voz, agora mais insistente.

"E se eu disser que não acredito em você?"

"Mas é verdade!"

"Quem fez isso em você, Henry? Quem anda machucando você? Pode me contar, você sabe."

"Ninguém!", gritou ele. "Eu caí, só isso."

Uma porta se abriu no fundo do prédio e Madelyn saiu. Sua expressão dizia claramente que ela não estava nada satisfeita em me ver conversando com seu filho.

"Não diga a ela que eu contei alguma coisa", cochichou o menino.

"Mas você não contou nada", afirmei eu. Então baixei a voz. "Por favor, eu preciso saber. Eu posso impedir que isso continue acontecendo, basta você me contar."

Henry saltou do banco e se pôs diante de mim. Da porta, Madelyn gritou, mandando-o voltar para dentro.

"Não posso contar nada", disse o menino. "Ele falou o que vai fazer com a gente se alguém descobrir."

"Descobrir o quê?", perguntei.

Ele olhou para a mãe e depois novamente para mim. "Que ele machuca a gente", disse.

Suspirei, sentindo que estava conseguindo fazer com que ele se abrisse. Desejei que sua mãe voltasse para dentro para que nós pudéssemos continuar nossa conversa, mas agora a pobre criança estava aterrorizada e em conflito. Queria fugir de mim, mas também queria que eu nunca o deixasse ir embora.

"E o que ele vai fazer?", perguntei. "O que ele disse que vai fazer se alguém descobrir?"

"Henry!", gritou Madelyn, e ele se virou para olhar para ela. Mas, antes de voltar para casa, inclinou-se e cochichou-me ao ouvido.

Fazia muitas e muitas décadas que eu não ouvia algo tão horripilante.

6

Evidentemente, eu não tinha o menor desejo de assistir ao documentário, mas tanto David quanto Edgar estavam entusiasmados, e eu ainda me achava naquela fase do relacionamento com David em que queria aproveitar em todos os momentos com ele.

O filme se intitulava simplesmente *Trevas*. Embora tivesse terminado havia oito anos, a guerra continuava sendo um assunto muito discutido todo dia. Os primeiros livros dedicados a explorar os fatos daquele período estavam começando a ser publicados e os historiadores ainda estavam tateando na superfície das pesquisas que iam empreender nas décadas seguintes. Edgar, é claro, foi um desses historiadores. Com o tempo, a Segunda Guerra Mundial viria a ser sua principal área de especialização, e a sua obra mais famosa foi uma narrativa em três volumes que ganhou todos os prêmios e o transformou em uma espécie de celebridade nos círculos acadêmicos.

Quando as luzes se apagaram, meu primeiro impulso foi fechar os olhos e tentar ignorar a ação na tela, mas, naturalmente, a narração deu fim a esses planos. Fiquei sem nenhuma escolha a não ser assistir.

O documentário começou com simplicidade, apresentando uma visão geral dos anos que antecederam a *Anschluss*, depois a chegada do sr. Chamberlain a Munique para se reunir com Hitler e seu retorno com a ingênua confiança na "paz para a nossa época". Em seguida, o cancelamento de todos os passaportes pertencentes a judeus e sua posterior reedição com a letra "J" neles estampada com tinta vermelha. A Noite dos Cristais. A invasão da Polônia. Tanques. Comícios. Os discursos hipnotizantes do *Führer*. O público assistiu, completamente absorto no passado recente e torcendo para o Exército britânico sempre que apareciam imagens dos soldados indo para a guerra.

Logo a ação mudou-se para Obersalzberg, para o Ninho da Águia, o retiro de Hitler no topo da montanha, mostrando imagens de um filme rodado por Leni Riefenstahl, dando destaque a várias figuras importantes do Reich lá reunidas em um fim de semana. O próprio Hitler, é claro. Himmler. Goebbels. Heydrich. Eva Braun. Uma empregada distribuía taças de vinho enquanto um menino com o uniforme da *Hitlerjugend* servia bandejas de queijo e bolachas. Como um todo, o grupo parecia feliz na companhia um do outro. Se não soubéssemos quem era cada uma daquelas pessoas, o que elas faziam, o que fariam no futuro, aquilo pareceria um alegre encontro de amigos aproveitando o ar fresco no alto de uma montanha e a generosa hospitalidade de um anfitrião gentil. Mas foi aqui, disse o narrador, que houve tantas conversas a respeito da Solução Final. Gráficos espalhados na tela. Diagramas de barracões para alojar os prisioneiros. Esboços das câmaras de gás. Desenhos dos crematórios.

A plateia ficou em silêncio então e, em alguns lugares do auditório, eu ouvi pessoas chorando. Uma ou duas se levantaram para sair, incapazes de suportar o que estavam vendo na tela. Claro, tanta gente havia perdido entes queridos.

"Você está bem?", cochichou-me Edgar ao ouvido a certa altura, e eu quase pulei de susto, tão concentrada estava no documentário.

"Estou", respondi no mesmo tom de voz. "Por quê?"

"As suas mãos", disse ele, e eu olhei para elas. Com que força eu estava agarrando os braços da poltrona. Senti imediatamente a dor que não tinha notado até então e os soltei, esticando e encolhendo os dedos para que o sangue fluísse. Sem dizer nada, sorri levemente para Edgar e voltei a olhar para a tela, assim como ele.

Pouco depois, estávamos vendo imagens de trens transportando judeus de diversas partes da Europa rumo ao seu destino, o medo estampado em alguns rostos, a confiança ingênua em outros, a ansiedade no das crianças. Mostraram sequências deles chegando aos campos e sendo separados em grupos diferentes pelos soldados, homens para um lado, mulheres e crianças para outro, os fuzis prontos para o caso de alguém desobedecer. Na expressão das famílias, o anseio desesperado por permanecerem juntos.

Era difícil assistir, mas meus olhos ficaram grudados na tela enquanto eu me lembrava de que tinha feito parte daquilo. Os passos arrastados dos homens quando saíam de manhã para trabalhar, a marcha lenta, terrível, para as câmaras, onde passariam seus últimos momentos com falta de ar. A fumaça saindo das chaminés, deixando uma cinza horrenda cair nas árvores e na relva próximas. Ao ver o olhar de desespero no rosto dos prisioneiros, eu me virei, foi quando notei que David estava chorando ao meu lado. Lágrimas abundantes escorriam pelo seu rosto, e ele as enxugava repetidamente. Eu lhe segurei a mão, mas ele me afastou.

E então, para minha surpresa, a música que acompanhava o filme mudou, tornando-se mais alegre, e eu voltei a olhar para a tela. A voz do narrador explicou que, de quando em quando, os nazistas lançavam filmes de propaganda destinados a mostrar ao mundo que os campos de concentração não eram de modo algum lugares de provação, e sim que os "hóspedes" neles alojados eram, na verdade, tratados com muita bondade. Apareciam crianças saltando de pedra em pedra, brincando, enquanto homens e mulheres sorriam e conversavam, convivendo com aparente contentamento, lendo, tomando sol e integrando-se. Ao assistir a tais cenas, eu senti um desconforto crescente, percebendo que o lugar onde essa parte do filme tinha sido feita me era familiar.

Tratava-se daquele outro lugar.

Uma lembrança, havia muito olvidada, alvoroçou-se na minha cabeça, a lembrança de um grupo de cineastas que seria enviado ao nosso campo e, durante a preparação para a sua visita, alguns dos judeus mais saudáveis foram separados dos demais, lavados e alimentados para que pudessem representar com alguma credibilidade os respectivos papéis na farsa. Fiquei fascinada com o equipamento de filmagem, as câmeras, os guindastes, as luzes. Aquilo me fez pensar que um dia eu poderia ser uma estrela de cinema.

E então se ouviu uma voz nova.

A do meu pai.

Estava comentando uma cena, legendas em inglês abaixo, enquanto ele explicava que os prisioneiros recebiam três refeições quentes por dia, tinham acesso a uma biblioteca e aos melhores cuidados médicos. Haviam criado até mesmo um campeonato de futebol, disse ele. Uma de suas próprias iniciativas, pois ele acreditava na importância de manter todos saudáveis e ativos. Como para confirmar isso, apareceu a cena de um grupo de rapazes jogando futebol e uma bola sendo chutada no fundo de uma rede, o artilheiro erguendo os braços, triunfante, ao mesmo tempo que corria para abraçar os companheiros de equipe. Para os tolos, isso parecia uma vida normal sendo encenada diante de nós.

Eu mal conseguia respirar, no entanto, ao ouvir a entonação familiar do meu pai. Ele engolia saliva levemente entre as frases, estranhando ou talvez temendo o microfone.

Pouco depois, eu o vi pela primeira vez quando a câmera enfocou nossa casa. Estava no seu escritório, trabalhando à escrivaninha. Eu passara muitas vezes por aquela sala durante nossa estada lá, mas entrava raramente, pois ele dizia que ela estava além de todos os limites o tempo todo, sem exceções. A seguir, a cena mudou novamente. Agora ele aparecia na sala de estar, e eu senti um frio no estômago, antecipando o que poderia vir.

E eis que, diante de um público de mil pessoas ou mais, lá estava toda a minha família, sentada à mesa de jantar: papai, mamãe, meu irmão e eu. Nós quatro fazendo um brinde ao nosso amado *Führer*, Adolf Hitler. A câmera girou lentamente, focalizando cada um de nós. Primeiro meu pai, mostrando-se orgulhoso e patriarcal. Em seguida, minha mãe, bonita, serena, exalando uma aura de calma. Depois a mim. Estava sentada com o corpo aprumado, deleitando-me com a atenção, olhando além da câmera, para onde, se não me falha a memória, estava Kurt, que observava, contemplando a cena à medida que se desenrolava e, sem dúvida, desejando participar dela. Eu prendi a respiração. Será que David ou Edgar me reconheceriam? Onze anos haviam se passado, é claro, e eu era apenas uma criança naquelas imagens, porém, mesmo assim, a possibilidade de reconhecimento me aterrorizava.

Então, como que saído do nada, eu ouvi um ruído baixo, agudo, como o de um animal preso em uma armadilha. Era horrível, desumano, um ruído que nenhum ser humano vivo devia fazer. Parecia vir de um lugar próximo e, para minha surpresa, notei pessoas se virando a fim de olhar para mim.

"Gretel", disse Edgar, a voz carregada de ansiedade, de medo até. "Gretel, o que aconteceu?"

O barulho vinha de mim, saía das profundezas do meu ser, enquanto eu olhava para a tela e observava o rosto alegre do meu querido irmão mais novo, de camisa e colete de lã, jantando calmamente, erguendo os olhos de vez em quando, tentando não rir para a câmera.

Meu irmão. Meu irmão perdido. Cujo nome eu não podia pronunciar.

"Gretel", disse David. "Gretel, você precisa ficar quieta…"

Mas era tarde demais para me dizer o que quer que fosse. Eu tinha me levantado com dificuldade e ia tropeçando ao longo da fileira, obrigando as pessoas a encolher as pernas para eu poder passar. Abrindo as portas, eu me joguei para fora, para o saguão, e, de lá, para a rua.

Um ônibus vinha vindo.

Em alta velocidade.

Sem tempo para pensar.

Eu me joguei na frente dele.

7

"E o que foi?", perguntou Eleanor, inclinando-se para a frente e segurando a minha mão. "O que foi que o menino disse?"

Eu respirei fundo. Fazia dias que a frase estava presa na minha mente, durante os quais senti uma mistura profana de pânico, raiva e terror. Mas a ideia de dizer palavras tão terríveis em voz alta me assustava tanto quanto permanecer em silêncio. Eu fechei os olhos; não queria ver sua expressão quando eu as pronunciasse.

"Ele contou que o pai disse que, se alguém descobrisse o que estava acontecendo na casa deles, ele ia esperar que Henry e a sua mãe dormissem uma noite, jogaria gasolina em ambos e poria fogo nos dois."

"Santo Deus!"

Eu tornei a abrir os olhos. Eleanor havia derrubado o copo de água no chão e estava com a mão na boca. Demorou um pouco para notar o acontecido, mas o copo tinha caído em um tapete velho, e eu dispensei sua oferta de ir buscar papel-toalha para enxugá-lo.

"Sra. F.", disse ela, "a senhora tem de ir à polícia. Tem de contar a eles."

"Eu sei. Sei que tenho de ir, mas..."

"Não tem nenhum 'mas'", gritou ela. "O maluco ameaçou matá-los." Eleanor ergueu a voz como só pode erguê-la quem fez residência em um pronto-socorro e viu o estado de algumas mulheres e crianças que entram por aquelas portas. "É isso que acontece. É isso que sempre acontece, porra. Desculpe. Eu não queria dizer nenhum palavrão."

"Não se preocupe."

"Trata-se simplesmente... de homens matando mulheres porque não podem controlá-las. De homens matando crianças porque não toleram a ideia de a esposa tomá-las deles. Trata-se de vencer, seja como for. A senhora precisa dar parte: a polícia que tome providências. Do contrário, a gente sabe como isso vai acabar."

Eu assenti com um gesto. Ela tinha razão, óbvio. Mas eu detestava a ideia de me envolver ainda mais naquele terrível drama familiar, não só porque temia que minha intervenção provocasse Alex Darcy-Witt a cometer mais violência como também porque eu havia passado oito décadas evitando qualquer interação com o sistema de justiça e não gostava da ideia de vir a conhecê-lo agora.

"Se lhes acontecer alguma coisa", continuou Eleanor, "e a senhora não tiver dito nada, como vai conseguir conviver com a culpa?"

Eu a fitei. A coitadinha não tinha ideia da culpa com que eu convivia diariamente.

"Sra. F,", disse ela. "A senhora está bem? Desculpe, eu não estou tentando assustá-la, só que..."

"Está tudo bem, querida. É simplesmente... sim. Culpa. Sim, agora eu entendi, é claro."

Você diz que vive com esse tormento — ora, procure se aliviar dele, dissera Kurt naquela manhã no café de Sydney, sabendo que eu não o entregaria à polícia, porque isso daria fim não só à sua vida como também à minha. *Diz que está cheia de arrependimento, então livre-se dele. Minha vida está em suas mãos.* Fazia décadas que eu tinha enviado a carta a Cynthia Kozel, e nada. Como era de esperar, ela devia tê-la jogado fora.

E assim, apesar de todas as minhas reservas, já que eu tinha confiado em Eleanor, não havia a menor possibilidade de voltar atrás, e então dei comigo mesma indo, ou sendo levada, à Delegacia de Polícia Central de Kensington, onde Eleanor descreveu sucintamente para o policial atrás da escrivaninha a natureza da nossa preocupação e nós fomos convidadas a comer alguma coisa na área de espera, onde permanecemos quase uma hora, até que um jovem viesse nos convidar educadamente a acompanhá-lo por um corredor deserto. Levou-nos a uma pequena sala de entrevistas e nós nos sentamos a um lado da escrivaninha, enquanto o policial, que se apresentou como detetive Kerr, se instalava no outro.

"Comecemos pelo nome das senhoras", disse ele, e nós nos identificamos. "E qual é a sua relação?"

"A sra. Forbes vai ser minha nora", contei-lhe, ouvindo uma inesperada nota de orgulho na minha voz ao dar essa informação. "Vai se casar com o meu filho dentro de algumas semanas."

"E a senhora trabalha, sra. Forbes?", perguntou ele.

"Sou cirurgiã cardiovascular", respondeu ela, e o policial ergueu momentaneamente uma sobrancelha, mostrando-se devidamente impressionado.

"Presumo que a senhora é aposentada, sra. Fernsby?"

"Tenho noventa e um anos, detetive, de modo que sim, o senhor presume corretamente."

Ele anotou os nossos endereços e números de telefone

e então sorriu. "Pois bem", disse. "O que as levou a nos visitar hoje?"

Foi difícil saber por onde começar, mas eu senti que devia começar pelo começo, com a morte do sr. Richardson e a chegada de Alison Small, da Small Interiores.

"Não acho que a senhora precise voltar tanto no passado, sra. F.", disse Eleanor delicadamente, mas o detetive Kerr balançou a cabeça.

"Quanto mais pormenores as senhoras nos derem, melhor", disse, coisa que me deu mais confiança na minha capacidade de contar a história, e, assim, eu a narrei exaustivamente, detalhando tudo que conseguia recordar sobre cada conversa com os três Darcy-Witt, bem como minhas várias observações deles, suas lesões e interações. Enquanto falava, pude ver que o policial estava ficando cada vez mais preocupado, especialmente quando cheguei à parte em que Heidi saiu do quarto de Madelyn e, em um momento de total clareza, instruiu-me para que chamasse uma ambulância. Quando cheguei ao fim, descobri que não conseguia pronunciar as palavras terríveis que Henry havia cochichado ao meu ouvido, de modo que pedi a Eleanor que as dissesse. Quando ela o fez, o detetive se encolheu e olhou para mim, claramente perturbado.

"Está certo, sra. Fernsby?", perguntou. "Isso é precisamente o que o menino disse?"

"Quase", respondi. "Só que Eleanor disse que *ele ia queimá-los todos*; na verdade foi *ele jogaria gasolina em ambos antes de pôr fogo neles*. É a mesma coisa, suponho, mas acho que o senhor prefere que eu seja tão exata quanto possível. E "todos" inclui ele próprio, é claro. Ao passo que "ambos" se refere somente à esposa e ao filho."

"Sim, essa é uma distinção importante", disse ele, fazendo uma anotação a respeito. "E a senhora tem certeza absoluta de que essas são as palavras que o menino usou?"

Ele estava olhando diretamente para mim, e eu adivinhei o que estava passando pela sua cabeça. Ele se perguntava se eu era do tipo Miss Marple, constantemente à procura de um mistério e mergulhando no coração de qualquer um que eu descobrisse. Ou talvez fosse apenas uma velha solitária, inventando uma história revoltante para chamar um pouco de atenção. Parecia perfeitamente razoável que pensasse assim. Não estaria fazendo seu trabalho, eu disse cá comigo, se não pensasse. Mas eu sabia o que tinha visto, o que presenciara e o que Henry me havia dito.

O detetive Kerr continuou escrevendo no seu caderno enquanto Eleanor e eu ficávamos em silêncio. Eu a fitei e ela sorriu para me encorajar antes de apertar minha mão. Depois, como eu sabia que faria, ele passou para outra linha interrogativa, aquela que eu mais temia.

"Talvez a senhora possa contar um pouco a seu respeito, sra. Fernsby", disse.

"Claro", disse eu. "O que o senhor gostaria de saber?"

"Para começar, onde a senhora nasceu? Aqui em Londres?"

Hesitei apenas um instante. A caminho da delegacia, tinha decidido ser absolutamente sincera. Não ofereceria nenhuma informação desnecessária, mas também não mentiria.

"Não", respondi. "Nasci em Berlim. Em 1931."

"Ah", fez ele, erguendo uma sobrancelha, surpreso. "Eu nunca teria adivinhado. A senhora não tem nenhum sotaque."

"Saí da Europa Central quando tinha quinze anos", expliquei, esperando que ele perguntasse por que eu me referia a um lugar tão genérico em vez de especificar um país ou cidade.

Percebi que ele estava fazendo cálculos mentalmente e decidi poupá-lo de perguntar.

"Quando a guerra acabou", contei-lhe, "minha mãe e eu fugimos assim que as hostilidades terminaram."

"Meu avô lutou na guerra", disse ele.

"É mesmo?", perguntei. "Espero que tenha sobrevivido."

"Sobreviveu, sim. Ele estava na RAF."

Eu balancei a cabeça, mas não insisti no assunto. Não tinha interesse em comparar histórias de guerra.

"Em todo caso", disse ele enfim. "Quer dizer que a senhora veio para a Inglaterra em 1945? Ou 1946?"

"Não exatamente", respondi. "Minha mãe e eu passamos alguns anos na França, já que a paz fora restaurada. Depois que ela morreu, mudei para a Austrália. Para recomeçar, tenho certeza de que o senhor entende. Mas não deu certo. Não cheguei a passar um ano lá."

"Posso perguntar por quê?"

"O senhor já esteve em Sydney, detetive?", perguntei.

"Não posso dizer que já."

"Faz muito calor", contei. "Achei isso esmagador. E a comida não combinava comigo."

Ele pareceu acreditar nisso e fez mais algumas anotações.

"E sua família?", perguntou com cautela. "Durante a guerra..."

"Isso tem alguma relevância, detetive?", indagou Eleanor, mantendo-se educada, mas parecendo um pouco frustrada. "Certamente não tem nada a ver com o que está acontecendo com os vizinhos do andar de baixo da sra. Fernsby."

Ele ficou pensativo. Não parecia ser o tipo de homem

que ficaria desconcertado por ser questionado por uma mulher e, logo depois, concordou.

"Sim, creio que a senhora tem razão", disse. "Desculpe, é que eu gosto de obter um pouco de conhecimento de fundo, só isso. Acontece que sou meio fã da história. Especialmente a guerra."

"Meu marido era assim", observei, quebrando minha promessa de não dar informações desnecessárias.

O detetive Kerr estreitou os olhos e pensou um pouco. "Por acaso seu marido era Edgar Fernsby?", perguntou, e eu assenti.

"Por acaso, era. O senhor o conheceu?"

"Claro que sim. Eu tenho todos os livros dele. Era um historiador brilhante."

"Que gratificante."

"E estive com ele uma vez", prosseguiu. "Em um festival literário. Autografou um livro para mim."

"Detetive", disse Eleanor, a frustração a se infiltrar em sua voz, e eu preferi que ela não o tivesse interrompido. Gostaria muito de continuar ouvindo aquele jovem cantar louvores ao meu falecido marido.

"Sim, desculpe. Voltemos a trabalhar", disse o detetive Kerr, endireitando o corpo na cadeira e limpando a garganta.

"O importante é assegurar que esse Darcy-Witt não seja um perigo para a família dele", continuou Eleanor, e eu esperei que ela não pressionasse tanto.

"Eu vou falar com ele, é claro", disse o detetive.

"O senhor poderá manter o meu nome fora disso?", perguntei, inclinando-me para a frente. "Eu preferiria ter tão pouco envolvimento quanto possível com tudo isso."

"Vou tentar, certamente", disse ele, recolocando a tampa na caneta. "Mas não posso garantir nada. A senhora se sente em perigo?"

Eu pensei nisso. A verdade era que me sentia, mas não queria que Alex Darcy-Witt me obrigasse a sair de casa e a me enfiar em algum tipo de "esconderijo" ou o que quer que o detetive estivesse considerando. Eu tinha mudado de nome o suficiente para uma vida inteira.

"De modo algum", disse eu. "Tenho fechaduras seguras nas portas e não pretendo deixá-lo entrar se ele bater."

"Acho melhor assim", concordou ele, levantando-se. "A senhora fez bem em nos procurar."

O detetive apertou as nossas mãos e nos levou pelo corredor, usando sua senha de segurança para abrir as portas no fim.

"E o seu pai?", perguntou ele. "Imagino que também tenha tido envolvimento na guerra."

Eu balancei a cabeça e sorri. "Meu pai morreu quando eu era menina", disse, despedindo-me com um aceno e indo para a rua.

Eu prometera não mentir e, mesmo no fim, senti que tinha sido fiel a essa resolução.

8

Ao acordar, descobri que estava em uma cama de hospital, sem nenhuma lembrança de como tinha ido parar lá. Tentei me sentar, mas mover o corpo era demasiado doloroso, de modo que me contentei em virar a cabeça para olhar em volta. Havia cinco camas na enfermaria, mas só outras duas se achavam ocupadas e as mulheres em ambas estavam dormindo. Pigarreei e o ruído acordou Edgar, que, afinal, estava dormindo em uma poltrona ao meu lado.

"Gretel", disse ele com uma expressão de alívio. Para minha surpresa, segurou minha mão, que estava no lençol, e não tardou a soltá-la.

"O que aconteceu?", perguntei, confusa, ansiosa. "O que eu estou fazendo aqui?"

"Espere", disse ele, levantando-se de um salto e indo para o corredor. "Vou chamar uma enfermeira. Ela vai explicar tudo."

Tentei manter o corpo imóvel. Qualquer movimento era quase insuportável e, momentos depois, ele retornou com uma jovem enfermeira.

"Srta. Wilson?", disse ela. "Eu sou a enfermeira Fenton."

"Onde estou?", perguntei. "O que aconteceu?"

"Você sofreu um acidente. Lembra-se de alguma coisa?"

"Um pouco", respondi, a lembrança da nossa visita ao cinema a voltar lentamente à memória, assim como minha inesperada reação ao filme.

"Felizmente não sofreu nenhum dano grave", prosseguiu ela. "Um tornozelo quebrado, algumas costelas fraturadas, só isso. Seu pulso também está enfaixado. Você teve muita sorte. Ao que parece, o ônibus desviou a tempo, do contrário podia tê-la matado."

Se ao menos tivesse me matado, pensei comigo, *ficaria livre deste inferno de uma vez por todas.* Ela fez algumas anotações em um gráfico e disse que o dr. Harket viria me ver em breve.

"Quanto tempo vou ter de ficar aqui?", perguntei.

"Acho que alguns dias ainda. Não mais do que isso."

Quando ela saiu, fiquei algum tempo olhando para o teto, então me dei conta de que Edgar ainda estava ao lado da minha cama. Por que ele? Por onde andava David?

"David teve de trabalhar hoje", disse ele, antecipando-se à minha pergunta. "Nós estamos nos revezando."

"Revezando-se no quê?", indaguei.

"Na poltrona perto da sua cama."

Eu sorri para ele, grata pela gentileza, mas, mesmo assim, surpresa por ele se incomodar tanto por mim. David; sim, é claro. Afinal, ele e eu estávamos namorando. Mas Edgar?

"Você é muito gentil", disse eu.

"De jeito nenhum."

"Tenho certeza de que tinha coisas muito melhores para fazer com o seu tempo."

"Nada era mais importante do que ficar aqui", disse ele. "Eu estava terrivelmente preocupado com você."

Eu sorri para Edgar, e ele estendeu a mão e apertou a minha mais uma vez, depois ficou um pouco constrangido e se afastou.

"O que aconteceu, afinal?", perguntou-me ele com voz calma e solidária. "Por que você fugiu de nós daquele jeito? Estava passando mal?"

"O filme", disse eu. "Deixou-me transtornada."

"Transtornou todos nós. Principalmente David, mas..."

"Eu não aguento presenciar tanto sofrimento", prossegui. "Quer dizer, não aguento ver coisas assim."

"Entendo."

"Conte-me", pedi. "Lembro-me de ter me virado para David a certa altura do filme. Ele estava profundamente perturbado."

"É claro." Edgar ficou algum tempo calado e, quando voltou a falar, foi com certa hesitação. "Ele lhe contou, imagino."

"Contou o quê?"

"A respeito da família dele."

"Não muita coisa", respondi. "Eu sei que ele é órfão, mas, à parte isso, nunca falou neles realmente. Eu perguntei, mas ele é muito reticente."

"Então, provavelmente, não cabe a mim dizer."

Eu o encarei, sentindo um desconforto crescente.

"Seja o que for", disse, "eu gostaria de saber."

Edgar se levantou, foi até a janela e ficou olhando para a rua, a testa franzida, e eu permaneci em silêncio, relutante em apressá-lo. Por fim, voltou para junto da cama e se sentou novamente, dessa vez na beira do colchão, um gesto mais íntimo do que eu esperava. Movi as pernas sob o lençol para lhe dar espaço. Edgar exalava compaixão. Estar com David era mais complicado.

"David não é inglês", disse ele finalmente. "Disso você já sabe, não?"

"Não", respondi, surpresa ao ouvir aquilo. "Eu sempre achei que ele era londrino."

"Ele é em quase tudo, mas nasceu na Tchecoslováquia. Saiu de lá pouco antes de os nazistas chegarem a Praga. Era apenas um menino na época, onze ou doze anos, imagino. Seus avós decidiram partir, sabiam o que estava por vir, e o levaram consigo. Sua irmã mais velha estava no hospital, havia passado por uma operação de apendicite, de modo que seus pais ficaram, com a intenção de seguir com ela semanas depois. Mas é claro que não conseguiram."

"O que aconteceu com eles?", perguntei, embora qualquer idiota pudesse adivinhar a resposta.

"Treblinka."

Eu fiz que sim e desviei a vista, olhando para as mulheres adormecidas, desejando estar tão desconectada do mundo quanto elas.

"Seja como for, os avós dele o trouxeram para cá", continuou Edgar. "Ele não se lembra muito dos seus primeiros anos. Ou, se se lembra, não fala nisso. Pelo menos, não comigo. Só me contou alguns anos atrás e nunca mais voltou a tocar no assunto. Eu tentei falar com ele sobre isso uma ou duas vezes desde então, mas David simplesmente muda de assunto. Eu me perguntei muitas vezes se você sabia."

"Não sabia", disse eu, sem saber se era verdade. Acaso havia uma parte de mim que suspeitara de tudo o tempo todo e simplesmente não teve a coragem de enfrentá-lo?

"Talvez eu não devesse ter lhe contado", disse ele. "Só depois de ver como você estava emotiva após o filme, eu pensei em explicar. Se tivesse sido ele, eu poderia entender.

Mas você? Você podia ter morrido, Gretel. Por que fez o que fez? Uma das espectadoras..."

Ele se interrompeu e balançou a cabeça.

"O quê?", perguntei. "Uma das espectadoras o quê?"

"Disse que parecia que você fez aquilo deliberadamente. Que se jogou na frente do ônibus. Como se... como se quisesse ser atropelada."

Eu olhei para o teto novamente, que era de um tom deprimente de branco acinzentado e estava rachado em uma centena de lugares. Parecia uma tolice concentrar-me nisso em um momento como aquele, mas a única coisa em que consegui pensar era que devia fazer muito tempo que não o pintavam. Senti lágrimas formando-se nos olhos e, pouco depois, começaram a escorrer pelo rosto. Enxuguei-as o mais depressa possível.

"Não é verdade", disse finalmente. "Eu estava desorientada, Edgar. Só isso. E sufocada."

"Eu esperava que o caso fosse esse", respondeu ele, parecendo aliviado. "Por que uma pessoa como você tentaria uma coisa dessas?"

"Uma pessoa como eu?", perguntei.

"Uma pessoa tão maravilhosa. Você é inteligente, divertida, bonita. Infinitamente fascinante. Não tem motivo para não querer viver. A não ser que haja algo que eu não saiba, é claro." Edgar me encarou, parecendo um pouco constrangido. "Que coisa ridícula para dizer", acrescentou, quando ficou claro que eu não tinha intenção de responder. "Eu mal a conheço, não é? Há mil coisas que não sei a seu respeito." Ele hesitou, sua voz falhou um pouco. "Um milhão de coisas. Mas eu gostaria tanto de saber."

Eu olhei para ele novamente, surpresa com a intimidade da observação, e pude vê-la imediatamente nos seus olhos. *Oh, Edgar*, pensei, desviando a vista. Nunca tinha visto aquela expressão dirigida a mim até então, não em Kurt, não em Émile, nem mesmo em David, mas a reconheci perfeitamente.

E ela nunca fez bem a ninguém.

9

O pacote estava do lado de fora da porta do meu apartamento, embalado com um papel de presente que parecia ser muito caro, com uma fita ao redor e um arco elaboradamente afixado na parte superior. Trazia anexada uma pequena etiqueta de presente em que estavam escritas, com uma caligrafia desconhecida, as palavras Gretel Fernsby. Eu o peguei, olhei para ele sem saber quem poderia ter deixado tal coisa ali nem por quê. Não era meu aniversário — que ainda ia demorar várias semanas —, e eu não lembrava de ter feito uma boa ação para alguém nos últimos tempos. Tirei as chaves da bolsa e estava prestes a entrar quando a porta de Heidi se abriu e ela pôs a cabeça para fora.

"Gretel", disse, quase sem fôlego. "Finalmente. Eu estava à sua espera."

"O que aconteceu?", perguntei. "Está tudo bem?"

Ela me conduziu para dentro e eu a segui com relutância. Estava ansiosa por relaxar diante do televisor, mas era impossível contrariá-la. Pus o presente, fosse lá o que fosse, em uma mesa lateral e a segui até a sala de estar, na qual ela se pôs a andar de um lado para outro, inquieta.

"Qual é o problema?", perguntei.

"É o Oberon. Disse que eu não posso ir para a Austrália com ele, afinal."

"Mas isso é bom, certo?", disse eu, sentando-me e pedindo-lhe com um gesto que fizesse o mesmo. "Você não queria ir."

"Sim, mas ele diz que vai para lá sozinho. Então quem vai cuidar de mim?"

"Você acha que ele cuida de você atualmente?", perguntei.

"Ora, o Oberon me visita", disse ela, sempre indisposta a ouvir uma crítica ao neto, por mais branda que fosse.

"Não com muita frequência, que eu saiba."

"Mas ele é tudo que eu tenho", disse ela. "Você e o Edgar são muito gentis, é claro, mas..."

"O Edgar não está mais conosco, Heidi", disse eu. "Lembra?"

"Ah, é verdade", concordou ela. "Está em uma conferência, não está? Em Nova York?"

Eu fiz que sim. Não ganharia nada lembrando-lhe a verdade.

"Vou sentir muita falta dele e só estou preocupada, entende?", prosseguiu ela.

"Ora, é claro", respondi. "Será uma adaptação. Mas você ficará bem, prometo. Nós cuidaremos uma da outra, você e eu. Não vamos deixar ninguém nos tirar do Winterville Court contra nossa vontade. Caden tentou a mesma coisa comigo não faz muito tempo, você sabe, e eu o mandei embora com uma repreensão enérgica." E com um cheque de 100 mil libras, é claro, mas preferi não mencionar isso.

Ela não se mostrou particularmente tranquilizada, mas não era muito que eu podia fazer.

"Em todo caso, ele decidiu que eu devia fazer uma reforma", acrescentou ela.

"Quem decidiu?", perguntei.

"O Oberon."

Intrigada, eu examinei a sala, que não havia mudado muito em todos os anos em que a vinha frequentando. Por que diabos, eu me perguntei, ele queria que ela reformasse o apartamento. E reformá-lo como?

"Eu não entendo. Ele propôs pintar o apartamento? Ou comprar móveis novos?"

"Não", respondeu ela, balançando a cabeça. "Vamos ver se eu compreendi bem. Ele diz que eu posso vender o apartamento a uma coisa chamada Terceiro Partido e dar-lhe parte do dinheiro para que ele possa comprar uma casa em Sydney, mas eu poderei continuar morando aqui até morrer e não terei de pagar um centavo a ninguém. O apartamento continuará sendo meu. Em todo caso, foi o que ele me disse. Será que está certo?"

"Uma reversão imobiliária", disse eu, corrigindo-a, pois eu havia lido sobre esses esquemas no jornal e sempre achei que eram fraudadores e canalhas. "E foi essa a ideia dele?"

"Ele disse que é uma boa maneira de recuperar o..." Heidi franziu o rosto, tentando se lembrar da palavra.

"Patrimônio?", sugeri.

"Isso mesmo. Uma boa maneira de recuperar o patrimônio da gente."

"E dá-lo a ele."

"Eu não ligo para dinheiro", disse ela, dando de ombros. "Você pode falar com o Edgar e me dizer o que ele acha? Eu sei que isso me faz parecer antiquada, mas acho que os homens são muito melhores nesse tipo de coisa do que as mulheres, não são?"

"Na verdade, não", disse eu. "Mas, se você preferir seguir o conselho dele, é claro que eu terei prazer em consultá-lo sobre isso e transmitirei as palavras dele. Em todo caso, acho pouco provável que ele aprove."

"Obrigada, Gretel." Nós nos levantamos e ela me acompanhou até a porta. "Você é uma boa amiga. Sempre zelou por mim, não é? Desde o dia em que se mudou para cá."

E era verdade. Eu tinha feito questão disso.

"Eu estaria perdida sem você", acrescentou ela com certa melancolia.

Embora não fosse meu costume, eu estendi a mão e lhe dei um beijo no rosto antes de atravessar o corredor e voltar para meu apartamento, onde liguei a chaleira para um pouco de chá. Aproximei-me da janela e olhei para fora, esperando ver Henry sentado em um dos bancos lá embaixo, lendo, mas o jardim estava vazio. No entanto, ouvi a porta dos fundos se abrir e esperei para ver se ele apareceria, mas não, foi Madelyn que saiu vestindo agasalho de moletom amarelo-claro. Nossos caminhos ainda não haviam se cruzado desde que ela voltara do hospital, e eu não me atrevia a parar no apartamento deles desde que dei parte na polícia dias antes.

Observei-a ir ao centro do jardim, onde parou, inclinou a cabeça para trás e fechou os olhos, aparentemente para respirar o ar fresco. Esticou os braços e, lentamente, começou a girar, uma, duas, três vezes, antes de ficar instável nos pés — tonta, imagino — e de sentar-se no chão na posição de lótus, com as mãos nos joelhos e permanecendo imóvel. Achei que ela estava praticando ioga, coisa que nunca tentei fazer. Fiquei olhando para ela, imaginando como seria voltar a ser jovem e flexível, até que ouvi o botão da chaleira clicar e me virei para ir à cozinha e esquentar o bule.

Só quando me sentei alguns minutos depois foi que me lembrei do pacote inesperado que haviam depositado à porta do meu apartamento e que o deixara na casa de Heidi. Ainda que não tivesse vontade de voltar para lá, estava ansiosa para ver o que ele continha e, assim, tornei a atravessar o corredor e bati na porta.

"Acho que esqueci uma coisa", disse eu quando ela a abriu, apontando para o embrulho na mesa lateral.

"Oh, Gretel", disse ela, parecendo satisfeita de me ver. "Eu estou tão contente por você ter vindo. Ando muito preocupada. É o Oberon, entende? Ele diz que eu não posso ir para a Austrália com ele, afinal."

"Sim, eu sei", disse eu com um suspiro. "Nós já tivemos essa conversa. Vou falar com o Edgar sobre isso, lembra?"

"Ah, sim", respondeu ela sem entusiasmo, decepcionada por já estar me afastando a fim de voltar para casa. Tentando não me sentir muito culpada, despedi-me uma vez mais, voltei ao meu apartamento e desapareci lá dentro.

Sentando-me, tirei o laço e a fita e comecei a abrir cuidadosamente o papel de presente. Era tão luxuoso que eu pensei em guardá-lo para quando tivesse de presentear alguém. Ocorreu-me que Caden podia tê-lo enviado, mas decidi que não, porque nesse caso a etiqueta diria "Para a mamãe". Então pensei em Eleanor, mas tinha certeza de que ela escreveria "Para a sra. F.". Entretanto, assim que retirei o papel e vi o que estava lá dentro, eu entendi que não podia ser de nenhum deles.

Alguém, algum Terceiro Partido sem nome, para usar a expressão de Oberon, tinha me enviado um livro.

Segurei-o com mãos trêmulas, tentando entender o que ele significava, e li o título com atenção: *A Solução Final: O plano de Hitler para exterminar os judeus*.

Nervosa, eu abri e folheei o livro. Não era uma obra de história popular, do tipo que Edgar escrevera, nem um texto acadêmico, embora tivesse dois conjuntos de fotografias de oito páginas cada um, encartados a um terço e a dois terços do volume. Examinando-as rapidamente, não tardei a dar com o rosto do meu pai e fechei o livro com tanta violência que o barulho me assustou. E, naquele exato momento, o telefone tocou. Olhei para ele, esperando que parasse de tocar, desesperada para ficar a sós para compreender o significado daquela mensagem extraordinária, mas o aparelho continuou com toques tão insistentes que eu não tive escolha senão atender.

"Alô", disse eu raivosamente ao fone, e houve um silêncio talvez de dez segundos, depois o ruído de alguém pigarreando e, finalmente, alguém falou.

"Eu só queria saber se você recebeu o meu presente", disse Alex Darcy-Witt. "Achei que podia lhe trazer algumas lembranças felizes."

10

Na manhã em que eu devia receber alta no hospital, David chegou com um buquê de flores e um largo sorriso nos lábios. Ele me visitava regularmente, assim como Edgar, mas com seu horário de trabalho e a dificuldade para conversar em particular na enfermaria, era quase impossível passarmos algum tempo realmente juntos. Eu ainda sentia certo desconforto, e o dr. Harket, que achei prepotente e indiferente aos meus ferimentos, havia me prescrito com certa relutância uma série de analgésicos, mas, quando eu me sentei na cama para beijar David, foi como se minhas dores tivessem desaparecido completamente. Eu queria que voltássemos aos seus aposentos, queria estar com ele na cama, o lugar em que sempre senti que estávamos bem.

"Eu tive uma ideia", disse ele, parecendo um pouco menos confiante que de costume. "Não acho que você tenha de cuidar de si enquanto ainda estiver se restabelecendo. Você precisa de cuidados adequados."

"Ora, eu vou ficar bem", disse-lhe eu, rejeitando com um gesto sua preocupação com meu bem-estar. "Vou voltar ao trabalho em mais ou menos uma semana. Eles têm perguntado por mim?"

"Todo dia, mas não precisa se preocupar. Pediram-me que lhe dissesse que você tem disponível o tempo que for necessário para se recuperar. Então eu pensei que, nesse ínterim, talvez você preferisse morar comigo." Eu olhei para ele com surpresa. Seu rosto deixou transparecer certa timidez, um receio de que eu recusasse.

"Sério?", perguntei.

"Sério."

"Eu não esperava que você me dissesse isso."

"Ora, você me conhece. Eu sou cheio de surpresas."

Eu pensei nisso durante algum tempo.

"Mas nós não somos casados", disse-lhe, e ele deu de ombros.

"Isso é tão importante para você?"

Na verdade, não era. Depois de presenciar tudo quanto presenciei na vida, eu mal conseguia pensar em coisa tão trivial quanto um pedaço de papel confirmando minha relação jurídica com David ou coisa tão sem importância como a reprovação moral de desconhecidos.

"E os outros moradores do seu prédio?", perguntei. "Não terão o que dizer sobre a questão?"

"Ora, e se tiverem? Por mim, eles que façam o que quiserem. Por Deus, nós estamos em 1953, não no século xix. Seja como for, se nós vamos nos casar um dia, você não quer que dure para sempre?"

"Claro que quero."

"Então faz sentido a gente tentar primeiro. Ver se combinamos um com o outro. A gente nunca sabe, você pode enlouquecer com o meu jeito de comer, rir ou roncar."

A ideia de morarmos juntos me encantou, mas foi afetada pela ansiedade porque, até agora, nós dois tínhamos optado por esconder grande parte do nosso passado. Eu não sabia ao certo se podia tomar uma decisão tão importante sem ser completamente sincera com ele. Nunca contei a verdade a Émile, a Cait. E por certo jamais contara os horrores do meu passado a um judeu.

Na verdade, a única pessoa com quem tive uma conversa sincera sobre o assunto foi Kurt.

"Qual é o problema, Gretel?", perguntou David, sentindo minha hesitação. Acho que ele esperava que eu o envolvesse nos braços e mergulhasse na oportunidade de brincarmos de casinha. Afinal, eu havia deixado claro que esperava um futuro com ele.

"Nada", disse eu. "É só que..."

"Só que o quê?"

Antes que eu pudesse responder, a enfermeira Fenton apareceu para me dizer que o dr. Harket precisava falar comigo antes de me dar alta. David assentiu com a cabeça, mostrando-se um pouco magoado por eu não ter me entusiasmado mais com sua proposta, foi para o corredor, deixando-me sentada na cama, triste, pensando no que fazer para melhorar as coisas. Minutos depois, o médico chegou.

"Srta. Wilson", disse, puxando a cortina em volta da cama para preservar a privacidade, embora fosse uma medida inútil, pois nossa conversa seria ouvida facilmente pelas mulheres nas outras camas. "Como está se sentindo? Pronta para voltar para casa?"

"Muito melhor", disse eu, endireitando o corpo e tentando não estremecer com a dor que porventura sentisse caso ele insistisse em prolongar minha internação. "Minhas costelas ainda estão um pouco doloridas, mas não tanto quanto ontem, e minha perna..."

"Nós lhe daremos uma muleta quando a senhora for embora. Não vai precisar dela durante muito tempo, mas pode ajudá-la a andar enquanto o osso cicatriza. Quem é o rapaz no corredor, caso a senhora não se incomode com minha pergunta?"

"Isso importa?"

"Sim, do contrário eu não teria perguntado", respondeu ele com um tom de voz surpreendentemente ácido.

"Um amigo", disse eu, sem saber por que a identidade de David importava tanto para ele.

"Um namorado, a senhora quer dizer."

"Sim."

"Entendi." Ele tornou a olhar naquela direção, embora a cortina o impedisse de ver o corredor. "E os dois não são casados, a senhora e esse amigo?"

"Não", disse eu. "Por quê? Há algum problema?"

"Só que parece que a senhora tem sido um tanto livre com a sua virtude, não é, srta. Wilson?", disse ele. "Tantos da sua geração o são, é claro. Tudo foi para o inferno desde que a guerra acabou. Mas eu não estou aqui para julgar."

Eu o encarei, sem compreender absolutamente sobre o que o médico estava falando. Ele percebeu minha confusão e revirou os olhos, aparentemente irritado com minha ingenuidade.

"A senhora está grávida, srta. Wilson", disse ele com um suspiro. "Vai ter um bebê."

Eu permaneci calada. Essa era a última coisa que esperava que ele dissesse.

"A senhora não sabia?", perguntou ele, erguendo uma sobrancelha. "Não havia percebido?"

"Não."

"Eu me perguntei se tudo isso" — ele fez um gesto vago na minha direção — "não foi uma tentativa desastrada de se livrar da criança."

"Claro que não", disse eu em voz baixa e calma, tentando descobrir o que isso podia significar para mim, para David, para o nosso futuro juntos. "Juro que não."

"É que a maioria das mulheres sente quando está com uma criança. Há as óbvias mudanças físicas, para começar."

"Bem, eu não tive nada disso", disse-lhe eu, agora já irritada. "Grávida de quanto tempo?"

"Alguns meses", respondeu ele. "Aquele rapaz tem muito tempo para fazer da senhora uma mulher honesta e legitimar a criança. A enfermeira Fenton marcará uma consulta com um obstetra para a senhora, que precisa consultá-lo em breve, é claro. A senhora teve muita sorte, srta. Wilson, pois o bebê não ficou ferido na sua imprudência. Ou muito azar, talvez, dependendo do que a gente pensa a respeito dessas coisas."

O médico voltou a abrir a cortina, olhando para David, que, empolgado, se levantou da cadeira no corredor. Eu o achei tão bonito lá parado, ainda segurando firmemente as flores. Anos depois, quando descobri que estava grávida de Caden, eu me lembrei, não sei por quê, dessas flores quando dei a notícia a Edgar. Eram dálias. E desde então eu detesto as dálias.

"A senhora quer que eu conte a ele?", perguntou o dr. Harket. "Pode ser melhor que ele saiba por outro homem, não acha? Nós não queremos que ele comece a gritar com a senhora na enfermaria. Afinal, há outras pacientes para levar em conta."

"Por que ele começaria a gritar comigo?", perguntei, perplexa.

"Por causa da sua maldita burrice", disse ele.

Se estivesse com saúde, eu o teria esbofeteado. É claro que ele acreditava que tudo era minha culpa, que, de algum modo, eu conseguira conceber um filho sozinha, seduzir um homem pobre e inocente, que, antes de me conhecer, não sabia distinguir uma extremidade de uma mulher da outra. Mas, naquele momento, eu não conseguia me concentrar na minha raiva daquele médico. Em vez disso, simplesmente me senti doente. Jurei a mim mesma nunca ter filhos, que era minha incumbência dar fim à linhagem do meu pai.

"Obrigada, mas eu mesma direi a ele", respondi com frieza na voz, e ele me olhou com reprovação.

"Como quiser", disse, afastando-se, e David voltou à enfermaria.

"Podemos ir então?", quis saber ele.

"Podemos. Só lhe peço que me dê alguns minutos para me vestir."

"Voltar para o meu apartamento?", acrescentou, esperançoso, e eu pensei nisso.

"Primeiro para o meu", disse eu. "Nós precisamos conversar sobre uma coisa. Algumas coisas, aliás. E depois disso, se você ainda quiser que eu vá morar com você, eu vou. Está bem assim?"

Ele franziu a testa. "Parece importante", disse.

"E é. Mas vamos esperar até estarmos sozinhos."

"Claro. Mas eu juro, Gretel, não há nada que você me diga que me faça não querer ficar com você. Eu também tenho coisas que preciso compartilhar com você. Acerca do meu passado. Acerca da minha família. Eu sei que nem sempre tenho sido comunicativo quando se trata deles, mas é um assunto difícil para mim. Vou lhe contar minha história e você pode me contar a sua. E, depois disso, nós podemos recomeçar. Começar juntos nossa vida nova. Que você acha?"

Eu assenti com um gesto, esperando que pudesse ser tão simples como ele havia descrito, mas sabendo, no fundo do coração, que o mundo não funcionava assim.

11

Eu não tinha escolha. Precisava enfrentá-lo.

Acordei cedo e saí para fazer uma longa caminhada no Hyde Park para limpar a mente antes de me vestir como se estivesse me preparando para ir a um tribunal em que eu fosse a advogada de acusação; e ele, o acusado no banco dos réus. Examinando-me no espelho de corpo inteiro do meu quarto, eu me achei tão segura e forte quanto uma mulher no início da sua nona década pode parecer e me senti bastante satisfeita com o efeito, querendo aparentar força com apenas uma levíssima insinuação de vulnerabilidade. Qualquer coisa que Alex Darcy-Witt soubesse a meu respeito, ou achasse que sabia, era imperativo para minha própria sobrevivência, para não mencionar a sobrevivência de Caden, que não lhe fosse permitido compartilhar com ninguém o que ele havia descoberto.

Quem abriu a porta do apartamento 1 foi Madelyn, que se mostrou inexplicavelmente contente em me ver. Para minha consternação, ela me envolveu em um abraço apertado. Eu não sou fã de demonstrações físicas de afeto, e o meu corpo congelou quando o dela, muito mais alto, entrou em contato com o meu.

"Gretel", gritou quando finalmente se afastou, e eu passei a mão no vestido para alisar os vincos que ela porventura tivesse deixado com seu abraço. "É tão bom ver você! Eu andei querendo subir ao seu andar para a gente fofocar um pouco."

"Também acho bom ver você, Madelyn", respondi, perguntando-me se aquela exibição excessiva de bonomia fora induzida quimicamente. Eu não tinha propriamente uma história de me sentar por aí, tomando vinho, trançando o cabelo de uma amiga e discutindo divórcio de celebridades. "Mas, na verdade, é com seu marido que eu vim conversar. O sr. Darcy-Witt está em casa?"

"No momento, não", disse ela olhando em volta e levando um dedo ao lábio inferior, como se não tivesse certeza de que era mesmo verdade ou algo que ele simplesmente a mandara contar às visitas. "Mas deve chegar já. Você não quer entrar e esperar?"

Decidi aceitar o convite. Voltar a subir para ficar sozinha no meu apartamento me deixaria ansiosíssima e eu não faria senão perder tempo à janela, vendo se o seu carro ou o táxi havia chegado. Ademais, isso me daria uma oportunidade de trocar algumas palavras com ela. Entrei e, uma vez mais, o apartamento se parecia tanto com o vestíbulo de uma galeria de arte que me perguntei como ela podia ir de um cômodo para outro durante o dia sem bagunçar nada.

"Sente-se, por favor", ofereceu Madelyn, e eu obedeci, instalando-me no sofá que ocupei em nosso primeiro encontro.

"Está se sentindo melhor então?", perguntei quando ela se sentou na poltrona em frente.

"Ah, sim", respondeu ela, balançando a cabeça furiosamente. "Acontece, Gretel, que foi tudo um terrível mal-entendido. Eu lamento muito que você tenha tido de se envolver. Sinto-me tão constrangida. Alex diz que eu sou uma tola terrível por não ter percebido que havia tomado tantos comprimidos para dormir. É que eles estavam demorando a fazer efeito, entende? Por isso tomei mais e mais. No fim, acabei perdendo a conta."

"Ele é muito bonzinho, não é?", observei. "Você não acha que ele podia ser um pouco mais solidário com uma pessoa que acaba de sair do hospital?"

"O Alex diz que eu devia pegar uma daquelas caixinhas, você sabe quais, as de plástico com os dias da semana marcados", prosseguiu ela, ignorando meu comentário. "A gente separa cada medicamento em um dos compartimentos para nunca se confundir."

"Eu as conheço", disse eu, balançando a cabeça. "Eu mesma tenho uma."

"Você está doente?", perguntou ela com ar profundamente preocupado.

"Tenho noventa e um anos", expliquei com um leve sorriso. "É preciso um bocado de ajuda para que uma mulher da minha idade chegue viva ao fim do dia."

"Você não é velha, Gretel", afirmou ela, e eu revirei os olhos.

"Sou a própria definição de velha, Madelyn", disse eu. "Não vale a pena fingir o contrário."

Ela parou de rir e se mostrou magoada.

"O Alex diz que eu falo demais", disse a seguir.

"Acaso uma pessoa pode falar demais?", perguntei. "Afinal, se você tem algo a dizer, então…"

"O Alex diz que eu devia pensar antes de falar."

"O Alex diz muita coisa, não diz?"

"E que ninguém quer ouvir as ideias meias-bocas que pipocam na minha cabeça. Que eu passo vergonha e o envergonho quando começo a tagarelar como uma espécie de lunática. Ele tem razão, acho. Estou tentando melhorar nessas coisas."

Um barulho no corredor e eis que Henry apareceu, descalço e vestindo short e uma camiseta com a imagem da capa de uma edição em brochura de *A volta ao mundo em oitenta dias*, de Júlio Verne. Ele pareceu assustado ao dar comigo e bem que podia estar, pois ostentava um olho roxo. Lamento dizer que não fiquei nada surpresa ao vê-lo nesse estado.

"Henry, eu mandei você ficar no seu quarto", disse Madelyn, levantando-se e indo até ele.

"Olá, sra. Fernsby", cumprimentou o garoto, olhando para mim com ar angustiado.

"Olá, Henry", disse eu. "Vejo que você esteve nas guerras outra vez. Mas quando você não está? Como um cavaleiro medieval, sempre metido em enrascadas com camponeses nas estradas."

Instintivamente, ele levou a mão ao olho esquerdo, que parecia sensível, mas evitou tocá-lo, tornando a baixá-la e olhando para o chão.

"Agora ele é sonâmbulo", explicou Madelyn. "E bateu o rosto na porta do banheiro. Você acredita?"

"Não, de jeito nenhum", respondi.

"Volte para o quarto, Henry", disse ela, mas o menino não lhe deu a mínima e apontou para a sua camiseta.

"A senhora já leu este livro, sra. Fernsby?", perguntou.

"Já", respondi. "Há muitos anos. Também li *Vinte mil léguas submarinas*, do mesmo autor."

"Eu gosto desse título", disse ele.

"Aliás, devo ter um exemplar lá em cima", disse eu. "Vou dar uma olhada depois e, se ainda o tiver, posso emprestar pra você."

"Henry, volte para o quarto", repetiu Madelyn erguendo a voz desnecessariamente, e dessa vez ele obedeceu. Eu ouvi o barulho da porta do quarto se fechando.

"Não havia necessidade de gritar com ele, querida", disse eu. "O Henry estava conversando, só isso. É bom que ele goste de livros, não acha? A maioria das crianças que vejo na rua atualmente está com a cabeça presa ao celular o tempo todo. É animador ver uma que gosta de ler."

"Ele simplesmente não faz o que a gente manda", disse ela, esfregando os olhos, aparentemente farta do filho, da vida, de todo esse universo decepcionante em que estava condenada a passar seus dias. "O Alex diz que Henry precisa aprender disciplina e que eu sou muito mole com ele."

"Não posso concordar com isso", disse eu. "Ou seja, com nenhuma afirmação dessas."

"Você não entende como é", murmurou ela.

"Claro que entendo exatamente como é", disse-lhe eu. "Também tenho um filho, lembre-se."

"As crianças de hoje em dia são diferentes", argumentou ela. "O Alex diz que quando era garoto, se ele saísse da linha, seu pai faria com que ele se arrependesse, e esse é o tipo de rigor que fez dele o homem que é hoje."

"E que tipo de homem é esse?", perguntei.

Madelyn olhou para mim e franziu a testa. "Como assim?", perguntou.

"É uma pergunta bem simples. Que tipo de homem é o seu marido? Um homem bom?"

Ela me encarou, totalmente sem palavras.

"Eu estou perguntando", continuei, "só porque você parece ter medo dele."

"Medo dele?", perguntou ela, rindo, trazendo ao primeiro plano todas as suas habilidades de atriz, as quais, para ser sincera, não eram do tipo que seriam premiadas. "Por que diabos eu teria medo dele?"

"Ora, o Henry se machuca um bocado, não acha?", perguntei. "E ele não devia estar na escola agora? São onze horas de uma manhã de terça-feira, afinal."

"O Alex disse para mantê-lo em casa até que seu olho melhore."

"Acaso um olho roxo impede o menino de aprender?"

"Ele só quer que o inchaço diminua, nada mais", disse ela, desviando a vista, as mãos unidas com força, os dedos a se entrelaçarem constantemente.

"Primeiro um braço quebrado, depois uma série de hematomas, agora um olho roxo", disse eu. "Ah, e também houve uma queimadura, não houve? E, é claro, você já teve a sua cota de contratempos, não teve?"

Ela voltou a erguer os olhos para mim e balançou a cabeça. "Eu estou bem", disse.

"Não acredito em nenhuma palavra. Imagino que se você tirasse esse suéter, que é muito pesado para esta temperatura agradável, eu veria hematomas nos seus braços. Não estou enganada, estou?"

Antes que ela pudesse responder, ouviu-se um barulho de chave na porta e Alex entrou. Deteve-se um instante, olhando ora para uma, ora para a outra, então exalou um suspiro, como se sentisse que havia certa inevitabilidade naquele momento.

"Sra. Fernsby", disse, mostrando-se exausto por eu estar, uma vez mais, no seu campo de visão. "Que bom vê-la. Fazendo uma visita. Novamente."

"Sr. Darcy-Witt", disse eu, levantando-me e me estirando à minha altura máxima. "Quero conversar com o senhor. Em particular, se possível."

Ele pareceu quase admirar minha coragem.

"Acho que não tenho muita escolha nisso. Um passeio no jardim, talvez?"

"Perfeito", respondi, passando por ele e indo na frente para a porta dos fundos. Ele não me seguiu imediatamente e cheguei a ouvir vozes baixas atrás de mim, a dele e a de Madelyn, conversando. Desejei ardentemente saber o que eles estavam dizendo, mas segui em frente. Quando abri a porta, a luz do sol me ofuscou por um instante. Era uma bela tarde de primavera, do tipo que se deve preencher unicamente com recordações felizes.

12

Foi difícil saber por onde começar, mas escolhi Berlim, a minha cidade natal e o lugar em que morei durante doze anos, até que um convidado para jantar e sua amiga chegaram uma noite para informar meu pai do seu novo cargo, e a minha vida e a de toda a minha família mudaram para sempre.

"Berlim?", perguntou David, deixando-se cair em uma poltrona do meu quarto. Sentei-me diante dele, na cama, tentando parar de tremer. Não quis olhar para o rosto dele enquanto falava. Não podia suportar a ideia de ver o seu amor desaparecer aos poucos. Era mais fácil simplesmente contar a minha história em voz alta, como se fosse para uma sala vazia. "Mas você disse que nasceu na França."

"Eu sei, mas era mentira. A verdade é que só pus os pés na França em 1946, alguns meses depois do fim da guerra."

"Você morou em Rouen, não é? Isso era verdade?"

"Durante uns seis anos, sim. Mais tarde. Naquele primeiro ano, minha mãe e eu permanecemos em Paris. Só nos mudamos para Rouen quando se tornou impossível continuar mais tempo na capital. E eu parti para a Austrália quase imediatamente depois da morte da minha mãe."

"Tudo bem", disse ele, meneando a cabeça. "Então você é alemã." Havia uma ponta de suspeita no seu tom de voz, reprovação mesclada com medo.

"Sou", admiti. "Embora não vá para lá desde 1946. Nem tenho planos de retornar."

"Então você não passou a guerra na Alemanha?"

"A guerra toda não."

Ele pareceu aliviado. "Então você saiu", disse. "Não participou daquilo. Foi corajoso por parte da sua família. Se você tivesse sido capturada..."

"Espere, David. Apenas me ouça."

"Mas eu sei alguma coisa a esse respeito", disse ele, inclinando-se para a frente e tentando segurar minha mão, mas eu me afastei. "Sei que não lhe contei muito sobre a minha família, mas devia ter contado. É importante que você saiba o que aconteceu com eles."

"Eu já sei um pouco", contei-lhe. "Acerca dos seus pais e da sua irmã enfim. Acerca de Treblinka."

Ele me encarou com incredulidade.

"Como foi que você...?"

"Ele tinha boas intenções; você precisa acreditar nisso. Ele só me contou porque sabia que eu estava preocupada com você, com o fato de você nunca falar neles nem no que tinha acontecido. E então, naquela noite, quando fomos assistir àquele filme terrível..."

"Quem tinha boas intenções?", perguntou ele, erguendo um pouco a voz. "Quem lhe contou tudo isso?"

"Edgar", respondi.

Ele ficou um pouco tenso, e a sua expressão misturava incredulidade com raiva.

"Edgar lhe contou sobre a minha família?", perguntou.

"Não tudo", disse eu. "Só a história básica, mais nada. Eu lamento muito o que lhe aconteceu, David."

Ele ficou algum tempo em silêncio, refletindo. "Edgar não devia ter feito isso", disse enfim. "Essa não era a história dele."

"Ele é seu amigo. Importa-se com você."

David deixou escapar uma espécie de grunhido. Era evidente que estava contrariado, mas não queria insistir naquele tema no momento. Levantou e se aproximou da janela, então reparou no porta-joias Seugnot na minha mesa de cabeceira.

"Que bonito", disse, estendendo a mão para pegá-lo, talvez ansioso por mudar inteiramente de assunto.

"Não", disse eu com voz mais alta de medo, pois não queria que ele visse a fotografia que o porta-joias continha. Se eu não podia vê-la, tampouco ele podia. "É muito frágil."

Ele se voltou para mim, sem dúvida surpreso com a insistência da minha voz, mas desistiu do porta-joias.

"Conte-me o que ele lhe disse", pediu, voltando à sua cadeira, e eu repeti o que Edgar havia dito, que os seus avós o trouxeram para a Inglaterra quando perceberam que os nazistas estavam prestes a invadir o país e que os seus pais deviam vir encontrá-los, mas não conseguiram.

"E minha irmã?", quis saber ele. "Você esqueceu da minha irmã."

"Sim, ela também", disse eu, tentando manter meu tom de voz o mais solidário possível. "Estava no hospital, foi o que ele me contou. Uma operação de apêndice, certo?"

David balançou a cabeça. "Não. Foi o que eu disse a ele, mas não é a verdade."

Aguardei que ele continuasse.

"Eu não queria lhe contar o que os meus pais fizeram. Como eles foram insensatos."

Permaneci em silêncio uma vez mais.

"Minha irmã se chamava Dita. Ele lhe contou pelo menos isso?"

"Não."

"Ela tocava piano", prosseguiu ele, sorrindo com a recordação. "Era muito talentosa. Eu não tenho nenhuma aptidão nessa área. O meu pai esperava que tivesse, mas eu sou surdo para as notas. Dita, porém, era capaz de ouvir uma música uma única vez e simplesmente sentar-se e tocá-la com perfeição. Tocava em concertos o tempo todo — concertos infantis, é claro, mas todo mundo podia dizer como ela era habilidosa e que futuro extraordinário a esperava. Ela ia participar de um recital importante, que estabeleceria ainda mais sua reputação, e meus pais fizeram questão de que ela ficasse para se apresentar. Meus avós lhes disseram que eles eram loucos, que nós todos devíamos partir juntos, mas eles se recusaram. Minha mãe teria concordado, creio eu, mas meu pai era um homem teimoso. Um homem orgulhoso. Queria ouvir sua filha tocar para um público grande. Então nós três partimos, eles ficaram de vir para a Inglaterra quatro dias depois. Mas nunca chegaram. Eu nem sei se houve o recital. Minha avó tentou durante muito tempo descobrir o que lhes aconteceu, mas tanto ela quanto meu avô foram para o túmulo sem nada descobrir. Só muito depois, quando os registros de Treblinka foram liberados e se contataram os familiares que restavam, eu soube de seu destino. Embora já o tivesse presumido."

Escorreram lágrimas pelo seu rosto, mas David se apressou a enxugá-las. Eu mal podia olhar para ele. A culpa que sentia estava crescendo em um lugar dentro de mim, ameaçando partir-me em duas.

"Ainda sonho com eles", disse David, esboçando um sorriso em meio à sua dor. "Eu digo sonho", acrescentou, "mas é claro que se trata de pesadelos. Eu estou lá com eles, nus na câmara de gás..."

"David, não", supliquei.

"Queimando no fogo."

"David!"

"Eu nem me sinto humano nesses sonhos. Mas é assim que eles faziam que nos sentíssemos, não é? Como se não fôssemos seres humanos."

Uma recordação — o meu pai no seu escritório — "Essas pessoas? Ora, elas não são gente. Não o que nós chamamos de gente".

"Eu sou apenas um espírito flutuando no céu da Polônia, uma ideia, não uma pessoa. Uma coleção de pensamentos aleatórios a se mesclarem com as nuvens."

"Pare! Por favor, pare", supliquei, os punhos agora cerrados. Eu queria gritar bem alto. Essa era a realidade do que minha família tinha feito e o que eu vinha escondendo durante todos aqueles anos.

David soltou um longo suspiro, que emanava das profundezas do seu ser. Eu não disse nada. Quando ele voltou a falar, a voz lhe saiu tão baixa que eu tive de me esforçar para ouvi-la. Ele não olhou para mim.

"Você vai me dizer que ele era soldado, não é?", perguntou. "Seu pai. Você vai dizer que ele lutou. Para eles."

"Sim", admiti. Não conseguia mais fingir.

"Foi o que imaginei. Eu esperava, talvez, estar equivocado."

"Ele era soldado", prossegui. "Mas não combateu."

"Bem, já é alguma coisa, suponho", disse ele, uma faísca de esperança a passar pelo seu rosto. "Um burocrata então? Algo parecido? Um motorista, quem sabe?"

Eu não disse nada e o silêncio entre nós tornou-se tão avassalador que, quando David se levantou de um salto e foi até a janela, eu estremeci de susto. Ele ficou de costas para mim, olhando para a rua lá embaixo.

"Perdoe-me, Gretel", disse ele por fim.

"Perdoá-lo?", perguntei, levantando-me e me aproximando dele. De algum modo, involuntariamente, percebi que estava pondo a mão na barriga para proteger o bebê que crescia dentro de mim. "Perdoar o quê?"

"Toda esta raiva dentro de mim. Acho difícil falar nisso tudo. Nessas pessoas. No que fizeram. Eu quero todas elas mortas. Mas ainda estão lá fora, você sabe. Na Europa, na América do Sul, na Austrália. Muitas delas ainda à espera de justiça. Às vezes eu penso que é assim que eu devia passar a vida. Caçando-as. Acabando com elas."

David se virou a fim de olhar para mim. Seu rosto estava marcado pela dor.

"Meu problema é que eu ainda amo você", disse ele, dando a impressão de que achava atormentador até admitir isso. Estendeu a mão para mim, mas logo afastou os braços. Por ora, ele não queria me tocar, a primeira vez no nosso relacionamento que ele conseguiu manter as mãos longe do meu corpo. "Não é culpa sua, nada disso. Quer dizer que o seu pai era um, sei lá, um humilde funcionário, um mero burocrata em um lugar qualquer. O que mais ele podia ter feito? Não posso culpá-la por isso."

"Não é tão simples assim."

"Mas não consigo pensar nisso agora. Há tanta coisa para absorver e considerar. Se um dia tivermos um filho, por exemplo, o que lhe diríamos? Como explicaríamos o que seu avô fez?"

"Seria necessário?", perguntei.

"Claro que sim", disse ele, começando a andar de um lado para outro. "Eu não poderia viver com segredos e mentiras."

"Mas de que adiantaria?"

David deu de ombros, talvez indeciso também.

"Eu preciso de algum tempo", disse finalmente. "Só para lidar com isso mentalmente. Você o odeia, imagino."

"Odeio quem?"

"Seu pai."

Pensei um pouco nisso. Compartilhar somente uma fração da verdade era não compartilhar nada. "Eu o amava muito quando era menina", disse. "Ele se foi há oito anos, mas... não posso evitar, há ocasiões em que ainda sinto falta dele. Sei o que ele fez, como viveu... mas me amava muito, David. Não consigo explicar. Se eu pudesse tê-lo de volta só um dia, se pudesse falar uma hora com ele..."

Naquele instante, tive a impressão de que David ia me atacar. Ele respirou rapidamente, fechou os olhos com força.

"Preciso ir para casa", disse. "Não posso discutir isso com você agora. Eu não a culpo, Gretel, juro que não. Entendo que você amasse o seu pai, é simplesmente natural, mas..."

"David, você nem chegou a ouvir o que eu preciso lhe contar", disse eu, minha frustração crescendo à medida que a conversa se desviava da minha história. "Você me falou de sua família. Agora eu tenho de falar da minha. Se for realmente para nós termos um futuro juntos, que é o que eu mais quero na vida, é importante que você conheça todos os detalhes."

"Há mais detalhes ainda?", perguntou ele com ar angustiado. "Que outros poderia haver? O que poderia ser pior do que saber que seu pai era um pequeno funcionário daqueles animais?"

Eu me sentei na cama e escondi o rosto nas mãos.

"Sente-se, David, por favor", disse, e ele me atendeu.

"Eu preciso lhe pedir uma coisa, e, se você a fizer, prometo nunca mais lhe pedir nada nesta vida."

"Que coisa?"

"Só quero que você me deixe contar minha história do começo ao fim sem interrupção. Quando eu chegar ao fim, quando você já tiver ouvido tudo e me conhecer melhor do que qualquer outra pessoa viva, pode decidir se quer ficar ou ir embora. Você faz isso, David? Me ouve até o fim?"

Ele fez que sim. "Ouço", disse.

"Então eu vou recomeçar", respondi em voz baixa. Engoli saliva, respirei fundo e comecei.

"Eu nasci em Berlim em 1931", disse. "Morava com meu pai e minha mãe e, três anos depois do meu nascimento, nasceu o meu irmão. Nós vivíamos bem. Meu pai não era um burocrata humilde, como você sugeriu, e sim um funcionário do Reich. Um alto funcionário. Claro está que eu era apenas uma criança e sabia muito pouco do que ele fazia no dia a dia. A guerra estava em curso, ele raramente ficava em casa, mas isso não nos afetava muito. E, então, uma tarde, meu irmão e eu voltamos da escola e ficamos surpresos ao dar com Maria, a empregada da nossa família, que sempre mantinha a cabeça baixa e nunca olhava acima do tapete, no quarto do meu irmão, tirando todos os seus pertences do guarda-roupa e guardando-os em quatro caixotes, até mesmo as coisas que ele havia escondido no fundo e que dizia que lhe pertenciam e não eram da conta de mais ninguém."

13

"Recebi a visita da polícia", disse Alex Darcy-Witt quando nos encontramos no jardim. Eu estava caminhando devagar de um lado para outro e ele me acompanhou. Duas pessoas perfeitamente comuns passeando ao sol, e não a filha de um comandante de campo de concentração e um homem que espancava a esposa e o filho.
"É mesmo?", perguntei, mantendo a voz calma.
"Recebi. Mas espero que a senhora saiba disso."
"Eu imaginei que eles o visitariam, sim", respondi. "Mas não sabia que já o tinham visitado. Imagino que não tenham motivo para me manter informada."
"Eles não me disseram que foi você que os informou das suas suspeitas", prosseguiu ele. "Mas eu deduzi que tivesse sido. Não estou enganado, estou?"
"Não", disse eu, fazendo o possível para manter a voz sob controle, coisa que, para minha surpresa, não foi tão difícil quanto eu esperava. "Só lamento não ter feito isso mais cedo. Podia ter poupado Henry de ficar mais uma vez com o olho roxo. E me poupado de ouvir as coisas terríveis que o senhor lhe disse. Esse pobre garoto vive em estado de terror constante."

"Ele é sonâmbulo", alegou Alex. "E bateu o rosto no..."
"Alex", disse eu com um suspiro, erguendo a mão para calá-lo. "Vamos parar por aqui. Vamos parar."
Ele sorriu de leve e concordou.
"Eles não vieram aqui, sabe?", disse-me depois de algum tempo. "Os policiais, digo. Não apareceram no Winterville Court. Sabe onde foi que apareceram?"
Eu meneei a cabeça. "Não tenho a menor ideia", disse.
"No meu escritório no Soho. Sem aviso prévio. Subiram a escada como, ah, sei lá, digamos que como um grupo de agentes da SS e disseram a um dos meus assistentes que precisavam falar comigo. Eu estava fazendo uma ligação importantíssima para Los Angeles naquele momento, falando com uma pessoa muito famosa. Quer saber quem?"
"Infelizmente, o fato de você trabalhar com estrelas do cinema não me impressiona nem um pouco, Alex. Portanto, não. Não perca seu tempo."
Francamente, pensei. Acaso ele esperava que eu me importasse com tais trivialidades? Pelo amor de Deus, tive vontade de dizer a ele: eu já apertei a mão de Adolf Hitler e beijei o rosto de Eva Braun. Brinquei com os filhos de Goebbels e participei de uma festa de aniversário de Gudrun Himmler.
"No meu escritório", repetiu ele. "Onde faço todos os meus negócios. Onde a minha equipe faz fofoca com cada coisinha que acontece. E um detetive de polícia e o seu auxiliar, os dois mais novos que eu, chegaram sem avisar e disseram que queriam me interrogar sobre minha relação com minha esposa e meu filho, e disseram que nós podíamos conversar lá mesmo ou eles me levariam à delegacia de polícia local."
"O que você escolheu?", perguntei.
"Isso importa?"

"Só estou interessada."

"Escolhi a delegacia. Para manter as formalidades. E para dar ao meu advogado uma chance de aparecer. Um deles, quer dizer, um dos policiais, era judeu. Isso provavelmente a incomoda. A ironia é que eu não tenho esses preconceitos."

"Não, você reserva sua agressão para as mulheres e crianças. Você se importa se nos sentarmos?", perguntei quando nos aproximamos de um banco. "Bom, eu vou me sentar. Você faça o que quiser."

"Vou me sentar com você", disse ele, instalando-se a meu lado. "Recebeu meu presente?"

"Recebi, sim. Mas, infelizmente, não entendi bem o significado dele."

"Gretel", disse ele, sorrindo, adorando poder me devolver essa frase. "Vamos parar por aqui. Vamos parar."

"Eu tenho muito interesse pela história, é verdade", prossegui, desconsiderando isso. "Talvez Henry lhe tenha contado que, quando nós nos conhecemos, eu estava lendo uma biografia de Maria Antonieta. E meu falecido marido, Edgar, era um historiador famoso. Mas eu tendo a evitar os livros sobre a guerra. Já que passei por ela, você sabe."

"Com todo o ardor do coração, pode-se dizer."

Eu o encarei, decidindo que aquela brincadeira já não tinha sentido.

"Você sabe de tudo, imagino?", perguntei.

"Sei", disse ele, assentindo de modo quase cortês. "E bastante francamente, sra. Fernsby, mme. Guéymard, srta. Wilson ou, se preferir, *Fräulein*..."

E aqui ele empregou o sobrenome com o qual nasci, o nome infame do meu pai, e um que eu não usava desde que embarquei com minha mãe no trem de Berlim para Paris em 1946.

"Pode me chamar de Gretel", disse eu com um suspiro. "Provavelmente é mais simples."

"Muito francamente, Gretel, deixando todas as outras coisas de lado, devo confessar que estou absolutamente fascinado", prosseguiu. "Tenho muito interesse por esse período, como você deve saber se tiver assistido a algum dos meus filmes, e, para mim, sentar-me aqui com você, com alguém que realmente esteve lá…"

"Foi há tanto tempo", disse eu.

"Eu nunca fico fascinado, não faz sentido na minha linha de trabalho, mas estou genuinamente deslumbrado."

"Que coisa ridícula para dizer."

"Eu gostaria de falar sobre isso com você."

"Eu nunca falo sobre essa época da minha vida."

"Nunca?"

Eu me pus a pensar nisso.

"Só duas vezes", respondi.

"E para quem você contou?"

"Para um homem chamado David Rotheram, muitos anos atrás, em 1953. E depois, é claro, para o homem que veio a ser o meu marido, Edgar."

"E como eles reagiram?"

"Não é da sua conta."

"Por favor, conte-me."

"Não", disse eu.

"Por que não?"

"Porque já não importa. Está tudo no passado. Afinal, como foi que você descobriu? Tenho noventa e um anos, e ninguém nunca descobriu. Então perdoe se estou intrigada."

Ele deu de ombros e olhou para o centro do jardim. "É o que eu faço", disse. "Ou melhor, é o que eu faço as pessoas fazerem. Pesquisa. Cavando histórias, os antecedentes das pessoas. E, é claro, o mundo agora é muito diferente do tempo em que você era jovem. Hoje em dia, a única coisa que é preciso fazer é sentar-se diante de um computador, dedicar-lhe um pouco de tempo, e você pode descobrir muita coisa sobre seus inimigos. Sou uma pessoa influente, Gretel, e tenho contatos em muitas áreas. No começo, eu só queria saber mais a seu respeito, só isso, já que você parecia tão preocupada com o que acontecia na minha casa. Mas uma história levou a outra, e depois a outra. Quando um pesquisador ficava em um beco sem saída, eu passava a pesquisa para outro."

"Então ninguém mais sabe todos os detalhes?"

"Não. Recebi cada parte da sua vida em seções diferentes. Depois eu mesmo me encarreguei de juntá-las. Não podia acreditar no que tinha descoberto. Fui ao British Film Archive e encontrei um filme antigo, *Trevas*. Você o conhece?"

"Vi-o no cinema certa vez", disse-lhe eu. "Depois corri para a rua e me joguei na frente de um ônibus."

Ele pareceu surpreso com isso.

"Que bom que você não conseguiu."

"Sério? Por quê?"

"Porque, pela lei, você deveria morrer em uma cela de prisão."

Eu refleti um pouco. Não podia contestá-lo. "Eu sei disso", disse-lhe calmamente.

"Imagino que você gostaria de ter ganhado a guerra."

Ergui uma sobrancelha. "Ora, sr. Darcy-Witt", disse, como se estivesse explicando o óbvio a uma criança. "Ninguém ganha uma guerra."

"Você não se sente culpada?"

"Justamente você está me fazendo essa pergunta?"

"Você não pode comparar meu comportamento com o seu."

"Eu era uma criança", disse-lhe eu.

"Essa seria uma resposta mais plausível se você tivesse se apresentado às autoridades quando a guerra acabou", disse ele. "Você podia ter ajudado a levar tanta gente à justiça. Basta pensar em todas as pessoas que você podia ter identificado! As histórias que podia ter contado! Todas as vidas perdidas, aqueles milhões de pessoas gaseadas, você podia tê-las vingado de algum modo se tivesse optado por fazê-lo. Podia ter levado alguma paz a suas famílias. Mas não, em vez disso, você escolheu colocar sua própria segurança em primeiro lugar."

"Todos nós fazemos isso", disse eu.

"Você não se sente culpada?", repetiu ele, e eu me levantei e fui rapidamente para o outro lado do jardim. Encostei a cabeça na parede fria, de olhos fechados. Podia sentir o sangue correndo nas minhas veias, minha respiração ficando tensa. Ele surgiu atrás de mim e eu me virei para encará-lo.

"O que você vai fazer com essa informação?", indaguei. "Eu não pergunto por mim, você entende. Se você contar às pessoas, sim, eu vou sofrer, claro que vou. Mas há outras..."

"Com um telefonema", disse ele, "eu posso torná-la a mulher mais famosa do planeta."

"Eu sei", respondi, acenando a cabeça. "Mas eu tenho um filho." E havia algo mais. Caden e Eleanor haviam telefonado para me ver na noite anterior a fim de me dar algumas notícias inesperadas. "Ele está prestes a ser pai", acrescentei. "Sua noiva é uma mulher maravilhosa. Nenhum deles esperava, eles se achavam muito velhos para isso, mas estão empolgados. De modo que você não destruirá só a mim, vai destruí-lo, destruí-la e destruir o meu neto. Todos eles são inteiramente inocentes."

"É complicado", disse ele, passando a mão no queixo.

"Eu gostaria de expor você, gostaria mesmo. Estou convencido de que devia morrer na prisão. Mas também tenho de pensar em mim. Essas alegações que você fez na polícia..."

"Você vai negá-las?", perguntei. "Você mantém sua pobre esposa em estado de tortura mental. Ela não consegue pensar direito a maior parte do tempo. Está chapada com qualquer coisa que faça com que as pessoas fiquem chapadas hoje em dia para não ter de enfrentar a realidade da sua vida. Madelyn tem sacrificado todas as suas ambições porque você não tolera a ideia de ela ter vida própria. E você a machucou. Você a machucou, Alex. Você bate nela."

"Mas ela pode ser tão chata...", respondeu ele, erguendo os braços no ar como se aquela fosse uma resposta perfeitamente racional e que qualquer pessoa razoável deveria entender. "Você não tem ideia de quanto essa mulher pode ser chata. Ela não escuta. Essa é sua maior culpa."

"Então você bateu nela?"

Ele deu de ombros. "Eu faria a mesma coisa com um cachorro."

"E seu filho?"

"Precisa de disciplina."

"Você quebrou o braço dele."

"Reconheço que fui longe demais."

"E o olho roxo? E a queimadura?"

"Ele respondeu para mim. Eu não admito isso. Essa é a minha família, Gretel. Eles me pertencem, assim como a sua pertencia a seu pai. Não vou deixar ninguém interferir nisso. Muito menos uma pessoa como você — se é que você é uma pessoa. Pode olhar para mim com o desprezo que quiser, mas reflita um pouco sobre esse nojo em si mesma, por que você não faz isso?"

Eu não disse nada. O que poderia dizer em resposta a isso? Ele não estava errado.

"Pois eu tenho uma proposta", disse ele.

"Vá em frente."

"Você já ouviu a expressão 'destruição mútua assegurada'?"

Fiz que sim. Lembrava-me dela no tempo da Guerra Fria. Como seria inútil para os Estados Unidos ou para a União Soviética jogar bombas nucleares um no outro. Eles simplesmente se destruiriam mutuamente e todos morreriam.

"Já", respondi.

"Ora, essa é a situação em que nós nos encontramos aqui. Eu posso destruí-la e você pode me destruir. Assim, o mais simples seria concordarmos em deixar o outro em paz daqui por diante. Eu posso até vender o apartamento e levar Madelyn e Henry para outro lugar. Mas, nesse ínterim, você não terá nenhum contato conosco, não vai procurar informações a nosso respeito. Nós somos apenas uma família que mora no apartamento de baixo. Nada mais, nada menos."

"E em troca?"

"Eu guardo seus segredos. Mesmo depois da sua morte, deixo seu filho e seu neto em paz. Nada disso é culpa deles, afinal. O que você acha, Gretel, de fazermos um acordo?"

Eu desviei o olhar e fiquei pensando. Olhei para as janelas, em uma das quais Heidi nos estava observando com ar preocupado. Ela provavelmente podia dizer que nem tudo estava bem entre mim e o sr. Darcy-Witt. Mas tornei a olhar para Alex e estendi a mão. Afinal, não tinha outra escolha.

"Nós temos um acordo", respondi.

Quando Alex voltou a bater em Madelyn, acho que foi menos para castigá-la do que para me provocar, para ver se eu respeitaria nosso acordo. Foi em um sábado tarde da noite, e eu estava começando a pensar em ir para a cama quando escutei vozes no apartamento de baixo, evidentemente uma briga. Fechei os olhos, esperando que aquilo acabasse logo, porém, minutos depois, ouvi o barulho de uma porta batendo e de pés pequenos correndo para os fundos do prédio. Levantei-me, fui até a janela de trás e vi Henry sentado à meia-luz em um canto do jardim, os joelhos dobrados na altura do queixo, envoltos pelos braços, o rosto mergulhado nas mãos. Eu queria deixá-lo em paz, ficar fora daquilo como havia jurado fazer, mas não consegui. Havia presenciado muito sofrimento na vida e nada fizera para ajudar. Tinha de intervir.

Desafiando todo instinto de autopreservação, desci a escada, tentando ignorar os gritos que se ouviam na sala de estar dos Darcy-Witt, e saí ao jardim dos fundos. Henry ergueu os olhos, imediatamente receoso, imagino, de que fosse seu pai se aproximando, mas se mostrou aliviado ao ver que era apenas eu.

"Henry", chamei. "Você está bem?"

"Eu o detesto", respondeu ele, começando a chorar, e eu me sentei ao lado dele, passei o braço em torno do seu ombro, e, instintivamente, ele encostou o corpo no meu. Eu não sentava tão perto de uma criança desde que Caden era menino. "Queria que ele estivesse morto."

Talvez outra pessoa tivesse castigado o garoto por dizer coisa tão terrível, mas eu sabia um pouco dos traumas que os pais podem infligir aos filhos.

"Por que ele está bravo com você agora?", perguntei.

"Eu devia estar fazendo a lição de casa", respondeu ele. "Mas, em vez disso, ele me pegou lendo e ficou furioso."

"Eles queimavam livros, sabe?", disse eu baixinho.

"Quem fazia isso?"

"Não importa."

"Quem fazia isso?", repetiu Henry. "Por que alguém queimaria um livro?"

"Pessoas malvadas", disse eu. "Todas mortas há muito tempo. A maioria delas, em todo caso. Elas tinham medo dos livros, entende? Medo das ideias. Medo da verdade. As pessoas ainda têm medo disso, acho. As coisas não mudam tanto assim."

"Gente burra", disse Henry, fungando um pouco.

"Gente muito burra. Ele bate em você com frequência, não bate?"

Henry fez que sim, quase imperceptivelmente, e eu o puxei para junto de mim.

"Não há como fazê-lo parar?", perguntei, e não estava perguntando isso ao menino, que, obviamente, não poderia dar uma resposta, e sim ao universo. De algum modo, o homem conseguira convencer os policiais de que não tinha feito nada errado. Aposto que os havia bajulado e usado a sua celebridade ou, pelo menos, seus contatos com celebridades para impedi-los de continuar investigando o que estava acontecendo no Winterville Court, de modo que acreditava que podia simplesmente continuar e continuar. E, como eu lera muitas vezes no jornal, era isso que os homens faziam tantas vezes quando o mundo fechava os olhos para seu comportamento. Até o momento em que matavam a esposa e os filhos, isto é, o ponto em que os vizinhos fingem surpresa e dizem: "Mas ele sempre pareceu ser um homem tão tranquilo e amável...".

Madelyn saiu à porta e olhou para nós dois. Tinha sangue no queixo, abaixo do canto esquerdo da boca, e seus olhos pareciam vidrados.

"Henry", chamou. "Volte para dentro. É tarde. Você devia estar na cama."

"Não quero", disse o menino. "Não vou voltar nunca mais."

"Entre já!" rosnou ela, repentinamente furiosa, falando tão alto que os dois estremecemos. O menino saltou do banco e correu tanto quanto podia para dentro do prédio. Pouco depois, eu me levantei e olhei para ela.

"Ele vai matar você um dia desses", disse. "Você percebe isso, não?"

Madelyn exalou um suspiro profundo. "Por favor, vamos deixar isso para amanhã", disse, virando-se e seguindo o filho para dentro de casa.

Fiquei alguns minutos ali onde estava, zangada comigo mesma, odiando meu vizinho e até desprezando sua esposa por permitir que aquilo continuasse, embora eu soubesse que ele a tinha em tal estado de pavor que ela simplesmente não podia enfrentá-lo. Inquieta, voltei a entrar e, para meu horror, dei com Alex Darcy-Witt à minha espera do lado de fora de sua porta. Com as mangas arregaçadas, abria e fechava os punhos junto ao corpo. Estava suado, mas parecia estar curtindo qualquer trauma que infligira a sua família.

"Você simplesmente não consegue se conter, não é?", perguntou.

"Sinto muito", disse eu. "Mas eu vi o menino lá fora e ele estava tão chateado. Eu tive de ir confortá-lo."

"Eu lhe disse para ficar longe dele. Dos dois."

"Não vai acontecer de novo. Prometo."

Ele se aproximou de mim, e eu senti seu bafo de uísque. Perguntei-me quanto teria bebido antes de atacá-los. Se isso tornava a violência mais fácil para ele.

"O que eu hei de fazer com você, Gretel?", perguntou ele em voz baixa. "Você simplesmente não escuta a voz da razão, escuta? Eu tenho um amigo, você sabe. Bem, eu tenho muitos amigos. Mas esse é um jornalista importante. Sempre à procura de uma boa matéria. Se eu posso torná-la a mulher mais famosa do planeta, posso torná-lo o jornalista mais famoso. Estou pensando em ligar para ele. Lembre-me: qual é o nome do seu filho? Caden, não é? Um nome incomum. Não há de ser difícil rastreá-lo. Posso ver todas as vans dos jornais acampadas em frente à casa dele agora. Os repórteres lhe gritando perguntas. Devo telefonar para ele, Gretel? O que você acha? Nós poderíamos acabar com isso agora mesmo. Ou você vai manter distância?"

"Vou manter distância", respondi.

"Ótimo", disse ele, recuando em direção ao seu apartamento. "Porque este é meu último aviso."

Ele entrou e eu o ouvi chamar o nome de Henry e então, momentos depois, os gritos do menino quando voltou a apanhar do pai. Corri até a porta, mas não havia nada que eu pudesse fazer. Tapei os ouvidos para não ouvir os gritos de Henry. E então subi a escada, quase tropeçando no último degrau lá em cima. Eu bem que lamentei não ter caído. Como seria fácil para mim simplesmente cair e rolar para a morte. Uma mulher da minha idade não sobreviveria a isso. Verdadeiramente, eu entendi o desejo de Madelyn de passar deste mundo para o outro, pouco importa a punição que lá me aguarda.

14

David fez exatamente o que eu lhe pedi. Permaneceu em silêncio enquanto eu lhe contava a história da minha vida. Demorei mais de uma hora para transmiti-la, mas, mesmo assim, não lhe contei tudo. Não revelei, por exemplo, minha participação na morte do meu irmão. Foi a única que não consegui falar em voz alta, assim como não conseguia falar o nome dele.

Quando terminei, o silêncio entre nós pareceu infinito e eu não me atrevi a olhar para ele. Por fim, não aguentei mais.

"Fale", pedi. "Diga alguma coisa, David, por favor."

Quando ele respondeu, a voz lhe saiu branda e baixa. "O que eu posso dizer?", sussurrou. "Onde encontraria as palavras com que dar resposta a isso?"

Eu o fitei. Estava pálido, mas parecia sereno.

"O que você é?", perguntou. "É ao menos humana?"

"Eu sou a Gretel", respondi, desesperada para acreditar que não havia perdido o seu amor. "A mesma Gretel pela qual você se apaixonou."

"Não é a mesma, não", disse ele, balançando a cabeça.

"Eu nasci naquela vida", expliquei. "Não a pedi. Não a escolhi. Não pude evitar quem o meu pai era."

"Mas o sangue dele corre em suas veias."

"Isso não significa que eu seja como ele."

Seu rosto ganhou uma aparência de horror abjeto, seu corpo pareceu ter um espasmo, ele virou a cabeça e, de repente, vomitou no chão. Eu saltei, assustada, quando ele pegou um pano na mesa para limpar o rosto. Eis o que eu lhe tinha feito.

"Desculpe, David", disse-lhe. "Mas eu me apaixonei por você e…"

"Não fale meu nome", gritou ele, agitando as mãos diante de si e, quando dei um passo em sua direção, tropeçou para trás com medo, escorregou no vômito e caiu no chão, as mãos estendidas à frente, aterrorizado. "Não se aproxime", suplicou. "Não toque em mim."

Eu comecei a chorar. Antes disso, muita gente tinha olhado para mim com desprezo — Émile na noite em que dormimos juntos, meus vizinhos parisienses quando me xingaram por causa do meu passado, até mesmo Kurt quando nos encontramos naquela última manhã em Sydney —, mas ninguém jamais mostrara que tinha medo de mim. Foi como se David pensasse que bastava uma palavra minha para que todos os demônios do passado fossem convocados do submundo para arrastá-lo para um destino do qual ele, de algum modo, tinha tido a sorte de escapar. Retrocedi um passo, esperando que David entendesse que eu não queria lhe fazer mal, e ele se afastou de mim rumo à parede.

"Você não pode me culpar por isso", disse eu, suplicante. "Minha mãe sofreu tanto quanto qualquer mãe…"

"Sua mãe se importava unicamente com ela própria. Mas, e os filhos dos outros? Todos os que morreram eram filhos de alguém. Ela não se importou com eles, não é?"

"Não sei", disse eu, impotente.

"E você? Acaso se importou?"

Eu refleti sobre isso. Não fazia sentido mentir. "Não", respondi. "Não, não me importei. Não naquela época."

"Nem mesmo quando ele a levou para lá? Quando você viu o que estava acontecendo?"

"Eu tinha doze anos!"

"Idade suficiente para saber a diferença entre liberdade e prisão", retrucou ele, levantando-se. "Entre fome e inanição. Entre vida e morte e entre certo e errado!"

"Eu sei", murmurei, pois sabia. Sabia havia muitos anos.

"Por não fazer nada, você fez tudo. Por não assumir responsabilidade nenhuma, você assume toda a responsabilidade. E me deixa apaixonar-me por você mesmo sabendo do que você participou."

"Eu não sabia que você..."

"Você sabia que eu sou judeu! Sabia perfeitamente disso!"

"Não no começo, não. Talvez por ingenuidade minha, sei lá. Mas isso nunca me ocorreu antes que Edgar me contasse, e então..."

"O quê, era tarde demais? Se você soubesse desde o início, teria ficado longe de mim?"

Ele passou por mim, fazendo o possível para manter uma distância segura entre nós.

"David", pedi. "Por favor, ouça-me. Eu amo você. Não posso mudar o passado, mas posso prometer um futuro melhor. Você precisa deixar. Eu quero esse futuro a seu lado, se você permitir."

Ele balançou a cabeça e olhou para mim como se eu fosse louca.

"Se você acha que eu voltaria a tocá-la, deve ser tão

louca quanto seu pai", disse David. "Eu não quero estar na mesma cidade que você, Gretel, não dá para entender? Muito menos no mesmo quarto. Você é tão perversa quanto todos eles."

"Não é verdade", gritei, caindo no chão. "Não sou."

"Eu preciso ir embora."

"Por favor, não."

Pensei em lhe falar do bebê crescendo dentro de mim, mas não tive coragem. David ficou tão horrorizado com minhas revelações que eu temi que pegasse uma faca para arrancá-lo do meu ventre com as próprias mãos.

"Eu pensei que meus pesadelos nunca poderiam exceder-se a si mesmos", disse ele ao abrir a porta e sair. "Mas você, Gretel, fez o impossível. Tornou-os piores ainda. Agora eles nunca irão embora."

Eu olhei para ele pela última vez, implorando que ficasse.

"O que você quer de mim?", perguntei. "O que quer que eu faça?"

"Uma coisa simples", disse ele, olhando-me diretamente nos olhos. "Junto com seu pai, sua mãe e seu irmão: vá queimar no inferno, só isso."

E, com essas palavras, David se foi. Eu nunca mais voltaria a vê-lo.

Passaram-se exatamente sete meses até o dia em que Edgar e eu voltamos a nos encontrar, por iniciativa dele.

Ele havia tentado me visitar antes disso — David lhe contara tudo, é claro —, mas eu me senti incapaz de enfrentá-lo. E então ele escreveu para mim repetidas vezes, contando que David partira para a América do Norte a fim de lá recomeçar a vida. Em resposta, eu tinha posto no papel a história de meus primeiros anos e disse a Edgar que fizesse o que quisesse com a minha confissão. Entregue-a à polícia. Publique-a em um jornal. Pouco me importava. Mas ele a recebeu em silêncio e, embora todos os dias eu esperasse que um policial ou um caçador de nazistas batessem na porta, para minha surpresa, não apareceu ninguém.

Agora, estávamos juntos em um pequeno café próximo da minha casa, tomando chá, e ele mostrou que era o mesmo Edgar amável de sempre. Fui sincera em tudo, mas me recusei a me prostrar aos seus pés. Meu último encontro com David sugara minha vida. Eu não podia passar por aquilo novamente.

Mas, para minha surpresa, ele não me considerou responsável pelos crimes como tinha feito o seu amigo ou como outros podiam fazer. Depois de ler minha carta, ele quisera me detestar, não propriamente por meu passado, mas pelo que este havia feito com David; entretanto, apesar de tudo, não conseguiu alterar os sentimentos que tinha por mim. E, assim, esperou tanto quanto pôde até decidir me encontrar e perguntar se eu admitiria pensar em deixá-lo entrar em minha vida com vista a nos casarmos um dia. Edgar reconheceu que não esperava encontrar-me grávida, mas isso não fazia diferença para ele. Criaria a criança como se fosse dele.

Bem ou mal, eu o aceitei porque estava perdida, solitária e assustada e porque sabia que ele era um homem bom e preferia morrer a me magoar. E, com o tempo, nós nos casamos e fomos felizes. Nenhum homem podia tratar a esposa com tanta ternura como ele.

Só insisti em uma coisa quando concordei em construir uma vida com ele. Tratava-se do bebê que eu trazia no ventre. Eu já havia combinado entregá-lo para adoção, contei-lhe, pois não queria que ele fosse infectado pelos horrores do meu passado. Inicialmente, Edgar protestou, mas eu afirmei que já havia decidido e que, se ele não pudesse aceitar minha decisão, tampouco podia me aceitar. E, além disso, acrescentei, com a ajuda do hospital, eu havia encontrado um casal sem filhos que desejava criar um bebê em um lar amoroso e fizera uma promessa a eles que não voltaria atrás.

A criança nasceu pouco antes do Natal de 1953.

Uma menina.

"Você vai lhe dar um nome antes de entregá-la?", perguntou-me a parteira. "Os pais adotivos disseram que gostariam que fosse assim, um modo de agradecer o presente que lhes está dando. Eles são tão agradecidos a você."

Eu refleti um pouco. Não esperava que me oferecessem essa oportunidade, mas fiquei satisfeita em aceitá-la.

"Obrigada", respondi. "Pode dizer ao sr. e à sra. Hargrave que o nome da sua filha é Heidi."

15

É difícil saber quem ficou mais surpreso: Alex Darcy-Witt, ao receber um convite para tomar um drinque em meu apartamento, ou eu quando ele o aceitou.

Escrevi o convite em um luxuoso cartão em relevo que encontrei na minha escrivaninha e usei uma caneta-tinteiro prateada que estava havia muito tempo fora de uso. Fui obrigada a passar a pena sob a torneira de água quente para desentupi-la. Fazia muitos anos que eu não compunha algo tão formal. Isso me levou de volta a uma época em que as pessoas se comunicavam desse modo. Atualmente, imaginei, a única pessoa que escreveria uma carta tão formal era a rainha.

Convidei-o para as 19 horas de uma terça-feira, noite anterior ao casamento de Caden e Eleanor, e, naquela hora exata, quando o ponteiro dos minutos chegou à hora marcada, bateram à minha porta e lá estava ele, do lado de fora, com uma camisa esporte e um ramo de flores na mão, como um pretendente de outrora.

"Quanta gentileza", disse eu ao aceitar as flores — nada menos que abomináveis dálias — e levá-las à cozinha, onde as joguei na pia. Tinha intenção de descartá-las mais tarde na composteira, quando aquele negócio imundo terminasse.

"Não fique muito lisonjeada, não fui eu que as comprei", disse ele, sentando-se na poltrona favorita de Edgar. Eu sabia que escolheria aquele lugar, pois dominava a sala e ele era do tipo que adorava assumir posição de autoridade. Felizmente para mim, a poltrona o mantinha de costas para a cozinha. "Encarreguei o meu assistente de fazer isso. Você gosta de dálias?"

"Eu as detesto."

"Tanto melhor."

"Mesmo assim, o que vale é a intenção", disse eu, voltando para a sala de estar com um sorriso. "Agora diga o que você quer beber. Um uísque, talvez? Um gim-tônica?"

"Uma cerveja gelada cairia muito bem, caso você tenha uma", disse ele prazerosamente, e eu fiz que sim.

"Tenho", disse. "Gosto de estar preparada para todas as eventualidades."

Voltei para a cozinha e abri duas garrafas de cerveja, servi-as em dois copos e os levei em uma bandeja de prata. Nós brindamos e eu me sentei defronte dele, somente com a mesa de centro a nos separar.

"Bem, isto é muito civilizado", disse ele, tomando um longo gole e sorrindo quando o álcool entrou na sua corrente sanguínea. Ele, como eu, teve um longo dia. No seu caso, lidando com estrelas e astros do cinema; no meu, preparando-me para a emoção do dia seguinte.

"O fato de um não gostar do outro não significa que nós não podemos ser educados", disse eu. "Afinal somos vizinhos, não é? Pode ser que ainda tenhamos muitos anos de convivência. Isto é, se você não vender seu apartamento."

"Não tantos anos assim, acho que não", respondeu ele. "Você decerto não pode ter tanto tempo pela frente. Quer dizer, parece bem para a sua idade, mas já deve estar com um pé na cova."

Eu sorri enquanto sorvia minha bebida. "Você tem um jeito tão encantador, Alex", disse-lhe. "Dá para ver por que Madelyn se apaixonou por você."

Ele abriu os braços e sorriu. "Eu sou um produto do meu pai", disse. "E você, imagino, pode dizer a mesma coisa a respeito de si. É algo que temos em comum."

"Possivelmente", admiti. "Embora eu tenha passado a vida inteira fingindo que não sou como ele em nada. Você, por outro lado, poderia ter sido um homem totalmente diferente do seu pai."

Alex concordou com um gesto. "Tenho certeza de que há um motivo para tudo isto", disse. "O convite, a cerveja, o bate-papo educado. Você vai me contar o que é isso? Eu realmente não quero ficar aqui mais do que o necessário."

"Digamos que eu queira conversar com você sobre culpa", disse eu, inclinando-me para a frente. "Você me perguntou acerca disso antes, lembra-se?"

"Sim."

"E eu tenho pensado muito nisso desde então. E devia ter-lhe feito a mesma pergunta, entende? Se você sente culpa."

"Nós estamos falando francamente agora?"

"Claro que sim. Só você e eu estamos aqui."

Ele ficou pensativo, sua língua a avolumar levemente o lado da boca. Finalmente falou.

"Não é que eu goste de bater neles", disse. "Você não deve achar que eu sinta prazer nisso. Talvez eu não tenha sido talhado para ser marido ou pai. Simplesmente não posso suportar a ideia de alguém ter acesso a Madelyn. Em um palco, por exemplo. Ou numa tela de cinema. Eu a quero para mim."

"Mas por quê?", perguntei. "Nós não podemos pertencer aos outros."

"É aí que você se equivoca", disse ele. "Nós podemos. Deveríamos. Minha esposa me pertence."

"Como uma possessão."

"Você diz isso como se fosse uma coisa ruim. Mas você não valoriza seus bens? Eu valorizo."

Fiquei calada, sem saber ao certo que resposta dar.

"Eu valorizei Madelyn desde o começo", prosseguiu ele. "Dei-lhe tudo que ela queria."

"Com exceção de uma voz."

"Mas, veja, eu não estou interessado nas opiniões dela", disse Alex, olhando para mim como se essa fosse a coisa mais natural do mundo. "A verdade é que ela não é tão inteligente assim. E não me entenda mal: não é que eu seja um misógino reacionário, conheço muitas mulheres mais inteligentes do que eu e que eu poderia ouvir falar o dia todo. Mas Madelyn? Não. Ela não tem nada que valha a pena dizer. Mas olhar para ela..." Alex sorriu. "Ora, você a viu. Você me entende. Eu poderia me sentar diante dela e ficar olhando o dia todo. Se ela pelo menos calasse a boca."

"Você a descreve como se fosse uma pintura. Ou uma estátua."

"Uma estátua, sim", concordou ele, assentindo com a cabeça. "Sim, obrigado. É verdade. Mas, tendo dito tudo isso", continuou, "é difícil não sentir que ela perdeu muito de sua inteligência nos últimos anos. Isso faz com que eu me sinta enganado. Às vezes me pergunto se não seria mais fácil divorciar-me dela, mas é bem possível que eu fique ressentido se ela recuperar aquele antigo brilho novamente, sem mim. Não poderia suportar isso, compreende? Portanto, eu estou preso a ela. E ela a mim."

"E o Henry?"

"O Henry vai crescer forte. E um dia vai entender por que o trato assim. Estou fazendo dele um homem."

"Acho que nós temos ideias muito diferentes em relação a essa palavra."

"Talvez."

"Ele é um menino tão meigo."

"Mas é exatamente disso que eu o estou livrando, você não percebe? Essa meiguice. Ele é uma vergonha para mim. Eu vi o seu filho quando veio visitá-la. Obeso, doentio, sem o menor senso de estilo. Você não se envergonha do que ele se tornou?"

"Não fui uma boa mãe", admiti. "Eu não o merecia. Quaisquer defeitos que ele tenha são obra minha. Na verdade, é muita sorte ele ter vindo a ser tão bom. Isso eu agradeço ao meu falecido marido."

"O santo Edgar", disse ele.

"Santo não", admiti. "Mas um ótimo homem. O melhor que conheci."

"Melhor até que o comandante?"

"Nós dois sabemos que meu pai era um monstro. Pode ser que eu tenha demorado muitos anos para aceitar isso, mas é a verdade. Seria melhor se a sua mãe o tivesse afogado quando ele nasceu."

"Então você não existiria."

"Um preço baixo a pagar por salvar tantos milhões de vidas, não concorda?"

Alex deu de ombros. "Se não tivesse sido ele, seria outra pessoa", disse. "O Holocausto não começou nem terminou com seu pai. Não superestime a influência dele."

"Mas o papel dele foi importantíssimo. E eu cheguei aos noventa anos sem ter pagado preço algum pelos seus crimes."

"Tenho certeza de que você quer me dizer alguma

coisa, Gretel", disse ele finalmente, exalando um suspiro. "Do contrário, não teria me chamado aqui. Vai tentar me persuadir a ser um homem melhor, acertei? Talvez ministrar uma palestra sobre os males que você viu na vida e sobre quanto eu preciso me apartar de tudo isso?"

"De jeito nenhum. Eu sei que você nunca vai mudar. Vai continuar magoando e machucando sua mulher enquanto ela estiver com você, mas, no fim, acho que ela vai conseguir se matar. Aí, você fará um show público de luto durante o tempo que lhe parecer adequado, até encontrar outra garota infeliz para aterrorizar. E o pobre Henry, o que vai ser dele então? Um internato, espero. E um garoto pequeno e sensível como ele não vai se dar bem lá, vai? Será afundar ou nadar. E ele vai afundar. Isso dá para ver. Tive um irmão que morreu com a idade dele, sabe?"

"Sei", disse ele. "Eu vi as fotografias, lembre-se."

"É claro."

"O que aconteceu com ele?"

"Havia outro menino", disse eu, lembrando o dia em que meu pai me levou ao campo de concentração. "Um garoto judeu, da mesma idade. Eu o conheci no campo. Havia tão poucas crianças lá que foi uma surpresa descobri-lo. Mas alguns eram mantidos vivos. Para experimentos médicos e tudo o mais."

"Você fala como se essa fosse a ordem perfeitamente natural das coisas."

"Não, não havia nada de natural nisso", respondi, balançando a cabeça. "Eu dei com ele no armazém um dia. Onde guardavam todos os pijamas listrados."

"Os o quê?"

Eu balancei a cabeça, tinha esquecido que essa era uma expressão peculiar ao meu irmão e a mim. "Os uniformes, digo. Que os prisioneiros usavam. Você sabe a que estou me referindo."

"Claro", disse ele, entendendo agora.

"Ele me contou que tinha um amigo, um menino que se encontrava com ele diariamente junto à cerca. E eu sabia disso, meu irmão sendo meu irmão, com seu espírito tão aventureiro, um dia entraria no campo vestindo uma daquelas roupas. E foi o que ele fez. Mais tarde, quando nós encontramos sua roupa empilhada perto da cerca, eu entendi o que havia acontecido, embora, é claro, eu jamais pudesse admitir para meus pais minha participação em sua morte. Nunca esqueci aquele garoto. Chamava-se Samuel. Bonito nome, não acha? Parece o vento soprando. Se eu tivesse contado a meus pais, tudo podia ter sido diferente. Faz oitenta anos que eu me culpo por isso, e é muito tempo para ter a consciência pesada."

"Sua consciência é um país superpovoado", disse Alex.

"Nisso você não se equivoca", admiti, sorrindo ao mesmo tempo que me levantava e voltava à cozinha, mas falando alto o suficiente para que ele me ouvisse. "Eu vivi uma vida muito longa, Alex, e soube de muitos segredos terríveis. E fui parcialmente responsável pela morte de sei lá quantas pessoas e certamente me sinto responsável pela morte do meu irmão. Como hei de expiar tudo isso?"

Abri uma gaveta e peguei o estilete que havia comprado no dia em que soube pela primeira vez que o apartamento do sr. Richardson estava à venda. Era afiadíssimo, e eu desloquei o botão para abri-lo, sua comprida lâmina saindo do cabo metálico, que eu segurei com força.

"Não consegui salvar ninguém", gritei. "Nem uma vez. E talvez seja tarde demais para que salve sua esposa. Mas, por Deus, eu pretendo salvar esse garotinho. Pretendo salvar Henry. E então, pelo menos, pode ser que encontre alguma redenção para meus pecados."

Alex bufou e eu saí da cozinha, aproximando-me dele por trás. Ele não se deu ao trabalho de se virar quando se dirigiu a mim.

"É uma boa ideia, Gretel", disse. "Mas acho que você está se enganando. Afinal, nós já passamos por isso. Se você me expuser, eu a exponho. Destruição mútua assegurada, lembra? Nós não podemos ficar indo e voltando nessa história."

Naquele momento, eu estava atrás da sua poltrona.

"Muita gente na minha vida usou determinada frase ao se separar de mim", disse eu. "Pensei que ela nunca fosse se concretizar, mas agora acho que essas pessoas podem ter sido bastante prescientes. A única coisa que posso fazer para compensar meus crimes, ainda que em pequena escala, é fazer com que o desejo delas se torne realidade. Você sabe o que elas diziam? Aliás, você mesmo disse isso."

"Não", respondeu ele. "Lembre-me."

"Que eu devia morrer em uma cela de prisão."

EPÍLOGO

O casamento foi simples, mas alegre. Caden estava incrivelmente elegante, perdera até alguns quilos nas semanas anteriores para assegurar que caberia no terno. Eleanor trajava um despretensioso vestido creme, optara por uma maquiagem discreta e um esmalte rosa-claro nas unhas. Embora tivesse participado só de três dos quatro casamentos do meu filho, este foi de longe o meu favorito, possivelmente porque eu me havia afeiçoado tanto da noiva.

A cerimônia foi em um cartório e os únicos convidados eram os pais de Eleanor e um primo que se apresentou a mim como Marcus e contou que trabalhava na área de tosa de cães. Eu não sabia que tal empreendimento existia, mas ele me assegurou que era uma iniciativa próspera e que ele tinha quase uma dúzia de veículos nas ruas que visitavam as casas com hora marcada, punham os cães nos furgões e lhes davam banho, tosavam-lhes o pelo e lhes aparavam as unhas, serviço completo.

"Que extraordinário", disse eu, tentando imaginar quem havia tido aquela ideia. Ocorreu-me que eu teria poupado muito tempo e energia ao longo dos anos se prestassem um serviço semelhante também a seres humanos.

No jantar que se seguiu em um restaurante agradabilíssimo, Marcus me apresentou a outro rapaz, a quem se referiu como seu parceiro, e eu entendi que ele não usou a palavra no sentido profissional. Isso me trouxe à memória Cait Softly e o breve período que passamos juntas em Sydney. Eu não pensava em Cait com frequência, mas esperava que Sydney fosse um lar para ela e que tivesse me perdoado por haver partido sem me despedir.

"Quais são as últimas, sra. F.?", perguntou Eleanor quando foi retocar a maquiagem e se encontrou comigo no toalete feminino.

"As últimas o quê?", indaguei.

"As fofocas."

Eu a encarei, sem saber a que ela estava se referindo.

"O homem do andar de baixo", explicou ela. "O espancador da esposa. Algum retorno da polícia?"

"Ah", disse eu. "Sim, recebi um telefonema do detetive..." Espremi meu cérebro, tentando lembrar o nome do homem.

"Kerr", disse Eleanor, cuja memória era obviamente melhor do que a minha. "Detetive Kerr."

"Sim, esse", concordei. "Disse que tinha investigado o caso e conversado com o sr. Darcy-Witt, e tudo estava em ordem."

Eleanor franziu a testa. "Por que ele diria isso?", perguntou.

"Quem há de saber? É difícil construir um caso contra um homem como Alex Darcy-Witt. Amigos poderosos e tudo o mais. Eu me pergunto se ele acha que eu simplesmente estava querendo atenção."

"A senhora não parece uma pessoa que procura atenção, sra. F. Pelo contrário, parece valorizar muito a privacidade."

Ela tinha razão, é claro. Raramente se disse uma palavra mais verdadeira a meu respeito.

"Seja como for, nós duas sabemos que ele jamais teria parado de fazer o que andava fazendo", prossegui, "e a polícia nunca teria intervindo, a não ser quando fosse tarde demais, então eu decidi acabar com seu comportamento. Eu mesma."

"Como?"

Havia uma parte de mim que queria lhe contar a verdade, simplesmente para ver a sua reação. *Eu lhe cortei a garganta com um estilete*, podia ter dito, *em seguida, arrastei o seu corpo morto até o quarto de hóspedes. Aquele que Edgar e eu compartilhávamos. Imagino que eu tenha de lidar com as consequências daqui a não muito tempo. Em um dia ou dois, ele começará a cheirar mal. Mas, primeiro, queria passar aqui hoje. Como você sabe, Caden nunca me perdoou por ter faltado a seu último casamento.*

Mas, em vez disso:

"Persuasão", disse eu. "Você ficaria surpresa com o tanto que eu posso ser persuasiva quando me sinto apaixonada por algo."

Eleanor parecia não estar convencida. "Bem, só espero que ela encontre uma forma de abandonar o maldito", disse. "Se não fizer isso, é apenas uma questão de tempo para que uma verdadeira tragédia aconteça."

"Não vamos nos preocupar com isso hoje", disse-lhe eu. "Afinal, é o dia de seu casamento. Vamos focar somente nos pontos positivos. Mas, na verdade, agora que eu tenho você para mim, há um pequeno favor que quero lhe pedir."

"Claro. Do que se trata?"

"Ora, obviamente, eu não estou rejuvenescendo, posso

não ficar muito tempo neste mundo. A minha vizinha Heidi — você a conheceu, não?"

Eleanor fez que sim.

"Você ficaria de olho nela caso me aconteça alguma coisa? Ela tem dias bons e dias ruins, mas precisa de alguém que cuide dela de vez em quando. Só para averiguar se está resistindo. Sinto que você é a única pessoa em quem posso confiar absolutamente para olhar por ela."

"Claro. Você tem a minha palavra."

"Obrigada, minha querida", disse eu, beijando-lhe o rosto. "Agora venha, não demoremos aqui. Este é o seu jantar de casamento. Você devia estar lá fora, no restaurante, com os convidados. É um dia para a felicidade, nada mais."

Nós voltamos para a festa. Caden agradeceu minha presença e, quando eu fiquei cansada, chamou um táxi para me levar para casa. Não era tarde, só dez horas, mas já não tenho energia para noites longas e estava ansiosa por vestir a camisola, fazer uma xícara de chá e ver um pouco de televisão antes de ir para a cama.

Sempre evitando o quarto de hóspedes, é claro.

Quando subi a escada rumo a meu apartamento, a porta do de Heidi se abriu, e Oberon apareceu. Olhou para mim um pouco envergonhado, e acenei levemente a cabeça para ele.

"Esteve em algum lugar legal?", perguntou, reparando na minha roupa.

"No casamento do meu filho", respondi. "Seu último casamento, espero. Bem, o último a que terei de comparecer, de todo modo."

"Acho que devo lhe contar", disse ele, "que toda a história da Austrália foi cancelada."

"Ah céus", disse eu. "Por que isso?"

"Eles se recusaram a pagar todas as minhas taxas de

realocação e, francamente, não vejo por que eu teria de desembolsar a maior parte de vinte mil dólares para o luxo de rebaixar de categoria. E como a vovó se recusa a vender seu apartamento..."

"Ela me contou que você estava pensando em obrigá-la a entrar em uma reversão imobiliária", disse eu.

"Eu não obriguei ninguém", disse ele, rude. "Só pensei que seria uma boa ideia, nada mais. De qualquer modo, quando a empresa com a qual eu estava conversando mudou de ideia quanto às taxas de mudança, fiquei um pouco irritado. Nós trocamos palavras duras. Pensando bem, talvez eu devesse ter sido mais ponderado."

"Entendo", disse eu, sorrindo. "Quer dizer então que você vai ficar em Londres?"

"Sim. Provavelmente em melhores condições, afinal. Minha pele fica cheia de bolhas no calor, é terrível."

"Que bom ouvir isso", disse-lhe eu. "Não, não me refiro à sua pele... ora, você sabe o que eu quis dizer. E sua avó também vai ficar contente."

Ele fez que sim e continuou descendo a escada.

"E, Oberon", gritei, e ele parou e olhou para mim.

"Pois não?"

"O apartamento 3 será seu com o tempo, você sabe. Basta ter um pouco de paciência, só isso. E pode ser que você se surpreenda com a falta que ela lhe fará quando tiver partido."

Ele ficou algum tempo olhando para mim e eu me perguntei se não ia dar uma resposta indelicada, mas não, limitou-se a acenar a cabeça afirmativamente.

"Eu sei", disse. "Vamos torcer para que ainda demore muito."

"Vamos torcer", disse eu, tirando a chave da bolsa, entrando no apartamento e fechando a porta. Um belo rapaz, pensei, meu bisneto, mas sem muita coisa na cabeça.

Alex Darcy-Witt sugeriu que podia me tornar a mulher mais famosa do planeta e, embora sua morte não tivesse me dado nada comparável com esse nível de notoriedade, eu vim a ser uma das pessoas mais conhecidas na Inglaterra durante algum tempo. Afinal de contas, não é todo dia que uma idosa de classe alta degola um bem-sucedido produtor de cinema, passa uma noite bem-dormida, vai ao casamento do filho, passa *mais uma* noite bem-dormida e aí então telefona calmamente para o serviço de emergência para confessar o que fez e se entregar.

Inevitavelmente, descobriu-se que Alex era um homem cruel e violento, e não faltou quem dissesse que eu havia prestado um serviço ao mundo ao livrá-lo da sua existência. Mas, claro está, eu não fiz isso pelo mundo. Fiz isso por um menino inocente de nove anos.

Para salvá-lo.

Os jornais deram muito destaque ao fato de eu parecer uma velhinha tão inofensiva. Especularam que eu estava demente, coisa que me incomodou muito. Meu advogado aconselhou-me a confirmar essa narrativa, mas eu me recusei. Era importante para mim que as pessoas entendessem que eu sabia exatamente o que estava fazendo, que havia planejado e executado tudo — inclusive a ele — com perfeição. Se há uma coisa que aprendi em nove décadas, é que é inútil continuar negando a verdade.

O juiz, porém, ciente das circunstâncias atenuantes, condenou-me à prisão feminina de menor segurança que existia e, embora não seja perfeita, é essencialmente a casa de repouso que o meu filho desejava para mim. Caden e

Eleanor me visitam com frequência, e é uma alegria ver sua gravidez progredir. Naturalmente, eu não poderei ter nenhum contato com a criança, mas, pelo menos, ele ou ela crescerá ignorando sua terrível linhagem. E, é claro, transferi o apartamento para o nome de Caden. Para minha surpresa, entretanto, ele ainda não o pôs à venda. Na verdade, anda falando em se mudar para lá. Coisa que me deixa bem feliz.

Heidi, a minha filha mais velha, vem me visitar de quando em quando, acompanhada por Oberon, que sempre se mostra fascinado por se achar em uma prisão e pelo fato de eu ter vindo parar aqui. Manda-me livros e revistas com bastante regularidade, porque realmente não é um mau rapaz. Alterei meu testamento para deixar algo para ele. Talvez consiga mandá-lo para a Austrália no devido tempo. (Naturalmente, por ser voluntariosa, eu estipulei que ele só pode receber essa herança depois da morte de sua avó.)

"Houve muito drama no Winterville Court depois que você partiu", contou-me Heidi em sua última visita, quando ele nos deixou alguns minutos a sós. "Você não vai acreditar, mas o homem do apartamento 1 foi assassinado!"

"Eu sei", disse-lhe eu. "E o pior é que quem fez isso fui eu."

"Não, não foi você", disse ela, balançando a cabeça. "Foi a mulher que mora no apartamento em frente ao meu. Na realidade, eu não a culpo. Ele era uma criatura horrenda. Tratava pessimamente a mulher e o filho."

Deixei ficar por isso mesmo. Não tinha sentido explicar. Mesmo porque ela não se lembraria de nada.

Eu não tinha visto nem ouvido falar em Madelyn ou Henry desde minha condenação, mas, se porventura eles me visitarem, é difícil imaginar o que diriam. Desconfio que ela estará melhor do que estava tempos atrás, mas Henry há de ter ficado marcado por essa perda. Pode ter desejado a morte do pai, como ele me contou, mas imagino que tenha sentimentos ambíguos em relação ao que aconteceu. Espero não o ter magoado ainda mais sem querer. Essa preocupação me pesa sobremaneira.

A prisão em si, todavia, não me incomoda muito. Fiz algumas amizades e, em geral, sou tratada com respeito, tanto pelas presidiárias como pelas carcereiras, devido à minha idade avançada. A comida é horrível, claro, e eu sinto falta de um cálice de vinho à noite, mas não se pode ter tudo.

O apagar das luzes é o início do meu momento preferido, quando os corredores ficam em silêncio e eu me deito para pensar em minha família e dizer a mim mesma que minha punição é compartilhada. Em certas noites, peço perdão a Deus. Na maioria das outras, não perco meu tempo.

Direi isto, porém: lamento muito. Não a morte de Alex — isso não me incomoda nem um pouco —, mas o resto. As palavras são simples demais, eu sei, e serão pouco reconfortantes para qualquer um, mas eu me refiro a eles.

Lamento muitíssimo.

E então, antes de pegar no sono, há uma última coisa que faço.

Foi-me permitido trazer alguns pequenos itens de casa comigo para decorar minha cela. Um tapete que Edgar comprou no nosso décimo aniversário de casamento, no qual pouso os pés descalços todas as manhãs quando me esforço para sair da cama. Alguns livros que eu adoro, inclusive *A ilha do tesouro* e, uma escolha tardia, *A volta ao mundo em oitenta dias*, recuperado no apartamento 1, onde Henry o havia deixado antes de partir. Eu os reli e me imagino em lugares distantes, em cidades que nunca tive oportunidade de visitar, mas nas quais poderia ter levado vidas muito diferentes, com ainda mais sobrenomes, desfrutando de aventuras singulares enquanto sou sepultada sob os mesmos traumas. Penso em Henry quando os leio.

Porém, o mais importante de tudo, eu trouxe o antigo porta-joias Seugnot que mantive no guarda-roupa durante décadas e não me atrevia a abrir desde que saí da Alemanha, em 1946. Ele continha um único item, a fotografia que Kurt Kotler tirou de mim em um dia ensolarado de tantos anos antes, em frente à nossa casa naquele outro lugar.

Eu o abri na minha primeira noite na cela e tirei a fotografia para afixá-la na parede ao lado da minha cama. Olhei para mim nela, no alto de meus doze anos, tão inocente e tão repleta de saudade do rapaz bonito posicionado atrás das lentes. Mas, para minha surpresa, eu me dei conta de que não estava sozinha. Na verdade, havia diversas outras pessoas na fotografia, pessoas cuja presença, até então, eu nunca tinha notado.

No fundo, do lado de fora do portão, estavam papai e mamãe conversando. No canto mais distante, ia um homem de uniforme listrado, empurrando um carrinho de mão, curvado, assustado, ciente de que teria problemas se não andasse mais depressa.

No canto superior direito, um pequeno hemisfério, a ponta do dedo de Kurt escurecendo as lentes.

Mas minha maior surpresa foi ver a pessoa que preenchia o quadro à minha esquerda. Está sentada em um pneu em que amarraram uma corda que, por sua vez, foi pendurada nos robustos galhos de uma árvore. Está balançando, as pernas voando no ar à sua frente. Suas mãos agarram a corda. Seu rosto está pleno de alegria.

Meu irmão mais novo.

Durante oitenta anos, não ousei pronunciar seu nome em voz alta para que a emoção dessas duas sílabas não fosse demasiada para mim nem me levasse a me descompor diante da lembrança das experiências terríveis de que nós dois participamos.

Mas agora seu nome é a derradeira palavra nos meus lábios toda noite quando adormeço, quando rezo para que, antes do amanhecer, eu finalmente seja levada desta terra e dê comigo caindo nos seus braços, novamente reunidos. Quando puder dizer a ele quanto eu lamento.

Quando puder dizer a todos eles quanto eu lamento.

Eu o sussurro agora enquanto as luzes se apagam, meus olhos se fecham e as celas mergulham no silêncio.

O nome do menino que eu amei mais do que qualquer outro.

Mais do que Kurt, mais do que Émile, mais do que David, mais do que Edgar, mais do que Caden.

Meu irmão.

Bruno.

Nota do autor

Concebi a ideia de *Por lugares devastados* em 2004, pouco depois de concluir o esboço final de *O menino do pijama listrado*, e soube imediatamente que o escreveria um dia. Durante muitos anos, mantive no meu computador um arquivo intitulado *História de Gretel*, no qual fazia anotações acerca da irmã mais velha de Bruno, acerca da pessoa que ela poderia vir a ser mais tarde na vida e das experiências que poderiam moldar sua vida adulta.

Minha intenção sempre foi escrever o livro no fim da vida, talvez aos oitenta ou noventa anos, quando meu motor criativo, junto com o resto de mim, estivesse finalmente parando. Mas eis que ocorreram a pandemia e o lockdown, e dei comigo no quintal, pronto para escrever algo novo; e o isolamento levou-me a pensar que tinha chegado a hora. E então comecei.

Revisitar personagens de um trabalho anterior pode ser uma experiência perigosa, mas estimulante para um romancista, principalmente se esses personagens vierem do livro mais conhecido de sua carreira. Mas, para mim, foi fascinante voltar a Gretel depois de quase vinte anos e descobrir, através da escrita, o que poderia ter sido feito dela.

E também para redescobrir alguns dos outros personagens daquele livro anterior e examinar como seus atos durante a guerra poderiam ter moldado a vida deles nos anos que se seguiram.

Quando dou palestras em oficinas de escrita criativa, sempre pergunto isso a meus alunos: sem se referir ao enredo, diga-me, em poucas frases, sobre o que é o seu romance. Se eu fosse responder a essa pergunta sobre *Por lugares devastados*, diria que é um romance sobre culpa, cumplicidade e luto, um livro que se propõe a examinar até que ponto uma jovem pode ser culpável, dados os fatos históricos que se desdobram ao seu redor, e se tal pessoa alguma vez pode se purificar dos crimes cometidos pelas pessoas que ela amava.

Esses são temas que percorrem muitos de meus livros e sobre os quais escrevi repetidas vezes. Tendo crescido na Irlanda da década de 1980 como parte de uma geração cujos anos da infância e da adolescência foram maculados pelas pessoas encarregadas de nossa educação, talvez não seja surpreendente que eu tenha menos interesse pelos monstros do que por aqueles que sabiam o que os monstros estavam fazendo e deliberadamente desviaram a vista.

Sou fascinado pelo Holocausto desde os quinze anos, e ele desempenhou um papel importante tanto na minha vida de leitor como na de escritor. A partir de meu primeiro encontro com *A noite*, de Elie Wiesel, em 1986 — um livro que despertou meu interesse pelo assunto —, e através de décadas de romances, não ficção, filmes e documentários, ele é um período da história sobre o qual sempre tive vontade de aprender mais. Como todos aqueles que estudam essa época, eu espero encontrar respostas naquela vasta biblioteca de literatura que tem sido produzida nos últimos 75 anos. No entanto, tenho consciência de que minha busca é uma tolice, pois não existem respostas. Ao tentar compreender, só posso esperar recordar, lembrar.

Embora ela seja a personagem central da minha história, eu não tento criar uma personagem simpática em Gretel. Em comum com a maior parte da humanidade, Gretel está repleta de falhas e contradições. É capaz de momentos de grande bondade e de atos de terrível crueldade, e espero que os leitores continuem pensando nela muito depois de ter terminado o livro, talvez se perguntando o que teriam feito no lugar dela. Afinal, para quem está longe de um episódio histórico, é fácil afirmar que não teria agido como os outros, porém é muitíssimo mais difícil mostrar essa humanidade básica no momento do ocorrido.

Fora dos dias atuais, eu escolhi três épocas nas quais revisitar Gretel. A primeira é Paris em 1946, e devo ao acadêmico *Paris após a libertação, 1944-1949*, de Antony Beevor e Artemis Cooper, aos insights que o livro dá sobre o período. A segunda é Sydney, Austrália, no início da década de 1950. Como um apaixonado admirador da Austrália que visitou o país muitas vezes, escolhi essa cidade não só porque a amo, como porque fica tão longe da Europa que se pode ir para lá sem pensar em regresso. E, por fim, Londres em 1953, com uma nova rainha no trono, uma mulher da mesma idade de Gretel, cujo pai também teve um papel importante, se bem que substancialmente mais humano, na guerra. Aqui, o tempo de paz libertou uma geração de jovens judeus cujas famílias morreram dos modos mais horrendos e que traziam cicatrizes terríveis. Eu queria descobrir o que Gretel faria diante de semelhante trauma, como reagiria à dor deles e se assumiria alguma responsabilidade por ela.

Escrever sobre o Holocausto é um trabalho complicado e qualquer romancista que o aborda assume um enorme fardo de responsabilidade. Não o fardo da informação, que é tarefa da não ficção, mas o de explorar verdades emocionais e experiências humanas autênticas enquanto lembra que a história de cada pessoa que morreu no Holocausto merece ser contada.

Por todos os erros que cometeu na vida, por toda a sua cumplicidade com o mal e por todo o seu arrependimento, acredito que a história de Gretel também merece ser contada.

Cabe ao leitor decidir se vale a pena lê-la.

John Boyne
Dublin, 2022

ESTA OBRA FOI COMPOSTA EM PALATINO PELO ESTÚDIO O.L.M. / FLAVIO PERALTA
E IMPRESSA EM OFSETE PELA LIS GRÁFICA SOBRE PAPEL PÓLEN SOFT
DA SUZANO S.A. PARA A EDITORA SCHWARCZ EM MARÇO DE 2023

A marca FSC® é a garantia de que a madeira utilizada na fabricação do papel deste livro provém de florestas que foram gerenciadas de maneira ambientalmente correta, socialmente justa e economicamente viável, além de outras fontes de origem controlada.